Aus Freude am Lesen

BUCH: Sverker Sundin, Chef einer Werbeagentur, wird schwer verletzt auf der Straße aufgefunden. Nach einem Besuch bei einer minderjährigen russischen Prostituierten wurde er aus dem Fenster gestoßen. Seine Ehefrau Mary sitzt kurze Zeit später an seinem Krankenhausbett und erfährt, dass er für immer gelähmt bleiben wird. Mary ist wie erstarrt und sieht ihr Leben an einem Wendepunkt: Ist sie durch den Unfall für immer an ihren pflegebedürftigen Mann gekettet? Oder gibt es gerade jetzt eine Chance, sich aus der längst zerrütteten, lieblosen Ehe mit Sverker zu befreien? Die Wirklichkeit spaltet sich auf – und Mary beginnt ein zweites Leben vor sich zu sehen, in dem sie Marie heißt. Marie gehorcht ihrer Wut und ihrer inneren Stimme und schaltet eines Nachts im Krankenhaus das Beatmungsgerät ihres Mannes ab. Sie erträgt die Konsequenzen ihrer Tat, wird als Mörderin verurteilt. Doch danach kann sie als freier Mensch ihren eigenen Weg gehen, einen echten Neuanfang wagen …

AUTORIN: Majgull Axelsson, geboren 1947, ist eine der erfolgreichsten und beliebtesten Autorinnen Schwedens. Für ihre Romane erhielt sie die wichtigsten Literaturpreise des Landes. In Deutschland wurde sie mit ihrem Bestseller »Die Aprilhexe« einem breiten Lesepublikum bekannt.

Majgull Axelsson

Die ich nie war

Roman

*Aus dem Schwedischen
von Christel Hildebrandt*

btb

Die schwedische Originalausgabe erschien 2004 unter dem
Titel »Den jag aldrig var« im Prisma Verlag, Stockholm.

Verlagsgruppe Random House FSC-DEU-0100
Das FSC-zertifizierte Papier *Munken Pocket* für dieses Buch
liefert Arctic Paper Munkedals AB, Schweden.

1. Auflage
Genehmigte Taschenbuchausgabe Dezember 2009,
btb Verlag in der Verlagsgruppe Random House GmbH, München
Copyright © der Originalausgabe 2004 by Majgull Axelsson
Copyright © der deutschsprachigen Ausgabe 2008
C. Bertelsmann Verlag in der Verlagsgruppe Random House
GmbH, München
Umschlaggestaltung: semper smile, München
Umschlagfoto: Angelika Nodler
Druck und Einband: CPI – Clausen & Bosse, Leck
SL · Herstellung: SK
Printed in Germany
ISBN 978-3-442-73995-0

www.btb-verlag.de

Ich wage nicht aufzuhören, die zu sein,
die ich nie war.
ALEJANDRA PIZARNIK

Die Liebe vermag rein gar nichts,
wenn sie nicht ausgeführt wird.
KRISTINA LUGN

Voraussetzung

Die Unterhose war weiß und von außergewöhnlich guter Qualität.

Die Krankenschwester, die ihn fand, konnte nicht anders, sie musste sie berühren. Leichthin strich sie über den Stoff und ließ den Zeigefinger an dem grauen Etikett verweilen: *Bjørn Borg underwear*. Das sagte ihr nichts. Von Bjørn Borg hatte sie noch nie gehört.

Es war ein kalter Morgen, und einen Moment lang erwog sie, ihren Mantel auszuziehen und über ihn zu breiten, sah dann jedoch flüchtig vor sich, wie Menschen auftauchten, wenn der Krankenwagen kam, und wie jemand – eine Russin vermutlich – den Mantel an sich reißen und behaupten würde, es wäre ihrer. Sie konnte es sich nicht leisten, den Mantel zu verlieren. Stattdessen nahm sie ihr kariertes Kopftuch ab und legte es ihm über den Brustkorb. Sie konnte ihn nicht darin einhüllen, sie durfte ihn nicht bewegen. Die geringste Berührung konnte ihn unwiderruflich lähmen. Wenn er nicht bereits gelähmt war.

Mit der offenen Hand strich sie ihm über den Arm, der stark behaart war. Er war ein schöner Mann, das konnte man sehen, obwohl die Muskeln bereits so schlaff waren, dass es aussah, als würden sie ihm im nächsten Moment von den Knochen gleiten. Sein Gesicht war sehr blass, nur seine halb geöffneten Augen waren dunkel. Vielleicht war er ja bei Bewusstsein.

»Alles wird gut«, flüsterte sie. »Du wirst sehen. Warte nur ab.«

Ein Knall. Sie schaute die Hausfassade hinauf. Ein offenes Fenster klapperte im Wind.

Erinnerung

In der dritten Nacht begann ich zu träumen.

Obwohl ich nicht schlief. Ich saß mit offenen Augen auf dem Besucherstuhl neben Sverkers Bett, als ich mich plötzlich selbst unter einer Straßenlaterne im Krankenhauspark stehen sah. Ich hatte den Kragen meiner Schaffelljacke hochgeschlagen und schob das Kinn in den weißen Pelz. Es war sehr kalt. Vielleicht gefriert sogar mein Atem zu Eis, dachte ich, vielleicht bleibt er in der Luft hängen wie ein kleiner Bausch Zuckerwatte. In dem Augenblick entdeckte ich die andere Frau. Sie kam über den Rasen gelaufen, nur in einem dünnen Sommerkleid, weiß mit grünen Punkten, und die Absätze ihrer Riemchensandalen bohrten kleine viereckige Löcher in den Schnee. Zunächst erkannte ich sie nicht wieder, ich hatte schließlich seit vielen Jahren nicht an sie gedacht, sie hatte sich ganz am Rande meines Bewusstseins befunden, so vertraut und selbstverständlich wie die Narben der kleinen Wunden aus der Kindheit und ebenso wenige Gedanken wert. Sie muss doch frieren, dachte ich nur und bohrte das Kinn noch tiefer in den Kragen, sie trägt ja nicht einmal Strümpfe. Da blieb sie vor mir stehen, und wir sahen uns an.

»Marie«, sagte ich. »Bist du es wirklich?«

Mit einer Grimasse antwortete sie: »Mary«, sagte sie. »Bin ich es wirklich?«

»MaryMarie«, fragte eine gedämpfte Stimme, »wollen Sie sich nicht hinlegen?«

Eine Krankenschwester hockte neben meinem Stuhl und strich mir vorsichtig über den Arm. Sie war jung und blond, gekleidet in Blau und Weiß. Frühlingsfrisch. Ich schaute sie kurz an, während ich die Zungenspitze über die Vorderzähne gleiten ließ. Die pelzig waren. Wann hatte ich mir zuletzt die Zähne geputzt? Ich konnte mich nicht erinnern. Irgendwann.

Die Krankenschwester trug ein kleines Namensschild auf der Brust. *Jennifer*. Hallo, Jennifer, dachte ich. Du hättest Sverker gefallen. Wie schade, dass er dir nicht begegnen wird. Oder auch wie gut. Wie außerordentlich gut sowohl für dich als auch für mich.

Jennifer legte den Kopf schräg und versuchte ein Lächeln.

»Sie brauchen Schlaf, MaryMarie. Es wird ja nichts besser, wenn Sie auch noch krank werden.«

Das war eine abgedroschene Phrase, und wie die meisten abgedroschenen Phrasen enthielt sie ein Fünkchen Wahrheit. Nichts würde dadurch besser werden, dass ich auch noch krank wurde. Andererseits würde auch nichts schlechter werden. Es war völlig gleich.

Sie wartete ein paar Sekunden auf Antwort, als jedoch keine kam, wurde sie regelrecht aufmunternd.

»Passen Sie auf«, sagte sie. »Wir haben genügend Patienten hier auf der Station, noch eine mehr können wir nicht gebrauchen ... Jetzt stehen Sie auf, und dann helfe ich Ihnen dort zum Bett hinüber.«

Sie schob ihren Arm unter meinen und zog mich auf die Füße. Von der schnellen Bewegung wurde mir ganz schwindlig, doch ich sträubte mich nicht. Ein paar Atemzüge lang stand ich unbeweglich da, schloss die Augen und wartete, dass der Fußboden aufhören würde, sich unter mir zu bewegen, bevor ich mich freimachte. Ich brauchte keine Stütze.

Ich konnte allein gehen. Außerdem stand das Besucherbett nur ein paar Schritte entfernt.

Als ich mich hinlegte, spürte ich, wie müde mein Körper war. Der Rücken tat mir weh. Der Nacken schmerzte. Dennoch wusste ich, dass ich nicht schlafen würde. Deshalb zupfte ich an Jennifers Kittel, als sie die gelbe Piquédecke über mich zog. Aber meine Sprache war verloren gegangen, während der letzten Tage hatte ich nur ein einziges Wort sagen können, und das genügte nicht, um zu erklären, dass ich etwas haben wollte, um schlafen zu können. Eine Schlaftablette zum Beispiel. Oder einen Schuss in die Schläfe. Trotzdem konnte ich dieses einzige Wort nicht aufhalten, es rollte wie ein kleines Ei aus meinem Mund, ob ich wollte oder nicht.

»Albatros?«

Angst flackerte in Jennifers Augen auf, aber die wehrte sie rasch ab. Schließlich gab es nichts, wovor sie hätte Angst haben müssen. Als frisch ausgebildete Krankenschwester wusste sie, wie man mit Verrückten und Schockpatienten umgehen musste. Bisher hatte sie sich noch nicht so recht entscheiden können, in welche Kategorie ich eigentlich gehörte, aber das machte nicht so viel, da es sowieso nichts an ihrer Verhaltensweise änderte. Freundlich, aber bestimmt. Und ruhig natürlich. Mit unerschütterlicher Ruhe.

»So, so«, sagte sie nur.

Sie hatte nicht verstanden. Noch eine schlaflose Nacht lag vor mir. Ich seufzte.

»Seufze, mein Herz, doch breche nicht«, sagte Jennifer. »Den du liebst, den kriegst du nicht.«

Ich blinzelte verwundert. *Hä?*

Man hätte es eleganter formulieren können, doch es genügte, um Jennifer klarzumachen, was sie da gesagt hatte. Sie schlug sich die Hand vor den Mund und riss die Augen auf.

»Oh, Entschuldigung«, sagte sie dann. »Entschuldigen Sie bitte. Das ist mir so rausgerutscht. Es ist nur ein Spruch, den meine Großmutter immer gesagt hat, wenn jemand seufzte … Ich habe mir gar nichts dabei gedacht.«

So ängstlich wird man, wenn man begreift, dass man ganz unfreiwillig die Wahrheit gesagt hat. *Den du liebst, den kriegst du nicht.* Als ob ich das nicht wüsste. Als ob ich das nicht immer schon gewusst hätte. Deshalb schüttelte ich kurz den Kopf, um sie zu beruhigen. Nichts passiert.

Als sie ging, schaltete sie die kleine Nachtlampe aus. Das wunderte mich. Wie sollte sie all die Schläuche und Apparate überprüfen, wenn es dunkel im Zimmer war? Andererseits wurde es nicht vollkommen dunkel, das merkte ich rasch. Die Straßenlaternen draußen verwandelten das Fenster in ein graues Rechteck mitten in all dem Schwarz. Außerdem gab es einen schwachen Lichtschein von den Geräten und Kontrollmonitoren neben Sverkers Bett. Rote Lichter und grüne. Und einen kleinen gelben Punkt, der rhythmisch über ein schwarzes Display tanzte. Sein Herzschlag.

Er lebt, flüsterte eine Stimme in meinem Inneren. Noch lebt er.

Ich nickte stumm in die Dunkelheit. Sie hatte recht. Noch lebte er.

Mögliche Mitteilungen (I)

EILT

Die Botschaft wurde heute von den grigirischen Behörden betr. des schwedischen Staatsbürgers Sverker Sundin kontaktiert, der ins Krankenhaus von Vladista eingeliefert wurde. Die Ärzte erklären, dass er sich nach einem Sturz aus großer Höhe einen Halswirbel gebrochen hat. Er ist bewusstlos. Er wurde in der Nacht zum Freitag eingeliefert, doch es dauerte bis Montagvorm., bis die Botschaft informiert wurde. Dies geschah, nachdem Sundins Mitreisende (Anders Simonsson und Niclas Rundberg), die ihn als vermisst gemeldet hatten, ihn identifizieren konnten.

Sie geben an, dass Sverker Sundin stellvertretender Leiter der Werbeagentur Ad Aspera in Stockholm ist. Sundins nächste Angehörige ist seine Ehefrau Mary Sundin (Achtung! Simonsson und Rundberg nennen sie MaryMarie, wir gehen jedoch davon aus, dass es sich hier um einen Spitznamen und nicht ihren wirklichen Namen handelt), Chefredakteurin beim Aftonbladet, wohnhaft Treriksvägen 87 in Bromma. ACHTUNG! Es ist äußerst wichtig, dass die Ehefrau so bald wie möglich informiert wird. Sundins Zustand ist kritisch.

Die Versicherungssituation muss mit der Ehefrau so bald wie möglich besprochen werden. Die grigirischen Ärzte erklären zwar, dass ein Rücktransport in den nächsten Tagen ausgeschlossen ist, dennoch sollte der Fall mit SOS International in Kopenhagen geklärt werden.

Fax an die konsularische Abteilung des Außenministeriums
von der Botschaft in Vladista, 30. November 1997

Albatrosse *Diomedeídae,* Familie von Sturmvögeln mit 14 Arten in allen südlichen Meeren und im Pazifik nördlich der Galapagosinseln, Hawaii und Japan; auf ihren Streifzügen können sie auch andere Meere bis hin zur Nordsee und dem Skagerrak erreichen. Die größten Arten haben eine Flügelspannweite von über 3 m, und sie haben eine Flugtechnik bis zur Perfektion entwickelt, mit der sie die Differenzen zwischen den verschiedenen Windgeschwindigkeiten nahe der Meeresoberfläche bzw. in größeren Höhen ausnutzen ...

NATIONALENZYKLOPÄDIE

STOCKHOLM (TT) In der Nacht zum Freitag wurde ein schwer verletzter Schwede in Vladista aufgefunden. Die Polizei vermutet, dass er aus dem Fenster eines Mietshauses gestürzt ist oder gestoßen wurde. Gewisse Anzeichen deuten darauf hin, dass er vor dem Sturz misshandelt wurde. Außerdem war er stark unterkühlt, als er gefunden wurde, da er nur Unterwäsche trug.

Eine Krankenschwester fand den Schweden auf dem Weg zur Arbeit und sorgte dafür, dass er ins Krankenhaus kam. Die Ärzte bezeichnen seinen Zustand als kritisch.

Der Mann war gemeinsam mit zwei Kollegen auf Dienstreise in Vladista. Alle drei wohnten in einem Hotel in einem ganz anderen Stadtteil. Die Kollegen erklären, sie wüssten nicht, wie der Mann an den Unfallort kam. Sie kehrten am Donnerstag nach Schweden zurück.

DAGENS NYHETER, 1. Dezember 1997

Verdächtiger Todesfall
im Karolinska-Krankenhaus
DAGENS NYHETER, 16. Dezember 1997

Deshalb habe ich ihn umgebracht
DIE RACHEGATTIN PACKT AUS
EXPRESSEN, 10. Januar 1998

Wir haben gelogen. Es war nicht Sverker, um den wir trauerten.

Dennoch zitterten unsere Stimmen, als wir versuchten, uns selbst und einander zu erklären, was passiert war. Wir verstanden es nicht. Es war ein Rätsel. Aber sind wir ehrlich. Es war nicht Sverker, um den wir trauerten. Wir betrauerten uns selbst und die Einsamkeit, die uns erwartete.

Deshalb bleibt nur zu konstatieren, dass ich eigentlich nicht die Spur verwundert war über das, was diese ganze Verkettung von Unglücksfällen ins Rollen brachte. Sverker hat immer schon die Anlage zum Freier gehabt. Und du ...

Entwurf eines Briefes von Sissela Oscarsson
vom 13. Januar 1998 (Nie abgeschickt)

Es ist zu spät, MaryMarie. Ich habe keinen Trost zu spenden.

Doch als ich heute Nacht wach lag und an dich dachte, glaubte ich eine Zeit lang, ich hätte etwas gefunden. Erinnerst du dich an *Das verschollene Universum*? Das hätte mein erster Gedichtband werden sollen, wenn es nicht überall abgelehnt worden wäre. Aber du hast es einmal gelesen, und ich glaube, du hast verstanden, dass es in gewisser Weise von dir handelte. Ich hatte schon immer den Verdacht, dass nicht nur dein Name doppelt ist.

Denn es verhält sich so: Jedes Elementarpartikel im Universum besitzt ein Antipartikel. Sie entstehen paarweise und sind identisch, und dennoch können sie sich gegenseitig abstoßen. Wenn sie einander zu nah kommen, lösen sie sich auf und verwandeln sich in Licht.

Bei der Geburt des Universums bildeten sich die ganze Zeit Partikel und Antipartikel und lösten sich wieder auf. Deshalb besteht das Universum hauptsächlich aus Licht. Nur ein Milliardstel der Partikel des Universums sind normale Materie, so ein Stoff wie der, aus dem du und ich und die Welt gewebt sind. Aber wo ist die Antimaterie? Wo ist unser Spiegelbild, das uns so ähnlich und dennoch so vollkommen anders ist? Das wissen wir nicht. Sie ist einfach weg. Unerreichbar für unsere Gedanken und unseren Verstand. Und dennoch weisen alle Berechnungen darauf hin, dass es sie irgendwo geben muss.

Das war also der Trost, von dem ich glaubte, ich könnte ihn dir spenden, der Gedanke, dass es einen Ort gibt, an dem das alles nicht geschehen ist. Und ich wünschte dir die Fähigkeit, ab und zu die Augen zu schließen und dort zu verweilen.

Zugleich weiß ich ja, dass es unmöglich ist. Was geschehen ist, ist geschehen, das Vergangene lässt sich nicht ungeschehen machen ...

Entwurf eines Briefes von Torsten Matsson
vom 1. Februar 1998 (Nie abgeschickt)

Prüfung

Als sie bei der Botschaft ankamen, ging sie zur Toilette und versteckte sich.

Zuerst machte sie kein Licht, sondern stand nur reglos im Dunkeln, die Stirn an die Kacheln gelehnt. Vielleicht schloss sie die Augen, ich weiß es nicht, weiß nur, dass es um sie genauso schwarz war wie um mich. Finsternis ist sehr friedlich. Fast tröstlich.

Sie wünschte sich, dass es auch still wäre, doch die Geräusche der anderen Gäste konnte sie nicht ausblenden. Andererseits war das nicht so schlimm, es war ein gedämpftes Gemurmel höflicher Stimmen. Das konnte sie ertragen. Wenn sie nur eine Weile im Dunkeln bleiben konnte, dann würden die Stiche in der Zunge vorübergehen und diese leichte Taubheit in der rechten Hand verschwinden. Genau wie die Kopfschmerzen, die über dem rechten Auge lauerten.

Zeichen gab es also, auch wenn sie sich weigerte, sie zu sehen. Nicht, dass es mir etwas ausmachte. Mary ist immer hervorragend mit ihren Illusionen zurechtgekommen, und mir selbst gefiel Mary immer am besten, wenn sie sie pflegte. Bereits vor vielen Jahren hat sie sich selbst davon überzeugt, dass sie außer Gefahr ist, dass das, was einmal mit ihrem Sprachvermögen geschah, nicht wieder geschehen würde, dass es gar nicht geschehen konnte. Das Vergangene war durchlebt und überstanden, aus und vorbei. Alles war jetzt anders. Sie war anders. Also bedeuteten diese Stiche und dieses Taubheitsgefühl nicht viel, und die Kopfschmerzen, tja, die ließen sich mit der Tatsache erklären, dass Håkan Bergman sich bei dem Flug über die Ostsee im selben Flugzeug befunden hatte. Nicht, dass sie es bemerkt hätte, erst als sie nach der Landung aufstand, hatte sie ihn entdeckt. Er saß in der Stuhlreihe hinter ihr und schien geduldig darauf zu warten, dass er an die Reihe kam. Offenbar hatte er es nicht eilig, alles deutete darauf hin, dass er sehr zufrieden war mit der Situation, wie sie war. Die Ministerin und ihre Begleitung konnten alle Zeit der Welt benutzen, die sie brauchten, um ihre Papiere und Mappen zusammenzusammeln. Als Marys Blick seinen traf, lächelte er dezent und hob die rechte Hand zu einem diskreten Winken.

»Hallo, Mary«, sagte er mit gedämpfter Stimme, »was ist das für ein Gefühl, wieder zurück zu sein?«

Mary tat, als hörte sie nichts, sie wich seinem Blick aus und konzentrierte sich darauf, ihren Mantel anzuziehen. Trotzdem wusste sie genau, dass er sie nicht aus den Augen ließ.

»Wir sehen uns bei der Konferenz«, sagte er. »Es wird bestimmt interessant, deine Rede zu hören. Sehr interessant.«

Ich blinzle und öffne die Augen, werde wieder ganz ich selbst. Die Dunkelheit ist nicht vollkommen undurchdringlich, das kann ich jetzt feststellen. Die Scheinwerfer an der äußersten Umzäunung lassen die Nacht grau erscheinen, es sieht so aus, als würde bald der Morgen dämmern. Es ist sehr still, nur wenn man genauer hinhört, stellt man fest, dass die Stille voller Geräusche ist. Gummisohlen quietschen auf dem Linoleum. Schlüssel klappern. Stimmen murmeln, als Rosita zum dritten Mal in dieser Nacht herausgelassen wird, um auf die Toilette zu gehen. Ab und zu ist ein schriller Laut von Anastasia in der Zelle neben mir zu hören.

Weint sie, oder singt sie in ihrer eigenen Sprache? Das ist nicht zu sagen.

Bereits morgen wird all das außerhalb meiner Reichweite sein. Nur noch eine Erinnerung, unmöglich zu erreichen. Vielleicht werde ich eines Tages zweifeln, dass es wahr ist, dass es tatsächlich passiert ist, dass ich, Marie Sundin, Herberts und Renates Tochter, einst verheiratet mit Sverker, außerdem Chefredakteurin und Mitglied des Billardvereins Zukunft, gut sechs Jahre in Hinseberg verbracht habe. Verurteilt wegen Tötung.

Ich kann es immer noch nicht glauben. Das ist meine letzte Nacht im Gefängnis, und ich kann es immer noch nicht glauben.

Es wäre viel wahrscheinlicher gewesen, wenn das Leben ungefähr wie vorher weitergegangen wäre und ich, nach einer Zeit der Verwirrung und Verzweiflung, gefolgt von Krisentherapie und mentalem Großreinemachen, mich dazu entschieden hätte, loyal in der Ehe zu verbleiben. Vielleicht hätte ich mich in meiner Arbeit vergraben und einen Karrieresprung gemacht, bereits als es geschah, war ich eine von denen, die immer genannt wurden, wenn von neuen Ministern die Rede war. Tja. So hätte es kommen können. Wenn ich nicht damals die Hand erhoben hätte, wenn ich nicht das Kabel gepackt und daran gezogen hätte, dann wäre ich jetzt eine andere. Beispielsweise diese Frau, die mit gegen die Kacheln gelehnter Stirn irgendwo in der Botschaftstoilette steht, eine Ministerin, die sich einen Moment der Einsamkeit stiehlt vor allem, was im Laufe des Tages noch getan werden muss. Jede Minute ist natürlich verplant. Zuerst Essen in der Botschaft. Anschließend Abfahrt zur Konferenz. Eröffnungszeremonie. Die eigene Ansprache. Die Reden der anderen. Abfahrt zum Hotel. Umziehen. Abendessen im Rathaus dieser Stadt, an deren Namen sie sich gerade einfach nicht erinnern kann …

Ich glaube, Marys Gedächtnis funktioniert nicht so, wie es soll, und das beunruhigt sie. Sie denkt, es sei ihr eigener Fehler, es liege daran, dass sie so zielstrebig versucht hat, die Erinnerung an diesen Tag vor sieben Jahren auszulöschen, als Anna plötzlich auf der Schwelle ihres Dienstzimmers stand und alles in ihrem Leben in ein Vorher und Nach-her spaltete. Sicher, sie hat gelernt, die Stirn in angemessen traurige Falten zu legen, wenn jemand anderer diesen Tag zur Sprache bringt, doch das ist nur Spiel und Verstellung. Eigentlich hört sie gar nicht, was die Menschen dann sa-gen, die Worte haben ihre Bedeutung verloren, lange bevor sie ihre Trommelfelle erreichen. Ebenso entschlossen hat sie ihre eigenen Gedanken beiseitegeschoben. Erst nach einigen Jahren sah sie ein, dass dieser Beschluss seinen Preis hat-te. Bis zu diesem Zeitpunkt konnte sie in die Vergangenheit hinein- und wieder herausgleiten, ganz wie es ihr behagte, doch dann war die Tür geschlossen. Sie konnte nicht länger eine langweilige Sitzung dadurch erträglich machen, dass sie sich die Bilder einer Mittsommernacht mit dem Billard-verein Zukunft vor Augen rief, sie konnte nicht länger das Lachen und die Stimmen der anderen hören oder sich da-ran erinnern, was für ein Gefühl es war, spät in der Nacht die Wange an einen kratzigen Wollpullover zu lehnen, ohne zu wissen oder überhaupt wissen zu wollen, ob Magnus, Torsten oder Per in diesem Pullover steckte. Aber es wa-ren nicht nur die Mittsommernächte, die sie verloren hat-te. Die Kindheit und Jugendzeit, die Arbeit und die ersten Jahre mit Sverker waren keine Erinnerung mehr, nur eine Art trockenes Wissen. Sie wusste, dass sie in einem weißen Haus aufgewachsen war, dass ihre Mutter sie Mary getauft und ihr Vater sie Marie genannt hatte und dass sie bis in die Teenagerzeit hinein gespielt hatte, zwei Leben zu haben, dass sie ein anderes Ich hätte, das aufwachte, wenn sie ein-schlief, und einschlief, wenn sie aufwachte. Sie wusste auch, dass ihre Mutter bei einem Verkehrsunfall starb, als Mary gerade vierundzwanzig geworden war, und dass ihr Vater, der bei demselben Autounfall schwer verletzt worden war, noch vier Jahre gelebt hatte, aber sie konnte sich nicht mehr daran erinnern. Das waren nur Worte. Ihr gesamtes Leben war zu Worten geworden.

Aber vielleicht wurde es jetzt ja besser. Heute Morgen war sie voller Angst aufgewacht, sie könnte Per nicht wiedererkennen, wenn sie sich träfen, wie sehr sie sich auch anstrengte, sie konnte sich nicht daran erinnern, wie er eigentlich aussah. Er war nur eine Beschreibung: blond und blauäugig. Aber ihre Besorgnis war unnötig gewesen, als die Delegation auf dem Flughafen in den VIP-Raum einmarschierte, gab es keinen Zweifel. Der Mann, der mit offenem Paletot und hinter dem Rücken verschränkten Händen am weitesten hinten im Raum stand, das war definitiv Per. Obwohl er nicht ganz der Alte war. Das Haar war immer noch dicht und haferblond, aber sein Gesicht aufgedunsen und die Augen schmaler geworden. Viel Whisky, dachte sie. Viel Whisky und viele nächtliche Gerichtsverhandlungen.

Er sah sie mit festem Blick an, rührte sich jedoch nicht. Damit verstieß er gegen das Protokoll, das wussten beide, denn als Botschafter musste er direkt an der Tür stehen und der Erste sein, der sie willkommen hieß. Vielleicht war es eine weitere Strafe, wenn auch unbeholfen und verspätet, dafür, dass er sie und Torsten während der letzten Mittsommernacht mit dem Billardverein Zukunft nackt im Hästerumssjön hatte schwimmen sehen.

»MaryMarie«, sagte er, als sie vor ihm stehen blieb.

»Per«, sagte sie.

»Lang ist's her.«

»Ja.«

»Gratuliere zum Ministerposten.«

»Danke.«

»Und wie geht es Sverker?«

»Weder besser noch schlechter.«

»Es ist einfach zu schrecklich.«

»Ja.«

»Einfach zu schrecklich.«

»Ja.«

»Und, wollen wir fahren?«

»Ja.«

Jemand räuspert sich diskret in der Garderobe vor der Toilettentür, und Mary hat es plötzlich eilig, sie tastet die Wand nach dem Lichtschalter ab. Im nächsten Moment steht sie in blendendes Neonlicht getaucht da und blinzelt. *Albatros*, denkt sie schnell, ohne jedoch selbst zu verstehen, was sie damit meint. Sie schaut sich um. Was für eine schicke kleine Botschaftstoilette: die Wandfliesen mit Hammerschlageffekt bilden einen eleganten Kontrast zu dem rauen Klinkerboden. Jemand – vielleicht Anna – hat versucht, den rustikalen Eindruck etwas abzumildern, und einen Fächer von pastellfarbenen Gästehandtüchern auf den Waschbeckenrand gelegt, doch das hilft nicht viel. Das bleiche Gesicht, das im Spiegel darüber zu sehen ist, macht das Bild auch nicht gemütlicher. Es ist zu vage. Unscharf. Schwer zu sehen und zu beschreiben.

Mary glaubt ihrem Spiegelbild nicht mehr. Ab und zu sieht sie ihr Gesicht in Zeitungen, und das gleicht überhaupt nicht dem, das sie im Badezimmerspiegel sieht. Das Zeitungsgesicht hat schmale Lippen und einen misstrauischen Blick, während das Gesicht im Spiegel Lachfältchen um die Augen und ein fast mädchenhaftes Lächeln zeigt. Mary gefällt ihr Zeitungsgesicht ganz und gar nicht, sie verabscheut es so sehr, dass sie ihrer Pressereferentin die Anweisung gegeben hat, der ihr täglich vorzulegende Pressespiegel dürfe keine Fotos von ihr enthalten. Sie hat mitbekommen, dass im Ministerium nicht wenig darüber getuschelt wird. Nun ja. Damit kann sie leben. Es wäre schlimmer, wenn herauskäme, dass sie überhaupt keine Tageszeitungen mehr liest, dass sie nicht einmal in der Lage ist, sie aufzuschlagen. Die Wahrheit ist: Es fällt ihr schwer, ihren Namen gedruckt zu sehen. Seit mehreren Monaten verlässt sie sich voll und ganz auf die Nachrichtensendungen des Rundfunks. So kann es nicht weitergehen, das weiß sie, aber sie weiß nicht, was sie dagegen tun soll.

Noch ein Räuspern. In einer fließenden Bewegung zieht Mary den Lippenstift aus der Tasche, malt sich die Oberlippe an und presst sie gegen die Unterlippe, fährt sich mit der Hand durchs Haar und öffnet den Wasserhahn. Sie lässt das Wasser laufen, während sie die Sekunden zählt, *einundzwanzig, zweiundzwanzig, dreiundzwanzig,* greift jedoch nicht nach der Seife. Sie braucht sich nicht die Hände zu waschen, aber das kann ja die Person auf der anderen Seite der Tür nicht wissen, also erzeugt sie die Geräusche, die aufträten, würde sie sich die Hände waschen. Womit wir diese Diskussion umgehen, denkt sie. Als wäre es Renate, die draußen vor der Tür steht, bereit, alle Handlungen ihrer Tochter zu interpretieren, zu bewerten und zu kritisieren. Aber es ist natürlich nicht Renate, sie ist ja seit über fünfundzwanzig Jahren nur noch Asche. Es ist Anna. Sie tritt einen Schritt zurück, als sich die Tür öffnet, und breitet die Arme aus.

»MaryMarie!«, sagt sie. »Wie schön, dich zu sehen.«

Früher war Anna die Botin des Außenministeriums, sie war diejenige, die mit der Nachricht über Sverkers Unfall kam. Vorher war sie eine Freundin unter Freunden gewesen und als solche – der Gedanke blitzt kurz in Marys Hinterkopf auf – mit hoher Wahrscheinlichkeit ein Ziel von Sverkers Verführungskünsten, zumindest eine gewisse Zeit lang. Vielleicht war es ihm ja gelungen. Nicht, dass Anna oder Sverker sich jemals verraten hätten, es gibt nur wenige Indizien, und die reichen nicht als Beweis. Zumindest Mary nicht. Ein Blick genügt nicht. Auch nicht ein rasches Streicheln, wenn man sich in einer Türöffnung begegnet und glaubt, niemand sähe es. Das hätte ebenso gut eine freundschaftliche Geste sein können. Rein theoretisch.

Anna ist genauso rundlich und hat immer noch die Eichhörnchenaugen wie früher, aber dennoch hat sie sich verändert. Was nicht nur an den Jahresringen um ihren Hals liegt, sondern auch an etwas Neuem in ihrem Auftreten, etwas, das nur sehr wenig mit der Anna zu tun hat, wie Mary sie aus dem Billardverein Zukunft kennt. Sie ist keine entschlossene Idealistin mit zerzaustem Haar mehr. Sondern eine äußerst adrette Botschaftergattin mit sorgfältig gekämmter Pagenfrisur und einem Blazer mit Samtkragen. Endlich gezähmt, denkt Mary und wischt den Hauch von Verlustgefühl beiseite, der kurz ihren Körper durchzieht. Anna war Teil eines Lebens, das einmal war. Eines Lebens, das ihr fehlt.

»Oh«, sagt sie und breitet die Arme aus. »Anna!«

Anna riecht sogar wie eine Botschaftergattin, das bemerkt sie, als sie sich Wangenküsschen geben. Süß und säuerlich. Anschließend treten sie einen Schritt zurück und betrachten einander eine Weile, bis Anna den Kopf schräg legt und die Stimme für die unvermeidliche Frage senkt:

»Wie geht es Sverker?«

Mary zuckt kurz mit den Achseln.

»Wie immer.«

Anna schüttelt den Kopf.

»Wie traurig«, sagt sie. »Wie furchtbar traurig.«

Natürlich sagt sie das, denn das muss man nun mal sagen. Anna hat immer die richtigen Phrasen zur Hand, sie trägt sie wie ein Hamster in den Backentaschen und braucht nur kurz mit der Zunge zu schnalzen, schon kullern sie heraus.

Ich möchte wissen, welchen Spruch sie benutzen würde, wenn sie mich jetzt sähe. Vermutlich den gleichen, wenn auch in schärferem Ton. *Wie traurig. Wie furchtbar traurig.* Wobei sie trotzdem im Inneren ziemlich zufrieden wäre. Anna hat schon immer einen Minuspunkt für die anderen Frauen im Billardverein Zukunft als einen Pluspunkt für sich selbst verbucht. Außerdem glaube ich, dass sie in einem verborgenen Winkel ihrer Seele eifersüchtig gewesen ist. Anna hat immer die beneidet, die lieben und hassen.

Die grünen Ziffern auf dem alten Radiowecker neben meinem Bett zittern und klappen um. Schon nach drei Uhr. In knapp vier Stunden wird sich der Schlüssel in meiner Tür umdrehen. Viel wird morgen geschehen. Ich sollte schlafen. Ich muss schlafen.

Aber irgendwo hinter meinen Augenlidern setzt sich Mary an den Speisetisch des Botschafters. Sie wurde natürlich an Pers rechte Seite gesetzt, alles andere würde gegen das Protokoll verstoßen. Zuerst ist es still zwischen ihnen, dann holt Mary tief Luft und beginnt über das Gebäude zu sprechen, in dem die Konferenz abgehalten werden soll. Ob es stimme, dass es sich um eine alte Kirche handle?

»Ja«, bestätigt Per. »Unter den Kommunisten wurde es aber zu einem Theater umgebaut, und inzwischen ist es also ein Konferenzgebäude. Das beste, das sie haben. Was nicht viel heißen will.«

»Dann bist du nicht beeindruckt?«

Per dreht den Kopf und tut, als sähe er sie an, richtet den Blick aber genau neben ihre linke Schläfe. Er lacht.

»Ich bin selten beeindruckt«, sagt er. »Ich dachte, das wüsstest du noch.«

Mary verzieht müde das Gesicht. Ein linker Haken eingesteckt und registriert. Es werden weitere folgen, das weiß sie. Weiblicher Erfolg hat seinen Preis. Und immer noch ist sie so stark von der Hackordnung aus einer anderen Zeit geprägt, dass sie kurz den Impuls verspürt, Per um Verzeihung zu bitten. *Entschuldige bitte! Ich wollte dich nicht auf der Karriereleiter überholen!* Eine Sekunde lang fühlt sie sich sogar versucht, ihm anzuvertrauen, dass sie jeden Tag damit beendet, die Scham von ihrer Haut abzuschrubben. Im letzten Moment kann sie sich noch beherrschen: Es wäre sinnlos, er würde nicht verstehen, wovon sie redet. Nicht einmal Torsten und Sissela, die klügsten Mitglieder im Billardverein Zukunft und die einzigen, die sie in den letzten Jahren noch getroffen hat, begreifen, was sie meint, wenn sie die Scham zu beschreiben versucht, die sie überkommen hat, seit sie Ministerin geworden ist. Sie glauben, es handle sich um Politikerverachtung, aber so einfach ist das nicht. Eher handelt es sich um die Scham, die mit jeder modernen Form von Öffentlichkeit verbunden ist, damit, dass von jedem, der ins Scheinwerferlicht tritt, erwartet wird, etwas von sich selbst preiszugeben, etwas Privates und Persönliches, etwas sehr Intimes und Innerliches. Das ist eine Bedingung, und wer nicht bereit ist, diese Anforderungen zu erfüllen, muss sich damit abfinden, als hochmütig und arrogant abgestempelt zu werden. Die Lösung besteht natürlich darin, zu lügen, eine Art Vertraulichkeit zu präsentieren, die so tut als ob, und sich insgeheim damit abzufinden, in ein Klischee verwandelt zu werden, einen Menschen, dessen gesamtes Leben und ganze Persönlichkeit in wenige Worte gepresst werden können. Entwicklungshilfeministerin? Blond, blauäugig und pflichtbewusst. Nicht besonders prickelnd, aber mein Gott, was kann man schon erwarten?

Von der anderen Tafelseite ist Annas Stimme ununterbrochen zu hören, sie klettert in immer neuen Skalen auf- und abwärts, während sie Fragen, Komplimente und Kommentare an die Gäste austeilt. Die bestehen größtenteils aus Frauen, einige von ihnen auffallend einfach gekleidet, und ihre Blicke huschen ängstlich über das Silber und Kristall auf dem Tisch.

»Freiwilligenorganisationen«, sagt Per erläuternd und greift nach seinem Wasserglas. Er macht eine Vorstellungsgeste zu der Frau zu seiner Linken hin, Mary lächelt und streckt die Hand aus. Die Frau hat graue Haare, trägt ein graues Kostüm. Ihre Hand ist warm und trocken. Per sagt ein paar Worte in der Landessprache, bevor er sich wieder Mary zuwendet.

»Das hier ist Frau Wie-immer-sie-auch-heißen-mag, Wortführerin des Vereins für Verschwundene Personen. Sie spricht kein Englisch.«

»Aber du kannst mit ihr reden? Hast du die Sprache gelernt?«

»Nur ein paar Höflichkeitsfloskeln. Anna ist da viel besser.«

Anna hat von ihrem Platz auf der anderen Seite des Tisches aus alles beobachtet, jetzt beugt sie sich vor und betont jedes Wort, das sie sagt, mit einem leichten Klopfen ihres Zeigefingernagels auf die Tischdecke:

»Der Verein für Verschwundene Personen leistet phantastische Arbeit, musst du wissen. Er ist besser als die Behörden hier. Sie stellen eigene Untersuchungen an, holen Mädchen aus Bordellen überall in Europa zurück, besorgen Wohnungen, ärztliche Betreuung und psychologische Hilfe ... Und das, obwohl sie über so gut wie keine Ressourcen verfügen.«

Ihre Tischnachbarin legt ihr die Hand auf den Arm und sagt etwas, Anna hört zu, den Kopf leicht zur Seite geneigt, bevor sie sich wieder Mary zuwendet und dramatisch flüstert: »Sie sind alle Angehörige.«

Die Frau neben ihr nickt, als verstünde sie, was gesagt wird. Sie hat sehr große Augen. Rehaugen in einem Katzengesicht.

»Wie meinst du das?«, fragt Mary.

Anna dämpft ihre Stimme, artikuliert aber jedes Wort übertrieben deutlich: »Sie haben jemanden verloren. Allesamt.«

»*Yes*«, sagt die Katzenfrau plötzlich und fährt auf Deutsch fort: »*Verloren. Wir haben alle jemand ...*«

Ihre Stimme versinkt in einem Gemurmel, und einen Moment lang blickt sie nach unten auf den Tisch. Als sie wieder aufschaut, sieht sie Mary direkt in die Augen.

»*My son*«, sagt sie dann, und weiter auf Deutsch: »*Zwölf Jahre ...*«

Anna legt ihre Hand auf die der Frau. Das ist eine doppeldeutige Geste, sowohl tröstend als auch Schweigen gebietend.

»Sie hat ihren Jungen vor vier Jahren verloren ... Einen Zwölfjährigen.«

»Was heißt verloren?«

»Er ist hinausgelaufen, um zu spielen. ... Und dann verschwand er. War einfach weg.«

Die Katzenfrau beugt sich vor. Die braunen Augen glänzen.

»*Wir reden nimmer*«, sagt sie auf Deutsch. »*Never ever.*«

Nach einem raschen Blick auf Per sagt Anna noch leiser: »Ihr Mann will nicht darüber reden. Er tut so, als hätte es den Jungen nie gegeben. Weigert sich, seinen Namen in den Mund zu nehmen ...«

Die Katzenfrau legt beide Hände auf die weiße Tischdecke und lauscht aufmerksam, es hat den Anschein, als wollte sie aufstehen, doch sie führt die Bewegung nicht aus, sondern zieht die rechte Hand an den Körper und legt sie sich auf die Brust.

»*Er lebt!*«, sagt sie. »*I can feel it. In here!*«

Ihre Stimme durchschneidet das gedämpfte Gemurmel. Es wird still, alle Blicke richten sich auf sie. Sie selbst scheint das nicht zu bemerken, sitzt unbeweglich da, mit glänzenden Augen, eine Hand auf der Brust. Mary wendet den Blick ab, schämt sich plötzlich für die Frau und ebenso darüber, dass es ihr überhaupt peinlich ist. Doch das ist keine Welt, in der man es sich erlauben darf, seine Wunden zu zeigen, das ist eine Welt, in der man mit gedämpfter Stimme und abgewandtem Blick über seine Sorgen spricht. Wenn man sie überhaupt erwähnt, wenn man sie nicht so tief begraben hat, dass sie unerreichbar geworden sind.

Per hat mitten in einer Bewegung innegehalten, aber jetzt hebt er sein Glas und wirft Anna dabei gleichzeitig rasch einen Blick zu. Alles spricht dafür, dass es noch am selben Abend zu einer Gerichtsverhandlung im Schlafzimmer kommen wird, dass er Anna für den Fauxpas der Katzenfrau anklagen wird. Hätte sie nicht wissen müssen, dass diese unausgeglichene Frau nicht in der Nähe von MaryMarie platziert werden durfte? War ihr nicht klar, dass das zu peinlichen Situationen führen würde?

Ich habe Per häufig seine Schlafzimmerprozesse abhalten hören. Bereits in ziemlich jungen Jahren hatten Sverker und ich jede Mittsommernacht wach gelegen und gehört, wie Per Anna im Zimmer nebenan zur Rechenschaft zog. Meistens handelte es sich um andere Männer, darum, dass Torsten ihr etwas ins Ohr geflüstert oder dass Magnus ihr beim Tanzen den Nacken gestreichelt hatte, aber manchmal hatte sie sich auch selbst unmöglich benommen, hatte zu viel gelacht oder zu laut geredet oder beleidigt dagesessen und nichts gesagt. Auf jeden Fall hatte er sich für sie geschämt. Er musste sich immer für Anna schämen.

Nicht, dass ihnen das anzumerken gewesen wäre. Sobald andere Leute in der Nähe waren, verwandelten sich Anna und Per in das ideale Paar. Bereits als Zwanzigjährige beherrschte Anna bis zur höchsten Vollendung die Kunst, sich bei Per unterzuhaken und ihre Wange auf eine Art an seinen

Jackenärmel zu schmiegen, die ein schlichtweg rührendes Vertrauen ausdrückte, während er wie in einem Anfall zärtlicher Zerstreutheit ihr Haar mit den Lippen streifte. Ich brauchte fast zehn Jahre, um zu begreifen, dass die beiden tatsächlich Feinde waren, dass sie einander bekriegten und bekämpften, dass eine geheime Schlacht zwischen ihnen tobte, eine Schlacht, die mit raschen Seitenblicken und einem halb unsichtbaren Mienenspiel ausgefochten wurde. Wenn Per von dem Bedürfnis nach realistischer schwedischer Außenpolitik sprach, schürzte Anna verächtlich die Oberlippe – wieso bildete er sich ein, dass das Volk sich von billigem Zynismus beeindrucken ließe? –, und wenn Anna sich des Langen und Breiten über diverse Verstöße gegen die Menschenrechte ausließ, zog Per die Augenbrauen hoch und schaute zur Seite. Politisch korrektes Gutmenschentum war ihm peinlich. Außerordentlich peinlich.

Anna antwortete nur selten auf Pers Schlafzimmermonologe, allein seine Stimme drang durch die dünne Wand zu uns herüber.

»Vielleicht schläft sie ja«, sagte ich einmal zu Sverker. »Oder sie liest ein Buch.«

Wir waren auf dem Heimweg von der Mittsommernachtsfeier. Sverker fuhr. Noch war nichts passiert. Noch war nichts auch nur abzusehen.

»Nein«, sagte Sverker. »Sie schläft nicht. Die schlafen doch hinterher miteinander.«

Das hatte ich nicht gemerkt, doch in der nächsten Mittsommernacht konnte ich hören, dass es stimmte. Dem Schlafzimmerprozess folgte eine Weile rhythmisches Knarren in den durchgelegenen Sprungfedern. Eine sehr kurze Weile. Ansonsten war nichts zu hören, keine Stimmen, kein unterdrückter Lust- oder Schmerzensschrei, kein Stöhnen oder Rumsen. Und dennoch schmiegte Anna am nächsten Morgen ihren Kopf an Per und strich ihm über den Arm mit einer Geste, die offenbar nach sinnlicher Erinnerung an die Wonnen der Nacht aussehen sollte.

»Vielleicht liest sie das Buch, während sie miteinander schlafen«, sagte ich, als wir dieses Mal nach Hause fuhren.

Sverker erwiderte nichts. Es blieb lange still zwischen uns.

Anastasia singt nicht mehr. Oder weint nicht mehr.

Ich hoffe, sie ist eingeschlafen, sie sieht aus, als müsste sie unbedingt lange und viel schlafen. Sie ist nur noch ein Schatten, ein blasser, kleiner Schatten mit dunklen Haaren und einer Kette von Sommersprossen über der Nase. Vielleicht ist sie einfach nur unterernährt, sie isst ja nichts. Morgens trinkt sie eine Tasse Kaffee mit uns anderen, schüttelt aber ablehnend den Kopf, wenn ihr jemand den Brotkorb oder den Saft hinhält. Zum Mittagessen und Abendbrot taucht sie nie auf, sobald das Essen für die Abteilung geliefert wurde, huscht sie in ihre Zelle und schließt die Tür hinter sich. Niemand scheint etwas davon zu merken.

Ich möchte wissen, was sie getan hat.

Vermutlich ein Gewaltverbrechen. In Hinseberg versucht man die Mörderinnen und Totschlägerinnen von den Diebinnen und Drogenkriminellen zu trennen. Auf dieser Abteilung hier haben fast alle getötet. Mehrere sind außerdem auf Lebenszeit verurteilt, was bedeutet, dass sie eine besonders schwere Gewalttat begangen haben. Sie haben Schädel zertrümmert, mitten in Augen geschossen und Kehlen mit einer Rohheit durchschnitten, dass sich eine, die einfach nur einen Stecker aus der Wand gezogen hat, daneben angenehm unbescholten und normal funktionstüchtig vorkommen kann.

Aber es fällt mir schwer, mir vorzustellen, dass Anastasia jemanden getötet hat. Nicht nur, weil sie so klein und dünn ist, sondern weil sie so unterwürfig wirkt. Sie zieht die Schultern hoch und schaut zu Boden, ihre ganze Haltung verrät, dass sie Schläge gewöhnt ist und nicht die Person ist, die zurückschlägt. Aber man weiß ja nie. Ab und zu kann die Gewalt auch für den, der sie ausübt, ganz überraschend kommen. Ihr braucht nur mich zu fragen. Oder Mary.

Jetzt steht Mary mit dem Rücken zu den anderen Gästen an der Balkontür des Salons. Ihre Kopfschmerzen sind schlimmer geworden, aber davon will sie nichts wissen, sie lässt es nicht zu. Während der letzten Jahre hat sie sich ganz bewusst dazu entschieden, all die Wehwehchen und Symptome zu ignorieren, die sie beunruhigt haben, als sie noch jung war. Damals war sie ein ängstlicher Mensch gewesen, der oft an seine Abwehrkräfte dachte und deshalb immer mit dem Tod auf den Fersen lebte, jetzt registriert sie nicht einmal, dass sie vor lauter Schmerzen das eine Auge schließen muss, als sie die Aussicht betrachtet. Der Herbst hat jetzt mit aller Macht eingesetzt, draußen auf den Straßen eilen die Menschen durch den Nieselregen, und das Laub der Bäume beginnt sich zu färben.

»Das liegt an den Bomben«, sagt Anna hinter ihrem Rücken.

Mary dreht sich um und runzelt die Stirn, Anna reicht ihr lächelnd eine Kaffeetasse.

»Dass es so viele Parks gibt«, fügt sie erklärend hinzu. »Das liegt an den Bomben während des Zweiten Weltkriegs. Sie haben aus allen zerbombten Vierteln Parks gemacht ... Deshalb ist die Stadt so grün.«

»Gefällt es dir hier?«

Anna zuckt mit den Achseln.

»Nun ja. Auf jeden Fall ist es besser als Islamabad.«

»Wie lange seid ihr schon hier?«

»Seit einem Jahr.«

»Also noch drei.«

Anna zuckt wieder mit den Schultern, antwortet aber

nicht. Es bleibt still zwischen den beiden, während Mary die Tasse hebt und einen Schluck trinkt.

»Aber was für ein Gefühl ist es für dich, hier zu sein?«, fragt Anna halblaut. »Ausgerechnet in dieser Stadt?«

Als Antwort gibt Mary einen leisen Laut von sich. Sie ahnt, was kommen wird, weiß aber nicht, wie sie es umgehen könnte.

»Letztes Mal hast du es sicher nicht geschafft, dich umzuschauen. Und ehrlich gesagt wäre es ja auch etwas merkwürdig gewesen, wenn du als Touristin unterwegs gewesen wärst, nachdem Sverker …«

Zunächst nickt Mary, schüttelt dann den Kopf, weiß aber selbst nicht, was sie damit eigentlich meint. Anna sieht sie starr an, während sie selbst einen Schluck von ihrem Kaffee nimmt.

»Ich finde, du bist einzigartig«, sagt sie dann. »Dass du geblieben bist. Dass du dich um ihn gekümmert hast. Trotz allem.«

Mary schaut in ihre Kaffeetasse hinein, doch dort tut sich kein Ausweg auf.

»Ich weiß nicht, ob ich das geschafft hätte«, sagt Anna. »Ich glaube nicht. Ich glaube, ich hätte ihn umgebracht.«

Mary wirft ihr einen Blick zu. Jetzt reicht es, sagt der. Aber Anna merkt nichts oder tut, als merkte sie nichts, sie rührt in ihrer Tasse um und fährt fort:

»Was anderes wäre es ja gewesen, wenn das eine normale Geschichte gewesen wäre. Ich meine, *Geschichten* haben ja die meisten von uns gehabt und auch ertragen müssen. Aber das hier … Ja, entschuldige, dass ich es so sage, aber das war doch so …«

Billig! Sie bricht den Satz ab, bevor er beendet ist, doch das unausgesprochene Wort bleibt zwischen ihnen hängen. Die Zunge in Marys Mund fühlt sich geschwollen und fremd an, dennoch hebt sie die Tasse, als berührte sie das überhaupt nicht, und trinkt daraus. Die anderen Gäste sind langsam aufgebrochen, nur noch wenige sind übrig und warten auf die Wagen, die sie zur Konferenzhalle bringen sollen.

»Aber du hast verziehen und bist geblieben«, sagt Anna und legt ihre schneeweiße Hand auf Marys Jackenärmel. »Ich finde das großartig. Vollkommen phantastisch.«

Mary zieht den Arm zurück und wirft einen Blick auf ihre Armbanduhr.

»O je«, sagte sie daraufhin und artikuliert sehr genau mit ihrer geschwollenen Zunge. »Jetzt wird es aber Zeit.«

Das ist eine gute Ausrede. Die einzig akzeptable.

Vielleicht hat Mary nur wegen der Ausrede den Ministerposten angenommen. Harte Arbeit und ein voller Terminkalender bilden einen effektiven Schutz gegen die Welt. Dennoch beklagt sie sich oft über ihr vollgestopftes Programm und sagt, sie sehne sich nach mehr Zeit für andere Menschen. Aber das stimmt nicht. In Wirklichkeit ist sie zu großen Anstrengungen bereit, nur um ihrem Leben ausweichen zu können.

Doch manchmal kommt sie nicht davon. Im Flugzeug wurde sie an diesem Vormittag von einer zehnminütigen Leere überrascht, der ersten seit mehreren Wochen. Zuerst hatte sie in ihrem Terminkalender geblättert und war überrascht, dass von ihr erwartet wurde, an diesem Montag nach Burundi zu fliegen; anschließend hatte sie ihre Rede zweimal durchgelesen, einen Rechtschreibfehler und einen Bezugsfehler korrigiert, bevor ihr bewusst wurde, dass sie tatsächlich nichts zu tun hatte. Keine Berichte waren zu lesen, kein Problem zu lösen. Kein Mensch, mit dem sie hätte reden können. Letzteres war beabsichtigt. Als sie an Bord ging, hatte sie dafür gesorgt, dass Caroline, ihre Pressereferentin und ständige Begleiterin, einige Sitzreihen hinter ihr landete. Während eines Atlantikfluges in der vergangenen Woche

hatte Caroline sich betrunken und war vertraulich geworden, und ihr weinerliches Bekenntnis über eine Beziehung,
die gerade in die Brüche ging, hatte Mary maßlos geärgert.
Sie hatte keine Zeit für Gefühlsduseleien. Schließlich war sie
Entwicklungshilfeministerin.

Aber jetzt saß sie in einem Flugzeug mit zehn unausge-
füllten Minuten vor sich. Vor dem Fenster schien die Sonne
auf eine Wolkendecke, die sich von einem Horizont zum anderen erstreckte. *Albatros*, dachte sie, schob das Wort aber
so rasch beiseite, dass es kaum in ihr Bewusstsein drang.
Sie wollte in dieser Ruhe bleiben, in der Hoffnung verweilen, dass die Welt unten nicht mehr existierte. Armut gab es
nicht mehr, keine Gewalt und keine dunklen Gassen, keine
Frauen, die gelernt hatten, sich selbst zu verachten, und keine
Männer, denen es an allem mangelte. Es gab nichts als einen
blauen Himmel und eine Unendlichkeit von weißen Wolken.
Im nächsten Augenblick blitzte ein Bild in ihrer Erinnerung
auf, sie sah ihn, wie er vor dem Rollstuhl und Respirator
war, ein hoch gewachsener Mann mit fein geschwungenen
Lippen, markanten Augenbrauen und lachendem Blick. Die
Sehnsucht fuhr ihr wie ein Schlachterhaken in den Rücken,
doch mitten im Schmerz hatte sie plötzlich seinen Namen
auf der Zunge, da lag er wie eine Beere oder ein Stück
Obst, halb zerkaut und voller Süße, und sie war überrascht,
sich selbst flüstern zu hören: *Sverker. Den ich geliebt habe.
Sverker.*

Ich selbst drehe mich im Bett herum und bohre das Gesicht
ins Kopfkissen. Ich will nicht an allen Gedanken und Erinnerungen Marys Anteil haben, schließe lieber die Augen und
lasse eine Stunde ihres Lebens verrinnen. Jetzt geht sie mit
Per an ihrer Seite ins Konferenzgebäude. Er sieht sie nicht
an, genau genommen hat er ihr kein einziges Mal in die Augen gesehen, seit sie gelandet ist. Vielleicht ist das auch eine

Strafe, vielleicht betrachtet er sich tatsächlich als Sverkers stellvertretender Geschlechtskontrolleur, einer, der das Recht hat, eine untreue Ehefrau anstelle des Gatten an ihre Schuld zu erinnern.

Schweigend gehen sie über Marmorfliesen im Schachbrett-muster auf ein Grüppchen Würdenträger des Gastlandes zu. Ein vierschrötiger Mann in einem dunklen Anzug ergreift Marys Hand, als sie angekommen sind, und es dauert ein paar Sekunden, bis sie begreift, dass er der Sozialminister ist. Sie ist erfreut, endlich gibt es Arbeit, endlich kann sie sich dem sicheren Unpersönlichen widmen. Also lächelt sie und sagt, dass die schwedische Regierung es wirklich zu schätzen weiß, dass er die Initiative zu dieser Konferenz ergriffen hat. Denn Menschenhandel, erklärt sie und schiebt den Schul-tergurt ihrer Handtasche hoch, ist ja nicht nur ein Problem der Länder und Familien, die ihre Töchter und Söhne verlie-ren, es ist mindestens ebenso sehr eine Sorge der Zielländer. Wenn Menschen in Europa sich einfach das Recht nehmen, Menschen zu kaufen und zu verkaufen, dann ist das ein Zei-chen dafür, dass der Respekt vor Menschenrechten ...

Splash! Ein weißer Blitz schlägt ihr auf die Netzhaut, und sie verliert den Faden, steht einen Augenblick lang stumm und geblendet da, bevor der Vierschrötige sehr vorsichtig ihren Ellbogen berührt und sie so dirigiert, dass sie beide nebeneinander stehen und zu dem Fotografen blicken. Das ist ein junger Mann in abgewetzten Jeans mit langen Haa-ren, er lacht und sagt etwas in der Landessprache, bevor er einen neuen Blitz abfeuert. Dieses Mal ist Mary vorberei-tet, doch das nützt nichts. Während der folgenden halben Minute sieht sie nichts anderes als weiße Flecken, die über die Netzhaut huschen. Ein leichtes Unbehagen rührt sich in ihrem Bauch, es erinnert sie an etwas, doch sie weiß nicht genau, an was. Ihr Hirn zeigt ihr nur ein Fragment, sie erin-nert sich, dass sie schon einmal ebenso hilflos von weißem

Licht geblendet wurde, kann aber nicht sagen, wann und wo das geschah, und erinnert sich auch nicht mehr daran, dass sie die folgenden drei Wochen nur ein einziges Wort sagen konnte, ein vollkommen sinnloses Wort, das mit nichts in ihrem Leben zu tun hatte. *Albatros!* Warum sollte sie sich daran erinnern? Es war ja eine einmalige Sache, wie die Ärzte sagten, die Art ihres Körpers, auf extreme emotionale Erschütterungen zu reagieren. Das hat nichts mit ihrem Leben heute zu tun. Bestimmt beruht ihr Unbehagen nur auf dem Antlitz, das fast ihr gesamtes Gesichtsfeld ausfüllt, als sie wieder sehen kann. Håkan Bergman stellt sich immer etwas zu nah an die Leute, mit denen er spricht.

»Du hast nicht geantwortet«, sagt er.

Der vierschrötige Sozialminister lässt Marys Ellbogen los, murmelt etwas und wendet sich neuen Gästen zu. Hunderte von Menschen drängen sich im Foyer, doch sie ist allein mit Håkan Bergman. Früher einmal waren sie Kollegen. Ein paar Jahre später wurde sie seine Chefin. Jetzt stehen sie auf einem schwarz-weißen Marmorboden und starren einander an.

»Wie bitte?«

Sie biegt den Oberkörper ein wenig nach hinten, doch das nützt nichts. Er folgt ihrer Bewegung.

»Du hast nicht auf meine Frage vorhin geantwortet.«

»Welche Frage?«

»Was für ein Gefühl das ist, zurück zu sein.«

Mary weicht mit dem Blick aus, doch nur für einen Moment.

»Danke. Ein gutes Gefühl.«

Er zieht die Augenbrauen hoch.

»Gut?«

»Ja.«

»Darf ich dich in diesem Punkt zitieren?«

Das ist eine Drohung. Da gibt es keinen Zweifel. Håkan

Bergman ist hinter Mary Sundins blondem Schopf her, er will ihn zu den anderen Skalpen an seinen Gürtel hängen. Er wurde von der zweiten Abendzeitung abgeworben, und sie selbst ist keine Journalistin mehr, also kann sie nicht mit der Kollegialität in der Berichterstattung rechnen, die sie und Sverker vor sieben Jahren gerettet hat. Einen Augenblick lang meint sie die Doppelseite zu sehen, wie Håkan Bergman sie sich vorstellt. Fette schwarze Lettern. Ein Foto der Gasse, in der Sverker gefunden wurde. Ein anderes von ihr selbst, wie sie am Rednerpult steht. Ein drittes von einem peinlich berührten Ministerpräsidenten. (Schlagzeile: *Ich habe es nicht gewusst...*)

Andererseits ist sie nicht wirklich überrascht. Sie hat immer gewusst, dass der Tag kommen würde, auch wenn sie auf einen anderen Vollstrecker als Håkan Bergman gehofft hat. Doch auch er hat seine Schwachstellen. Er ist ein scheinheiliger Vegetarier, der in Fleisch schwelgt, sobald seine Frau außer Sichtweite ist. Außerdem ist seine private Finanzlage ein allgemeiner Joke in den Redaktionen in ganz Stockholm. Håkan Bergman Geld leihen – da kann man es auch gleich ins Meer schmeißen. Ganz zu schweigen von damals, als er einen Reisekostenvorschuss von dreißigtausend verprasst hat und nicht eine einzige Quittung mit nach Hause brachte. Daraufhin bekam er eine schriftliche Verwarnung. Vielleicht hofft er ja, dass Mary es vergessen hat. Hat sie aber nicht. Also lächelt sie ganz zuversichtlich und legt den Kopf schief.

»Meinst du, ich würde dich daran hindern wollen?«

Ohne zu antworten, zieht er einen Notizblock aus der Tasche seiner Wildlederjacke.

»Es wäre interessant, was du zu den Freiern zu sagen hast, den angeblichen kleinen Fischen.«

Mary lächelt noch sanfter.

»Da ist jetzt aber ein kleines Missverständnis entstanden,

Håkan. Das hier ist keine Fischereikonferenz. Sondern eine Konferenz über Menschenhandel.«

Er hält seinen Stift in der Luft an, aber nur kurz.

»Wie schön, dass du dir deinen Sinn für Humor bewahrt hast. Geradezu großartig, wenn man bedenkt ... Aber ich meinte natürlich die Puffbesucher. Oder Hurenkunden, wenn du so willst.«

Die Zunge fühlt sich wie ein Tier in ihrem Mund an. Fremd. Doch sie darf nicht nuscheln, muss jedes Wort äußerst sorgfältig aussprechen.

»Natürlich verstehe ich, was du meinst, Håkan. Aber sicher. Und wenn du einen kleinen Moment Geduld hast, werde ich meine Pressesprecherin bitten, dir eine Kopie meiner Rede zu geben ...«

Er zeigt seine Zähne, was wohl ein Lächeln vorstellen soll.

»Nun ja, ein persönlicher Kommentar wäre mir da schon lieber. Etwas aus deiner eigenen Erfahrung. Denn ich gehe doch davon aus, dass du deinen Mann nicht in der Rede erwähnen wirst ...«

Albatros! Das Wort durchzuckt sie wieder und lässt sie die Lippen fest aufeinanderpressen, damit es nicht herausrutscht.

»Nun, was meinst du?«

Sie schüttelt nur den Kopf, wagt es nicht, dem Tier in ihrem Mund zu vertrauen.

»Also nicht«, sagt Håkan Bergman. »Schade. Ich denke schon, es würde ziemlich viel bedeuten, wenn du bereit wärst, dich endlich über diese Sache auszusprechen. Auf eine persönliche Art und Weise, meine ich. Menschlich.«

Schweigend blättert er seinen Notizblock um.

»Etwas anderes«, sagt er dann. »Ich habe gehört, dass du Mitglied in einem Verein bist, der sich Billardverein Zukunft nennt.«

»Ich?«, wundert sich Mary. »Nein, ich spiele kein Billard.«

Sie hört selbst, wie das klingt. Als wäre sie betrunken. *Isch schpiele keihein* … Håkan Bergman hört es auch und zieht die Augenbrauen hoch, kommentiert ihr Nuscheln jedoch nicht.

»Merkwürdig«, sagt er stattdessen. »Mir ist zu Ohren gekommen, du seist da Mitglied.«

O Mary, Mary, Mary. Du Dummerchen! Warum hast du gelogen?

Man soll Journalisten nicht anlügen. Und schon gar nicht Håkan Bergman. Er liebt es, Lügner zu entlarven, sie zu Fall zu bringen und aller Welt ihre Schändlichkeit zu präsentieren. Nicht, weil er die Wahrheit liebt, sondern weil er es liebt, zu triumphieren. Mary sollte das wissen. Sie war sechs lange Jahre lang seine Chefredakteurin.

Außerdem ist der Billardverein Zukunft kein Geheimnis, es gibt keinen Grund, seine Existenz zu leugnen. Ist es doch nur ein Freundeskreis, vor langer Zeit von sieben Gymnasiasten gegründet, den jeweiligen Regionalsiegern des großen Aufsatzwettbewerbs *Volksherrschaft und Zukunft*, der später um die besseren Hälften erweitert wurde. Beschäftigung? Alles, was das Leben schön macht. Alles Mögliche außer Billard.

Sie fehlen mir. Ich wünschte, sie träfen sich immer noch, Sissela würde nach wie vor jedes Silvester die Sektparty organisieren und Maud zu jeder Mittsommernacht die Festtafel auf dem Bootssteg decken. Ich wünschte es mir, auch wenn ich einsehe, dass ich nie wieder dabei sein darf. Keiner von ihnen kam zu meiner Verhandlung, nicht einmal Torsten oder Sissela. Es hat mich auch keiner im Gefängnis besucht, niemand hat mir während all dieser Jahre auch nur eine Postkarte oder einen Weihnachtsgruß geschickt. Trotzdem denke ich immer noch an sie als an meine Freunde. An meine und Marys.

Und mit alter Freundschaft ist es wie mit einer alten Ehe. In der Stunde der Not hilft man einander, auch wenn man gerade noch gemeckert hat und beleidigt war. Deshalb ist es Per, der Mary rettet, er hat irgendwo im Hintergrund gestanden und ihr Gespräch mit Håkan Bergman verfolgt. Jetzt materialisiert er sich an ihrer Seite und lächelt verbindlich, während er den Arm um sie legt in einer Geste, die gleichzeitig freundschaftlich und respektvoll ist. Er riecht gut nach Seife und Männlichkeit.

»Es tut mir leid«, sagt er. »Aber wir müssen hier abbrechen. Die Eröffnungszeremonie beginnt in zwei Minuten.«

Einige Sekunden lang lässt Mary sich stützen, bevor sie sich aufrichtet und Håkan Bergman ein gemessenes Nicken zukommen lässt. Per hat recht. Die Ministerin hat keine Zeit.

Der Konferenzsaal ist dunkler, als sie erwartet hat, sie muss ein paarmal zwinkern, bevor sie das Gold und die Bilder an der Decke erkennen kann. Sie bleibt in der Tür stehen und legt den Kopf zurück, doch sogleich fasst Per sie beim Ellbogen und schiebt sie vor sich her, es ist keine Zeit mehr, sie müssen sich beeilen, in die erste Reihe zu kommen. In dem Moment, als sich Mary auf ihrem Platz niederlässt, geht der vierschrötige Sozialminister auf die Bühne und stellt sich ans Rednerpult. Er hat eine angenehme Stimme, sonor und väterlich. Einen Moment lang ist Mary versucht, die Kopfhörer des Simultandolmetschers liegen zu lassen, um allein der Stimme zu lauschen, besinnt sich aber im letzten Moment eines Besseren. Natürlich muss sie wissen, was der Gastgeber gesagt hat, wenn sie an der Reihe ist.

Langsam ist es Mary selbst klar geworden, dass sie politisches Talent hat. Es verwundert sie, doch sie kann es nicht leugnen. Sie sieht Wege und Kompromissmöglichkeiten, wo andere nur Konflikte sehen, sie kann falsch spielen, wenn es notwendig ist, und ist gleichzeitig naiv genug zu glauben, dass es eine Lösung für jedes Problem gibt. Außerdem ist sie eine gute Rednerin, so gut, dass sie sich ab und zu von ihren eigenen Worten verführen lässt. Das sind ihre besten Augenblicke.

Und einer dieser Augenblicke wird gleich kommen, deshalb lächelt sie vor sich hin, während sie dort auf ihrem roten Samtstuhl sitzt. Hinter ihr sitzen einige hundert Menschen auf ebensolchen roten Stühlen, und bald, in wenigen Augenblicken, wird sie sie in der Hand haben. Sie wird am Rednerpult stehen, alle Sinne wach, ihr Körper wird jeden Atemzug und jede Bewegung unter den Zuhörern registrieren, alles von einem leichten, ungeduldigen Zittern, das den Saal durchläuft, wenn der vierschrötige Sozialminister ihr das Wort überlässt, bis zu dem atemlosen Schweigen, das entsteht, wenn sie ihre Zuhörer wenige Minuten später gefangen hat. Sie hat eine gute Rede in ihrer Mappe, eine Rede, die nicht nur davon handelt, wie wichtig es ist, mit größtmöglicher Einigkeit zum Abschlussdokument zu gelangen, sondern eine Rede, die diese Sache mit dem Menschenhandel lebendig und wirklich macht. Sie wird berichten von Zuzana, der Vierzehnjährigen, die für ein paar Tüten Heroin verkauft wurde, von Anna, der Sechzehnjährigen, die glaubte, der Schöne Ivan würde sie wirklich lieben, und von Daiva, die den Fehler machte, auf einer Landstraße in Litauen zu trampen. Alle landeten am Ende in einer Beton-Trabantenstadt in Schweden, eingesperrt in je eine Einzimmerwohnung mit einer dreckigen Matratze auf dem Boden und einer Rolle Haushaltstüchern …

Und jetzt ist der Vierschrötige fertig. Jetzt ist sie an der Reihe.

»*Your Excellency*«, sagt er. Das ist dick aufgetragene

Schmeichelei, denn Mary ist alles andere als eine Exzellenz, doch das macht nichts, denn in diesem Moment macht sie sich bereit, in die Rolle ihrer selbst zu schlüpfen, und jede kleine Aufmunterung macht das gleich leichter. Die Kopfschmerzen sind plötzlich fort, die Zunge gehorcht ihr wieder. Sie schüttelt leicht ihr Haar und greift nach dem Manuskript, stellt sich dann hin und streicht sich schnell mit der freien Hand über den Rock. Er ist kurz, aber nicht zu kurz, und ihre Absätze sind sehr hoch, doch das ist sie gewöhnt, sie geht mit sicherem Schritt die Stufen zur Bühne hinauf, lächelt noch einmal dem Vierschrötigen zu und schüttelt rasch seine Hand, stellt sich sodann ans Rednerpult und umfasst dessen Rand.

»*Excellencies*«, sagt sie und blickt über den Saal hinweg. Die Zuhörer sind eine Wand dunkler Körper. »*Ministers, ladies and gentlemen.*«

In dem Moment wird der große Scheinwerfer eingeschaltet, und sie steht einsam in einem Meer von Licht. Über ihre Netzhaut tanzen weiße Flecken, sie sieht sie an, und einen Atemzug lang kann sie sich nicht dessen erwehren, was sie früher am Tag mit aller Macht verdrängt hat. Denn hier war es ja passiert. Hier, in diesem Land, in dieser Stadt hatte sie vor sieben Jahren das Vermögen verloren, etwas anderes als ein einziges Wort zu sprechen. Temporäre Aphasie, erklärten die Ärzte, als sie nach Hause kam. Ein migräneähnlicher Zustand, bei dem der Anfall von Stress und starkem Licht ausgelöst wird. Aus einem dunklen Flur trat sie in etwas, das aussah wie ein Operationssaal, ja, so war es. Weiße Kacheln an den Wänden und auf dem Boden. Weißes Licht von einer riesigen Lampe über der Trage. Ein einziges Wort in der Kehle: *Albatros!*

Eine Bewegung geht durch das Publikum, sie spürt sie eher, als dass sie sie hört, und ihr wird klar, dass sie ein paar Sekunden zu lange schweigend dagestanden hat. Deshalb zwingt sie sich zurück in die Gegenwart, schaut in ihr Manuskript und liest sich die erste Zeile lautlos durch. *Wir sind hier zusammengekommen, um über die Sklaverei der heutigen Zeit zu sprechen ...* Die Worte liegen ihr auf der Zungenspitze. Sie holt Luft und setzt zum Sprechen an.

»Albatros!«, kommt aus ihrem Mund. »Albatros!«

Mögliche Mitteilungen (II)

PRESSEMITTEILUNG
Außenministerium
Abteilung für Entwicklungshilfe
13.10.2004

Die Entwicklungshilfeministerin Mary Sundin ist auf unbestimmte Zeit krank geschrieben worden.

Während ihrer Abwesenheit wird der Außenminister ihre Arbeitsaufgaben übernehmen. Die geplanten Reisen u.a. nach Burundi und Tansania, die auf Mary Sundins Programm der kommenden Wochen standen, werden bis auf Weiteres aufgeschoben.

E-Mail von Caroline Svantesson an
Pressereferentin Lena Abrahamsson,
Sozialministerium

Weißt du etwas über Aphasie? Und stimmt es, dass Mary schon einmal eine Aphasie hatte? Kann man die wirklich bekommen und davon wieder geheilt werden? Ich finde, das klingt verdammt merkwürdig, aber Håkan Bergman vom Expressen behauptet das. Er hat ja beim Aftonbladet gearbeitet, als sie dort Chefredakteurin war, aber jetzt ist er hier in Vladista, und er nervt reichlich.

Aus der Ministerin ist nicht ein vernünftiges Wort herauszukriegen. Nicht, dass das so ein großer Unterschied zu vorher wäre, aber jetzt beantwortet sie alle Fragen mit ein und demselben Wort: *Albatros*. Deshalb stelle ich jetzt keine Fragen mehr.

Warum habe ich bloß diesen bescheuerten Job angenommen?

MfG
Caroline

> Von der furchtbaren Trockenheit
> war jede Zung' bis zur Wurzel verdorben,
> wir konnten nicht sprechen, kein Brot mehr brechen,
> unsre Kehlen waren gestorben.
>
> O Schreckenstag, von Alt und Jung
> was für Blicke mußt' ich erleben!
> Dann haben sie mir den Albatros
> wie ein Kreuz zu tragen gegeben.

SAMUEL TAYLOR COLERIDGE

E-Mail von Anna Grenberg an
Sissela Oscarsson
13. Oktober 2004

Liebe Sissela,

long time no see. Oder besser gesagt *hear.* Nach einigen Bemühungen ist es mir gelungen, deine E-Mail-Adresse herauszufinden. Ich schreibe, weil MaryMarie während eines Besuchs hier in Vladista einen Rückfall in die Aphasie erlitten hat, die sie nach Sverkers Unfall ereilte. Sie kann überhaupt nicht sprechen (mit Ausnahme eines einzigen Worts, das alles zu bedeuten scheint), und ich kann nicht sagen, wie viel sie versteht. Sie wohnt für ein paar Tage bei uns zu Hause. Aber: Sie wird am Freitag nach Hause fahren, und ich wäre dir dankbar, wenn du sie in Arlanda abholen und mit ihr zusammen zu ihrem Arzt fahren könntest. Erinnerst du dich noch, wer sie damals behandelt hat? Und vielleicht könntest du mit ihm/ihr schon jetzt Kontakt aufnehmen?

Es tut mir leid, dass ich Dich um diesen Gefallen bitten muss, aber du weißt ja auch, wie es um Sverker steht und wie einsam MaryMarie ist. Sie hat keine Verwandten mehr, und ihr beide wart euch doch immer sehr nahe. Ich wäre dir auch äußerst dankbar, wenn du deine Abneigung gegen Sverker so weit überwinden könntest, dass du ihn anrufst (oder seinen Pfleger) und ihm erzählst, dass MaryMarie krank geworden ist, aber nicht lebensgefährlich. Damit er sich nicht unnötig beunruhigt, meine ich. Er weiß ja, dass MaryMarie das schon einmal durchgemacht hat und dass sie danach wieder gesund geworden ist. Sie braucht sicher einfach nur Ruhe – es ist schwer, heutzutage Ministerin zu sein.

Übrigens muss ich sagen, dass ich es schon schade finde, dass wir keinen Kontakt mehr haben, ich hatte doch gehofft, dass wir im Billardverein Zukunft ein Leben lang zusammenstehen würden. Der Einzige, den wir abgesehen von MaryMarie in den letzten Jahren gesehen haben, ist Magnus, der uns hier im letzten Jahr besuchte, um – wie er es ausdrückte – im Namen der Solidarität den Sexsumpf zu schildern. Es sollte wohl eine Art Fotoausstellung über eine Prostituierte werden. Oder ein Film. Per hat es ganz übel aufgenommen. Für diese Art von Solidarität hat er absolut nichts übrig, wie du dir denken kannst. Außerdem erschwert so etwas seine Kontakte zu der grigirischen Regierung. Weshalb wir Herrn Hallin nicht so sehr vermissen wie euch andere. Übrigens ist mir schon klar geworden, dass MaryMarie und Torsten Per das übel genommen haben, was er in der letzten Mittsommernacht gesagt hat, aber ich kann nicht so recht begreifen, warum du so reagiert hast. Insgeheim musst du doch wohl auch zugeben, dass das, was sie gemacht haben, Sverker gegenüber gemein war ...

Aber ich bin der Meinung, wir sollten *bygones be bygones* lassen und versuchen, wieder Freunde zu werden. Per und ich, wir vermissen euch andere. Besonders ich.

Deine Freundin (hoffe ich doch)
Anna

P.S. Habe gehört, dass mit dir und diesem Schauspieler Schluss ist. Wie schade. Ich hätte dir wirklich gegönnt, dass du endlich jemanden findest, mit dem du leben kannst.

A.

E-Mail von Sissela Oscarsson
an Anna Grenberg
13. Oktober 2004

Liebe Anna,

danke für deine mail. Besonders für dein PS. Es freut mich, dass du immer noch genauso einfühlsam und warmherzig bist. Ich habe mit einem Pfleger von Sverker gesprochen. Er war bereits informiert, jemand vom Außenministerium war dort gewesen.

Außerdem kann ich dir versprechen, dass ich MaryMarie am Freitag vom Flughafen abhole, vorausgesetzt, ich erfahre Flugnummer und Ankunftszeit. Ich habe auch einen Termin für sie bei ihrem Neurologen vereinbart.

Sissela

Schweigen

Es ist schön, nicht sprechen zu können. Man wird in Ruhe gelassen. Darf allein sein.

Mein Hotelzimmer ist abbestellt worden, und jetzt ruhe ich zu Hause bei Anna und Per aus. Das Gästezimmer ist ein Traum der Staatlichen Schwedischen Grundstücksverwaltung. Ein handgeknüpfter Teppich in gedämpften Pastelltönen auf dem Boden. Ein Schreibtisch in goldgelber Birke an der Wand. Weiße Voilegardinen vor dem Fenster. Draußen steht eine riesige Eiche Wache, bereit, jeden Unbefugten – wie beispielsweise Håkan Bergman – hinwegzufegen und mit ihren Zweigen zu peitschen, sollte er es wagen, sich der Residenz des Botschafters zu nähern.

Es ist still im Haus, aber ich weiß, dass ich nicht allein bin. Vor einer Weile bin ich eingeschlafen, wurde dann jedoch von Annas Schritten auf der Treppe geweckt. Vielleicht ging sie ja in ihren gelben Salon, um darüber nachzudenken, was sie mit mir anfangen soll. Ich kann erst morgen oder übermorgen zurück nach Stockholm fliegen. Der Arzt, der mich untersucht hat, sagte, dass es für mich wichtig sei auszuruhen. Woher immer er das wissen will. Ich konnte ihm ja nichts über meinen Zustand berichten, alles, was ich sagen konnte, war der schwedische Name eines Sturmvogels, und daran hatte er nicht viel Freude. Doch er war ein Mann mit forschendem Blick, vielleicht sah er, dass es sich hier um eine Patientin mit akutem Bedarf handelte, ihrem eigenen Leben zu entkommen. Wenn er nicht alle Geheimnisse meines Gehirns in der zittrigen Partitur lesen konnte, die der EEG-Apparat ausspuckte.

Das Krankenhaus war dasselbe, in dem Sverker damals gelegen hatte. Zumindest glaube ich das, auch wenn alles anders aussah. Jetzt hatten sie richtige Lampen an der Decke, nicht nur nackte Glühbirnen, und die Wände waren frisch gestrichen, auch wenn alle Risse und Unebenheiten immer noch zu sehen waren. Die kräftigen Farben verwunderten mich: blutrote Decke zu zitronengelben Wänden, Flure in leuchtendem Blau und das Untersuchungszimmer in Knallgrün. Das Zimmer des Arztes war ein hellblauer Kubus. Ein Aquarium, wie ich dachte, als ich auf seinem Patientenstuhl saß und in die Schreibtischlampe blinzelte. Er folgte meinem Blick und schaltete dann die Lampe aus.

Vielleicht war er einer derjenigen, die Sverker vor sieben Jahren das Leben retteten. Nicht, dass ich ihn wiedererkannte, die Ärzte, die in dem blendend weißen Raum um Sverkers Trage herumstanden, verbargen alle ihr Gesicht hinter einem Mundschutz und sprachen nicht mit mir. Ich selbst kümmerte mich nicht um sie, der dänische Arzt von SOS International musste alle Gespräche allein führen. Ich hatte meinen Blick und meine Aufmerksamkeit einzig und allein auf Sverker gerichtet, auf das Gesicht, das zu dem Gesicht eines Fremden geworden war, und auf seine Hände, die trotz aller Nadeln und Kanülen immer noch so alltäglich und vertraut waren. Ohne nachzudenken, hob ich seine rechte Hand und strich mit ihr über meinen Mund, ließ seine lockigen kleinen Härchen auf dem Handrücken meine Lippen kitzeln und fuhr mit der Zunge über seinen Zeigefinger. Er schmeckte salzig und säuerlich. Ich schloss die Augen und sah einen Vogel auf weißen Flügeln über graues Wasser gleiten. Albatros, dachte ich zum ersten Mal, ohne selbst zu verstehen, was ich damit meinte. Albatros, Albatros, Albatros!

50

Dieses Mal geht es mit dem Denken besser. Die Worte stecken noch in meinem Kopf, sie können nur nicht heraus. Letztes Mal flackerten die Bilder und Erinnerungen da drinnen nur so vorbei, und sobald ich versuchte, einen Gedankenfaden zu spinnen, kam der weiße Vogel angeflogen und zerriss ihn. Vielleicht lag das an dem Schock und daran, dass ich nicht schlafen konnte. Jetzt stehe ich nicht unter Schock, im Gegenteil, ich fühle mich so ruhig und zufrieden wie lange nicht mehr. Mein Körper ist warm und weich unter der rosa Decke, ab und zu schlummre ich ein. Das mag an der Injektion liegen, die ich im Krankenhaus bekommen habe. Etwas Beruhigendes, sagte Per, als die Krankenschwester die Spritze an meinen Arm führte. Ich öffnete den Mund, um zu sagen, dass ich nicht beruhigt zu werden brauchte, dass ich schon vollkommen ruhig war, schloss ihn aber wieder, als mir bewusst wurde, was ich sagen würde. Stattdessen schloss ich die Augen und lächelte, als die Nadel eindrang. Vielleicht, dachte ich, würde ich in Zukunft nur noch mit Ornithologen sprechen können. Vielleicht brauchte ich nie wieder mit Menschen wie Anna und Per, Caroline und Håkan Bergman zu reden, nicht einmal mehr mit dem Ministerpräsidenten. Es war ein angenehmer Gedanke. Beruhigend. Denn wer nicht sprechen kann, braucht sich auch nicht zu fürchten.

Ich habe mich immer gefürchtet. Gefürchtet, hässlich zu sein, gefürchtet, zu hübsch zu sein. Gefürchtet, einem anderen Menschen zu nahe zu kommen, und genauso sehr gefürchtet, verlassen zu werden. Gefürchtet, verspottet zu werden. Gefürchtet, eines Irrtums angeklagt zu werden, und ebenso sehr gefürchtet, als überheblich abgestempelt zu werden, wenn ich recht hatte. Es ist sehr ermüdend, so zu leben. Zum Schluss hat man keine Kraft mehr, alle Quellen sind versiegt, und man möchte nur noch aus seinem eigenen Leben aussteigen. Verwandelt werden. Jemand anderer werden.

Vielleicht fing es ja so an, vielleicht erfand ich Marie, um meiner eigenen Furcht zu entkommen. Wenn es nicht Marie war, die mich erfand. Ich weiß nicht, wie es dazu kam oder wann es passierte, weiß nur, dass es sie während meiner gesamten Kindheit wie einen Schatten gab. Deshalb fiel es mir nie schwer, ins Bett zu gehen, bis weit ins Teenageralter hinein trottete ich bereitwillig die Treppe zu meinem Zimmer hoch, sobald die Uhr sich der Acht näherte, eifrig, die Augen zu schließen und zu sehen, was mich in ihrer Welt erwartete. Äußerlich unterschied sie sich kaum von meiner, wir teilten uns ja nicht nur den Körper, sondern auch die Eltern und Schulfreunde, Klassenzimmer und Lehrer, und dennoch war es eine vollkommen andere Welt. Erst als ich sechzehn Jahre alt geworden war und Marie und ich uns getrennt hatten oder miteinander verschmolzen waren, begriff ich, dass der Unterschied bei uns selbst lag.

Einmal, als ich noch richtig klein war, vielleicht erst fünf oder sechs, erzählte ich Papa von Marie. Das muss zu Anfang des Frühlings gewesen sein, der Schnee war geschmolzen, und die Sonne schien, aber die Bäume standen immer noch kahl da, und auf den Bürgersteigen lag noch der Kies von der Winterstreuung. Papa war auf dem Weg die Rådhusgatan hinunter, um ein Radio der neuen, besonderen Art zu kaufen, das man mit sich in den Wald und an den Strand nehmen konnte. Diese Besorgung verwunderte mich, wie ich mich erinnere, da meine Eltern zu diesem Zeitpunkt noch nie einen Fuß in einen Wald oder auf einen Strand gesetzt hatten. Mama verließ nur selten das Haus, außer um die bereits überfüllten Vorratsregale aufzufüllen, und Papa arbeitete sieben Tage in der Woche. Ich weiß nicht, wie es kam, dass er ausgerechnet an diesem Nachmittag frei hatte, oder warum ich ihn begleitete. Vielleicht hatte der Krankenwagen Mama am selben Tag abgeholt, und vielleicht war der Anfall so plötzlich gekommen, dass es Papa nicht mehr gelungen

52

war, dem Jugendamt mitzuteilen, dass es mal wieder Zeit für einen Transport ins Kinderheim war. Oder aber es handelte sich um einen außergewöhnlich glücklichen Tag in unserem gemeinsamen Leben, einen dieser Tage, an dem Mama es geschafft hatte abzuwaschen und die Blumen zu gießen, und an dem Papa für ein paar Stunden die Verantwortung für die chemische Reinigung Frau Lundberg überlassen hatte. Es muss auch solche Tage gegeben haben. Ich glaube es jedenfalls. Ich bin mir dessen fast sicher.

Wenn ich die Augen schließe, kann ich sehen, wie sich seine Hand um meine schließt. Seine Hände sehe ich in der Erinnerung viel deutlicher als sein Gesicht, die Haut ist rot, die Nägel gelb. Lange Zeit machten sie mir Angst, obwohl ich mich nicht daran erinnern kann, dass er mir jemals wehgetan hätte, doch in dieser Erinnerung an genau jenen Augenblick vor vierzig Jahren gibt es nichts zu fürchten. Es ist nur ein Spaziergang mit Papa. Er geht mit wiegendem Schritt neben mir und erzählt mir von Zwillingen, die zu ihm in die chemische Reinigung kamen, zwei Männer seines Alters, Junggesellen, etwas merkwürdig und sehr wortkarg. Das Sonderbare war, dass sie ihre Anzüge in genau der gleichen Weise beschmutzt hatten, beide hatten sie einen großen Senffleck am rechten Ärmel und etwas Braunes, Klebriges auf der Brusttasche.

»Und als sie redeten«, sagt Papa, »da fing der eine einen Satz an, und der andere sprach ihn zu Ende.«

Ich höre zu, ohne ihn anzusehen, voll und ganz damit beschäftigt, auf meine braunen Winterschuhe zu gucken; es ist schwer, mit Papa Schritt zu halten, und ich will weder hinterherhinken noch stolpern. Aber ich höre ihm gerne zu, ich sehe die beiden Männer vor mir, zwei identische kleine Onkel, die einander in Worten und Gesten kopieren.

»Sie waren vollkommen gleich«, sagt Papa. »Ein einziger Mensch. Nur zweimal.«

»Ich habe einen Zwilling«, sage ich.

Er schnaubt. Das kann auch ein Lachen sein.

»Wirklich?«

»Ja.«

»Und wo hast du sie?«

Zunächst weiß ich nicht, was ich antworten soll. Wo ist sie, wenn ich wach bin?

»Sie schläft.«

»Sie schläft? Und wo?«

»Zu Hause.«

Er bleibt mitten im Schritt stehen, lässt aber meine Hand nicht los und sieht mich nicht an, bleibt einfach nur mitten auf dem Bürgersteig stehen und starrt vor sich hin.

»Du musst aufpassen«, sagt er dann. »Es ist nicht gut, sich Dinge einzubilden. Denke daran, dass du ein Erbe trägst.«

Und das stimmte ja. Ich trug ein Erbe.

Dennoch bin ich nie auf die Idee gekommen, ich könnte verrückt sein, sondern ganz im Gegenteil immer davon überzeugt gewesen, dass ich keinerlei Anlage in dieser Richtung habe. Ich höre keine Stimmen und lebe nicht in einer Welt voller Zeichen und geheimer Botschaften, nur ab und zu schließe ich die Augen und betrachte Marie. Mein Leben und trotzdem nicht meins. Meine Welt und eine andere. Eine andere Wirklichkeit, die ab und zu – aber nur ab und zu! – lebendiger und wahrer ist als die, in der ich selbst lebe.

Während vieler Jahre haben wir einander vergessen, doch jetzt brauche ich nur die Augen halb zu schließen, um in ihre Welt gleiten zu können. Jetzt steht sie an der Tür ihrer Zelle mit dem Handtuch über einem Arm und der Kulturtasche unter dem anderen und hört, wie sich der Schlüssel in ihrer Tür zum allerletzten Mal dreht. Dennoch hält sie sich zurück, öffnet sie nicht sofort. Einmal hatte sie es so eilig, dass sie dabei eine Schließerin umschubste. Das hatte sie nicht gewollt, aber was nützte ihr das? Niemand fragte nach ihrer Absicht.

Draußen vor dem Fenster setzt die Morgendämmerung ein. Es ist Oktober geworden. Sie wirft einen Blick auf die halblange Jacke, die sie vor der Entlassung gekauft hat. Vielleicht ist sie zu dünn. Und vielleicht ist sie bereits unmodern, vielleicht wird sie in den Augen anderer Menschen komisch darin aussehen. Als sie im letzten Jahr Freigang hatte, musste sie einsehen, dass ihr Geschmack an einem Punkt kurz vor der Gerichtsverhandlung eingefroren war. Die Mäntel waren seitdem schmaler in den Schultern geworden und die Blusen so figurbetont, dass sie schon bei der Anprobe Atemnot bekam, also war sie nur mit einer Jogginghose und einigen T-Shirts zurück ins Gefängnis gekommen. Hier drinnen gab es niemanden, der sich für Kleidung interessierte, nicht einmal die besonders Statusbewussten. Wer am meisten Schmuck hatte, war am angesehensten, es sollte möglichst wie in einer kleinen Metallfabrik klimpern, wenn man sich bewegte; ansonsten richtete sich die Rangordnung nach dem Verbrechen, das jede begangen hatte. Mord und Totschlag standen nicht ganz unten auf der Skala. Folglich brauchte Marie keinen Schmuck zum Klimpern, sie konnte ruhig ihre Ringe und Armbänder in dem Bankfach in Stockholm liegen lassen, das ihre Anwältin verwaltete. Sie wird sie heute abholen. Genau wie ihr Sparbuch, den Schlüssel zum Möbellager und – das Wichtigste von allem – die Schlüssel zum roten Haus am Hästerumssjön.

»Meins«, sagt sie laut zu sich selbst. »Allein meins.«

Sie hebt die Hand an den Mund und drückt die Zähne in einen Knöchel. Das ist eine Gewohnheit, die sie im Laufe ihrer Haft angenommen hat, der Schmerz ist eine Strafe und eine Erinnerung an die Regeln, die sie sich selbst aufgestellt hat. Sie darf nicht laut mit sich selbst reden, denn wer laut Selbstgespräche führt, zieht Aufmerksamkeit auf sich, und Marie hat genug Aufmerksamkeit bekommen. Genug für ein ganzes Leben.

Das ist auch der Grund, warum sie so genau auf ihr Verhalten im Gefängnis geachtet hat. Sie hat zwar nicht viel geredet, aber so oft *Hallo* und *Guten Morgen, Bitte* und *Danke* gesagt, dass niemand gemerkt hat, dass sie eigentlich schweigt. In gleicher Weise hat sie darauf geachtet, sich mit niemandem zu verfeinden, war aber auch genauso darauf bedacht, niemandes Freundin zu werden. Außerdem hat sie sich gezwungen, jeden Morgen nach dem Aufschluss eine Weile zu warten, bevor sie auf den Flur ging, sie stand hinter ihrer Tür und zählte die Sekunden, damit sie nicht zu eifrig erschiene, aber auch nicht zu gleichgültig. Die Balance ist wichtig. Auch heute.

Draußen auf dem Flur fängt jemand zu schreien an, als sie gerade nach der Türklinke greift.

»So soll das also laufen?«, kreischt eine Stimme. »Wie? Soll es wirklich so laufen?«

Marie bleibt stehen und versucht die Stimme zu identifizieren. Das muss Git sein. Gut. Ihre schlechte Morgenlaune wird alle eine Weile beschäftigen. Also öffnet sie die Tür und huscht hinaus. Git steht in der Tür zu ihrer eigenen Zelle, sie ist weiß, mächtig, und um ihren fetten Oberarm ringelt sich eine tätowierte Blumengirlande. In beiden Händen hält sie ihren Nachttopf. Er ist fast voll.

»Die ganze Nacht habe ich gewartet«, schreit Git. »Die ganze Nacht!«

»Immer mit der Ruhe«, sagt die Aufseherin Barbro. Ihre Stimme ist fest, doch die Hand, die die Schlüssel hält, zittert ein wenig. »Ganz ruhig!«

Marie tappt mit kleinen Schritten und halb geschlossenen Augen an ihnen vorbei, nickt nur leicht zum Gruß, als wäre sie noch nicht ganz wach und verstünde nicht, was da vor sich geht. Doch Git lässt sie nicht so einfach davonkommen, vorübergehend vergisst sie ihren Nachttopf und strahlt:

»Hej, Mädchen, letzter Tag heute! Gratuliere!«

Und plötzlich steht Marie genau dort, wo sie nicht sein will. Im Mittelpunkt. Git lächelt, Barbro lächelt, und hinten an der Tür zum Duschraum bleibt Lena stehen, die Analphabetin aus Skåne, und schließt sich Gits Ruf an. »Glückwunsch!« Und aus der Zelle neben Gits tritt die misshandelte Rosita, der Racheengel von Hammarkullen, und lächelt ihr reuevolles Lächeln. »Stimmt, das ist ja heute! Herzlichen Glückwunsch!« Weiter hinten auf dem Flur sind andere Stimmen zu hören. Rosie aus Malaysia – »Glatuliele!« – und die mürrische Agneta aus Norrköping. »Heute? Ach so. Ja, dann viel Glück!«

So geht es schon die ganze Zeit, seit klar ist, dass Marie als Nächste an der Reihe ist mit ihrer Entlassung. Fast jeden Abend hat sie jemand auf einen Stuhl im Aufenthaltsraum gezwungen, ihr eine Illustrierte oder einen Versandkatalog in die Hand gedrückt. Was würde sie anziehen, wenn sie das Gefängnis verlässt? So etwas oder so etwas? Würde jemand kommen und sie vor den Toren abholen? Und was würde sie dann tun? In Richtung Norden oder Süden reisen, in die Großstadt oder aufs Land? Was wollte sie am ersten Abend trinken und was essen, und hätte sie schon mal überlegt, sich vielleicht die Haare zu färben, bevor sie abhaute? Die Fragen der anderen erzählten von deren eigenen Träumen, und sie versuchte sie abzuschütteln, ohne zu viel zu sagen. Niemand würde sie vor dem Gefängnis erwarten, das wusste sie, trotzdem murmelte sie etwas, das dahin gedeutet werden konnte, dass tatsächlich irgendwo jemand auf sie wartete. Sie sagte auch nichts von dem Geld auf der Bank oder dem roten Haus, das in Småland auf sie wartete, nichts von den Möbeln im Lager oder von der Tatsache, dass sie ein Hotelzimmer in Stockholm für eine Nacht gebucht und schon bezahlt hatte. Niemand außer ihr würde auch nur im Traum daran denken, ein Hotelzimmer zu buchen. Sie hatten nichts. Keine Wohnung und keine Möbel, kein Bankfach und kein

Bankkonto, die würden draußen vor Hinseberg stehen, wenn der Tag kam, mit nichts außer einer kleinen Tasche und den Kleidern, die sie am Leibe trugen. Bis auf Git natürlich, sie hatte sowohl ein Backsteinhaus als auch einen Sture mit einem Volvo, der unbegreiflicherweise die vier Jahre ausgehalten hatte, die seine Frau wegen Mordes eingesessen hat. Das war sehr ungewöhnlich. Die Männer, die nicht selbst in Kumla oder Hall saßen, reichten die Scheidung ein, sobald das Urteil über ihre Frau rechtskräftig wurde.

»Er hat sich bestimmt nicht getraut«, flüsterte Agneta einmal, worauf Lena einen Lachanfall bekam. Aber Rosie hatte ihre Mandelaugen aufgesperrt und nach Luft geschnappt. So was sagte man doch nicht! Schließlich war er ihr Mann!

Marie lächelte damals still in sich hinein und beugte sich tiefer über ihre Arbeit. Sie saß da und packte Schnürsenkel ein. Das war ein guter Job, vielleicht der allerbeste. Wer Schnürsenkel einpackte, konnte für sich allein in einer Ecke sitzen und alles hören, was an den Nähmaschinen ein Stück weiter passierte, brauchte aber an den Gesprächen nicht teilzuhaben. Doch das Vergnügen währte selten lange, wer zu oft darum bat, den Platz bei den Schnürsenkeln zu bekommen, zog die Aufmerksamkeit der Schließerinnen auf sich. Es war nicht gut, sich freiwillig zu isolieren, es war wichtig, dass alle Insassen, auch solche, die Chefredakteurinnen und noch so reizende Personen gewesen waren, gemeinsam mit den anderen an der Arbeit teilnahmen. Und das erst recht, wenn sie sich dafür zu schade waren, bei der eigenen Zeitung der Gefängnisinsassinnen mitzuarbeiten. Also blieb ihr nichts anderes übrig, als sich immer mal wieder an die Nähmaschine zu setzen und ihre Sozialkompetenz zu trainieren.

»Der Justizminister!«, schreit Git. Marie bleibt überrascht stehen.

»Was?«

»Du musst für uns mit dem Justizminister reden. Ihm erzählen, wie es hier ist.«

Barbro runzelt die Stirn.

»Jetzt lass Marie in Ruhe. Sie hat noch viel zu tun.«

Git wirft sich mit einer so heftigen Bewegung herum, dass der Inhalt des Nachttopfs überzuschwappen droht.

»Das ist mir auch klar. Aber vergiss nicht, was du versprochen hast, Marie. Geh zu ihm. Erzähl ihm, wie es hier wirklich ist!«

Marie lächelt vage und geht weiter Richtung Duschraum. Versprochen? Was soll sie Git deren Meinung nach versprochen haben? Die Stimme hinter ihrem Rücken wird noch schriller.

»Erzähl ihm, dass nichts von dem, was er uns versprochen hat, als er hier war, eingehalten wurde. Eigene Dusche und Toilette für alle! Erzähl ihm, dass wir immer noch nachts in den Topf pissen müssen, jedenfalls die, die den Schließerinnen nicht in den Arsch kriechen ... Schöne Grüße, und sag ihm, dass wir neue Zellentüren gekriegt haben, aber das war auch alles, und es ist verdammt noch mal ein Scheißskandal, dass wir Frauen nicht genauso behandelt werden wie die Kerle ...«

»Jetzt halt endlich die Klappe!«, schreit Barbro, und zur Überraschung aller verstummt Git tatsächlich.

Marie nimmt sich viel Zeit unter der Dusche. Es ist sehr warm in den Zellen, auch im Herbst und Winter, und während der sechs Jahre ist sie jeden Morgen mit einem dünnen, feuchten Film auf dem ganzen Leib aufgewacht, einer Glasur des Eingesperrtseins, die sie mit kühlem Wasser wegspülte. Jetzt macht sie dieses Alltägliche zu einer kleinen Feier. Zum letzten Mal in ihrem Leben duscht sie in Hinseberg.

Sie hat sich seit Monaten auf diesen Moment vorbereitet, in der Kulturtasche liegt eine Flasche Shampoo von der teuersten Sorte, die es in Ellos Versandkatalog zu bestellen gab, eine noch nicht geöffnete Geschenkpackung mit Duschgel und Deodorant, die sie im Frühling während eines Freigangs gekauft hat, und eine Körperlotion, die einfach traumhaft duftet. Sie hat keine der Flaschen bisher geöffnet, seit Monaten standen sie in ihrer Zelle und warteten. Dort drinnen liegt auch ihre neue Unterwäsche ordentlich auf dem Bett ausgebreitet, strahlend weiß und mit vielen Spitzen. Und wartet.

Sie hat seit mehreren Jahren ihren Körper nicht mehr betrachtet, es hat ihn nur als eine anspruchslose, wenn auch etwas abgenutzte Verpackung gegeben, doch jetzt öffnet sie die Augen und betrachtet sich. Die Hand streicht über die Füße, an denen sich die Haut über dünnen Knochen spannt, gleitet dann über die frisch rasierten Knöchel und Knie, die mit ihren kleinen Narben von der Kindheit erzählen, weiter über die weichen Polster der Oberschenkel bis hinauf zu den Hüften, kommt an den Brüsten aber nicht weiter. Es ist mehr als sieben Jahre her, seit ein Mann sie berührt hat. Vielleicht wird das nie wieder geschehen, vielleicht hat sie die Fähigkeit verloren, Lust zu erwecken. Zu alt, denkt sie. Zu eklig. Ein für alle Mal als Mörderin verurteilt.

Sie rubbelt fest mit der Massagebürste über die linke Brustwarze. Das tut weh, aber das soll es ja auch. Ein wenig Strafe muss sie doch wohl dafür bekommen, dass sie diesen Moment mit verbotenen Gedanken verdirbt. Die letzte Dusche sollte doch ein Genuss sein, sie hat sich seit Monaten und Jahren darauf gefreut. Doch der Gedanke lässt sich nicht abschütteln, er liegt wie ein Ruf hinter ihrer Schläfe, sosehr sie auch schrubbt. *Nie mehr. Nie mehr. Nie mehr.*

Aber vielleicht ja doch … Sie hält inne und schaut auf ihre Brust. Die Haut ist von der Bürste gerötet, und eine kleine Blutperle zittert auf der Brustwarze. Es kann vielleicht doch einen geben, das muss sie sich eingestehen. Torsten lebt ja.

Ihn gibt es immer noch. Sie hat seine Stimme während der letzten Monate mehrere Male gehört. Sein neuer Roman wurde im Radio gesendet, und spät am Abend hat sie in der Dunkelheit ihrer Zelle gelegen und ihn lesen gehört. Die Stimme war noch fast unverändert, es ist ihm nie gelungen, seine für Blekinge typischen Diphthonge loszuwerden, doch sein Ton klang zurückhaltender und distanzierter als früher. Fast unterkühlt.

Wir denken oft an ihn, sowohl Marie als auch ich. Sehen ihn ein wenig abseits in dem hellen Speisesaal im Reichstagsgebäude stehen, ein dunkelhaariger Achtzehnjähriger mit ein wenig krummem Rücken, dem der Pony in die Augen hängt. Ich wusste nicht, wer er war, niemand von uns, die am selben Abend den Billardverein Zukunft gründen sollten, kannte einen anderen aus der Gruppe. Wir kamen aus sieben verschiedenen Städten in sieben verschiedenen Landesteilen, und keiner von uns war jemals zuvor im Reichstag gewesen. Jetzt standen wir hier und stapften mit schweren Winterschuhen auf dem glänzenden Parkett herum, ohne recht zu wissen, wie wir uns zu verhalten hatten. Unsere Handflächen waren feucht, und wir wichen den gegenseitigen Blicken aus, sehnten uns bereits nach dem Freitag, an dem alles vorbei sein würde und wir nach Hause fahren konnten.

Sissela, die einzige Stockholmerin, rettete uns, indem sie zu spät kam. Viel später sollten wir begreifen, dass Sissela am angespanntesten war, wenn sie versuchte, entspannt zu wirken, doch damals glaubten wir, dass sie genauso selbstsicher und nonchalant war, wie sie sich gab, als sie plötzlich in der Türöffnung stand und rief:

»Sollen die Aufsatzgenies hier essen?«

Der frisch gebackene Pressesprecher Gusten Andersson, den das Verwaltungsbüro des Reichstags geschickt hatte, damit er sich um uns kümmerte, räusperte sich und bestätigte, ja, das könnte man das Essen der Aufsatzgenies nennen, oder besser das Essen des Vizepräsidenten für die sieben Gymnasiasten, die als Sieger aus dem Aufsatzwettbewerb *Volksherrschaft und Zukunft* hervorgegangen waren. Sein unsicherer Ton genügte, damit wir uns sicher fühlten. Torsten lächelte ironisch hinter seinem Rücken und zündete sich eine Pfeife an, Magnus wandte sich Sverker zu, murmelte seinen Namen und bekam ein Gemurmel als Antwort, während Per die eine Handfläche mehrere Male an seiner Hose abrieb, bevor er sie einem Mädchen hinhielt, das hinter einem Stuhl Schutz gesucht hatte. Anna legte ihre weiße Hand mit einem schlaffen Druck in seine, ohne zu ahnen, dass sie damit ihr Schicksal besiegelt hatte. Ich selbst stellte mich dicht neben Sissela und wollte ihr gerade die Hand reichen, als der Vizepräsident seinen Auftritt hatte.

Er war ein weißhaariger Gentleman, der jeden mit Handschlag und einem onkelhaften Gummibandlächeln bedachte, einem Lächeln, das – wie Magnus Jahre später behauptete – sechs Zentimeter breiter wurde, als es auf Anna fiel. Während diese nur schüchtern das Lächeln erwiderte und dem Blick auswich, stattdessen den ihren über die hellen Möbel und die schweren Ölgemälde an den Wänden huschen ließ.

»Schön, schön«, sagte der Vizepräsident. »Setzt euch, setzt euch.«

Niemand traute sich, sich als Erster dem gedeckten Tisch mit der frisch gebügelten Damastdecke und dem blauen Reichstagsporzellan zu nähern. Magnus tat, als hätte er nicht gehört, Torsten strich sich den Pony aus der Stirn, Per verschränkte die Hände hinter dem Rücken und wippte in einer Art auf den Hacken, die wir später bei seinem Vater, dem Bischof, wiedererkennen sollten.

»Nun, was ist«, fragte der Vizepräsident, »wollt ihr nichts essen?«

Worauf Sissela kichernd bemerkte:

»Wir sind nur zu schüchtern.«

Der Vizepräsident musterte sie mit einem halben Lächeln. Die morgendliche Wimperntusche war verschmiert, und jetzt hatte sie unter jedem Auge einen Halbmond. Außerdem hatte sie eine Laufmasche im Strumpf, eine Laufmasche, die sich dort offenbar schon seit mehreren Tagen befand, da sie mehrere Male mit Nagellack gestoppt worden war.

»Schüchtern?«, wiederholte der Vizepräsident und zog ihr einen Stuhl heraus. »Warum solltet ihr denn schüchtern sein? Ich dachte, ihr hättet gerade bewiesen, dass ihr die Besten seid.«

Sissela behauptete immer, an jenem Tag seien wir zum Erfolg bestimmt worden.

»Eine Bestätigung nach der anderen«, pflegte sie zu sagen, als sie sich viel später in eine äußerst elegant gekleidete Museumsdirektorin verwandelt hatte. »So ist es doch gelaufen. Man hat Erfolg, wenn jemand einem sagt, dass man Erfolg haben wird.«

Vielleicht hatte sie recht. Und vielleicht sahen wir tatsächlich in genau jenem Moment zum ersten Mal die Gelegenheit, die wir einander eröffneten. Hier standen wir, sieben ziemlich einsame Achtzehnjährige, ziemlich ausgefallene Typen, unterernährt in puncto Gleichförmigkeit, und wir erkannten, dass diese Zusammenstellung etwas Neues enthielt. Das waren Leute, mit denen man reden konnte. Leute, die etwas verstehen würden. Leute, die – wie praktisch – außerdem als feste Freunde oder Freundinnen denkbar waren. Das kam uns gut zupass, waren doch die meisten von uns immer noch unschuldig, und langsam hatten wir das Gefühl, dass es Zeit wurde. Sissela war natürlich eine Ausnahme. Genau wie Sverker.

Und dennoch sah ich Sverker an diesem ersten Tag nicht an. Mein Blick folgte Torsten, nicht, weil ich es wollte, sondern weil meine Augen ihn einfach nicht loslassen wollten.

Das lag nicht nur an seinem Aussehen, an diesem dunklen Haar und den braunen Augen, die so schön zu dem Gesicht passten, oder an dem Kinn und den Wangen, die von Grübchen und Narben einer gerade erst überstandenen Akne übersät waren. Das stand ihm merkwürdigerweise, diese grobe Haut ließ ihn erwachsener aussehen als die anderen. Dennoch war es sein Blick, der mich in erster Linie anzog, der sich immer wieder für eine oder zwei Sekunden an meinen heftete, ehe er wieder aufflackerte und auswich.

Ich war damals eine einfältige Gans. Eine kleine Gans, die sich an Populärpsychologie festgelesen hatte. Ich war eine beschädigte Ware, wie ich mir einredete, ein Mensch, der aufgrund seiner tragischen Familiengeschichte nie würde lieben können und nie geliebt werden würde. Aber, dachte ich, als ich mich an den Tisch des Vizepräsidenten setzte, wenn alles anders wäre, dann hätte ich mich dafür entschieden, jemanden wie Torsten zu lieben. Hinter diesem Gedanken lagen zwei andere, grobere und banalere, die ich sorgsam im Verborgenen hütete. Zum Ersten: Ich war nicht hübsch genug. Zum Zweiten: Wenn Torsten mit seinem Blick nicht ausgewichen wäre, hätte er mich nicht so sehr interessiert. Mir gefielen selten Jungs, die Interesse an mir hatten. Sie zeigten einen schlechten Geschmack.

Aber damals wusste ich noch nichts von meiner Selbstverachtung, ich unterdrückte nur einen Seufzer und bereitete mich darauf vor, Torsten auf die lange Liste junger Männer zu setzen, die ich ausgesucht hätte, wäre ich eine andere gewesen. Leise Melancholie war nicht nur ein Zustand, mit dem ich gut zurechtkam, ich stellte mir auch vor, dass sie kleidsam war. Ich war ein schwaches Wesen und würde einmal – obwohl ich wie gesagt nicht geliebt werden konnte – das Interesse eines jungen Mannes allein durch die Intensität meiner Wehmut fesseln. Noch hatte ich Sverker nicht kennengelernt.

Er hatte seine Schüchternheit schnell überwunden, sich zur Linken des Vizepräsidenten niedergelassen und ein Gespräch eingeleitet. Was meinte der Vizepräsident zu dem, was Sverker in seinem Aufsatz behandelt hatte: nämlich dass ein großer Teil der Abgeordneten des neuen Reichstags keinen richtigen Beruf hatten? War das nicht als ein Problem anzusehen? Wollte das schwedische Volk tatsächlich einen Reichstag, der nur aus Berufspolitikern bestand? Er machte eine kurze Pause und ließ seinen Blick auf Sissela ruhen, als zweifelte er an der Richtigkeit seiner eigenen Behauptung; diese war jedoch voll und ganz damit beschäftigt, auf dem Stuhl zu wippen und durchs Fenster zu gucken. Der Vizepräsident antwortete nicht, richtete nur für einen Moment seinen Blick an die Decke, als dächte er über die Sache nach, bevor er leise lächelte. Anschließend erhob er sich mit seinem Wasserglas in der Hand – natürlich wurde den Jugendlichen kein Wein serviert – und begann eine kleine Rede. Wir sollten uns doch bitte im Reichstag herzlich willkommen fühlen. Er hoffe, dass uns das Programm gefalle und dass wir einsähen, welches Privileg es sei, bereits im Alter von achtzehn Jahren waschechte Reichstagsabgeordnete zu treffen und sie eine ganze Woche lang bei ihrer Arbeit im Plenarsaal und in den Ausschüssen begleiten zu dürfen. Vielleicht könne das ja sogar dazu führen, dass der eine oder die andere von uns sich dafür entschied, sein oder ihr Leben der Politik zu widmen.

»Ha!«, rief Sissela aus und wippte auf ihrem Stuhl, »lieber jage ich mir eine Kugel in den Fuß.«

Woraufhin Gusten Andersson, der frischgebackene Pressesprecher am Verwaltungsbüro des Reichstags, von seinem Stuhl rutschte und ohnmächtig zu Boden fiel.

Ich habe nie verstanden, was Gusten Andersson damals überkam, ich verstand es auch nicht im Laufe all der Jahre, in denen ich zuerst Journalistin war, dann Leitartiklerin und schließlich Chefredakteurin. In der Zeitung war es eine Tugend, die Obrigkeit herauszufordern, erst recht, wenn sie Röcke trug. Deshalb war ich es gewöhnt, dass Typen wie Håkan Bergman – zumindest bis die betriebliche Gesundheitsfürsorge ihre Kampagne zur Eindämmung von Alkoholschäden einleitete – die Tür zu meinem Zimmer aufrissen und mich auf direktem Weg zur Hölle wünschten, so wie ich es gewöhnt war, dass dieselben Personen ein paar Tage später kleinlaut zugaben, dass ihr Temperament mit ihnen durchgegangen war und dass sie sich, *hmm, hmm,* vielleicht ein wenig im Ton vergriffen hatten. Schlimmer war es, wenn sich die Redaktion während der Morgensitzungen in einen Pöbelhaufen verwandelte und namentliche Abstimmung forderte, um mich abzusetzen, doch auch da war es nie so schlimm, dass ich nicht das Gefühl hatte, die Situation meistern zu können. Es ging nur darum, ruhig zu bleiben, auch wenn ich hinter meinem Rücken Worte wie eiskalte Jungfrau und eiserne Lady flüstern hörte. Es erschreckte mich, und ich brauchte viele durchwachte Nächte, um mir zu versichern, dass es eigentlich halb so wild war, dass keines der Schimpfworte, die hinter mir hergerufen wurden, schlimmer war als diejenigen, mit denen ich mich selbst murmelnd bedachte. Es wurde besser, als ich nach Sverkers Unfall zurückkam; zwar hielt das Flüstern an, aber jetzt in einer anderen Tonlage. Zögerlich. Verwundert. Mitleidig. Die Erniedrigung wurde zu einem Schutz.

Im Ministerium war ich von Anfang an verwundert über die respektvolle Höflichkeit, die mich umgab. Bereits am ersten Tag blieb ein älterer Ministerialrat direkt vor mir auf der Türschwelle stehen und verbeugte sich. Ich war so überrascht, dass ich lachen musste, nichts in meinem Leben hatte mich darauf vorbereitet, dass sich irgendwann einmal jemand vor mir verbeugen würde. Ebenso überrascht war ich davon, dass meiner Sekretärin die Tränen in die Augen traten, als sie mich an der Kaffeemaschine in der Teeküche fand, ich begriff nicht, dass sie die Tatsache, dass ich mir meinen Kaffee selbst kochte, als Kritik auffasste. Und ich konnte ein Lächeln nicht verbergen, als ich eine ganze Ministerialeinheit über den Flur marschieren sah, sieben Männer in Anzügen in einer Formation wie Wildgänse im Flug. Der Ministerialrat war die Leitgans, die zwei Kanzleiräte, zwei Ministerialsekretäre und zwei sehr jungen Kanzleisekretäre hinter ihm bildeten ein perfektes V.

Und auch der Pressesprecher Gusten Andersson sah aus wie ein Vogel, als er dort vor langer, langer Zeit auf dem Parkett des Speisesaals des Reichstagspräsidenten lag. Ein Vogel mit gebrochenem Flügel, bereit, die Verantwortung für das zu übernehmen, das er unmöglich verantworten konnte, nämlich Sisselas Naseweisheit und den Seelenfrieden des Vizepräsidenten. Es gibt viele derartige Menschen im Ministerium.

»Sie sind kaputt erzogen«, sagte ich, als Sissela und ich ein paar Wochen nach meiner Ernennung zusammen aßen. »Es ist vollkommen unmöglich, ihnen ihren Gehorsam auszutreiben. Und wenn man sie darum bittet, etwas zu tun, was noch nie zuvor getan wurde, bekommen sie eine Todesangst und werfen hektische Blicke. Es sieht aus, als glaubten sie, man wolle sie zum Ladendiebstahl nötigen.«

Sissela hielt ihre Gabel Zentimeter vor dem Mund in der Luft an.

»Nein«, widersprach sie. »Das glauben sie nicht.«

»So?«, erwiderte ich, »was dann?«

»Sie glauben, dass es irgendwo Erwachsene gibt. Richtige Erwachsene, die alles irgendwann wieder zurechtrücken werden. Diese Typen waren früher einmal Klassenbeste, und sie begreifen nicht, warum nicht sie es sind, die Minister oder Museumsdirektoren wurden. Aber eines Tages kommen die

Erwachsenen aus ihren Verstecken hervor und verteilen die Zeugnisse. Und dann wandern solche wie du und ich auf die hintersten Bänke im Klassenzimmer, wo wir hingehören.«

Sissela umschloss die Gabel mit ihren Lippen und lächelte. Die Kartoffel beulte ihre linke Wange ein wenig aus. Das war nicht besonders kleidsam, doch es machte nichts. Der Rest war umso hübscher: silberweißer Pony, rote Lippen und schwarzes Kostüm. An der rechten Hand trug sie vier breite Goldringe, einen an jedem Finger. Ich hatte schon vor langer Zeit aufgehört, mich zu fragen, wie sie es schaffte, immer wie frisch aus dem Ei gepellt auszusehen, unterdrückte stattdessen einen Seufzer und fuhr mir mit der Hand übers Haar. Ich hatte es nicht mehr geschafft, es zu waschen, Sverkers Pfleger hatte sich an diesem Morgen verspätet, so dass ich seine Arbeit hatte übernehmen müssen. Das sollte ich zwar nicht, laut der Psychologin bei der Rehabilitation, ich sollte Sverkers Ehefrau und nicht seine Pflegerin sein, doch was wusste sie schon von unserer Ehe; wohl kaum, wie alte Nachtwindeln rochen. Ich schob den Gedanken beiseite und spießte meine eigene Kartoffel mit der Gabel auf.

»Aber wir waren doch auch ziemlich tüchtig.«

»Nicht in allem«, sagte Sissela. »Wir sind selektive Begabungen. Tüchtig in einem Bereich, dumm wie Stroh in anderen. Aber verdammt zielstrebig. So wird man, wenn man vernachlässigt wurde.«

Statt einer Antwort warf ich nur einen Blick auf meine Armbanduhr. Sissela hob ihr Weinglas.

»Aha«, sagte sie lächelnd. »Jetzt hast du es wohl eilig?«

Per ist nach Hause gekommen. Er war sogar in meinem Zimmer. Erst vor einer Minute hörte ich, wie die Tür sich öffnete und jemand hereintrat. Das muss er gewesen sein, ich habe ihn an dem Duft wiedererkannt, trotzdem öffnete ich nicht die Augen und bewegte mich nicht.

»Sie schläft«, flüsterte Anna vom Flur her. »Weck sie nicht auf!«

Per sagte darauf nichts, doch dann wurde die Tür zu meinem Zimmer äußerst vorsichtig geschlossen. Ein paar Minuten später hörte ich Stimmen aus dem Stockwerk unter mir. Oder besser gesagt eine Stimme. Per begann mit seiner Darlegung des Sachverhalts. Ich konnte nicht hören, was er sagte, aber das war auch gleich. Annas Verbrechen interessieren mich nicht. Ich kümmere mich nur um meine eigenen.

Marie hat ihre Dusche beendet und sich das Badelaken wie einen Sarong um den Körper gewickelt, sie schraubt die Verschlüsse ihrer duftenden Flaschen auf, als sie plötzlich einen Schrei vom Flur draußen hört. Es ist ein schriller Schrei, der für einen Moment alle anderen Geräusche zum Schweigen bringt. Einige Atemzüge lang ist es vollkommen still, dann ruft wieder jemand:

»O nein! O nein! O nein!«

Marie richtet sich auf und horcht aufmerksam. Jemand läuft mit hallenden Schritten über den Flur, irgendetwas fällt klappernd zu Boden, und Sekunden später ist der Flur von einem Chor von Stimmen erfüllt, Stimmen, die den Wärterinnen und Gefangenen gehören.

»O nein! Was hat sie nur gemacht? O mein Gott, o mein Gott ...«

Marie schließt die Augen und sucht in Gedanken nach mir, will aus ihrer eigenen Wirklichkeit heraus- und in meine hineinschlüpfen, doch ich denke nicht daran, ihr das zu erlauben. Das ist ihre Zeit und nicht meine, also zwinge ich sie stattdessen dazu, einen Schritt zur Tür hin zu gehen und die rechte Hand auszustrecken. Sie muss sie öffnen. Sie muss sehen, was passiert ist.

Zuerst sieht sie nur eine Wand von Frauenrücken, ein Teil in blauen Uniformblusen, andere in den großen T-Shirts der

Nacht. Sie stehen mit gesenkten Köpfen da und betrachten etwas, das auf dem Boden liegt. Vor ihnen steht Anastasias Tür sperrangelweit offen. Zwei Handabdrücke leuchten rot auf der grauen Oberfläche.

»Ist sie tot?«, ruft Git. »Verdammt, ihr könnt doch wohl sagen, ob sie tot ist!«

Marie drückt ihre Kulturtasche an die Brust, geht dann mit kleinen Schritten zu den anderen Frauen, quetscht sich vorsichtig zwischen Lena und Rosie. Lena ist ganz weiß im Gesicht und starrt zu Boden, Rosie hält ihre geballte rechte Hand auf den Mund gepresst. Ganz langsam senkt Marie den Blick, sie weiß, was sie zu sehen bekommen wird, und will es nicht, dennoch muss sie hinschauen.

Das Blut verwandelt sich in ein Vexierbild, sie muss ein paarmal zwinkern, bevor sie sehen kann, dass Anastasia sich tief in beide Arme geschnitten hat. Danach scheint sie die Kraft verlassen zu haben, denn die Wunde am Hals ist oberflächlich und klafft nicht, es ist nur ein dünner roter Strich über der Kehle. Das Gesicht darüber ist sehr bleich, die offenen Augen starren zur Decke.

»Ist sie tot?«, ruft Git erneut. »Ist sie tot?«

Doch niemand antwortet ihr.

Möglicher Briefwechsel

STOCKHOLM, 13. 3. 1971

Hallo, MaryMarie,

habe mir gedacht, ich schreibe dir ein paar Zeilen, um zu hören, wie es dir geht. War alles beim Alten in deinem Kaff, als du nach Hause gekommen bist? Manchmal frage ich mich, wie es wohl ist, in so einem kleinen Ort wie Nässjö zu wohnen. Ist der Unterschied zu Stockholm sehr groß? (Obwohl – das kannst du ja nicht wissen, da du nie in Stockholm gelebt hast.) Ich stelle mir vor, dass es ruhig, friedlich und gemütlich ist. Ich glaube, es würde mir gut gefallen – zumindest eine Weile. Dann würde ich wohl anfangen, herumzutoben und gegen die Tür zu trommeln.

Hast du von den anderen aus dem Billardverein Zukunft etwas gehört? Von Sverker beispielsweise? Am liebsten würde ich eine kleine Warnung loswerden, nehme aber an, dass das keinen Sinn hat. Du hattest viel zu viele Sterne in den Augen, als du ihn angesehen hast ... Hüte deine Tugend! Der Kerl ist ein Wolf im Schafspelz!

Die Penne ist wie immer. Ich habe mich nicht nur in Politik hervorgetan, sondern bin auch noch mit einer Eins in Physik nach Hause gekommen. Was sagt man dazu? Nicht, dass es dafür Jubel und Applaus gegeben hätte, aber zumindest wurde mir in dieser Woche nicht der Fuß am Küchenboden festgenagelt. (Achtung! Bloß ein Scherz! Mein Vater hat weder Hammer noch Nägel mehr im Haus.)

Die Sozialisten in der Schule haben beschlossen, dass ich eine dreckige Reaktionärin und Klassenverräterin bin, da ich beim letzten Treffen darauf bestanden habe, dass auch Arbeiter Arschlöcher sein können. (Was beispielsweise auf versoffene Tischler ohne Hammer und Nägel zutrifft.) Sicher werde ich demnächst ausgeschlossen. Aber ich glaube, dass ich trotzdem glücklich weiterleben kann.

Hast du etwas von den anderen aus dem Billardverein Zukunft gehört? Glaubst du, der Wolf Sverker meinte es ernst, als er sagte, er würde uns alle zur Mittsommernacht in sein Sommerhaus einladen? Wäre doch toll. Dann haben wir alle das Abitur – und das Leben kann endlich anfangen. Was willst du wo studieren?

Lass von dir hören – aber schreib an meine Postfachadresse. Briefe haben in diesem idealen proletarischen Heim die Tendenz, einfach zu verschwinden.

Liebe Grüße
Sissela

NÄSSJÖ, 15. 3. 1971

Hallo Sissela,

Danke für deinen Brief. Ich habe mich sehr gefreut. Vielen, vielen Dank.

Doch, hier ist so in etwa alles wie immer. Vielleicht nicht ganz so ruhig, friedlich und gemütlich, wie es nach außen hin scheint. Meine Mutter ist wieder im »Erholungsheim«. Will sagen Ryhov, die psychiatrische Klinik in Jönköping. Meinem Vater ist das peinlich. Ich selbst putze und koche mit der einen Hand, während ich die Lehrbücher in der anderen halte. Als ich klein war, hat mich mein Vater immer weggeschickt, wenn meine Mutter krank wurde. Ich wünschte, es gäbe auch für Gymnasiasten so eine Art Kinderheim. Ich zähle die Wochen bis zum Abi. Ich habe vor, mich zuerst einmal an der Hochschule für Journalistik zu bewerben, ob Stockholm oder Göteborg ist mir egal, und wenn ich dort nicht ankomme, dann wird es etwas mit Staatswissenschaft. Wollen wir versuchen, unsere Bewerbungen zusammen zu machen? Es ist ja alles einfacher, wenn man eine Freundin hat. Denke ich mir. Um ehrlich zu sein, habe ich nie eine richtige Freundin gehabt. Meistens klebe ich irgendwo am Rand irgendeiner Clique. Ich glaube, das liegt an meinem Namen, die Leute werden ganz verwirrt, wenn sie nicht wissen, wie man heißt. Und wenn man eine Mutter hat, die verrückt ist. Was alle in ganz Nässjö wissen, auch wenn mein Vater immer versucht, es zu verschweigen.

Ich habe von Sverker eine Ansichtskarte bekommen, sonst habe ich von den anderen im Billardverein nichts gehört. (Wie bist du übrigens auf das mit dem Billardverein Zukunft gekommen? Haben wir uns so getauft? Ich kann mich nicht mehr daran erinnern.) Ich glaube nicht, dass Sverker ein Wolf ist. Er hat mir geschrieben, dass seine Eltern einverstanden sind, wenn er die ganze Gruppe zur Mittsommernacht einlädt. Hoffentlich! Das wäre doch toll, nicht wahr?

Lass bald wieder von dir hören!

MaryMarie

Entlassung

»Entschuldigen Sie, dass Sie so lange warten mussten«, sagt Margareta und zeigt mit einer Geste auf den Stuhl vor dem Schreibtisch.

»Das macht nichts«, antworte ich. Warum, weiß ich nicht, denn natürlich macht das etwas. Ich habe meinen Zug nach Stockholm verpasst und weiß nicht, wann der nächste fährt. Aber Margareta ist blass, und ihre Hand zittert, als sie nach einem Ordner auf dem Regal greift. Etwas wie Mitleid rumort in meinem Bauch. Ich werde dieses Gefängnis verlassen. Sie muss hierbleiben. Wenn auch in der blauen Bluse.

»Es war alles so chaotisch«, sagt sie. »Das mit Anastasia.«

»Das kann ich verstehen.«

»Haben Sie letzte Nacht etwas gehört? Aus ihrer Zelle, meine ich?«

»Sie hat gesungen.«

»Gesungen?«

»Ja, ich glaube schon. Irgendwann so gegen drei Uhr.«

»Was hat sie gesungen?«

»Das weiß ich nicht. Einfach gesungen. Oder geweint.«

»Geweint?«

Ich wippe mit dem Stuhl hin und her. Das hat nichts zu bedeuten, doch Margareta hat ihre Antennen ausgefahren und denkt, ich wäre ungeduldig.

»Tut mir leid«, sagt sie noch einmal. »Sie haben schon

viel zu lange warten müssen. Es sieht aus, als wäre bei Ihrer Entlassung der Wurm drin. Erst gab es keinen Platz in der Übergangsabteilung, und ...«

»Das macht nichts. Ich habe nichts dagegen gehabt, auf der Station zu bleiben.«

»Ja, wir sind davon ausgegangen, dass Sie diejenige sind, die am besten ohne Vorbereitung klarkommen wird. Obwohl Sie so lange hier waren.«

»Ich werde zurechtkommen.«

Sie legt den Ordner auf den Schreibtisch.

»Ja, ganz bestimmt.«

Eine Weile bleibt es still, während sie auf den Ordner starrt; ich fülle das Vakuum, indem ich die Jacke glatt streiche, die auf meinem Schoß liegt, und dann aus dem Fenster gucke. Die Morgendämmerung ist fort. Einen Augenblick lang schließe ich die Augen und sehe Mary in einem Zimmer liegen, dessen Wände in blassem Apricot gestrichen sind. Sie schläft so tief, dass ihr Brustkorb sich kaum hebt, wenn sie atmet. Als ich die Augen wieder öffne, sehe ich, dass Margareta ihren Ordner immer noch nicht aufgeschlagen hat; schwarz und verschlossen liegt er vor ihr. Sie kann die Gedanken an Anastasia nicht abschütteln.

»Sie war erst einundzwanzig Jahre alt«, sagt sie.

»Was hat sie gemacht? Um hierherzukommen, meine ich.«

Margareta schnieft.

»Mordversuch. Obwohl ich das eigentlich nicht sagen darf.«

»Es gibt niemanden, dem ich das erzählen könnte.«

Sie holt ein Stück Toilettenpapier aus ihrer Tasche und putzt sich diskret die Nase.

»Gibt es niemanden, der auf Sie wartet?«

»Niemanden.«

»Was wollen Sie tun?«

Ich setze mich auf.

»Zunächst werde ich nach Stockholm fahren. Einige praktische Dinge regeln. Dann fahre ich in mein Sommerhaus nach Småland.«

Ein Bild des Hästerumssjön im Oktober taucht kurz in meinem Kopf auf. Bernsteinfarbenes Wasser. Gelbe Espen mit zitterndem Laub. Der Ruf eines Vogels aus dem dunklen Wald.

»Kann man zu dieser Jahreszeit dort wohnen?«

»O ja. Es gibt elektrische Heizung und einen offenen Kamin.«

»Sie müssen die Bewährungshilfe in Stockholm darüber informieren.«

»Das habe ich bereits gemacht. Es ist in Ordnung. Ich werde mit ihnen über das Büro in Jönköping Kontakt halten, solange ich in Småland bin.«

Unsere Blicke gleiten zur Seite, und wieder breitet sich Stille aus. Wir denken beide an Anastasia. Ich schaue hinaus in den Sonnenschein und versuche meine Stimme so gleichgültig wie möglich klingen zu lassen.

»Wen hat sie zu ermorden versucht?«

Margareta putzt sich wieder die Nase.

»Einen Künstler. Es stand ziemlich viel darüber in den Zeitungen.«

»Das habe ich nicht mitbekommen.«

Margareta wirft mir einen kurzen Blick zu.

»Er hat eine Ausstellung über sie gemacht …«

»Hat er sie gemalt?«

»Nein. Fotografiert. Und gefilmt. Der Film kommt morgen im Fernsehen.«

Ich erwidere nichts, nicke nur. Sie will mehr erzählen, das spüre ich, bin mir aber nicht sicher, ob ich das hören will. Dennoch frage ich: »Wusste sie das?«

Margareta seufzt.

»Ich weiß es nicht. Gut möglich. Doch, ja. Vermutlich hat es ihr jemand erzählt.«

Ein Verdacht flackert hinter meiner Stirn auf. Könnte es sein, dass ... O ja, das könnte sein. Sehr gut sogar.

»Wie hieß er?«

»Wer?

»Der Künstler.«

Margareta blinzelt.

»Ich weiß es nicht.«

»Hieß er Hallin?«

»Kann sein. Es fällt mir nicht mehr ein.«

Ich richte meinen Blick wieder aufs Fenster, und Margareta bleibt einen Moment lang regungslos sitzen.

»Hure«, sagt sie dann.

Ich wende den Kopf und sehe sie an. Sie hat ihren Blick irgendwo auf die Wand hinter mir gerichtet, starrt dort einen Punkt an.

»Der Film«, sagt sie dann. »Und die Ausstellung. Die heißen so.«

Wie oft habe ich gehört, wie dieses Gatter hinter mir ins Schloss fiel?

Tausendmal. Zehntausendmal. Aber nur in meiner Vorstellung.

Jetzt passiert es. In der Wirklichkeit.

Obwohl meine Entlassung sich um mehrere Stunden verzögert hat, finde ich, dass alles viel zu schnell geht. Das letzte Einschließen in die Zelle, als sie Anastasias Leichnam wegtrugen. Das Frühstück, bei dem wir mit gesenkten Köpfen über unseren Kaffeetassen saßen und lauschten, wie das Knäckebrot zwischen Gits kräftigen Zähnen zermalmt wurde. Noch eine Weile Warten auf der Bettkante in der Zelle, jetzt aber mit offener Tür. Der Blick, der über die vertrauten

Wände und die geleerte Pinnwand huscht. Der plötzliche Aufruf, in Margaretas Büro zum Entlassungsgespräch zu kommen. Meine Schritte in dem Asphaltkorridor, den zu betreten mir bis vor wenigen Stunden noch verboten war. Die Backsteinwände in der Wachstube. Freundliche Stimmen und Glückwünsche. Eine Tür, die sich öffnet und hinter mir wieder schließt. Noch ein paar Schritte bis zu einer Pforte und noch einer. Und dann draußen. Frei.

Ich stelle meine Tasche auf den Asphalt, während ich den Reißverschluss der Jacke hochziehe. Versuche etwas zu fühlen, was mir aber nicht gelingt. In mir ist es leer.

»Mary«, sage ich laut, aber Mary antwortet nicht, sie schläft immer noch ihren Chemieschlaf in Annas Gästezimmer.

Vor mir liegt ein großer Parkplatz, und dahinter kann ich die weiße Baracke der Freigängerabteilung erkennen. Einige Atemzüge lang verwandelt sich der Platz vor meinem Blick, der Parkplatz wird zu einem Appellplatz, auf dem Hunderte von Menschen regungslos liegen, die weiße Baracke zu einem ebenso weißen Bus. Das ist eine ganz andere Freilassung, das ist eine Erinnerung, die nicht einmal mir gehört. Und trotzdem gehört sie mir. Sieben Jahre fehlen noch, bis ich geboren werde, doch mein Leben beginnt genau in diesem Moment. Dort steht Herbert mit hängenden Armen, starrt auf das Menschenmeer und versucht zu verstehen, was er sieht. Zu seinen Füßen liegt ein ausgemergeltes Mädchen mit aufgerissenem Mund. Eine Leiche. Aber eine lebende Leiche.

Ich hole tief Luft, und das Bild verschwindet, der Appellplatz wird wieder zum Parkplatz, der Bus zu einer Baracke. Ungewollt schüttle ich den Kopf. Ich will mehr sehen, mehr darüber wissen, was da geschah. Klammerte sich Mama mit beiden Händen an seinen Knöchel und weigerte sich loszulassen? Oder beugte Papa sich über sie und nahm sie in die

Arme, trug sie auf starken Armen in den weißen Bus?

Nein, das erscheint unwahrscheinlich. Andererseits ist es ebenso unwahrscheinlich, dass er sie tatsächlich mit sich nach Nässjö genommen und geheiratet hat. Schließlich war er ein Mann, dessen Ziel im Leben es war, so unauffällig wie möglich zu sein. Normal. Durchschnittlich. Wie alle anderen. Deshalb lebte er sein Leben in aller Stille und tat so, als wäre das, was geschehen war, niemals geschehen.

Doch. Er hatte damals recht. Ich habe ein Erbe zu tragen. Von verschiedenen Seiten.

Ich werfe einen letzten Blick auf die Baracke der Freigängerabteilung, während ich mich hinabbeuge, um meine Tasche anzuheben. Schön, dass sie da drinnen keinen Platz für mich hatten, ich hätte es mit all diesen wohlmeinenden Übungen in der Kunst, Milch zu kaufen und Zugfahrpläne zu lesen, nicht ausgehalten. Dann ist es so doch besser: den einen Moment Zwang und Gitterstäbe vor dem Fenster, im nächsten vollkommene Freiheit. Oder zumindest so viel Freiheit, wie die Bewährungshilfe mir zuteil werden lassen wird. Und schön, dass die Sonne immer noch wärmt. Einen Augenblick wende ich ihr mein Gesicht zu, bevor ich mich der Brücke nähere. Der Hinsebergbrücke. In all meinen Phantasien bin ich auf ihr stehen geblieben, habe mich übers Geländer gebeugt und auf das stahlgraue Wasser des Väringen geguckt, aber ich verzichte darauf, meine Phantasie auszuleben. Ich habe das Gefängnis bereits verlassen, ich brauche keine weiteren Abschiede mehr.

Die Tasche ist schwer. Hin und wieder bin ich gezwungen, stehen zu bleiben und den Schulterriemen zurechtzurücken, der in die Haut schneidet. Das liegt an den letzten acht Büchern, von denen ich mich nicht trennen konnte, als ich den Rest meiner Bibliothek unter den anderen Frauen der Abteilung verteilt habe. Bereits vor mehreren Wochen musste ich einsehen, dass sie schwer werden würden, und habe überlegt, im Versandkatalog eine Reisetasche auf Rollen zu bestellen, doch meine Sentimentalität hielt mich zurück. Diese Tasche habe ich vor achtzehn Jahren in Lateinamerika gekauft, sie ist eine Erinnerung an die junge Reporterin, die ich einmal gewesen bin. Ich war in Montevideo zwischen zwei Flügen hängen geblieben und hatte nichts anderes zu tun gehabt, als in einem Hotelgarten mit blühendem Hibiskus spazieren zu gehen. Ein Geschäft am Eingang bot billiges Reisegepäck an, und ich kaufte die große Ledertasche, weil sie aussah, als gehörte sie derjenigen, die ich sein wollte. Zu der Zeit kaufte ich oft Sachen, die aussahen, als gehörten sie derjenigen, die ich sein wollte, ich trug meine handgenähten Seidenhemden und Pullover aus weichstem Kaschmir wie eine Art Verkleidung. Eine gediegene Ledertasche aus Montevideo vervollständigte das Bild. Als ich einige Stunden später mein Spiegelbild in einem nachtschwarzen Fenster auf dem Flugplatz entdeckte, musste ich lachen. Das war ja sie, nicht Mary und nicht Marie, das war diese Dritte, diejenige, die nur Fassade war und die wir beide sein wollten.

Die Bretter der Hinsebergbrücke zittern unter meinen Füßen, doch ich weiß, dass es nicht dasselbe Holz ist, das unter dem Gefangenentransport knackte und schwang, als ich hierher gebracht wurde. Vor ein paar Jahren riss man die alte Holzbrücke ab und baute eine neue. Das ist ein gutes Gefühl. Die Brücke ist eine andere. Ich bin eine andere. Ich habe nichts mehr mit dem Wesen zu tun, das an einem Vormittag vor sechs Jahren aus dem Untersuchungsgefängnis hierher gebracht wurde, das während der ganzen Reise reglos dasaß und sich einredete, dass sie sich in Wirklichkeit immer noch in einem Krankenzimmer des Karolinska befand. Die Vergangenheit gibt es nicht. Alles, was es gibt, bin ich, so wie ich jetzt bin. Plus den Inhalt eines Bankschließfachs und eines Möbellagers in Stockholm. Mein Geld. Meine Sachen. Ich sehne mich nach ihnen.

Der Trageriemen schneidet immer tiefer in meine Schulter, ich muss stehen bleiben und die Tasche abstellen. Als ich aufschaue, merke ich, dass die Welt um mich her vollkommen still geworden ist. Kein Wind. Keine Vögel. Nicht einmal entfernte Autogeräusche. Vor mir wartet Frövi. Das bedeutet Freias Opferstätte. Der Name hat mich in den ersten Jahren amüsiert, jetzt finde ich ihn nicht mehr so lustig. Anastasia wird nie über die Brücke auf die dicht belaubten Bäume am anderen Ufer zugehen, sie wird nicht einmal, ihren Abschiebebeschluss in der Hand, in einem Polizeiwagen transportiert werden. Der Tag hat sein Opfer gehabt.

Plötzlich bekomme ich Angst. Es ist zu still. Unnatürlich still. Hinter dem vergilbenden Grün sind ein paar weiße Häuser zu erkennen. Vielleicht stehen sie leer und verlassen, vielleicht ist ganz Frövi vor meiner Entlassung geräumt worden, vielleicht gibt es nur noch einen einzigen Menschen in der ganzen Gegend, einen vertrockneten kleinen Eisenbahner, der im Bahnhof hinter einer Glasscheibe sitzt, bereit, ein Hinfahrtticket nach Stockholm zu verkaufen.

Doch nein, Frövi ist nicht vollkommen menschenleer, das kann ich jetzt sehen. Ich habe mich hinuntergebeugt, um die Tasche hochzuheben, verharre jedoch in meiner Bewegung. Ein Mann steht am Brückenansatz, ein Mann mit weißem Gesicht und dunkler Kleidung. Einen Moment lang geistert Sverkers Gesicht durch meinen Hinterkopf, doch ich zwinkere ihn sofort wieder weg. Das da ist nicht Sverker. Ich kann das Gesicht des Mannes nicht sehen, aber ich erkenne, dass es nicht Sverker ist, dafür ist er zu klein, zu dünn und hat viel zu hängende Schultern. Wenn er jemandem ähnlich sieht, dann am ehesten Herbert Andersson aus Nässjö. Ehemals Busfahrer. Später Besitzer einer chemischen Reinigung. Seit über zwanzig Jahren tot. Und trotzdem noch so lebendig, dass er seine Tochter empfangen kann, die aus dem Gefängnis entlassen wird.

Ich mache einen tastenden Schritt nach vorn, um zu sehen, ob er verschwindet, doch er bleibt stehen und wartet ab. Ich halte wieder inne und versuche mich zu sammeln. Sei nicht albern, sage ich zu mir selbst. Das ist er nicht, das kann er nicht sein. Er ist tot. Und selbst wenn er nicht tot wäre, dann würde er nicht hier sein. Seine Tochter abzuholen, wenn sie aus Hinseberg entlassen wird, das wäre ihm vollkommen fremd. Herbert Andersson würde eine Tochter, die in Hinseberg gesessen hat, nicht mehr kennen, er würde sie aus seinem Gedächtnis tilgen, sie in seiner Erinnerung totschweigen. Er war ein normaler Mann, und die Töchter normaler Männer landen nicht im Gefängnis. Sie werden auch keine Ministerinnen.

Immer noch kann ich nicht begreifen, wie es dazu gekommen ist, dass so ein Mann eine Gefangene aus einem Konzentrationslager geheiratet hat. Und wie es dazu kommen konnte, dass er sich nicht von ihr hat scheiden lassen, als sie anfing, im Konsum zu klauen und in unserem Keller ein Warenlager einzurichten. Oder als sie wochenlang regungslos im Bett lag, um danach schreiend im Haus herumzurennen. Vielleicht lag es daran, dass sie es verstand, ihre Anfälle im Haus zu halten. Wenn sie auf die Straße gerannt wäre, dann hätte er sie verlassen. Glaube ich. Vermute ich. Ich weiß es ja nicht. Keiner von beiden hat jemals mit mir über Auschwitz geredet, ich war vierzehn Jahre alt, als mir klar wurde, warum meine Mama immer langärmlige Blusen und Kleider trug. Erst als beide tot waren, erfuhr ich, dass auch Papa in Auschwitz gewesen war, dass er einen der weißen Busse durch das Kriegspolen gefahren hatte. Ein paar Tage lang erträumte ich ihn mir zum Helden, bis ich die Erinnerung an das, was er wirklich gewesen war, nicht länger verdrängen konnte.

Der Mann am Brückenansatz macht einen Schritt vor. Ich packe erneut die Tasche, werfe sie mir über die Schulter und gehe los. Schritt für Schritt nähern wir uns einander, er schnell, ich langsam. Das Gesicht, eben noch nur ein weißer Fleck, nimmt Form an, bekommt ein Paar dunkle Augen, eine schmale Nase, einen lächelnden Mund. Das ist nicht Herbert Andersson. Natürlich nicht.

»Auf geht's, was?«, sagt der Mann, als er näher kommt. Ich erkenne ihn nicht wieder, aber er muss etwas mit Hinseberg zu tun haben, das ist am Tonfall zu hören. Gleichzeitig herablassend und aufmunternd.

»Ja«, sage ich atemlos und wechsle wieder einmal die Tasche von einer Schulter auf die andere.

»Na, dann viel Glück«, sagt der fremde Mann und geht mit schnellen Schritten an mir vorbei.

Ein anderer Mann guckt mich an, als ich auf einer Bank im Bahnhof sitze. Einen Moment lang werde ich unruhig, und mein Blick wird hektisch. Erkennt er mich wieder? Doch nein, es sind sieben Jahre vergangen, seit ich Schlagzeilenstoff war, es kann nicht sein, dass ein wildfremder Mensch mich wiedererkennt. Freunde vielleicht, und alte Arbeitskollegen, aber kein Fremder. Andererseits ist das vielleicht so ein Blick, wie ihn alle Frauen einfangen, die allein im Bahnhof von Frövi sitzen, ein unterkühlter, leicht verächtlicher Blick, der verrät, dass der Betrachter zu wissen glaubt, woher die Person, die er betrachtet, kommt.

Ich habe den Direktzug nach Stockholm verpasst. Jetzt muss ich in Örebro umsteigen, aber der Zug kommt erst in vierzig Minuten, also stehe ich auf, lasse meine Tasche unbewacht stehen, während ich zum Kiosk vor der Tür gehe. Ich kaufe das Aftonbladet und einen Apfel, bezahle mit einem noch nicht geknickten Fünfhundertkronenschein und schüttle schweigend den Kopf, als die Frau hinter dem Tresen fragt, ob ich es nicht kleiner habe. Sie antwortet mit einem leisen Schnauben, kaum hörbar, aber einfach zu deuten. *Hinseberg!* Als Reaktion schnellt die gespaltene Zunge einer kleinen Gehässigkeit in meinem Hinterkopf vor. Die Frau ist in den Sechzigern, ihr Körper jung, aber das Gesicht runzlig und verlebt. Was hat Git immer gesagt, wenn jemand auch nur die Andeutung machte, es könnte ihr nicht schaden, etwas abzunehmen? »Ha! Im Leben jeder Frau kommt einmal die Zeit, da muss sie sich zwischen ihrem Gesicht und ihrem Arsch entscheiden!« Git hat sich für ihr glattes Mondgesicht entschieden. Die Kioskfrau für ihren schlanken Hintern. Ich muss mich über mein Portemonnaie beugen, um mein Lächeln zu verbergen, als sie mir das Wechselgeld zurückgibt, gleichzeitig ist mir meine kindische Spottlust peinlich.

Nun ja, meine Strafe wird nicht lange auf sich warten lassen. Ich habe einen Apfel gekauft und will ihn essen. Aber ich vertrage keine Äpfel. In zwei Stunden wird es mich am ganzen Körper so jucken, dass ich in die Zugtoilette gehen und mich mit der Haarbürste kratzen muss. Was mir nur recht geschieht.

Der Mann im Wartesaal hat mir den Rücken zugekehrt und starrt entschlossen auf einen Fahrplan an der Wand, als ich zurückkomme. Ich werfe ihm einen raschen Blick zu, bevor ich in den Apfel beiße und die Zeitung aufschlage, kann aber nur wenige Seiten umblättern, da starren mich zwei vertraute Gesichter an, und vor meinen Augen zittert eine Schlagzeile: »Ich verzeihe ihr.«

Mir bleibt der Apfel im Hals stecken, sodass ich husten muss.

Jetzt weiß ich, wie er heißt, der Künstler, den Anastasia umbringen wollte. Es stimmte also, was ich mir gedacht hatte.

Magnus Hallin hat etwas schütteres Haar bekommen, ansonsten sieht er aus wie früher. Immer noch hat er merkwürdige Proportionen; sein Gesicht ist ein wenig zu schmal, der Mund etwas zu breit, die Unterarme eine Spur zu lang. Neben ihm steht Maud, Magnus' Ehefrau und Sverkers Schwester, meine Ex-Schwägerin. Sie lächelt mit geschlossenem Mund in die Kamera. Ich erkenne die Stelle, wo sie stehen: die Veranda der Sundin'schen Sommerresidenz, die seit vielen Jahren ihr Zuhause ist. Hinter ihnen liegt der Hästerumssjön glatt und ruhig da, irgendwo am anderen Ufer steht mein Haus.

Sverker und ich stellten bereits am ersten Abend der Reichstagswoche fest, dass wir Sommernachbarn waren. Drei Jahre zuvor hatte mein Vater angefangen, unser Ferienhaus zu bauen, das war eines der vielen Normalitätsprojekte, die er anpackte. Ende der Sechziger sah er ein, dass normale Familien in den Ferien nicht mehr mit einem Viermannzelt im Volvo an die Westküste fuhren. Normale Familien schafften sich ein Sommerhaus an, am besten ein kleines rotes Häuschen irgendwo an einem See. Also mussten auch wir ein kleines rotes Häuschen irgendwo an einem See haben. Dass weder Mama noch ich daran interessiert waren, tat nichts zur Sache.

Das Problem war nur, dass das Haus viel zu unnormal wurde. Als Papa schließlich mit der Arbeit begonnen hatte, war er nicht mehr zu bremsen. Was da unter seinen Händen heranwuchs, war nicht die übliche Holzhütte, mit der sich andere Ferienhüttenbesitzer begnügten. Herbert Andersson baute ein gediegenes Haus mit Fundament und Kellerräumen, einer Küche und zwei großen Zimmern im Erdgeschoss, einem Badezimmer und mehreren kleinen Schlafzimmern im ersten Stock und – in einer schmerzhaften Kollision mit den ochsenblutroten Wänden – großen Panoramafenstern zum See hin. Drei Sommer lang saßen Mama und ich im Gras und schauten zu, während er arbeitete. Wenn wir aber auch nur aufstanden, um ihm zu helfen, strafte er uns mit einem Blick, der uns erstarren ließ. Das war nicht erlaubt. Es war auch nicht erlaubt, auf eigene Initiative die Baustelle zu verlassen, um einen Spaziergang im Wald zu machen oder im

See zu baden. Wir durften Essen machen und Kaffee kochen, alles auf einem Spirituskocher, den er uns ins Gras gestellt hatte, und ab und zu durften wir uns auch auf den Weg machen, um einzukaufen, aber das war auch alles. Ansonsten hieß es still sitzen, zuschauen und zur Hand sein.

Was mich betraf, so war der erste Sommer nur erträglich, weil meine Mutter in ihrer Frühlingsdepression stecken geblieben war und den ganzen Tag lang bewegungslos im Gras lag. Folglich war es meine Aufgabe, abzuwaschen und Essen zuzubereiten, das Zelt aufzuräumen, das während der Bauzeit unser Zuhause war und – wenn ich Glück hatte und Papa sich damit zufriedengab, dass nur Mamas verschleierter Blick ihn beobachtete – fast zehn Kilometer zum nächsten Lebensmittelladen in Grälebo zu radeln. Das folgende Jahr war sie besser drauf, verscheuchte mich vom Spirituskocher und protestierte lauthals und mit schriller Stimme, wenn ich versuchte, mir die Aufgabe unter den Nagel zu reißen, am Seeufer kniend das Campinggeschirr abzuwaschen. Das machte ich nicht richtig! Wie konnte ich nur glauben, die Teller könnten sauber werden, wenn man sie nur im kalten Seewasser herumschwappen ließ, ich war zu nichts nutze, ein verwöhntes Mädchen, das keinen Funken Verstand besaß …

Doch der dritte Sommer wurde anders. Da kam Sverker eines Tages im Juni herübergerudert.

Ich sah ihn bereits, als er sich ins Boot setzte. Das war kein Wunder: Seit der Boden nicht mehr gefroren war, hatte ich jedes Wochenende am Seeufer gesessen, auf die andere Seite gestarrt und mich gefragt, warum er nie etwas von sich hatte hören lassen. Langsam hatte ich Dinge erkennen können, die ich im Jahr zuvor noch nicht gesehen hatte. Hinter den großen Ahornbäumen war ein rotes Haus zu sehen, größer als unseres und viel älter. Ein alter Bauernhof. Aber das Land war verpachtet, das wusste ich, und der Hof wurde nur im Sommer bewohnt, wenn der Textilfabrikant Sundin mit seiner Familie aus Borås angereist kam.

»Nässjö?«, hatte Sverker gefragt und sich am ersten Abend der Reichstagswoche neben mich gesetzt. »Hast du gesagt, du kommst aus Nässjö?«

Ich nickte stumm. Wir saßen im Hotelfoyer und warteten auf die anderen. Ich hatte große Angst gehabt, zu spät zum Essen zu kommen, deshalb war ich viel zu früh da. Sverker kam gleich nach mir. Jetzt hatte er sich so dicht neben mich gesetzt, dass ich die Wärme seines Körpers spürte. Seine weißen Kragenspitzen lagen wie Möwenflügel über dem Ausschnitt seines Lambswoolpullovers. Eine Weile wartete er schweigend auf meine Antwort.

»Meine Eltern haben ein Haus in Nässjö«, sagte er dann. »Oder besser: dort in der Nähe.«

Ich drehte den Kopf, räusperte mich, suchte nach meiner Stimme.

»Aha. Und wo da?«

Er suchte in seiner Hosentasche, zog eine Pfeife hervor, wühlte dann in der anderen und zog ein Päckchen Tabak und eine Schachtel Streichhölzer hervor.

»Am Hästerumssjön. Der liegt Richtung Jönköping.«

»Das ist nicht wahr!«

Er warf mir einen schrägen Blick zu.

»Natürlich ist es wahr.«

Ich biss mir auf die Oberlippe. Blamiert.

»Äh«, sagte ich dann. »Das habe ich nicht so gemeint. Ich war nur so überrascht. Weil wir auch ein Ferienhaus am Hästerumssjön haben.«

Als die anderen hinunterkamen, war die Schüchternheit überwunden. Sverker redete laut, und ich lächelte dazu. Hatten sie schon gehört? Nachbarn waren wir! Wie groß konnte die Wahrscheinlichkeit sein, dass sich Feriennachbarn auf diese Art und Weise treffen? Was für ein Zufall!

Als Sissela auftauchte – eine Viertelstunde verspätet und mit derselben Laufmasche im Strumpf wie vorher –, hatte sich das Foyer mit Lachen und lauten Stimmen gefüllt. Sie musste ihre Stimme erheben und rufen, um sich überhaupt Gehör zu verschaffen: »Nun seid mal still, ihr Landeier. Ruhe!«

Alle starrten sie an, dann sackte Magnus zusammen und tat, als fiele er in Ohnmacht. Per lachte laut auf und packte ihn unter den Achseln:

»Seht nur. Sie hat es schon wieder geschafft!«

Anna schlug sich die Hand vor den Mund und kicherte. Per lächelte ihr glücklich zu. Ich hörte mein eigenes Lachen zur Decke aufsteigen und verstummte schnell. Sissela lächelte säuerlich und stieß mit der Schuhspitze gegen Magnus' Hosenbein: »Du Spinner! Weicheier dürfen abends nicht in Stockholm ausgehen!«

Magnus stand auf, zog seinen Pullover lächelnd zurecht. Zum ersten Mal betrachtete ich ihn richtig. Es waren nicht nur seine Proportionen, die merkwürdig waren. Die Farben waren auch komisch. Weiche, olivfarbene Haut zu hellgrauen Augen und dunkelblondem Haar. Es schien, als wäre er aus den übrig gebliebenen Teilen mehrerer unterschiedlicher Personen zusammenmontiert worden: einem Dunklen, einem Blonden, einem Kleinen, einem Großen. Er erwiderte meinen Blick, und eine Sekunde lang sahen wir uns direkt an, dann wandte ich den Kopf und meinen Blick ab. Magnus Hallin genoss die Blicke der anderen etwas zu sehr.

»Zuerst gibt es Pizza«, erklärte Sissela. »Danach sehen wir, was sich ergibt.«

»Der Zug nach Örebro«, sagt eine Stimme im Lautsprecher und wiederholt sich gleich darauf: »Der Zug nach Örebro fährt soeben auf Gleis zwei ein.«

Das ist mein Zug, ich habe auf ihn gewartet, während ich die Abendzeitung durchblätterte, und trotzdem bin ich nicht im Mindesten auf die Wärmewoge vorbereitet, die plötzlich meinen Körper durchströmt. Endlich kann ich es spüren. Ich bin frei. Sechs lange Jahre sind vergangen, aber jetzt bin ich tatsächlich frei.

Ich stehe auf und nehme meine Tasche, plötzlich ist sie nicht mehr schwer. Nun ja. Ein bisschen schon. Ich stemme die Schulter dagegen und eile auf den Bahnsteig, die Luft dort draußen ist kühl, atmet sich angenehm. Das Gleis singt bereits, der Zug ist unterwegs. Und mir stehen vor Freude die Tränen in den Augen.

Bereits als ich mich in dem leeren Abteil einrichte, bin ich zu einer normalen Frau auf Reisen geworden, eine Frau, die zwar eine ganze Weile fortgewesen ist, wegen einer Krankheit, aus Trauer oder weil sie gezwungen war, eine Entscheidung zu treffen, die aber jetzt auf der Heimreise ist. Ich hänge meine Jacke an einen Haken und hieve die Tasche auf die Gepäckablage, ziehe dann meinen Pullover zurecht und setze mich. Erst da merke ich, dass ich die Zeitung im Wartesaal vergessen habe. Ich schlage die Beine übereinander und lehne mich gegen die weiche Rückenlehne. Das macht ja nichts. Ich bin nur froh, wenn ich Magnus Hallins hässliche Visage nicht mehr sehen muss. Ganz zu schweigen von Mauds.

Der Zug ruckt an und setzt sich in Bewegung.

Ich hatte noch nie Pizza gegessen. Schließlich waren es die frühen Siebziger, und Schweden war immer noch ein Land der Milchbars und Hausmannskost. In Nässjö begrenzten sich die neumodischen Errungenschaften auf Pommes frites in Sigges Grillbar, doch dorthinein hatte ich noch nie den Fuß gesetzt. Anständige Gymnasiasten gingen nicht in Sigges Grillbar, das war ein Ort für Jungen mit Brillantine im Haar und Mädchen mit Haarspray und toupierten Frisuren. Ich selbst trug einen braven Pagenkopf, genau wie die anderen Mädchen, die in Thimons Konditorei am Samstagnachmittag Tee tranken, folglich hatte ich bisher nur den heißen Duft von Pommes frites eingesogen, wenn ich an Sigges Grillbar vorbeiradelte, ohne zu wissen, wie sie schmeckten.

Die Pizzeria in der Drottninggatan in Stockholm roch anders. Wir blieben am Bartresen stehen, standen dort dicht aneinandergedrängt und sogen all das Neue in uns auf, ließen die Gerüche ihre Bilder in unseren Köpfen malen. Frisch gebackenes Brot. Der sanfte Salzgeschmack geschmolzenen Käses, der erstarrt war. Aber die Preise ... Ich spürte ein leichtes Kribbeln im Magen. Konnte ich mir das leisten? Papa hatte mit ernster Miene einen Fünfziger aus seiner Brieftasche gezogen, als ich aufbrechen wollte, und mich ermahnt, nichts zu verschwenden. Was bedeutete, dass ich zehn pro Tag ausgeben konnte. Höchstens. Eine Pizza kostete zwölf Kronen. Andererseits hatte ich ja nichts fürs Mittagessen bezahlen müssen ... Doch. Wenn ich mich mit Wasser zum Essen begnügte, würde ich zurechtkommen.

Wir schoben zwei Tische zusammen und setzten uns daran, dicht aneinandergedrängt. Magnus achtete darauf, neben Sissela zu kommen, und bedachte sie mit einem blendenden Lächeln, ohne zu ahnen, dass das vergebliche Mühe war; Per zog mit ernster Miene einen Stuhl für Anna heraus, während er noch einmal den Text über die Grundgesetzreform referierte. Sie setzte sich, ohne ihn anzusehen. Torsten ließ sich neben mir auf die Sitzbank fallen. Anfangs saß er schweigend da, als wartete er auf etwas. Erst als die Luft um uns her mit Stimmen gefüllt war, drehte er den Kopf und warf mir einen kurzen Blick zu.

»Ich habe deinen Aufsatz gelesen«, sagte er mit gedämpfter Stimme.

Ich wusste nicht, was ich darauf erwidern sollte. Der Aufsatz, den ich eingeschickt hatte, ähnelte in keiner Weise dem, den ich eigentlich hatte schreiben wollen, der alles über den Zusammenhang zwischen der Vergangenheit und der Zukunft hatte erklären sollen. Stattdessen war etwas über die Demokratie herausgekommen und die unbedingte Pflicht, sich zu erinnern.

»Er hätte besser werden können«, sagte ich und schaute auf die Tischdecke hinunter.

»Er war gut genug«, sagte Torsten.

Ich wandte vorsichtig den Kopf und sah ihn an. Ich hatte selbst die Aufsätze der anderen gelesen, als ich mich für den Abend umzog. Sie waren sehr unterschiedlich gewesen. Sissela hatte über die Rolle der Frau in der Politik geschrieben, Sverker über die zukünftige Steuerpolitik, Per über die Grundgesetzreform (natürlich), Magnus über die Revolution und Demokratie, Anna über die Vorteile des Reformismus. Nur Torstens Aufsatz fiel vollkommen aus dem Rahmen. Es war eine Erörterung der notwendigen Balance zwischen Chaos und Ordnung in einer Gesellschaft. Ich war mir nicht sicher, ob ich ihn verstanden hatte. Aber er hatte mich etwas anderes verstehen lassen.

»Willst du Schriftsteller werden?«

Er strich sich die Haare aus dem Gesicht, bevor er antwortete.

»Würde ich schon gern. Weiß nicht, ob ich es kann.«

Ich hob meine Hand, um sie auf seine zu legen, besann mich aber im letzten Moment und griff stattdessen zur Gabel, zog sie über das rot karierte Muster der Tischdecke.

»Du kannst es.«

Torsten ahmte meine Bewegungen nach. Seine Gabel ritzte vier schmale Spuren in die Tischdecke, er schaute sie an und strich dann mit der Hand drüber, um sie wieder zu glätten.

»Danke.«

Ich schaute hoch. Auf der anderen Tischseite saß Sverker. Er blinzelte mir lächelnd zu, und ein kleiner Schauer des Entzückens kitzelte mich im Bauch. Sverker schien das zu wissen, sein Lächeln wurde noch breiter, und er erhob sein Glas.

»Ein Prost auf Hästerum!«

Ich hob mein Glas, und wir tranken, Sverker Leichtbier und ich Wasser. In dem Moment, als ich das Glas hinstellte, sah ich, dass Torsten sich von mir abgewandt hatte und jetzt mit Per redete.

Wenn, denke ich. Doch das ist ein gefährliches Wort, deshalb schlage ich schnell die Augen auf und schaue mich um. Aber es gibt nichts zu sehen, nur Nadelwald vor dem Zugfenster und einzelne Birken mit gelben Blättern.

Wenn, denke ich erneut, und dieses Mal ängstigt mich das Wort nicht. Es ist leichter, sich ihm mit offenen Augen zu nähern. Außerdem ist das kein fremder Gedanke, ich habe ihn schon oftmals gedacht. Hätte Sverker überhaupt Interesse an mir gehabt, wenn er nicht gesehen hätte, dass Torsten und ich unsere Bewegungen gegenseitig nachahmten? Nein. Das hätte er nicht. Wir haben fast zwanzig Jahre zusammengelebt. Ich weiß, dass Sverker nicht nur siegen will. Er will besiegen.

Erneut schließe ich die Augen. Die Pflicht, sich zu erinnern, ist aufgehoben. Ich habe das Recht zu vergessen.

Aber ich vergesse nicht. Irgendwo hinter meinen Augenlidern sehe ich, wie sich ein Ruderboot nähert. Vier lange Monate habe ich gewartet, und alles, was ich bisher bekommen habe, ist eine Ansichtskarte und eine kopierte Einladung zum Mittsommernachtsfest, doch jetzt wird alles anders werden. Ich stehe vom Seeufer auf, an dem ich den ganzen Morgen gesessen habe, und laufe hinauf in mein halb fertiges Zimmer, das immer noch nur braune Hartfaserwände und Plastikfolie vor dem Fenster hat, wühle in meiner Kulturtasche nach der Haarbürste und der schwarzen Wimperntusche, während ich einen Blick auf meinen Schrank werfe. Die Tür steht offen, doch da drinnen befindet sich nichts außer einem zerknitterten Baumwollkleid und einem Paar weiße Shorts. Ich habe nichts anzuziehen – lieber Gott! –, ich muss Sverker in abgeschnittenen alten Jeans und einem gestreiften Pulli entgegentreten. Vielleicht wird er mich so hässlich finden, dass er gleich umkehrt.

Doch er kehrt nicht um. Als das Boot nur noch wenige Meter vom Ufer entfernt ist, steht er auf und springt ins Wasser, ergreift mit einer Hand den Bug und zieht das Boot hinter sich her. Erst jetzt sehe ich, dass er nicht allein ist. Hinten im Heck sitzt ein Mädchen. Sie hat lange Haare von der gleichen Farbe wie Sverker, und ihre Augenbrauen sind ebenso dunkel wie seine. Seine Schwester, denke ich, bevor ich ins Wasser laufe. Sverker lässt das Boot los und breitet die Arme aus, ich falle ihm fast in die Arme.

»Sie kommen«, sagt er. »Die ganze Bande kommt zur Mittsommernacht!«

Hinter ihm stößt Maud einen schrillen Schrei aus. Das Boot beginnt abzutreiben.

Mögliche Mail (I)

E-Mail von
Sissela Oscarsson
an Torsten Matsson
14. Oktober 2004

Mein Lieber,
lange her, dass ich zuletzt von dir gehört habe. Zumindest persönlich – ich höre ja jeden Abend deinem neuen Roman zu. Es ist sehr interessant, dich laut lesen zu hören, der Text bekommt ein ganz anderes Gewicht, als wenn man ihn selbst liest. Ich sollte vielleicht ganz zu Hörbüchern übergehen. Das Problem dabei ist nur, was ich mit meinen Händen anfange, während ich zuhöre. Sollte vielleicht anfangen zu sticken. Hättest du gern ein paar Pantoffeln mit gestickten Tulpen drauf? (Ich gehe davon aus, dass du die Anspielung verstehst. Auf die ich doch ein wenig stolz bin.)
Was hast du in der Mittsommernacht gemacht? Ich saß auf einer Parkbank im Kungsträdgården und tat mir selber leid. Wieder einmal. Sicher, ich habe eine schriftliche Einladung zum Mittsommernachtsfest bei Maud und Magnus bekommen, aber ehrlich gesagt kann ich sie alle beide nicht vertragen. Ich begreife nicht, wie ich es über fünfundzwanzig Jahre lang mit diesen scheinheiligen Typen aushalten konnte. Ich vermute – eingedenk der Debatte im Feuilleton der DN im letzten Jahr –, dass du auch nicht dort warst.

Lass dir nur sagen, dass ich deinen Einsatz zu würdigen wusste. Besonders als du Magnus einen überschätzten Narziss genannt hast.

Übrigens schreibe ich dir wegen dieses überschätzten Narziss. Ich möchte dich nur daran erinnern, dass in der nächsten Zeit zwei Dinge passieren werden. Zum ersten zeigt das Prolo-Fernsehen (also TV3) morgen Magnus' Film. Offenbar wird er hinterher im Studio sein. Es soll wohl eine ganze Weile verbale Unterhaltungsgewalt von der Sorte geben, die man Debatte nennt. Ich fürchte Heuchelei bis zum Erbrechen. Bereits heute ist Magnus im Aftonbladet und verkündet, dass er dem armen Mädchen, das ihm ein Messer in den Leib gerammt hat, vergibt. Nicht ein Wort darüber, was er mit ihr gemacht hat. Wenn du vorhast, dir den Dreck anzugucken, schlage ich vor, dass du eine Kotztüte in Reichweite hast. Ich selbst werde zwei haben.

Zweitens möchte ich dich daran erinnern, dass Mary-Marie in diesem Monat entlassen wird. Das genaue Datum weiß ich nicht, nur, dass sie ihre zwei Drittel der Strafe verbüßt und sich gut geführt hat, also müssen sie sie rauslassen. Ich weiß ja nicht, ob du während der Jahre Kontakt mit ihr hattest, selber hatte ich keinen. Ist mir etwas peinlich. Was meinst du? Sollte man Kontakt aufnehmen?

Außerdem würde ich gern wissen, ob wir nicht mal zusammen essen können. Im Restaurant, meine ich. Du brauchst keine Angst zu haben, dass ich das wieder zur Sprache bringe, was nach MaryMaries Gerichtsverhandlung passiert ist. Mein Seelenklempner meint, dass ich zu der Zeit unter sexualisierter Angst gelitten habe. Das ist vorbei. Mittlerweile bin ich so angstfrei, dass ich regelrecht blödsinnig bin. Aber gewisse Menschen fehlen mir, die in meinem Leben wichtig waren. MaryMarie zum Beispiel. Und du. Bitte, lass von dir hören! Antworte mir!

Sissela

Mögliche Mail (II)

E-Mail von
Sissela Oscarsson
an Torsten Matsson
18. Oktober 2004

Mein Lieber,

hier kommen ein paar Neuigkeiten, die dich interessieren müssten. Mit Betonung auf »müssten«. Andererseits *müsstest* du ja auch Verstand genug gehabt haben, auf die zig E-Mails zu antworten, die ich dir im Lauf des letzten Jahres geschickt habe. Vielleicht freut es dich, dass mich dein Schweigen richtig wütend gemacht hat. Ich kann ja verstehen, dass du auf große Teile des Billardvereins Zukunft sauer bist, aber – entschuldige mal! – was zum Teufel habe ich bitte schön getan?

Wie auch immer: Jetzt sind Dinge passiert, die dich dazu zwingen werden, dass du verdammt noch mal von dir hören lässt.

MaryMarie hat einen erneuten Anfall von Aphasie erlitten. (Vielleicht weißt du es ja auch schon. Es stand sogar heute Morgen darüber etwas in der DN, aber ziemlich weit hinten.) Dass es so kommen würde, konnte man sich ja an zehn Fingern abzählen: Es passierte nämlich während einer großen Konferenz über Zwangsprostitution und Menschenhandel in Vladista. Ich begreife nicht, warum sie sich nicht einfach geweigert hat, dorthin zu fahren, ihr hätte doch klar sein müssen, dass dort das eine oder andere hochkommen würde. Andererseits ist MaryMarie ja nicht gerade die Person, die sich weigert. Hinter allen Äußerungen, Initiativen und Debatten hier und dort ist sie merkwürdig passiv. Außerdem glaube ich nicht, dass sie unserem reizenden Ministerpräsidenten die Wahrheit über Sverker erzählt hat. Er weiß sicher nur, dass ihr Mann behindert ist. Ich kann mir denken, dass ihr das in seinen Augen einen Sonderpunkt an Edelmut einbringt. Ha!

Nun ja. Zur Sache.

Einer deiner Intimfreunde ist bekanntermaßen Botschafter in Vladista. Seine reizende Ehefrau hat mir gestern eine Mail geschickt (anbei). Von all dem Gelaber abgesehen hat sie ja recht damit, dass MaryMarie ein sehr einsamer Mensch ist. Deshalb habe ich mich bereit erklärt, sie morgen bei ihrer Rückkehr zum Neurologen zu begleiten und anschließend nach Hause zu bringen. Das Problem ist – und deshalb schreibe ich dir –, dass ich fürchte, sie kann nicht übers Wochenende allein gelassen werden, und da stehe ich *nicht* zur Verfügung. Ich nehme an einer großen Kulturerbekonferenz in Straßburg teil und werde eine der wichtigsten Reden meines Lebens halten. Ich kann mich da unmöglich rauswinden, dann wäre ich für alle Zeiten blamiert. Ich fahre am späten Samstagnachmittag und bin nicht vor Dienstagnachmittag wieder zurück. Während dieser Zeit musst du MaryMarie helfen!

Es gibt nämlich sonst niemanden. Du und ich, wir sind die Einzigen, die sie hat. Sverker zählt ja nicht, und seine Pfleger sind so in ihre Vorschriften eingebunden, dass sie MaryMarie nicht einmal eine Tasse Tee machen dürfen (und dann stell dir vor, wenn die Zeitungen erfahren würden, dass sie um so etwas gebeten hätte. Auf Kosten der Steuerzahler! Skandal!) Und sollte Sverker einen Blutsturz erleiden, weil er dich in seinem Heim dulden muss, nun ja – sei's drum. Jedenfalls was mich angeht.

Ich rechne damit, dass du mich im Laufe des Tages anrufst oder mir mailst, damit wir die praktischen Dinge besprechen können.

Mit vielen Grüßen

Sissela

P.S. Wenn du Annas Mail an mich liest, wirst du erfahren, dass Magnus auch in Vladista zu Besuch war. Er hat »im Namen der Solidarität« einen Film über den Sextourismus dorthin gedreht. Zu der Solidarität gehörte offensichtlich, so eine arme Teenagerhure bloßzustellen. Steht heute in der Abendzeitung. Kommt morgen im Fernsehen. Wenn du nicht so ein sturer Bock gewesen wärst, hätten wir es uns zusammen angucken und hinterher das Foto von ihm als Dartscheibe benutzen können.

S.

Die Königin des Vergessens

Ich schlage die Augen auf und schaue mich um. Es herrscht Dämmerung. Das Zimmer ist von Farben geleert. Ich richte mich auf und schalte die Nachttischlampe ein, versuche mich von dem Gefühl zu befreien, dass das Bett wie ein Eisenbahnwaggon rüttelt. Nichts rüttelt. Ich bin Mary. Ich sitze irgendwo in einem Gästezimmer, und unter meinem Boden befindet sich ein gelber Salon, in dem soeben eine Gerichtsverhandlung beendet wurde. Jemand geht dort unten auf und ab, aber ich kann nicht ausmachen, ob Per oder Anna. Momentan ist mir das auch vollkommen gleichgültig. Ich habe eine eigene Gerichtsverhandlung abzuhalten. Die Angeklagte sitzt in einem Zug nach Örebro, sie schläft tief, ihr Kopf wackelt im Takt mit dem Schaukeln des Zuges.

Wem will sie eigentlich etwas vormachen, wenn sie mit ihren Pinzettenfingern in der Vergangenheit herumstochert, einzelne ausgewählte Krümel herauspickt und alles andere unberührt liegen lässt? Erinnert sie sich wirklich nicht mehr daran, wie MaryMarie in dieser Pizzeria saß und ihren Oberschenkel gegen Torstens presste, nur um Sverker wenige Stunden später mit gewölbter Hand an die Hose zu gehen? Treulos vom ersten Tag an. Und hat sie vergessen, wie sie einen Tag nach dem Abitur einer weinenden Renate ins Gesicht spuckte und schrie, sie habe genug von verrückten Weibern? Oder dass sie ihren Vater im Laufe von vier Jahren ganze fünf Mal im Krankenhaus besucht hat? Ganz zu schweigen von dem, was sechzehn Jahre später in einem Krankenzimmer im Karolinska geschah.

Nein. Niemand hat das Recht zu vergessen. Erst recht nicht Marie.

Das sollte sie wissen. Wir sind doch in einem Haus aufgewachsen, in dem jeder Tag einen anderen auslöschte, in dem nur wenige Erinnerungen wie Herbstlaub in einer Pfütze an die Oberfläche trieben, während alles andere zu Boden sank, zum Verschweigen bestimmt. Über Papas Kindheitsabenteuer durfte man reden. Und über Mamas Brautkleid, das sie aus schwerem Duchesse selbst genäht hatte. Außerdem konnten wir über die Kunden der chemischen Reinigung reden. Was für Idioten es doch gab! Wie diese Frau, die glaubte, man könnte in der chemischen Reinigung einen Tintenfleck in einem Buch entfernen lassen. Oder der Bräutigam, der sich weigerte einzusehen, dass sein Frackhemd nicht mehr zu retten war, nachdem er beide Hände in die Weinbowle getaucht hatte. Und zwar bis zu den Ellbogen! Oder dieser schlampige Studienrat, der seine alte Flanellhose einmal die Woche gebügelt haben wollte, aber zu geizig war, für eine richtige chemische Reinigung zu bezahlen. Als Papa das erste Mal das Eisen auf die Hose stellte, stank die ganze Reinigung nach Urin. Danach nahm er jedes Mal Hose und Bügeleisen mit auf den Hof hinaus und fuhr schnell auf dem Gartentisch darüber, auch im Winter. Nicht, dass der Kerl etwas davon mitbekam, er nickte nur und bedankte sich, wenn er seine Hose abholte.

Die Leute waren Idioten, und deshalb gab es keinen Grund, mit ihnen zu verkehren. Papa mochte es nicht, wenn jemand im Haus herumlief, und Mama lernte es nie, die Schweden zu verstehen. Ein einziges Mal wurde sie von einer Nachbarin zum Nachmittagskaffee eingeladen. Eine ganze Stunde brauchte sie, um sich zu kämmen, bevor sie ging, und trotzdem war ihr Haar zerzaust, als sie eine halbe Stunde später wiederkam. Da ging sie mit ruckartigen Schritten über den Vorgartenweg und die Eingangsstufen ins Haus und warf die Tür mit einem Knall hinter sich zu. Den ganzen Nachmittag schwieg sie, und als sie wieder sprach, war ihre Stimme schärfer als sonst. *Määä-rr-y! Dieses tumme Mä-tt-chen!*

Papa war ihr Akzent peinlich, er ließ sie nie mit den Kunden in der chemischen Reinigung sprechen. Besonders peinlich war es ihm, dass sie nicht einmal den Namen ihrer Tochter richtig aussprechen konnte. Schließlich hieß das Kind Marie, warum konnte sie es in Dreiteufelsnamen nicht sagen? Näher kamen sie einem richtigen Streit nie, auch wenn Mamas Stimme immer schrill und anklagend klang, während Papas Bass sich offenbar auf ein mürrisches Gemurmel eingespielt hatte.

Aber meistens war es still bei uns zu Hause, und ein Tag nach dem anderen verging, ohne eine Spur zu hinterlassen. Wenn der Krankenwagen vor dem Haus hielt und Renate hinausgeführt wurde, war es verboten, sich daran zu erinnern, dass das schon vorher einmal vorgekommen war. Wenn ein paar Stunden später ein anderer Wagen vor dem Kinderheim anhielt, um eine Sechs-, Sieben- oder Achtjährige hinauszulassen, schüttelten die Kinderpflegerinnen den Kopf. Dieses Mädchen wurde doch alle halbe Jahr hier abgeliefert, warum tat sie immer so, als wäre sie noch nie hier gewesen? Und warum konnte sie ihren Namen nicht sagen?

Ich bin ans Fenster getreten, um hinauszusehen, als ich auf der dunklen Scheibe ein Gesicht entdecke. Zuerst glaube ich, es wäre Renate, ich erkenne ihr spitzes Kinn und den zusammengekniffenen Mund wieder, doch gleichzeitig muss ich zugeben, dass Augen und Nase Herbert gehören. So ist es also. Zwei Fremde leben in mir, zwei Menschen, die einander nie verstanden haben und die zu verstehen ich nicht einmal versucht habe. Trotzdem lächle ich sie an. Viele Jahre lang habe

ich mich nicht an ihre Gesichter erinnern können; dass ich
sie jetzt vor mir sehe, bedeutet, dass mein Gedächtnis wieder
zurückkehrt. Vielleicht kann ich ja auch wieder sprechen.
Ich lehne die Stirn an die Fensterscheibe und schiebe die
Zunge hinter die Schneidezähne, um den ersten Buchstaben
im Namen meiner Mutter aus dem Mund rollen zu lassen.
Doch die Anstrengung ist vergeblich, die Zunge zieht sich
zurück, und nur eine einzige Silbe dringt heraus. *Al…*

Plötzlich merke ich, wie durstig ich bin, ich brauche etwas zu trinken. Ich öffne die Tür und trete auf den schwach
erleuchteten Flur. Erst nach einigen Schritten bemerke ich,
dass ich mit ausgestreckten Armen gehe, als wollte ich gleich
fliegen. Ich bin barfuß, meine Zehen versinken in dem roten
Teppich. Jemand hat mir Strümpfe und Schuhe ausgezogen,
während ich schlief, doch ansonsten bin ich noch so gekleidet wie bei meiner Ankunft. Zumindest fast. Die Kostümja-
cke ist weg, die Bluse ist zerknittert und steckt nur teilweise
im Rockbund. Nun ja. Auch egal. Es ist still im Haus, nichts
deutet darauf hin, dass irgendeine Cocktailparty im gelben
Salon oder ein Essen im großen Speisesaal stattfindet. Ich
kann hinunter in die Küche gehen, um mir etwas zu trinken
zu holen, in etwa so gekleidet, wie ich will.

Der untere Flur ist dunkel, nur ein schmaler blasser Lichtstreifen sickert durch eine halb geöffnete Tür. Ich gehe darauf zu und merke nicht, dass ich die Arme immer noch
ausgestreckt halte, bis ich angekommen bin, dann halte ich
an und lasse sie sinken, bleibe stehen und schaue mich im
Zimmer um. Anna sitzt mit dem Rücken zu mir in einem
grünen Sessel, auf dem Tisch vor sich ein Glas Weißwein.
Zunächst merkt sie nicht, dass ich die Tür aufdrücke und ins
Zimmer trete, ich muss mich leise räuspern, bevor sie den
Kopf herumdreht.

»MaryMarie«, sagt sie. »Du bist auf? Solltest du nicht im
Bett liegen bleiben?«

Ich schüttle den Kopf, greife dann zu einem nicht existierenden Glas und tue so, als tränke ich. Anne zwinkert ein paarmal, bevor sie versteht.

»Hast du Durst? Willst du etwas trinken ?«

Ich nicke. Sie lächelt erleichtert.

»Setz dich hin, ich hole dir etwas. Möchtest du auch etwas essen? Vielleicht ein belegtes Brot?«

Ich schüttle den Kopf.

»Na gut. Ich bin sofort wieder da.«

Ich setze mich aufs Sofa und schaue mich um. Es ist ein kleines Zimmer, und trotzdem dauert es eine Weile, bis mir auffällt, dass es mitten im Gebäude liegt und keine Fenster hat. Stattdessen besteht die eine Schmalseite aus einer Ziegelmauer, an der noch Reste vom alten Putz haften. Der Architekt hat sich erlaubt, ein kleines Stück Vergangenheit in einem Haus zu bewahren, das ansonsten den Lauf der Zeit verleugnet.

»Wie findest du unsere Bibliothek?«, fragt Anna, und erst jetzt sehe ich die Bücherregale an den anderen Wänden. Sie ist nur eine Minute fort gewesen, trotzdem hat sie nicht nur Mineralwasser, sondern auch Orangensaft und einen kleinen Teller mit Schnittchen auf dem Tablett.

»Reste vom Lunch«, sagt sie und nickt zu den Schnittchen, während sie das Tablett auf den Tisch stellt. »Bedien dich, vielleicht kommt dann der Appetit zurück.«

Ich lächle kurz und greife zum Mineralwasser. Anna hebt etwas, das wie ein Ordner aussieht, aus dem grünen Sessel auf und legt es sich auf den Schoß. Sie folgt meinem Blick und streicht mit der Hand über den braunen Einband. Jetzt sehe ich, dass es ein Album ist. Ein altmodisches Fotoalbum in Leder.

»Der Billardverein Zukunft«, sagt sie.

Ein junger Per schaut ernst in die Kamera, hinter ihm sind die anderen auf den Zuhörerbänken des Plenarsaals aufgereiht. Sverker zeigt sein hochkarätiges Profil. Magnus stützt seine Ellbogen auf die Reihe vor sich und den Kopf in die Hände. Mein Haar ist weiter hinten zu erkennen. Die Jahre haben die Farben ausbleichen lassen.

»Ich war so einsam«, sagt Anna.

Eine Weile bleibt es still. Sie streicht sich das dunkle Haar aus der Stirn.

»Ich habe nie begriffen, was mit mir nicht stimmte. Aber sie haben immer gesagt, ich wäre aufgeblasen.«

Ich lege den Kopf schräg und sehe sie an. Wir kennen uns seit über dreißig Jahren, doch das ist das erste Mal, dass sie zugibt, dass etwas in ihrem Leben nicht perfekt ist. Sie sieht mir in die Augen.

»Ich habe oft darüber nachgedacht, was das bedeutet«, sagt sie. »In Erwachsenensprache, meine ich. Eingebildet, nehme ich an. Oder arrogant. Bin ich das? Findest du, ich bin ein arroganter Mensch?«

Ich führe gerade das Glas zum Mund, das verschafft ein paar Sekunden Bedenkzeit. Ist Anna arrogant? Vielleicht. Sie ist oft überheblich. Manchmal höhnisch. Außerdem ist sie tollpatschig, gefühlsmäßig unbeholfen auf eine Art, die ihr offenbar selbst nicht bewusst ist. Sie versteht sich nicht auf andere Menschen, besonders wenig auf die Armen und Erniedrigten, deren Interessen sie stets zu vertreten behauptet. Sie glaubt, das wären Heilige, ist nicht in der Lage zu sehen und zu erkennen, dass auch diese Bedauernswerten in gewissen Momenten eine Art Tyrannei ausüben können und die Privilegiertesten für Momente Mitgefühl verdienen. Aber kann man ihr das zum Vorwurf machen? Nein. Das hieße, jemandem vorzuwerfen, dass sein eines Bein kürzer ist als das andere. So ist es nun mal. Also schüttle ich den Kopf, als ich das Glas abstelle, und erteile ihr die Absolution, um die sie bittet. Du bist nicht arrogant. Anna schaut mich aufmerksam an, als sie fortfährt.

»Ich komme ja aus einem Ort mit Metallindustrie, und mein Vater stand oben auf dem Misthaufen und krähte am lautesten. Gewerkschaftsboss, weißt du. Vielleicht liegt es daran. Und weil ich immer so schöne Kleider hatte. Niemand hat je begriffen, dass nicht ich all diese Kleider haben wollte, sondern meine Mutter, die … Sie war Schneiderin, bevor sie heiratete, aber danach hat mein Vater ihr nicht erlaubt, wieder zu arbeiten. Also hatte sie praktisch nichts anderes zu tun, als mir Kleider zu nähen. Ich war ihre Puppe. Eine Aufziehpuppe, weißt du, so eine mit einem Schlüssel im Rücken. Meine Mutter zog mich morgens an, und dann kam mein Vater und zog mich auf, worauf ich zur Schule marschierte und alles tat, was sie von mir erwarteten … Ich selber hatte nicht die leiseste Ahnung, wer ich war. Ich wusste nichts von mir.«

Weiß sie das heute? Anna senkt ihren Blick.

»Vielleicht war der Billardverein Zukunft deshalb so wichtig für mich«, fährt sie fort. »Es war, als hätte ich ein Leben bekommen. Als ich nach der Woche in Stockholm zurück nach Hause kam, interessierte es mich überhaupt nicht mehr, was sie dort über mich redeten. Der Schulleiter wollte, dass ich bei der Morgenversammlung in der Aula von dem Reichstagsbesuch erzählte, und sobald ich auf der Bühne stand, fingen erst die Mädchen an, die Augen zu verdrehen und dann die Jungen, zu pfeifen und mich auszubuhen. Aber ich habe mich nicht drum geschert. Ich stand zehn Minuten lang in dem Lärm und habe geredet, aber hinterher habe ich nicht mehr gewusst, was ich gesagt habe. Ich habe mich selbst gar nicht gehört, weil ich die ganze Zeit nur an den Billardverein Zukunft gedacht habe.«

Und er? Ich lege den Zeigefinger auf Pers Gesicht. Was hat er bedeutet? Zunächst nickt Anna, schüttelt dann aber kaum merklich den Kopf. Das ist sowohl ein Ja als auch ein Nein.

»Er hat mich ein paar Wochen später besucht. Das war an einem Samstag, ich werde es nie vergessen. Ich trug ein rotes Kleid, ganz gerade und schlicht, weißt du, wie die Kleider damals waren. Meine Mutter wollte, dass ich stattdessen eine Bluse mit Volants anzog, aber ich habe mich geweigert. Das war tatsächlich das erste Mal, dass ich mich weigerte. Dann ging ich mit kerzengeradem Rücken durch den Ort, ohne nach links oder rechts zu schauen, genau als wäre ich so aufgeblasen, wie sie behaupteten. Ich grüßte nicht einmal die, denen ich begegnete, obwohl das eine Todsünde war. In unserem Ort war man gezwungen, alle zu grüßen. Aber ich war einfach nur ich. Zum ersten Mal in meinem Leben war ich ich. Und dann kam er.«

Ich habe es nie gesehen, doch jetzt sehe ich es. Anna steht auf dem Bahnsteig, ihr braunes Haar glänzt in der Sonne. Per steigt aus dem Zug, er trägt einen altmodischen Überzieher und hält eine kleine Reisetasche in der Hand. Aus der Entfernung könnte man ihn für einen erwachsenen Mann halten, doch sein Gesicht ist jung, und als er Anna entdeckt, wird es noch jünger. Er fängt an zu laufen, zuerst lächelnd, dann lachend, hält kurz vor ihr an und bleibt da stehen. Während der ersten Sekunden sind beide zu schüchtern, um sich in den Arm zu nehmen, dann lässt Per seine Tasche los, sie fällt auf den Asphalt des Bahnsteigs und kippt um, doch das merken die beiden nicht. Per breitet die Arme aus, und Anna verschwindet darin.

»Er war ziemlich süß«, sagt Anna und streicht mit dem Zeigefinger über das Foto. »Verpickelt, natürlich, aber das waren ja alle. Und von Anfang an etwas übereifrig, aber das war ja nichts, was damals besonders auffiel, man glaubte ja, es müsste so sein. Alle Mannspersonen waren zu der Zeit eifrig.«

Ich ziehe die Augenbrauen hoch. Sie lacht.

»Ja, ja, ich weiß. Da ist kein so großer Unterschied ... Hast du verstanden, warum die uns immer unterrichten mussten?«

Ich schüttle den Kopf. Nein, das habe ich nie verstanden. Anna lässt sich wieder in die Vergangenheit zurücksinken.

»Er hat über die kommunale Zusammenarbeit geredet. Die ganze Zeit. Als wir vom Bahnhof weggingen, als wir mit meinen Eltern zu Mittag aßen, als wir am Nachmittag spazieren gingen. Ich habe nicht begriffen, wovon er redete, ich fand es damals nur stinklangweilig, aber ...«

Sie unterbricht sich und runzelt die Stirn.

»Ich nehme an, dass er nervös war. Und dann hat er geglaubt, ich wäre in gleicher Weise politisch interessiert wie er ... Aber das war ich ja nicht. Ich war zwar als Sozialistin erzogen worden, aber die Tagespolitik fand ich, ehrlich gesagt, sterbenslangweilig. Besonders diese kommunalen Fragen. Und trotzdem war ich an jenem Tag absolut glücklich. Da zeigte ich es ihnen allen, meiner Mutter und meinem Vater mit ihren ewigen Kommentaren zu allem, was ich sagte und tat, und all den anderen, den Mädchen, die hinter meinem Rücken kicherten, und den Jungen, die so widerwärtig waren ...«

Sie hält inne.

»Einer von ihnen hieß Kenny. So ein Pomadetyp, weißt du, aber hübsch. Verdammt hübsch. Ich war in der Oberstufe ein bisschen in ihn verliebt, und er hat das ausgenutzt. Hat mich einmal am Fahrradständer geküsst und ...«, sie holt tief Luft, »... ein bisschen mehr. Am nächsten Tag stand er grinsend mitten auf dem Schulhof und redete laut darüber. Behauptete, ich sei verdammt willig. Dass er mit mir hätte schlafen können. Aber davon Abstand genommen habe, weil er keine Papiertüte dabei hatte. Denn ich sei ja so hässlich, das man mir eine Papiertüte über den Kopf ziehen müsse, bevor ...«

Ich schließe die Augen und lehne mich ein wenig zurück. Alles will ich gar nicht wissen. Doch Anna merkt das nicht, sie ist weit, weit fort.

»Aber als ich an diesem Nachmittag mit Per durch den Ort ging, da sah ich Kenny, er stand mit ein paar anderen Pomadeheinis vor der Imbissbude. Sie glotzten natürlich, das ist ja ein Kuhkaff, jeder kennt jeden, und dann kommt da ein Kerl, den niemand vorher gesehen hat. Das war eine Ohrfeige für sie. Und irgendwie schien Per das zu verstehen, obwohl wir nicht darüber geredet hatten, bis heute haben wir nie darüber geredet, jedenfalls legte er genau in dem Moment, als wir an der Imbissbude vorbeigingen, den Arm um mich, und ich schlang meinen um ihn. Nickte den Jungen nur zu und ließ sie glotzen ...«

Sie lacht geradeheraus, ohne mich anzusehen.

»Und mein Vater ... Er hatte es ja immer mit den Bürgerlichen hier und den Bürgerlichen da. Meine Mutter durfte nicht einmal bei ICA einkaufen, denn ehrenhafte Arbeiter kauften nun einmal im Konsum ein, und ich selbst sollte mir bitte schön verdammt noch mal im Klaren darüber sein, dass ich mich nicht für etwas Besseres halten dürfte, selbst wenn mal etwas aus mir wurde. Doch als Per kam, verstummte er, es war, als würde er kein einziges Wort herausbringen, nur weil Pers Vater Bischof war. Meine Mutter hatte natürlich eine Höllenangst, dass es bei uns zu Hause nicht gut genug sein könnte, und das war ja auch nicht anders zu erwarten gewesen, aber über meinen Vater war ich wirklich verwundert ... Ich hatte ja ehrlich geglaubt, dass er dieses große Tier war, das er immer zu sein schien. Und dann wurde er total unsicher, als er einem pickligen Achtzehnjährigen gegenüberstand, der von den kommunalen Aufgaben redete. Das war doch verrückt. Und ich selbst träumte ja heimlich meinen Traum von der Bürgerlichkeit, von all dem Schönen, Ordentlichen und Vornehmen, von dem ich gelesen hatte oder das ich im Fernsehen gesehen hatte. Ich glaubte tatsächlich von ganzem Herzen daran. Ich dachte, dass Menschen wie Per und seine Familie immer zufrieden, glücklich und freundlich wären, und ich freute mich darauf, in diese Welt kommen zu dürfen ...«

Sie verstummt und schaut auf das Foto, holt dann erneut tief Luft.

»Ich werde jetzt etwas sagen, das ich noch nie gesagt habe... Du musst mir versprechen, dass du es niemandem je erzählst.«

Sie wendet sich halb von mir ab, richtet ihren Blick auf das Bücherregal, sieht nicht, wie ich einen imaginären Reißverschluss zwischen meinen Lippen zuziehe.

»Ich glaube nicht, dass ich jemals in Per verliebt war. Besser gesagt: Ich weiß es. Ich war nie in Per verliebt.«

Sie hält ihren Kopf immer noch abgewandt.

»Ich war in den Billardverein Zukunft verliebt«, sagt sie. »Der bedeutete mir alles. Aber irgendwie hatte ich das Gefühl, ich hätte nicht das gleiche Recht wie ihr, dabei zu sein... Per wurde das Band, das mich mit euch verband. Aber er war es nicht, den ich haben wollte. Das wart ihr anderen. Alle miteinander.«

Sie dreht sich wieder um und sieht mich an.

»Findest du das verrückt?«

Ihre Stimme ist die eines Teenagers. Ich schüttle den Kopf.

»Obwohl – das ist verrückt«, sagt Anna. »Man kann doch nicht in eine ganze Gruppe verliebt sein.«

Ich nicke, bin mir aber nicht sicher, ob sie das als Einwand versteht. Man kann es nämlich. Ich war selbst während der ersten Woche in den Billardverein Zukunft verliebt, vielleicht waren alle in alle verliebt. Doch Anna sieht mich nicht, sie hat den Kopf wieder über ihr Album gebeugt und redet mit so leiser Stimme, dass ich kaum verstehe, was sie sagt.

»Es hätte jeder sein können. Magnus. Torsten. Oder Sverker. Das war ganz egal. Hauptsache, einer von ihnen.«

Sie wirft mir einen raschen Blick zu. Ich weiche mit
meinem Blick aus. Ganz so einfach war es ja nun nicht, und
das weiß sie auch. Anna befand sich während der ganzen
ersten Woche am Rande meines Blickfelds, und ich kann
mich erinnern, dass ihr Blick immer wieder zu Sverker glitt,
dass sie lächelte, wenn er lächelte, und sie sich mit der Hand
durchs Haar fuhr, wenn er seinen Blick über sie streifen ließ.
Es nützte nichts. Es sollten noch viele Jahre vergehen, bis er
es der Mühe wert fand, ihr zuliebe ein Motelzimmer zu mie-
ten. Falls er es denn nun tatsächlich tat. Sverker ließ mich
immer ahnen, was da so lief, war aber sorgsam darauf bedacht, mich nicht alles wissen zu lassen.

Anna seufzt unmerklich und blättert um. Das nächste
Foto geht über die ganze Seite. Die gesamte Gruppe steht
vor einem Billardtisch. Wir sind sehr jung. Magnus und Per
haben ihre Queues in der Hand. Anna lacht, Sissela reckt
das Kinn hoch und lächelt so zufrieden wie ein Mussoli-
ni auf dem Rednerbalkon. Torsten hält sich am Rand. Ich
selbst stehe mit gerunzelter Stirn vor Sverker. Er hat mir
seine Hand auf die Schulter gelegt und lächelt mit weißen
Zähnen. Er ist groß und gut gebaut. Ich bin fast unsichtbar.
Was wollte er nur mit mir?

»Erinnerst du dich noch, wer das Foto gemacht hat?«,
fragt Anna.

Ich nicke. Natürlich. Er saß ganz hinten in der Billardhalle
auf einem Stuhl, als wir hereinpreschten, ein dicker kleiner
Kerl mit breiten Hosenträgern und einem traurigen Gesicht.
Vielleicht saß er da und wartete auf Leute, die in die Kulisse passten, die er geschaffen hatte, vierschrötige Männer
aus irgendeinem *film noir*, die ihre Jacken auszögen, sobald
sie durch die Tür kämen, aber die Hüte aufbehielten. Wir
müssen eine Enttäuschung für ihn gewesen sein, eine Horde

alberner Jugendlicher, die offensichtlich nicht wussten, wo bei einem Queue vorn und hinten war. Trotzdem stand er auf, als wir uns um den größten Billardtisch versammelten, und watschelte auf uns zu. Eine Weile stand er regungslos da und beobachtete, wie Magnus und Per ziellos versuchten, die Kugeln des anderen zu treffen.

»Spielt ihr russisch, Jungs, oder was?«, fragte er schließlich. »Das ist ein schweres Spiel.«

»Was war daran eigentlich so witzig?«, fragt Anna.

Ich zucke mit den Achseln. Ich weiß es nicht, alles, was ich weiß, ist, dass wir losprusteten, sobald wir wieder auf der Straße waren, dass wir den ganzen Weg zurück zum Hotel lachten und dass wir nicht aufhören konnten zu lachen, als wir angekommen waren. Darum kehrten wir um und liefen über die Straße in den Tegnérlunden, ließen uns auf ein paar Bänke am Strindbergdenkmal fallen und lachten weiter. *Russisch – das ist ein schweres Spiel!*

»Ich habe mich nie getraut zu sagen, dass ich nicht verstanden habe, was daran eigentlich so komisch war«, sagt Anna. Ich zucke wieder mit den Schultern. Ich selbst hatte nur gelacht, weil alle lachten, sogar Torsten, und als das Lachen verebbte, saß ich mit einem Lächeln auf den Lippen da wie die anderen und wünschte mir etwas Neues, über das ich hätte lachen können. Aber uns fiel nichts Neues ein, stattdessen saßen wir eine Weile schweigend auf den Bänken und starrten in die Dunkelheit. Ich saß ganz am Rand, mit Torsten an meiner linken Seite. Als wir aufgehört hatten zu lachen, konnte ich seinen Atem hören. Lange blieb es still.

»Alle müssen etwas erzählen«, sagte Magnus plötzlich. »Ein Geheimnis.«

»Was für ein Geheimnis?«, schnaubte Sissela.

»Einfach ein Geheimnis. Damit wir etwas übereinander erfahren.«

Sissela richtete sich auf.

»Ich habe keine Geheimnisse.«

Magnus lachte laut.

»Du Ärmste. Na gut, dann fange ich an. Mein Geheimnis ist, dass ich Künstler werden will. Meine Eltern wissen das beide nicht – die glauben, ich werde Versicherungsagent oder Zollbeamter im Innendienst oder sonst was in der Art. Aber ich werde Künstler, und zwar der größte auf der Welt. Falls ich mich nicht vorher zu Tode saufe.«

Er lachte laut auf. Sissela beugte sich vor und sprach mit gedämpfter Stimme.

»Okay, ich habe meine Meinung geändert. Ich habe ein Geheimnis.«

Magnus lächelte.

»Habe ich es doch gewusst.«

Sissela erwiderte sein Lächeln:

»Mein Geheimnis ist, dass ich Alkoholiker verabscheue. Mein Lebensziel ist es, einen von ihnen umzubringen. Ihn mit einem Kissen zu ersticken. Oder ihn auf den Rücken zu drehen, wenn er eingeschlafen ist, sodass er an seiner eigenen Kotze erstickt.«

Es wurde still. Wir verlieren einander, dachte ich. Jetzt werden wir wieder einsam. Dann hörte ich meine eigene Stimme.

»Mein Geheimnis ist, dass ich nicht weiß, wie ich heiße.«

Es gelang. Alle Blicke richteten sich auf mich, jetzt gehörten wir wieder zusammen.

»Du weißt nicht, wie du heißt?«

Per klang ehrlich verwundert. Ich selbst biss mir auf die Lippe. Ich musste aufpassen. Durfte nicht zu viel sagen.

»Meine Mutter nennt mich Mary, mein Vater nennt mich Marie. Es ist ihnen nie gelungen, sich zu einigen, wie ich heiße ...«

Anna schaute bekümmert drein.

»Und in der Schule? Wie nennen sie dich da?«

Ich zuckte mit den Schultern.

»Einige Lehrer nennen mich Mary. Andere Marie.«

Torsten fragte mit leiser Stimme:

»Aber wer willst du sein? Mary oder Marie?«

Darüber hatte ich noch nie nachgedacht.

»Hat das etwas mit dem eigenen Willen zu tun?«, fragte ich und sah ihn an. »Sollte der Name eines Menschen nicht etwas Gegebenes sein?«

Er scheuerte mit seiner Schuhsohle über den Kies und wollte gerade antworten, als Sverker ihm zuvorkam:

»Dann nennen wir dich einfach MaryMarie ...« Er lachte auf, plötzlich von seinem eigenen Gedanken begeistert. »Nicht wahr? Wir können sie doch MaryMarie taufen, oder?«

Sissela sah mich mit einem Lächeln an.

»Ja, verdammt. MaryMarie ist gut.«

»Sehr gut«, nickte Anna.

»Ausgezeichnet«, bestätigte Per.

»Saugut«, sagte Magnus.

Nur Torsten sagte nichts.

Per klang wie ein Gerichtsprotokoll, als er an der Reihe war. Sein Geheimnis war, dass er vor zwei Jahren eine kostbare Bibel seines Vaters kaputt gemacht hatte. In voller Absicht. Und zwar aus Rache für eine Ungerechtigkeit, auf die er nicht näher eingehen wollte. Hinterher hatte er eingesehen, wie kindisch er sich verhalten hatte, und das bereut, er wollte, dass wir das erfuhren.

Annas Geheimnis war, dass sie an Gott glaubte. Aber sie traute sich nicht, ihren Eltern das zu erzählen.

»Dann schlägt mein Vater mich tot. Er ist Atheist«, sagte sie seufzend. Alle lächelten, nur Sissela lachte laut auf.

»Ja und?«, fragte sie. »Kannst du denn nicht zurückschlagen?«

Anna starrte sie einen kurzen Moment an, ehe sie den Blick senkte. Nein. Das konnte sie nicht.

Torsten schlug den Kragen seiner Jacke hoch, als er an der Reihe war.

»Mein Geheimnis ist, dass ich mich nicht an meine Eltern erinnere. Das müsste ich eigentlich, ich war acht Jahre alt, als sie starben. Aber ich kann mich an nichts erinnern. Weder an ihre Gesichter noch an ihre Stimmen. An nichts, was passiert ist, als ich noch kleiner war.«

Anna schnappte nach Luft.

»Dann sind deine Eltern tot?«

Torsten verzog leicht das Gesicht, sagte aber nichts. Eine Weile blieb es still, bis Magnus sich an Sverker wandte. Er war der Letzte. Nun? Sverker schenkte uns ein kurzes Lächeln und schlug einen Ton an, den ich später im Laufe meines Lebens nur zu gut kennenlernen sollte. Sanft, aber männlich. Gedämpft und warm. Äußerst ehrlich.

»Mein Geheimnis ist, dass ich mit meiner Freundin Schluss machen werde, wenn ich nach Hause komme. Ich habe mich in eine andere verliebt ...«

Anna und Magnus lächelten. Torsten rutschte ein wenig neben mir hin und her.

»Ooh!«, rief Sissela. »Hier haben wir einen waschechten Verführer. Noch dazu aus Borås.«

Sverker begegnete ihrem Spott mit einem noch breiteren Lächeln.

»Ganz recht, meine Kleine. Aus Borås. Da kommen die Besten her.«

Der Abend wurde kühler. Nach einer Weile standen wir auf und schlenderten widerstrebend über die Straße, blieben als Gruppe auf dem Bürgersteig stehen und verabschiedeten uns von Sissela, die mit der U-Bahn nach Hause fahren musste. Sie zog die Schultern hoch und trat eine Weile auf dem

Fleck, als wartete sie auf etwas oder hätte noch etwas zu sagen, dann zog sie plötzlich den Reißverschluss ihrer Steppjacke bis zum Kragen hoch und drehte uns den Rücken zu.

»Bis morgen!«, rief ihr jemand nach. Vielleicht war ich es. Sie antwortete nicht und drehte sich nicht um, hob nur die Hand zum Gruß und verschwand.

Und wir anderen gingen ins Hotel.

»Was ist?«, fragt Anna. »Geht es dir nicht gut?«

Ich reibe mir die Schläfen. Das ist eine alte Gewohnheit, meine Art, das, woran ich nicht denken will, buchstäblich herauszureiben.

»Willst du dich wieder hinlegen?«

Anna beugt sich ängstlich vor. Ich nicke stumm und schließe die Augen. Hinter den Augenlidern kann ich sehen, dass Marie aufgewacht ist. Der Zug nähert sich Örebro, und jetzt steht sie im Abteil und versucht ihre Ledertasche von der Gepäckablage herunterzuziehen. Sie lächelt. Ich öffne die Augen wieder und sehe Anna an. Nicke noch einmal. Ich bin müde, bedeutet das. Die Chemikalien, die mir im Krankenhaus gespritzt wurden, fließen immer noch durch meine Adern.

Sie bringt mich hoch ins Gästezimmer, geht einen halben Schritt hinter mir mit der Hand auf meinem Rücken, als hätte sie Angst, ich könnte hintüberfallen. Aber ich falle nicht, ich gehe mit kleinen Schritten den Flur entlang. Als wir aber das Zimmer erreichen, habe ich nur noch die Kraft, auf meine Tasche zu zeigen.

»Das Nachthemd?«, fragt Anna.

Ich nicke und sinke auf die Bettkante.

Wohin sind die anderen gegangen? Ich erinnere mich nicht mehr daran. Weiß nur noch, dass wir allein im Fahrstuhl waren, Torsten links und Sverker rechts von mir. Torsten wandte sich ab, doch ich begegnete seinem Blick ein paarmal im Spiegel, bevor der Fahrstuhl im zweiten Stock hielt. Er zögerte einen Moment, bevor er die Tür öffnete, und in diesem Moments legte mir Sverker seine Hand auf die Schulter. Und ich ließ sie dort liegen. Ich schüttelte sie nicht ab und trat keinen Schritt zur Seite. Torsten schürzte die Oberlippe und drückte die Fahrstuhltür auf.

»Pah«, sagte er und verschwand.

Sverker hob die Augenbrauen.

»Pah? Hat er wirklich ›pah‹ gesagt?«

Ich nickte.

»Und was sollte das bedeuten?«

Ich suchte Zuflucht in einer Lüge: »Ich habe keine Ahnung.«

Eine Weile später stand ich nackt vor Sverker, beide Hände über Kreuz vor den Brüsten. Er selbst war immer noch angezogen. Nun streckte er die Arme aus und griff nach meinen Handgelenken.

»Lass dich ansehen«, sagte er und führte meine Arme zur Seite.

Ich schloss die Augen und ließ mich zum ersten Mal ansehen.

»Hast du schon einmal überlegt, wie leicht alles hätte anders kommen können?«, sinniert Anna. Sie sieht etwas geistesabwesend aus, wie sie da am Schrank steht und mein Kostüm auf einen Bügel hängt. »Wenn nicht du und Sverker … Wenn nicht ich und Per …«

Ich liege ausgestreckt und reglos im Bett, die Hände ruhen keusch auf dem karierten Bettbezug. Anna zupft an meinem Rock, er rutscht vom Bügel und fällt zu Boden. Sie hockt sich hin und hebt ihn auf, hält ihn einen Moment lang vor sich, während sie laut denkt.

»Dann wäre ich vielleicht Ministerin«, sagt sie. »Und du

würdest vielleicht irgendeinen Botschafter irgendwohin begleiten ...«

Ich mache eine einladende Geste mit der Hand. *Be my guest.* Träum dich in eine Welt, in der du Ministerin und Sverkers Gattin bist, träum dich ruhig auch in eine Welt, in der Sverker ohne Rollstuhl und Privatpfleger zurechtkommt. Ich habe mir Sverker nie ausgesucht und mich auch nie dafür entschieden, Ministerin zu werden. Ich weiß nicht, wie man das macht: etwas aussuchen. Ich wurde ausgesucht. Menschen wie ich nehmen an, was immer so kommt, denn wir wissen nicht, was wir sonst tun sollten, und es ist mir ein ewiges Rätsel, was das, was für mich ausgesucht wurde, in den Augen anderer so attraktiv erscheinen lässt. Ein Verführer aus Borås. Ein Mann ohne Rückgrat, gefangen in einem Traum seiner selbst. Und trotzdem bin ich bei ihm geblieben. Aus Liebe und Mitleid? Ja. Aber nicht nur. Ich bin auch geblieben aus Furcht vor der Schande, die mich ereilen würde, verließe ich ihn. Einen Behinderten im Stich lassen! Aus demselben Grund bleibe ich in der Regierung und erledige meine Aufgaben mit der gleichen Sorgfalt, mit der ich früher meine Schulaufgaben erledigt habe, bin aber bei den Regierungszusammenkünften ebenso wenig geistig anwesend wie früher im Klassenzimmer. Mein Mund überrascht mich immer wieder, indem er die richtigen Dinge sagt, meine Hände unterstreichen das, was er sagt, mit den passenden Gesten, meine Stirn runzelt sich besorgt oder verärgert, doch mit dem Gefühl bin ich nie dabei. Wenn ich meinen Gefühlen freien Lauf ließe, dann würde ich bei der nächsten Regierungssitzung aufstehen und sagen, dass wir alle gehen sollten, alle miteinander, und den Ministerpräsidenten allein lassen. Warum? Weil er jeden Einzelnen von uns nicht aufgrund unserer Fähigkeiten, sondern aufgrund unserer Unfähigkeit ausgesucht hat. Wie viele seiner Minister sind eigentlich Politiker? Sechs vielleicht. Oder sieben. Wir anderen sind nur eine neue Sorte Dienstleister. Meinungsdienstleister. Aber bitte ohne allzu entschiedene Ansichten und ohne jeden Mut, sie zu verteidigen. Da sitzen wir in unseren jeweiligen Ministerien und häufen Schuld an, da wir wissen, dass so vieles getan werden müsste, ohne aber richtig zu wissen, was. Und was nützte es, wenn wir es wüssten? Es gibt kein Geld. Es gibt keine Mehrheit im Parlament. Es gibt kein System außerhalb der Regierungskanzlei, das unsere Beschlüsse in die Realität umsetzen könnte. Was bleibt? Worte. Meinungen. Gebärden. Und der Ministerpräsident selbst? Ich kann ihn vor mir sehen, wie er übellaunig seinen Babymund spitzt, wenn ich mich eines Tages tatsächlich erhebe und das sage, was ich für richtig halte: dass er eifersüchtig die Macht hütet, die Verantwortung aber von sich weist. Aber ich sage das nicht. Ich fürchte das Flüstern, das meinem Abgang folgte. Hat sie es nicht geschafft? War sie nicht gut genug? War sie so schlecht, dass sie sie nicht mehr haben wollten?

»Schlaf gut«, sagt Anna, aber ich antworte ihr nicht einmal mit einem Nicken. Ich habe anderes zu tun. Marie steht auf dem Bahnsteig in Örebro und wartet auf den Zug nach Stockholm, sie hat ihre Hände tief in die Jackentaschen geschoben und sieht sauer aus. Sie findet, ich denke zu viel an Sverker, sie will selbst die Erinnerungen hervorholen und sortieren, behalten und verwerfen. Die Königin des Vergessens. Und eine Königin, die allen Grund hat zu vergessen.

Doch als sie den Gedanken an Sverker beiseiteschiebt, befällt sie plötzlich Furcht, und sie kriegt vollauf damit zu tun, sich selbst davon zu überzeugen, dass das lächerlich und unangebracht ist. Die Entlassung ist kein Irrtum. Es wird keine Fahndung nach ihr ausgerufen. Kein Streifenwagen ist auf dem Weg, sie zu holen. Sie hat jedes Recht der Welt, auf diesem Bahnsteig zu stehen und auf den Zug nach Stockholm zu warten. Deshalb stampft sie ungeduldig mit den Füßen auf, als wäre ihr kalt, obwohl die Herbstsonne wärmt. Sie ist frei. Sie weiß es doch. Entlassen.

Sie schaut sich um und versucht sich einzureden, sie habe sich bereits daran gewöhnt, dass die Welt anders aussieht. Sechs Jahre sind keine Zeit. Die Frau, die ein paar Meter von ihr entfernt steht, hat vor sechs Jahren sicher genauso ausgesehen, vielleicht ein paar Kilo schmaler, aber das Doppelkinn hat es damals auch schon gegeben, und auch wenn ihr grauer Mantel neu ist, so trug sie vor sechs Jahren sicher einen anderen grauen Mantel. Die Frau spürt Maries Blick im Rücken und dreht sich um. Marie kriegt einen hektischen Blick, zwingt sich dann jedoch, ein kurzes Lächeln zu versuchen. Sie bekommt ein ebenso hastiges Lächeln zurück, dann dreht die Frau ihr wieder den Rücken zu. Eine Stimme knarrt aus dem Lautsprecher. Der Zug nach Stockholm fährt ein.

Als sie sich auf ihren Platz im Abteil gesetzt und die Augen geschlossen hat, versucht sie mit mir zu sprechen. Du bist diejenige, die das Wichtigste vergisst, sagt sie. Erinnerst du dich nicht an den Brief in seiner Schreibtischschublade? Die Fotos unter der Schreibtischmatte? All die E-Mails von und an jede Menge dummer Bräute aus der Werbebranche? Und erinnerst du dich nicht an die kleine Graue, diese unterernährte Sechzehnjährige in Vladista, die zitternd im Polizeirevier saß, als wir dort ankamen? Erinnerst du dich, wie die Polizisten sie behandelt haben und wie sie sich damit abfand, wie sie mit ihren Einstichstellen und ihrem leeren Blick dasaß? Glaubst du, ihr Blick war weniger leer, als er sie gekauft hat?

Ich gebe keine Antwort. Öffne nur die Augen und blicke ins Dunkel. Jetzt kann sie mich nicht mehr erreichen. Ich erlaube es ihr nie, mich zu erreichen, wenn sie zu rechtfertigen versucht, was sie getan hat.

Mögliche Erinnerung

Anna geht allein in ihre Bibliothek zurück. Das Album liegt noch auf dem Tisch, sie nimmt es und legt es sich auf den Schoß, öffnet es aber nicht. Das ist nicht nötig. Sie sinkt auch so in die alten Zeiten zurück. Begegnet einer Erinnerung in einer anderen.

Ich habe es jedenfalls zuerst erfahren, denkt sie. Aber sie will nicht daran denken, dass das ein reiner Zufall war. Oder die Häufung mehrerer Zufälle.

Der erste Zufall war, dass jemandem im konsularischen Korps einfiel, dass Per und Anna doch MaryMarie kannten. Deshalb wählte er Pers Nummer, sobald er die Mitteilung aus Vladista gelesen hatte.

Der andere Zufall war, dass Per sich in dem Moment gerade in seinem Zimmer befand. Eigentlich hätte er auf dem Weg nach New York sein sollen, aber aus irgendeinem Grund war die Reise um ein paar Tage aufgeschoben worden. Er rief augenblicklich Anna an.

Und jetzt sind die Jahre zurückgespult, und Anna sitzt in einem Taxi auf dem Weg zum Globen und zur Redaktion des Aftonbladet mit einer Nachricht, die die Zeit unwiderruflich in ein Vorher und Nachher spalten wird.

Ich habe es zuerst erfahren, denkt sie. Das kann mir niemand nehmen.

Aber sie ist nicht diejenige, die sich ins Flugzeug setzen

wird. Sie ist es nicht, die von einem schwarzen Botschafts-
wagen auf dem Flughafen abgeholt werden wird. Sie ist
nicht diejenige, die im Sanitätsflugzeug mit zurückfliegen
wird. All das fällt MaryMarie zu.

»Wechsle die Diskette«, sagt sie laut zu sich selbst. »Wechsle die Diskette!«

Sverker selbst hat sie gelehrt, die Diskette zu wechseln.
Was überhaupt nicht schwer ist. Man nimmt nur die eine
Wirklichkeit aus dem Kopf heraus und legt eine andere ein.
Er stand vor dem Spiegel und band sich den Schlips, als er
das sagte, und sie lag ausgestreckt wie eine nackte Olympia
auf dem Bett hinter ihm. Blinzelte, lächelte und versuchte die
Wut zu verbergen, die in ihr aufstieg.

»Wie schaffst du es nur zu lügen?«, fragte sie schließlich.

Er lächelte sein Spiegelbild an:

»Ich lüge nie.«

»Und was sagt MaryMarie zu dem, was du ihr erzählst?«

Jetzt grinste er.

»Ich erzähle nichts. Ich wechsle nur die Diskette.«

»Wie bitte?«

»Ich habe eine Diskette für dich und eine für MaryMarie.
Wenn ich die Anna-Diskette im Kopf habe, dann denke ich
nicht an MaryMarie...«

»Und wenn du die MaryMarie-Diskette im Kopf hast,
dann denkst du nicht an mich?«

»Ja, ungefähr so.«

Er griff nach der Jacke, die ordentlich auf einem Bügel
hing. Ihre eigenen Kleider lagen überall im Raum verstreut
herum, der BH auf dem Boden, die Strümpfe auf der Lampe,
das Kleid in einem unordentlichen Haufen auf dem Sessel.
Das gefiel ihr, das gab ihr das Gefühl, etwas zu bedeuten.
Sie drehte sich um, legte sich auf den Bauch und betrachtete
heimlich den Spalt zwischen ihren weißen Brüsten, schob
dann den Po in die Luft und wippte ein wenig. Er verstand

die Einladung, antwortete aber nur, indem er ihr auf eine Pobacke klatschte, als er vorbeiging, um seine Brieftasche vom Schreibtisch zu holen.

»Musst du nicht los und deine Mutter besuchen?«

Sie lächelte mit geschlossenen Lippen.

»Nicht vor heute Abend.«

Er schob die Brieftasche in die Innentasche.

»Okay. Wir sehen uns sicher Silvester, wenn nicht schon vorher.«

Sie setzte sich im Bett auf und verschränkte die Hände über den Brüsten, weil sie nicht wollte, dass er sie sah und daran erinnert wurde, dass sie hingen. Sammelte sich für die Frage:

»Wie viele Disketten hast du, Sverker?«

Lächelnd beugte er sich vor, gab ihr einen trockenen Kuss auf die Wange.

»Das willst du nicht wissen.«

Dann war er fort.

Luft

Hier haben wir gestanden. Genau an dieser Stelle.

Ich bleibe stehen, als ich aus dem Hauptbahnhof komme, lasse die Tasche auf den Boden plumpsen und halte eine kleine Gedenkminute ab. Nicht, dass jemand das sehen und erkennen könnte, von außen betrachtet, bin ich nur eine Frau, die einen Moment stehen bleibt, um den Reißverschluss ihrer Jacke zuzuziehen.

Jetzt ist es Herbst. Damals war es Winter. Wir standen in einem Kreis in der blauen Dämmerung, während Menschen in Richtung U-Bahn und Bahnhof an uns vorbeihasteten. Die Reichstagswoche war zu Ende, es war Zeit, sich zu trennen und nach Hause zu fahren, jeder in seinen Landesteil und in seine Wirklichkeit. Anna hatte Tränen in den Augen, Pers Kiefer mahlten stumm, Sissela stand da, die Hände tief in den Taschen vergraben, Magnus betrachtete sie mit halb geschlossenen Augen, und Torsten scharrte mit seinem Schuh über den Asphalt, als schriebe er etwas mit dem Fuß. Nur Sverker lächelte.

»Dann sehen wir uns zur Mittsommernacht«, sagte er.

Keiner erwiderte sein Lächeln, nicht einmal ich. Wir trauten uns nicht zu glauben, dass das, was er sagte, wahr sein könnte. Würden seine Eltern tatsächlich uns zuliebe auf eine Mittsommernacht im Ferienhaus verzichten? Und wer sollte die Fahrkarten bezahlen? Ich für mein Teil konnte ja mit dem Rad nach Hästerum fahren, und Anna und Per und die anderen würden sicher ihre Eltern überreden können, zu bezahlen, aber Sissela ... So viel hatte ich im Laufe der Woche verstanden, dass Sissela weder ein Fahrrad noch Geld hatte.

»Du kannst ja trampen«, sagte ich und drückte ihren Arm.

Sie verzog das Gesicht.

»Vielleicht wird ja gar nichts draus«, sagte sie.

Sverkers Lächeln wurde noch breiter.

»Natürlich wird was draus«, sagte er.

Ich reiße mich zusammen und schaue mich um. Die Vasagatan ist noch wie eh und je, und doch ist sie anders. Der alte Buchladen, in dem ich immer meine Reiselektüre kaufte, ist durch einen Schreibwarenladen ersetzt worden, und das alte Reisebüro hundert Meter weiter hat sich in ein Seven-Eleven verwandelt. Aber die Fenster des Hotels Continental glänzen wie immer in der Dämmerung, ein Taxi bremst an der roten Ampel, so wie Taxis immer genau an dieser roten Ampel gebremst haben, und am Zebrastreifen steht eine graue Menschentraube und starrt ausdruckslos auf den Bürgersteig auf der anderen Seite, eine Traube, die sich bald auflösen wird, um sich dann neu zu bilden. Die alltägliche Zellteilung. Doch das ist nicht mein Alltag. Noch nicht. Vielleicht nie mehr.

Plötzlich überflutet mich der Lärm der Stadt; Motorengedröhn schlägt mir gegen die Schläfen, metallische Musik von irgendwoher zwingt mich dazu, die Augen zusammenzukneifen, Lachen und Stimmen von Menschen, die auf dem Weg in und aus dem Bahnhof sind, reizen meine Trommelfelle. Der Lärm bestärkt mich in der Überzeugung, die ich mir schon lange gebildet hatte: Ich kann mit dieser Stadt nichts anfangen. Hier werde ich nicht bleiben.

Trotzdem entschließe ich mich, zum Hotel zu gehen, statt

ein Taxi zu nehmen. Es sind nur ein paar hundert Meter dorthin, und es gibt keinen Grund zur Eile, Bank wie Anwaltskanzlei sind für heute schon geschlossen. Nicht, dass das ein Problem wäre. Ich habe genügend Geld in meiner Brieftasche, um bis morgen zurechtzukommen. Und auch wenn meine Tasche schwer ist und Regen in der Luft hängt, so sehne ich mich doch nach einem Spaziergang. Einem vollkommen unbewachten Spaziergang, der alle Zeit der Welt dauern darf.

Frische Luft hat mir sechs lange Jahre gefehlt. In Hinseberg durfte ich eine Stunde am Tag hinaus, nicht mehr und nicht weniger, ganz gleich, bei welchem Wetter und zu welcher Jahreszeit. Das Fenster in der Zelle ließ sich natürlich nicht öffnen, aber es gab ein kleines Lüftungsfenster daneben, eine schmale, kleine Luke mit schwarzem Filz über einem Metallgitter. Das half nicht gerade viel, wenn die Sommernächte am heißesten waren, nicht einmal, wenn ich dicht heranrutschte und versuchte, den Sauerstoff mit offenem Mund aufzufangen. In der ersten Mittsommernacht versuchte ich den schwarzen Filz abzulösen, sah aber schnell ein, dass das nicht erlaubt war. In der folgenden Nacht saß ich im Schneidersitz auf meinem Bett und zwang mich, ganz ruhig zu atmen. Es gibt keinen Grund zur Sorge, redete ich mir selbst ein. Schweden ist eine säkularisierte Gesellschaft, das schwedische Gefängniswesen ist human. Hier gibt es keinen Platz für alttestamentarische Strafen, keinen Anspruch auf Auge um Auge und Zahn um Zahn. Der Sauerstoff würde nicht ausgehen. Ich würde nicht so sterben, wie Sverker starb, mit blauen Lippen und aufgerissenen Augen. Trotzdem gelang es mir nicht, mich selbst zu überzeugen. Als der Morgen kam und die Tür aufgeschlossen wurde, stürzte ich auf den Flur hinaus und rannte fast zur Dusche. Wenn ich schon keine Luft bekommen konnte, dann war es mir zumindest möglich, unter fließend kaltem Wasser zu stehen. Das Einzige, was ich mir in dem Moment wünschte, waren Kiemen, zwei schmale Spalten unter den Ohren, durch die der Sauerstoff aus dem Wasser in mein Blut hätte fließen können.

Und jetzt: Luft im Überfluss. Feuchte Stadtluft, mit dem Geruch nach Benzin und Frittierfett. Die ich einatmen darf. Die ich riechen und schmecken, mit der ich meine Lunge anfüllen darf.

Ein Mann stößt mich mit dem Ellbogen an, als ich am Zebrastreifen stehe, und es dauert einige Sekunden, bis ich das grüne Männchen registriere. Ich ziehe die rechte Schulter wegen der Tasche hoch und folge dem Strom.

Katrin, meine Anwältin, hat das Hotel für mich ausgesucht. Sheraton. Ich selbst hätte mir etwas Unauffälligeres ausgesucht.

»Aber der Blick«, sagte sie, als wir einen Monat vor meiner Entlassung miteinander telefonierten. »Nach all den Jahren brauchst du doch ein Zimmer mit Aussicht!«

»Das ist egal«, habe ich erwidert. »Hauptsache, das Fenster lässt sich öffnen.«

Aber sie hörte nicht zu.

»Und ein prima Restaurant«, sagte sie. »Damit du abends etwas Gutes essen kannst. Leider kann ich nicht mit dir essen, denn du kommst genau am Geburtstag meiner Tochter nach Stockholm, aber …«

Als ob ich das erwartet hätte. Ich habe nie etwas anderes erwartet als ein kurzes Gespräch während der Bürozeiten, eine Information über meine Finanzlage und eine Rechnung. Katrin hat mich jedoch immer wieder überrascht; während der sechs Jahre, die vergangen sind, seit wir uns im Gericht voneinander verabschiedeten, hat sie mir viel mehr gegeben als das, wofür ich sie bezahlt habe. Als das Haus in Bromma verkauft werden sollte, hat sie dafür gesorgt, dass sich Maud und Magnus nur Sverkers Anteil an dem Besitz unter den Nagel reißen konnten, und sie hat darauf hingewiesen, dass wegen Mordes verurteilte Personen zwar ihr Erbrecht am Besitz des Opfers verlieren, aber immer noch ihr Eigentum aus der Gütergemeinschaft besitzen. Das Haus in Hästerum, das immer mir und nur mir gehört hat, hat sie jeden Sommer an deutsche Touristen vermietet und die Mieteinnahmen für die Instandhaltung verwendet. Außerdem ist sie jedes Jahr im September einen Tag lang nach Hinseberg gekommen, immer schwer bepackt mit einer großen Plastiktüte voller Bücher, Herbstneuerscheinungen, und einem Ordner mit Kontoauszügen.

»Damit du die Gegenwart um dich herum vergisst«, sagte sie beim ersten Mal, »aber nicht vergisst, dass es eine Zukunft gibt.«

Ich musste schlucken, ehe ich antworten konnte.

»Bist du immer so nett zu deinen Mandanten?«

»Nein«, erwiderte Katrin. »Nur zu denen, die ich verstehen kann.«

Ich hole tief Luft, als ich mich den Glastüren des Sheraton nähere, achte aber genau darauf, nicht langsamer zu werden. Es klappt: Der Portier hält mich nicht an, sondern hält mir lächelnd die Tür auf. Ich lächle freundlich zurück und lasse meinen Körper lügen. Ich bin eine Frau auf Dienstreise, sagt er. Eine Frau mit hohem Nettigkeitsfaktor hinter der bescheidenen Fassade. Journalistin vielleicht. Oder Regisseurin. Oder sogar eine Schauspielerin, die endlich, endlich die Rolle ihre Lebens ergattert hat.

Im Foyer schaut niemand hinter mir her. Niemand hält mich an der Rezeption auf und sagt, das Hotel beherberge keine Haftentlassenen. Niemand flüstert hinter meinem Rücken etwas von einer Mörderin, als ich zum Fahrstuhl gehe. Ich füge mich ein, ich gehöre hierher, bin hier jetzt fast schon zu Hause.

Das Zimmer sieht aus, wie Hotelzimmer auch vorher ausgesehen haben. Und selbst verhalte ich mich so, wie ich es damals auch getan habe, ich lasse mich aufs Bett fallen und kicke die Schuhe von den Füßen, noch bevor ich überhaupt die Lampe eingeschaltet habe, dann bleibe ich sitzen und betrachte die Aussicht, die Katrin für mich ausgesucht hat. Der Himmel über Stockholm ist dunkelgrau, der Rathausturm ragt wie ein schwarzer Schatten mit leuchtender Krone auf, das Licht über Söder bildet einen eigenen Sternenhimmel.

Ich schließe die Augen und lasse mich nach hinten fallen.

In meiner Wirklichkeit ist es immer noch Donnerstagabend. In Marys ist es schon Freitagmorgen geworden. Heute wird sie nach Hause fahren.

Sie steht vor dem Spiegel im Gästezimmer der Residenz und richtet ihre Kleider, zupft ein wenig an den Ärmeln der Bluse, streicht mit der Hand über den Rock. Die Bewegung weckt eine Erinnerung in ihr, die ihr ein Lächeln entlockt. War es nicht Imelda Marcos, die immer eine Extrakopie jedes Kleidungsstücks, das sie trug, dabeihatte? Ein dienstbarer Geist befand sich mit dieser Kopie immer in der Nähe, stets bereit, auf ein Zeichen hinter eine Säule oder in eine Kammer zu huschen, um beim raschen Umkleiden zu helfen. Keine halbe Minute später offenbarte sich die Präsidentengattin erneut der Mitwelt, doch jetzt ohne eine Spur von Sitzfalten am Rock oder Beugefalten am Blusenärmel.

»Was ist denn so lustig?«

Die Tür steht halb offen, und Anna lehnt sich gegen den Türpfosten. Mary macht eine kleine Geste zum Mund hin. Ich kann immer noch nicht sprechen, heißt das. Vielleicht ist das eine Lüge. Sie ist gar nicht auf die Idee gekommen, es an diesem Morgen zu versuchen. Inzwischen findet sie es ganz angenehm, ohne Worte zu leben.

»Frühstück?«, fragt Anna. Mary nickt. Ja, gern.

Annas Schultern hängen an diesem Morgen, ihr Rücken ist leicht gekrümmt, das Haar hängt ihr wie eine schlaffe Gardine über die Wangen. Sie hat sich nicht einmal die Mühe gemacht, sich ordentlich anzuziehen, geht barfuß über den Flur, die Hände in den Gesäßtaschen der Jeans. Mary selbst sieht aus, als wäre sie auf dem Weg zu einer Pressekonferenz. Frisch gewaschene Haare und gebügeltes Kostüm, perfektes Make-up und Schuhe mit hohen Absätzen.

Per ist nicht allein im Speisesaal, er sitzt dicht neben einer jungen Frau an der Längsseite des Tisches, beide beugen sich über eine Zeitung, die aufgeschlagen auf der glänzenden Tischplatte liegt. Als Mary und Anna hereinkommen, heben die beiden synchron ihre Köpfe, der Zeigefinger der jungen Frau bleibt jedoch auf einer Zeile in der aufgeschlagenen Zeitung liegen.

»MaryMarie«, sagt Per lächelnd. »Hast du gut geschlafen?«

Mary formt einen kleinen Kreis mit Zeigefinger und Daumen. *Ganz in Ordnung.* Per lächelt immer noch.

»Und deine Stimme hast du noch nicht wieder?«

Mary schüttelt den Kopf, zieht aber gleichzeitig die Augenbrauen hoch. Ihre Stimme?

»Die Stimme ist ja wohl nicht das Problem«, sagt Anna. Sie kehrt ihnen den Rücken zu, während sie an einem kleinen Tisch an der Wand steht und Kaffee in eine Tasse gießt. Mary zieht die Mundwinkel in einer schnellen Mimik herunter, als sie den Tonfall vernimmt. Anna tut nicht mehr so, als wäre sie die glücklichste aller Ehefrauen in der besten aller Welten. Etwas muss passiert sein.

»Das hier ist Minna«, sagt Per und zeigt auf die junge Frau an seiner Seite. »Sie ist hier vor Ort angestellt. Spricht ausgezeichnet Schwedisch. Deshalb kommt sie jeden Tag her und übersetzt mir das Wichtigste aus den Morgenzeitungen. Ein äußerst begabtes Mädchen. Sehr begabt. Minna, das ist

MaryMarie, eine gute alte Freundin. Und außerdem Schwedens Entwicklungshilfeministerin.«

Die junge Frau steht so schnell auf, dass der Stuhl wackelt.

»Guten Tag«, sagt sie und macht einen kleinen Knicks. Ihre Stimme ist ein Flüstern. Das steht ihr, sie ist ein blasses Mädchen mit aschblondem Haar, sie sieht insgesamt aus wie ein Flüstern. Mary erwidert das Nicken.

»Du sollst keinen Knicks machen, Minna«, sagt Per. »Schwedische Frauen mögen das nicht. Dann fühlen sie sich alt.«

Anna stellt Mary eine Kaffeetasse hin, mit einer so abrupten Bewegung, dass der Kaffee fast überschwappt.

»Es ist eine männliche Illusion, dass Frauen älter sind als gleichaltrige Männer«, sagt sie. »Das nennt man männliche Logik. Und dagegen kommt ja wohl nicht einmal die gute alte ehrliche Mathematik an.«

Per lacht auf. Er hat heute die Oberhand und genießt das.

»War der Morgen nicht zu deiner Zufriedenheit?«

Anna lässt ihre eigene Kaffeetasse auf den Tisch fallen und bewirkt dabei ein Wunder: Sie kippt nicht um, sodass der Kaffee nicht auf das gestärkte Tischset fließt, sondern stellt sich gehorsam an Ort und Stelle, den Henkel zur rechten Seite. Anna glotzt die Tasse an.

»Der Morgen war zu meiner Zufriedenheit«, erklärt sie. »Schlimmer war es mit der Nacht.«

Das ist ein Tritt unter die Gürtellinie, der sitzt. Pers Lächeln erlischt. Minna beugt sich tiefer über die Zeitung, als wäre sie plötzlich stark kurzsichtig geworden. Mary sieht aus, als konzentriere sie sich auf die Aufgabe, Marmelade auf einer frisch getoasteten Scheibe Brot zu verstreichen.

»Aber man gewöhnt sich ja daran«, erklärt Anna und zieht ihren Stuhl heraus. »Im Laufe der Jahre. Es ist nur etwas schwerer zu verstehen, warum du so simple Tatsachen nicht wahrhaben willst. Mit MaryMaries Stimme ist alles in Ordnung. Sie hat eine Aphasie. Hoffentlich nur vorüberge- hend. Der Fehler sitzt im Kopf. Mir ist unbegreiflich, wieso du das nicht kapierst.«

Mary hat gerade den Mund geöffnet, um von ihrer Brot- scheibe abzubeißen, als sie innehält und mit offenem Mund dasitzt. Aufgesperrtem Mund. Ein Fehler im Kopf? Per wirft ihr einen kurzen Blick zu.

»Taktvoll wie immer, meine liebe Anna«, verkündet er dann.

Anna antwortet nicht, lässt ihre Lippen nur stumm den Satz wiederholen. *Taktvoll wie immer!* Sie sieht aus wie eine rachsüchtige Achtjährige. Gleichzeitig wirft sie Minna einen Blick zu, der deren Haar in Flammen setzen könnte. Per legt wie zufällig seinen Arm auf die Rückenlehne der jungen Frau.

Mary senkt ihren Blick und beißt ins Brot. Sie sind an der Grenze angekommen, denkt sie. Endlich.

Anna und Per waren bereits an Ort und Stelle, als ich auf den Hofplatz einbog. Zwei dünne Birkenstämme lagen über Kreuz auf dem Rasen, Per hockte über ihnen mit dem Ham- mer in der Hand, Anna stand daneben mit einer Rolle Draht. Beide öffneten die Hände, sobald sie mich entdeckten, der Hammer fiel ins Gras, der Draht landete daneben.

»MaryMarie«, rief Per. Sekunden später erklang Annas Echo: «MaryMarie.«

Die beiden fassten einander bei den Händen, bevor sie mir entgegenliefen, und während sie liefen, konnte ich sehen, dass sie sich in den Monaten, die vergangen waren, ver- wandelt hatten. Pers Haar war zur modebewussten Länge gewachsen, Annas rundlicher Körper hatte Kurven bekom- men. Außerdem hatten sie ihren Kleiderstil verändert, beide trugen die gleiche Tunika mit indischer Stickerei, hatten die Verwandlung aber nicht weiter nach unten gehen lassen. Per trug eine graue Flanellhose mit Bügelfalte und Anna eine karierte Baumwollhose, die aussah, als gehörte sie einem kleinen Mädchen. Ich schaute auf mein Kleid, während ich den Fahrradständer ausklappte. Weiße Baumwolle mit grünen Tupfen. Vielleicht auch nicht so ganz auf der Höhe der Zeit. Aber das kleine Tuch, das ich mir ums Haar gebunden hatte, war hübsch.

Per umarmte mich zuerst, dann Anna. Das überraschte mich, in Nässjö umarmten die jungen Leute sich nicht, wenn sie sich trafen, stattdessen schoben die Jungen die Hände in die Taschen und warfen den Kopf nach hinten, während die Mädchen die offene Handfläche hoben und Hallo murmelten. Deshalb stand ich steif da und wusste nicht so recht, wohin mit mir. Anna und Per fassten sich wieder an. Anna begann auf und ab zu hüpfen.

»Ist das nicht phantastisch!«, rief sie. »Dass es wirklich geklappt hat!«

Per sah sie mit einem Lächeln an.

»Nun beruhige dich, mein Schatz. Beruhige dich.«

Ich starrte die beiden verwundert an. Mein Schatz? Was war denn mit denen los?

Anna schmiegte sich an Per und schlang die Arme um seine Taille.

»Wir wollen heute Abend grillen! Und Sverkers Schwester hat für uns eine Torte zum Kaffee gebacken ...«

Per lachte über ihren Kopf hinweg:

»Und wir sind bei der Mittsommernachtsstange. Bei dem Gerüst dafür. Wir wollen sie nach dem Kaffee schmücken.«

Endlich konnte ich eine Frage anbringen.

»Wo ist Sverker?«

Anna hopste wieder.

»Er ist in den Ort gefahren, um Torsten und Magnus vom

Bahnhof abzuholen. Wusstest du, dass er den Führerschein gemacht hat?«

Ich schüttelte den Kopf. Abgesehen von dem kurzen Treffen vor einigen Wochen hatte ich Sverker seit dem Februar nicht ein einziges Mal getroffen. Und trotzdem hatte ich jedes Wochenende am Ufer gesessen, seit der Frost vorbei war, und über den See gestarrt. Ab und zu hatte ich gesehen, dass sich Menschen auf der anderen Seeseite bewegten, aber ob das Sverker selbst oder seine Eltern waren, das konnte ich nicht feststellen. Mein Tagebuch war voll mit verzweifelten Ausrufen. Was hatte das alles zu bedeuten? Wollte er mich nicht haben? Meine Mutter hatte es vor ein paar Wochen gefunden und mich nach den polnischen Moralvorstellungen, nach denen sie immer noch lebte, zur Rede gestellt. Ob ich etwa so dumm gewesen sei und meine Unschuld an einen wildfremden Jungen verschwendet hätte? Jetzt würde ich nie heiraten können! Ich hatte es natürlich empört abgestritten. Das war kein Problem gewesen, da ich nichts Direktes über die Nächte in Stockholm geschrieben hatte. Gleichzeitig riss ich mein Tagebuch an mich und drückte es mir an den Leib. Plötzlich war mir eingefallen, dass es ein paar Wochen nach meiner Rückkehr einige kompromittierende Eintragungen gegeben hatte. *Lieber Gott, was mache ich nur, wenn meine Regel nicht kommt?* Doch sie war gekommen. Und die Unschuld zu verlieren, wäre ich immer und immer wieder bereit gewesen.

Anna und Per standen immer noch lächelnd da, die Arme umeinander geschlungen.

»Ist Sissela gekommen?«, fragte ich.

Sie schüttelten den Kopf und machten besorgte Gesichter.

»Sie wollte trampen.«

Per zog die Augenbrauen hoch.

»Ganz von Stockholm?«

»Ja, ich habe letzte Woche einen Brief von ihr gekriegt. Sie hat geschrieben, dass sie trampen wollte.«

»Sie wird schon noch kommen«, sagte Anna. »Früher oder später.«

Ich schaute mich um. Während der Wochenenden am Seeufer auf der anderen Seite hatte ich mir viele Vorstellungen gemacht, wie es hier wohl aussähe. Die alle nicht zutrafen, wie ich jetzt einsehen musste. Ich hatte geglaubt, das hier wäre ein verwachsenes Naturgrundstück, stattdessen war es ein äußerst gepflegter Garten mit geharkten Kieswegen, Holunderbüschen und Flieder. Ein weißer Rosenbusch stand dicht neben der Steintreppe, die zu der schwarzen Doppeltür des Hauses hinaufführte. Sie war offen, drinnen war ein Flur zu erkennen. Ein Flickenteppich in der aktuellen Modefarbe Orange lag auf den breiten Bodendielen.

»Du musst Maud kennenlernen«, sagte Anna.

»Ich habe sie schon kennengelernt«, erwiderte ich.

Sie stand mit dem Rücken zu uns in der Küche, drehte sich aber nicht gleich um. Zuerst spülte sie sorgfältig ihre Hände unter dem Wasserhahn ab und trocknete sie dann mit einem Handtuch ab, das an einem Haken neben dem Spülbecken hing. Ich blieb auf der Türschwelle stehen.

»Hallo«, sagte ich. Langsam drehte sie sich zu mir um.

»Hallo.«

Sie legte den Kopf schräg und schaute mich fragend an.

»Ich bin MaryMarie«, sagte ich. »Wir sind uns schon einmal begegnet.«

»Wirklich?«

»Vor ein paar Wochen. Ich bin die, die am anderen Seeufer wohnt.«

Sie runzelte kurz die Stirn, als dächte sie angestrengt nach, ehe sie nickte.

»Ach ja, natürlich. Hallo. Herzlich willkommen.«

Ich schaute mich in der Küche um. Auf dem Tisch stand ein runder Tortenboden, in einem Durchschlag daneben lagen die Erdbeeren.

»Kann ich dir helfen?«

»Nein«, sagte Maud.

Sie drehte mir wieder den Rücken zu, öffnete einen Schrank und holte eine Schüssel heraus. Ihre Bewegungen waren die einer erwachsenen Frau, es gab nichts Mädchenhaftes an diesem Mädchen, obwohl sie doch erst sechzehn Jahre alt war.

»Wirklich nicht?«, hakte ich nach.

»Wirklich nicht.«

Einen Moment lang blieb ich stehen, drehte mich dann wieder um und ging die Treppe hinunter. Anna und Per waren immer noch mit der Mittsommerstange beschäftigt, aber jetzt sahen sie dabei nicht mehr ganz so glücklich aus. Anna reichte Per den Draht, doch dieser schob ihn nur beiseite und murmelte etwas. Anna reagierte, indem sie gekränkt dreinschaute und sich die Drahtrolle an die Brust drückte. Nichts deutete darauf hin, dass sie gern Zeugen hätten, also drehte ich mich um und ging zum See hinunter. Hohe Ahornbäume säumten den Weg, Birken und Haselnusssträucher drängten sich dicht dahinter, aber unten am Ufer öffnete sich das Grün zu einem feuchten Abhang, der auf einen schmalen Streifen gelben Sandes führte. Das Wasser war dasselbe klare, bernsteinfarbene Wasser, das mich immer trug, wenn ich versuchte, zu einer der kleinen Inseln im See zu schwimmen, deren Namen ich nicht kannte und die zu erreichen mir nie gelungen war. Am gegenüberliegenden Ufer war ein Haus zu erahnen. Halb fertig. Halb angestrichen. Auf dem Grundstück lag ein letzter Stapel Bretter, und dahinter stand ein schwarzes Auto mit Anhänger. Ein Mädchen saß am Ufer und schaute auf den See. Ich zwinkerte, und schon war sie fort.

Es hat mir schon immer gefallen, meine eigene Welt von außen zu betrachten. Als ich noch klein war, konnte ich in der Tür zu meinem Zimmer stehen und mir vorstellen, wie es wohl aussah, wenn das andere Mädchen, das wach war, wenn ich schlief, mit der Puppenstube da drinnen spielte. In gleicher Weise konnte ich meine Schultasche betrachten und den Gedanken an die vier spitzen Stifte in der roten Federtasche auskosten, die zum Vorschein kämen, wenn sie den messingfarbenen Reißverschluss aufzog. Als ich etwas größer war, kam es ab und zu vor, dass ich auf meinem Heimweg von der Schule im Garten stehen blieb, dass ich wie ein Schatten unter Schatten dort stand und mein eigenes Zuhause betrachtete. Wenn Licht in der Küche schien, konnte es richtig nett aussehen. Hinter den üppigen Pelargonien bewegte sich eine Frau zwischen Spülbecken und Herd, sie hatte Volants an ihrer karierten Schürze, eine hübsche Bluse mit langen Ärmeln und glänzendes schwarzes Haar. Manchmal saß auch ein Mann am Küchentisch, ein rotwangiger Mann mit ebenso roten Händen. Er las das Smålands Dagblad, ab und zu befeuchtete er seinen rechten Zeigefinger und blätterte zu einer neuen Seite um. Manchmal stellte ich mir vor, dass er etwas zu der Frau im Hintergrund sagte, vielleicht las er ihr laut aus der Zeitung vor oder kommentierte etwas, das er gelesen hatte, und vielleicht antwortete sie mit einer Frage oder einem leisen Lachen. Das Einzige, was nie Platz in meinen Phantasien fand, das war ich selbst. Ich konnte mich selbst nicht mit der Puppenstube spielen sehen, denn ich wusste, dass ich nie vergessen konnte, dass die Möbel eigentlich nur leere Streichholzschachteln waren, deren Farbe von meinen Buntstiften nie den weißen Jungen auf dem Etikett richtig verdecken konnten. Außerdem wusste ich, dass die Spitzen meiner Stifte in meiner Federtasche abbrechen würden, sobald ich sie aufs Papier drückte, weshalb jeder Strich dick und plump werden würde. Ganz zu schweigen von dem, was mich erwartete, wenn ich in die hell erleuchtete Küche trat. Stapel schmutzigen Geschirrs in der Spüle. Ein überquellender Aschenbecher auf dem Küchentisch. Eine halb aufgeschlagene Zeitung, die niemanden zu interessieren schien. Und Schweigen. Schweigen. Schweigen.

Doch während ich unten am Ufer stand, konnte ich plötzlich hören, wie sich ein Auto von irgendwoher näherte. Ich ballte die Fäuste und holte tief Luft, machte mich bereit, mir etwas für den Abend und die Nacht zu wünschen, aber mir fiel nicht das Richtige ein. Etwas mit Sverker oder Torsten? Nein. Wie konnte ich mich für einen von ihnen entscheiden, wenn ich doch gar nicht wusste, ob einer von ihnen sich für mich entscheiden würde?

Als ich zurück auf den Vorplatz kam, sah ich, dass Anna und Per Arm in Arm dastanden und dem alten Cortina entgegensahen, der gerade vorfuhr. Er war noch gar nicht richtig zum Stehen gekommen, als die Beifahrertür schon aufflog und Magnus heraustaumelte. Er sah aus wie eine Patentausgabe vom Staatlichen Jugendrat: der schwedische Achtzehnjährige des Jahres, Modell 1A. Halb langes Haar. Ausgewaschene Jeans und eine etwas weniger ausgeblichene Jeansjacke. Jesuslatschen und eine Gitarrenhülle. Das Problem war nur, dass alles eine Spur zu neu und frisch gebügelt war ...

Nein. Ich lüge. Erst im Nachhinein sehe ich das so. Damals sah ich es nicht so.

Ich setze mich in meinem dunklen Hotelzimmer auf und schalte den Fernseher ein, suche einen verwirrten Augenblick lang mit den Knöpfen der Fernbedienung nach TV3 und Magnus Hallin. Doch es gibt keinen Magnus auf dem Fernsehschirm, sein Film soll ja erst morgen ausgestrahlt werden. Jetzt finde ich nur eine Reklamephantasie über schöne Menschen, die Bier in einer ebenso schönen Schärenlandschaft trinken. Das hätte der Billardverein Zukunft sein können, wie er sich selbst sah. Eine verschworene Gemeinschaft, die den Traum von sich selbst pflegte und hegte, einen Traum, in dem wir alle ein bisschen begabter waren, ein bisschen attraktiver und eine Spur erfolgreicher, als wir es eigentlich waren. Fünfundzwanzig Jahre lang nährten wir uns von diesem Traum, trösteten uns mit ihm, liebten und onanierten zu ihm.

Ich stehe auf und trete ans Fenster, öffne es und stelle mich in den Wind, genieße die Kühle und werde von ihr gepeinigt, während ich mich zwinge, mich daran zu erinnern, wie es wirklich war. Also: Als Magnus Hallin an diesem Tag vor langer Zeit aus Sverkers Auto ausstieg, ließ ich mich verzaubern. Da stand er, in jedem Detail genau in die Zeit passend, wie kein anderer von uns gerüstet, den Blicken der Welt zu begegnen, und deshalb auch derjenige, der uns am besten verteidigen konnte. Wir waren keine Gruppe von plumpen Trotteln. Magnus gehörte schließlich dazu, und jemand wie er würde nie mit einer Gruppe von Trotteln verkehren. Quod erat demonstrandum, was zu beweisen war, wie es in meinem Tagebuch hätte stehen können.

Dann öffnete sich die andere Wagentür, und das Bild wurde noch überzeugender. Sverker brauchte sich gar nicht erst als Standardjugendlicher zu verkleiden, um uns aufzuwerten, schließlich hatte er seinen Körper und seine dunklen Augenbrauen, sein Lächeln und seine selbstverständliche Überzeugung, dass er das Recht hatte, sich hier auf der Welt zu befinden. Er blieb mitten in der Bewegung stehen und fesselte mich mit seinem Blick, hielt mich einige Momente lang fest, bevor er lächelte und die Arme ausbreitete.

»Da ist sie ja!«, rief er laut. »MaryMarie!«

Es brauchte nur Sekunden, um vier Monate Seelenqualen und Warten zu vergessen.

Ich schließe energisch das Fenster und mache schnell das Licht an. Sechs Jahre lang habe ich ohne Erinnerung gelebt. Das ist gut gegangen, wenn auch nur um den Preis einer stets bereiten Phantasieversion meiner selbst. Jetzt muss damit Schluss sein. Keine Erinnerung mehr. Keine Phantasien mehr. Jetzt ist es mein Leben, um das es geht. Einzig und allein meins.

Also hole ich die Tasche vom Flur, werfe sie aufs Bett und öffne sie. Neue Kulturtasche. Schicke Pumps mit hohen Absätzen. Strumpfhosen. Saubere Slips. Und – das Wichtigste von allem – ein kleines schwarzes Kostüm. Ich bin für ein besseres Essen im Sheraton gerüstet. Vielleicht kann ich es sogar wagen, mit einem Handelsreisenden oder zweien zu flirten.

Im Badezimmer male ich ein ganz ansprechendes Gesicht auf die Vorderseite meines Kopfs, bürste das Haar und lächle meinem Spiegelbild zu. Sei fröhlich! Das Verbrechen ist gesühnt. Die Vergangenheit ist überstanden. Jetzt fängt es an. Alles.

»Das ist der erste Tag vom Rest deines Lebens«, verkünde ich dem Spiegelbild. »Man kann alles, was man will. Lächle die Welt an, dann lächelt sie zurück. Everybody loves a winner. Das Leben fängt noch mal von vorn an, aber ...«

Die Floskeln hallen gegen die Badezimmerkacheln, und einen Moment lang scheint es, als wollte das neu gemalte Gesicht im Spiegel anfangen zu weinen, aber ich denke gar nicht daran, das zuzulassen. Also lasse ich das Lächeln, wo es ist, als ich das Licht ausknipse und ins Zimmer zurückgehe. In dem großen Spiegel sehe ich noch besser aus. Vielleicht liegt das an dem gedämpften Licht, aber wenn das Licht unten im Restaurant auch gedämpft ist, dann wird es keinen Handelsreisenden der Welt geben, der mir widerstehen kann. Ich drehe mich um mich selbst und betrachte mich von der Seite und, doch, auch aus dieser Perspektive ist es in Ordnung ...

O Gott! O mein Gott!

Anastasias Gesicht schwebt im Spiegel. Sie sieht mich mit weit aufgerissenen starren Augen an. Einen Herzschlag lang oder zwei werde ich gezwungen zuzugeben, dass es genau das ist, was ich erwartet habe, von dem ich insgeheim der Meinung bin, ich hätte es verdient. Das Gefängnis war nur ein Vorspiel. Jetzt beginnt die wirkliche Strafe. Ich werde für das, was ich Sverker angetan habe, mit meinem Verstand bezahlen müssen. Albtraumgestalten werden mich verfolgen, wie sie einst meine Mutter verfolgt haben, Stimmen werden in meinem Kopf ertönen, wie sie früher im Kopf meiner Mutter schrien...

Aber nein. Das stimmt gar nicht. Jetzt sehe ich es. Das ist tatsächlich ein Spiegelbild. Anastasias Gesicht füllt den Bildschirm hinter mir aus. Ich habe den Fernseher laufen lassen, und jetzt bringen sie Nachrichten auf TV3. Das Bild flackert kurz, und plötzlich lächelt Magnus in die Kamera. Ich strecke mich nach der Fernbedienung und mache den Ton lauter, aber es ist fast schon zu spät. Die Nachrichtensprecherin lächelt verhalten in die Kamera, als sie den Beitrag abschließt.

»... sagt der Künstler Magnus Hallin. Der Beschluss, dass der Film wie geplant gezeigt werden soll, wurde heute Vormittag getroffen.« Sie machte eine kurze Pause. »Madonna will nach ihrem Debüt als Kinderbuchautorin noch eine neue Karriere starten...«

Ich schalte den Fernseher aus und lasse mich aufs Bett sinken. Meine Hände zittern.

Mögliche Vergangenheit

»Ich habe dich gerettet«, sagte Valentin.

Anastasia nickte stumm. Das stimmte. Er hatte sie gerettet. Wenn Valentin nicht gekommen wäre, hätte man sie bald weitergeschickt. Vielleicht nach Mazedonien. Es war schlimm in Mazedonien. Viel schlimmer.

»Ich habe gesehen, wie du gelitten hast, und ich habe dich gerettet. Ich habe dich sogar zum Arzt gebracht.«

Das stimmte. Er hatte sie zu einer Ärztin gebracht. Jedenfalls glaubte sie das. Sie hatte nicht verstanden, was diese dicke kleine Frau im weißen Kittel und mit roten Gummihandschuhen gesagt hatte, aber ihr war klar geworden, dass das eine wichtige Person war. Sicher eine Ärztin. Sie hatte etwas Kaltes, Spitzes in Anastasias Unterleib gedrückt, aber Anastasia hatte nicht geschrien, nur die Augen geschlossen und alles geschehen lassen. Anschließend hatte sie acht Tage lang geblutet, doch als die Blutung aufhörte, spürte sie, dass etwas anders war. Besser. Wenn sie jetzt die Hosen herunterzog, um auf die Toilette zu gehen, waren sie noch genauso weiß wie vorher, als sie sie angezogen hatte. Fast wie damals, als sie noch klein war. Kein grüngelber Ausfluss. Kein Gestank. Nicht mehr das Gefühl von Stacheldraht zwischen den Beinen, wenn sie pinkelte.

»Ich habe dafür gesorgt, dass du Medizin bekommst.«

Das stimmte auch. Er hatte ihr jeden Morgen und jeden Abend eine weiße Tablette gegeben und dafür gesorgt, dass sie sie mit einem Glas Coca-Cola hinunterschluckte. Das hatte ihr gefallen.

»Ich habe dich mit zurück nach Vladista genommen.«

Sie nickte stumm. Er hatte sie mit zurück nach Vladista genommen. Als sie an die Grenze kamen, war ihr übel gewesen vom Blutverlust und vor Angst – sie hatte doch keinen Pass, sie hatten ihr den Pass schon an der ersten Stelle abgenommen. Doch nichts war passiert, Valentin war nur aus dem Wagen gestiegen und in den Verschlag der Grenzwachen gegangen. Fünf Minuten später kam er wieder heraus, setzte sich hinters Steuer und hob die Hand zum Gruß, als die Schranke aufglitt. Einer der Polizisten hatte mit einem Winken geantwortet. Dann war sie zu Hause. Fast zu Hause. Zumindest in ihrem eigenen Land.

»Weißt du, was sie mit dir tun wollten?«

Anastasia schüttelte den Kopf. Nein.

»Sie wollten dir die gleiche Behandlung zukommen lassen wie Swetlana.«

Ein Schauer durchfuhr ihren Körper. Sie brauchte gar nicht auf ihre Arme zu schauen, um zu wissen, dass sich die Haare aufstellten. Immer wenn sie an Swetlana dachte, sträubten sich ihre Haare. Sie schloss die Augen.

»Sieh mich an«, sagte Valentin. »Weißt du, was sie mit Swetlana gemacht haben? Wie sie sie dazu gebracht haben, so zu werden?«

Ihre Stimme war nur ein Flüstern.

»Mazedonien.«

Er lachte laut auf.

»Mazedonien? Glaubst du, die wollten diese stinkende Hure in Mazedonien haben?«

Es war ein Fehler gewesen zu antworten. Er mochte ihre Stimme nicht. Andererseits wäre es auch ein Fehler gewesen, nicht zu antworten. Es gefiel ihm nicht, wenn sie verstockt war.

»Sie haben sie ins Hühnerhaus gesteckt.«

Sie schüttelte den Kopf. Das stimmte nicht. Das Hühnerhaus war alles, was man von dem Fenster ihres Zimmers aus hatte sehen können. Frühmorgens, in der einzigen Zeit des Tages, in der sie ihre Ruhe hatte, hatte sie immer am Fenster gesessen und hinausgeschaut. Das Hühnerhaus war immer verschlossen. Niemand kam oder ging, weder Hühner noch Menschen.

»Sie haben sie drei Monate lang im Hühnerhaus eingesperrt. Haben ihr die ganze Behandlung verpasst. Bis sie gelernt hat, um Schläge zu betteln.«

Das stimmte. Swetlana bettelte darum, geschlagen zu werden. Sie versuchte, alle ihre Kunden mit ins schwarze Zimmer zu ziehen. Anastasia selbst war nur dreimal dort gewesen, doch das hatte genügt. Das Zittern kam wieder, jetzt stärker. Auf den Armen hatte sich Gänsehaut gebildet.

»Du wärst als Nächste an der Reihe gewesen.«

Sie schüttelte den Kopf. Er lachte.

»Weißt du nicht mehr, wie du gestunken hast? Niemand wollte dich haben. Sie hatten vor, dich ins Hühnerhaus zu stecken.«

Er beugte sich über sie, legte die Hände auf ihre Armlehnen und sah ihr in die Augen. Einen Moment lang stieg die Panik in ihrer Kehle auf, doch sie schluckte sie hinunter. Sie war nicht eingesperrt. Er hatte nur seine Hände auf ihre Armlehnen gestützt.

»Ich habe dich gerettet. Ich habe dich zurück nach Grigirien gebracht. Ich habe dir ein eigenes Zimmer gegeben.«

Sein Gesicht war dicht über ihrem. Sein Atem roch nach Pfefferminze.

»Aber du zeigst keine Dankbarkeit.«

Sie schüttelte den Kopf. Falsch. Sie nickte. Wieder falsch. Öffnete den Mund, um etwas zu sagen ...

»Du zeigst keine Spur von Dankbarkeit.«

Er schüttelte den Kopf, ließ die Armlehnen los und richtete sich auf.

»Du schuldest mir fünfundzwanzigtausend.«

Sie öffnete den Mund, schloss ihn jedoch wieder, ohne etwas zu sagen. Er hielt die Finger hoch und rechnete:

»Zehntausend für den Puff. Viertausend für einen falschen Pass. Dreitausend für Arzt und Medikamente. Zweitausend für die Reise. Sechstausend für Essen und Unterkunft. Fünfundzwanzigtausend.«

Und die Freier? Hatte sie nicht gehört, dass er pro Kunde mindestens fünfhundert forderte? Und hatte sie nicht mehrere Freier pro Tag bedient, seit sie zurückgekommen waren? Vielleicht konnte er ihr die Gedanken am Gesicht ablesen, vielleicht schlug er ihr deshalb plötzlich so fest über den Mund, dass ihr die Tränen in die Augen stiegen. Aber er war immer noch Valentin. Deshalb zog er sein Taschentuch aus der Tasche und wischte ihr die Tränen ab, als sie ihr die Wangen hinunterliefen.

»Nur noch ein Job«, flüsterte er. »Nur noch ein einziger Job, dann kannst du wirklich nach Hause fahren ... Und du wirst sogar Geld mitbringen. Huren bringen nie Geld mit, also werden alle glauben, du hättest einen richtigen Job gehabt. Das ist deine einzige Chance.«

Sie schloss die Augen und versuchte sich zu beherrschen. Es ging nicht, die Tränen liefen einfach immer weiter. Er packte sie an den Haaren, riss ihren Kopf nach hinten.

»Hör zu! Heute Nachmittag wirst du gefilmt, und da sollst du ordentlich aussehen. Also geh jetzt, und wasch dir die Haare.«

Der Richter und die Verurteilte

Jetzt geht Marie über den Hotelflur, etwas wackelig auf ihren hohen Absätzen und mit der Schuld, die ihr um den Hals hängt. Sie hat bereits vergessen, dass sie dort hängt. Das tut sie immer. Sie versucht, entspannt auszusehen, aber ich weiß, dass sie nur stolpern muss, damit der Versuch für ungültig erklärt wird. Marie ist doppelte Meisterin. Schwedische Meisterin in der Kunst, sich selbst unerreichbare Ziele zu stecken, aber auch in der Kunst, zu versuchen, sie zu erreichen.

Ich selbst sitze. Umso besser. Ich sitze in einem Flugzeugsessel und öffne die Augen zur Hälfte, schaue aus dem Fenster, obwohl ich weiß, dass es nichts zu sehen gibt. Nur ein graues Nichts. Wir steigen immer noch, und die Wolkendecke ist genauso undurchdringlich wie das Dröhnen der Motoren. Ich unterdrücke einen Brechreiz. Beim Start wird mir oft übel, einmal habe ich mich sogar in meine Handtasche erbrochen. Das war während meiner ersten Schwangerschaft, und ich war damals noch so jung und ängstlich, dass ich mich nicht traute, die Stewardess zu bitten, mir eine Tüte zu bringen. Stattdessen leerte ich ruhig und systematisch meine Handtasche aus, legte Brieftasche und Stift, Notizblock und Haarbürste auf den Sitz neben mir, während mir die Übelkeit in die Kehle stieg, dann beugte ich mich über die Handtasche und ließ es geschehen. Sie wurde fast voll. Dennoch zog ich den Reißverschluss zu und nahm sie

nach der Landung mit, erst als ich auf die Straße vor der Ankunftshalle kam, stopfte ich sie in einen Papierkorb. Zwei
Stunden später saß ich breitbeinig zu Hause auf der Toilette
und starrte auf das Blut im Slip. Sverker war nicht zu Hause,
und als ich in seinem Büro anrief, antwortete niemand. Das
Handy war noch nicht erfunden. Vielleicht war das nur ein
Glück, vielleicht hätte ich ihn an dem Abend umgebracht,
wenn ich ihn telefonisch erreicht und im Hintergrund ein
unterdrücktes Kichern gehört hätte.

Doch nein. Das hätte ich nicht. Wenn ich ehrlich sein soll.

Das ist nichts, womit ich mich brüsten könnte. Nichts,
was mir Grund geben könnte, mich damit zu brüsten. Zwei
Jahrzehnte lang hatte ich den Kopf voller mörderischer
Phantasien. Ich war nur zu feige, sie in die Tat umzuset-
zen. Ich wollte Sverker jedes Mal umbringen, wenn er anfing, mit gedämpfter Stimme in seinem Arbeitszimmer zu
telefonieren, wenn die Abstände zwischen seinen Dienstrei-
sen etwas zu kurz wurden, wenn sich seine Arbeitsessen bis
eins, zwei oder drei in der Nacht hinzogen. Trotzdem tat
ich, als schliefe ich, wenn er in unser Schlafzimmer schlich,
zwang jeden einzelnen Muskel meines Körpers, entspannt
und regungslos liegen zu bleiben, ohne Sverker auch nur
mit einem einzigen Atemzug erahnen zu lassen, was hinter
meinen Augenlidern vor sich ging. Dort zog ich ihm in der
einen Nacht eine Plastiktüte über den Kopf, schnitt ihm in
der anderen die Kehle durch, steckte in der nächsten seine
Laken in Brand.

Aber ich sagte nie etwas. Wenn er morgens aufwachte,
saß ich frisch geduscht und angezogen am Frühstückstisch.
Manchmal war ich nur in der Lage, ihm zuzunicken, aber
ebenso oft lächelte ich ihm freundlich über die Dagens Nyheter hinweg zu und fragte, wie seine Reise oder sein Abendessen gewesen sei. Aus seiner Antwort konnte ich meine
Schlüsse darüber ziehen, wie weit das Verhältnis gediehen

war. Ein mürrisches Knurren, und er war immer noch verliebt. Ein Seufzen und ein vorsichtiges Lächeln, und er begann es bereits leid zu werden. Aber wenn er sich mir gegenüber niederließ und mir die Hand küsste, dann war es
vorbei. Dann würde es die nächsten ein, zwei Monate ruhig
bleiben, bis alles wieder von vorn begann.

Ab und an versuchte ich mir einzureden, dass ich ganz
genau wusste, was ich tat, dass Gleichgültigkeit die beste
Rache war, dass ich den letzten Rest an Selbstachtung verlieren würde, wenn ich meine Eifersucht offen zeigte, doch
es gelang mir nie, mich selbst wirklich zu überzeugen. Und
doch war ich nicht einfach nur feige. Sondern unfähig. Ich
wusste nicht, wie und mit welchem Recht ich etwas von ihm
fordern konnte.

Außerdem war er schließlich Sverker. Mit allem, was da-
zugehörte.

Einige Menschen werden offenbar mit der Macht geboren
zu erhöhen und zu erniedrigen. Das ist eine Zaubermacht,
eine Fähigkeit, die Sverker besaß und die er mit seiner
Schwester teilte. Ein freundliches Lachen von ihnen konnte Sisselas angebrannte Bratwurst in ein kulinarisches Ex-
periment verwandeln, ein interessierter Blick konnte Pers
umständlichen Vortrag über ein verlorenes Telegramm des
Außenministeriums zu einem Abenteuerroman machen, ein
flüchtiges Lächeln Torstens erste Gedichtsammlung in eine
Peinlichkeit verwandeln. Ganz zu schweigen davon, was ein
offenes Hohngelächter anrichten konnte.

Sissela kam erst, als es schon Abend geworden war.

Inzwischen hatte uns der Regen in das große Zimmer ge-
scheucht, das Maud den Saal nannte. Es war eine friedliche
Gesellschaft. Man ruhte aus. Der Raum lag in der Dämmerung, und ein Feuer prasselte im offenen Kamin. Wir

saßen an dem großen Eichentisch, rauchten, tranken Wein und warteten darauf, dass der Regen aufhörte, damit wir anfangen konnten zu grillen. Wir hatten bereits den Mittsommerbaum aufgerichtet und waren um ihn herumgetanzt, hatten die Erdbeertorte gegessen und *Letztes Paar fliegt raus* gespielt, ohne zu ahnen, dass das der Beginn einer großartigen Tradition war, dass alles, was an diesem Tag geschah, über zwanzig Jahre lang an jedem Mittsommernachmittag geschehen würde.

Maud hatte sich selbst zur Spielleiterin ernannt. Sie griff mit einer Hand nach Magnus' Hand und mit der anderen nach Pers, während Anna sich eifrig nach Sverker streckte. Nur Torsten und ich blieben ratlos stehen, ohne zu wissen, was wir machen sollten. Kreisspiele? Waren das nicht Kindereien, vor denen man sich hüten musste, wenn man gerade Abitur gemacht hatte und auf seine Würde achten musste? Ich selbst war in meinem ganzen Leben noch nie um einen Mittsommerbaum getanzt, ich hatte nur mit meinen Eltern vor dem Fernseher gesessen und andere tanzen sehen. Viele Jahre später sollte ich erfahren, dass es Torsten genauso ging. Trotzdem ergriff er Annas Hand im selben Moment, in dem mich Magnus in den Kreis zog. Ein paar Sekunden später lachten wir laut und sangen *Schneide, schneid den Hafer,* genau wie die anderen.

Sverker hatte mich den ganzen Nachmittag verwirrt, zuerst indem er mich vor allen anderen umarmt hatte, dann indem er mich mehrere Stunden lang ignorierte, nur um mich zum Schluss zu packen, als wir allein im Flur waren, und mir seine Hand zwischen die Beine zu zwingen. Sie war sehr warm, so warm, dass mir alle Kräfte schwanden und ich gezwungen war, mich gegen die Wand zu lehnen. Sverker umfasste meinen Nacken, damit ich nicht umfiel, fuhr mit seinen Lippen über meinen Hals, schob einen Zeigefinger unter den Slip und ließ ihn ungeduldig weitersuchen. Ich befeuchtete meine Lippen und öffnete den Mund, bereit, zu küssen und geküsst zu werden, als er mich plötzlich losließ, mir den Rücken zukehrte und im Saal verschwand. Es dauerte einige Sekunden, bis mir bewusst wurde, was geschehen war. Mit pochendem Herzen stand ich da, verwundert, erniedrigt, verführt.

Aber jetzt saßen wir also alle im Saal und warteten, dass es aufhörte zu regnen. Was mich betraf, so konnte das gern noch eine Weile so weitergehen. Ich brauchte Zeit, um über das soeben Geschehene nachzudenken. Was war das Neue, das ich im Flur gespürt hatte? Lust? Begierde? War ich – in Gedanken scheute ich mich vor dem Wort – *geil* geworden? Ich wusste es nicht. Alles, was ich wusste, war, dass dieses Neue ein pelziges kleines Tier war, das sich genusssüchtig in meinem Körper wand, aber in keiner Weise dem ähnelte, was ich gespürt hatte, als ich vor einigen Monaten mit Sverker geschlafen hatte. Damals waren es Haut, Haare und Wärme gewesen, aber eine Wärme, die mich eher an Kirchen und Altar erinnert hatte als an pelzige Tierchen mit hungrigen Augen.

Und Sverker? Sah sein Tier anders aus als meins? Und was bedeutete das, was er getan hatte?

Jetzt ignorierte er mich wieder. Er saß an dem einen Tischende und unterhielt sich leise mit Per über Uppsala oder Lund und über den höchst zweifelhaften Karrierewert von Studien in Staatswissenschaften, falls man nun wider alle Erwartungen nicht auf die Handelshochschule kommen sollte. Anna saß da, das Kinn in die Hände gestützt, und lauschte schweigend ihrem Gespräch. Magnus und Maud saßen dicht beieinander am anderen Ende des Tisches und blätterten in einem alten Album. Ihre Schultern berührten sich bereits, bald würden sie zusammenwachsen und sich in siamesische Zwillinge verwandeln, das konnte jeder sehen. Torsten saß ein wenig abseits mit geschlossenen Augen da und zog an seiner Pfeife. Ich wünschte, er wäre hier, dachte ich und strich mir dann über die Stirn, um diesen merkwürdigen Gedanken zu vertreiben. Er war ja hier. Nur wenige Meter entfernt.

»Schei-ße!«

Es klang, als fiele jemand ins Haus. Die Stimme draußen auf dem Flur klang schrill.

»Verfluchte Oberscheiße, verdammte!«

Noch ein Poltern. Plötzlich stand Sissela in der Türöffnung. Sie hatte sich nicht verändert. Die gleichen schwarzen Strümpfe mit Laufmaschen und Nagellackflecken. Dasselbe blonde Haar mit schwarzem Haaransatz. Die gleichen Halbmonde aus verschmierter Wimperntusche unter den Augen. Der einzige Unterschied war, dass sie nass war. So nass, dass es von ihrem kurzen Rock tropfte. So nass, dass ihre Schuhe ein gummiähnliches Geräusch machten, als sie sie auszog. *Watsch!*

Maud war diejenige, die zuerst lachte. Maud, die Sissela noch nie gesehen hate. Maud, die nichts über sie und ihre Wirklichkeit wissen konnte. Maud, die erst sechzehn Jahre alt und in der ersten Gymnasialklasse war, aber dennoch wie eine erwachsene Frau ging, stand und redete. Maud, die Humor hatte. Einen phantastischen Sinn für Humor, wie Anna hinterher feststellte.

Aber wir anderen lachten auch. Sverker zuerst und dann wir anderen. Während des Bruchteils einer Sekunde sah ich, wie das Lachen Sisselas Gesicht buchstäblich zerbrach. Dann sammelte sie sich und lachte am lautesten von allen.

»Hallo, ihr Bauerntrampel! Ein Mistwetter habt ihr hier auf dem Lande …«

Sie stellte sich auf ein Bein, lehnte sich an den Türpfosten und zog ihren zweiten Schuh aus. *Watsch!* Maud stand auf und verwandelte sich in die Gastgeberin, ging mit ausgebreiteten Armen auf Sissela zu, immer noch breit lächelnd.

»Entschuldige den Empfang«, sagte sie. »Wir waren einfach so überrascht. Du musst Sissela sein, nicht wahr? Willkommen!«

Sissela ließ ihren Schuh zu Boden fallen, trat aber nicht über die Türschwelle. Sie begegnete Maud mit ihrem Blick und schien einen Moment lang zu zögern. Vielleicht war es ihr Überlebensinstinkt, der zuschlug. Das, schien er zu sagen, war eine potenzielle Feindin. Doch eine potenzielle Feindin, die vorsichtig zu behandeln war.

»Komm«, sagte Maud. »Du musst dich erst mal abtrocknen. Ich zeige dir dein Zimmer.«

Hinter ihr kam der Rest des Billardvereins Zukunft in Bewegung. Bisher hatte noch niemand ein Zimmer bekommen.

»Gib ihr eins der Herzzimmer«, schlug Sverker vor.

»Hm«, machte Maud. »Ich dachte, MaryMarie und sie könnten sich das grüne Zimmer teilen.«

Sverker wurde lauter:

»Sie kriegen die Herzzimmer!«

Maud drehte sich zu ihm um.

»Was ist denn mit dir los? Immer mit der Ruhe.«

Fünf Minuten später saßen Sissela und ich jede auf einem Bett in dem sogenannten grünen Zimmer. Das war ein großes Zimmer mit einer Vierziger-Jahre-Tapete mit Wasserflecken, die nur leicht ins Grüne tendierte. Trotzdem war es sehr schön, mit zwei großen Fenstern, die zum See hinausgingen. Die anderen Schlafzimmer im ersten Stock waren neu tapeziert und renoviert, aber nicht schön, das hatte ich gesehen, als Maud herumging und die Schlafplätze verteilte. Magnus und Torsten hatten jeder ein kleines Gästezimmer mit stilisierten Herzen an den Wänden bekommen, Magnus das gelbe, Torsten das rote. Anna und Per hatten das Elternschlafzimmer mit den großen Jugendstilblumen in Türkis erhalten. Sverker würde natürlich in seinem eigenen Zimmer schlafen (breit gestreifte Tapete in Braun und Weiß) und Maud in ihrem (große blaue Blumen auf weißem Hintergrund).

Sissela und ich saßen zusammengesackt da, als könnten wir endlich zugeben, dass wir sehr müde waren.

»Die haben gelacht«, sagte Sissela plötzlich.

Ich gab ein kleines tröstendes Geräusch von mir, wusste aber nicht, was ich sagen sollte. Sissela schniefte.

»Sehe ich so verdammt lächerlich aus, dass sie lachen mussten?«

»Du siehst überhaupt nicht lächerlich aus. Ich schwör's. Deshalb haben sie doch nicht gelacht.«

Das war gelogen, und wir wussten es beide. Sie warf mir einen raschen Blick zu, bevor sie in ihrer Tasche wühlte, ein halb leeres Päckchen Marlboro fand und sich eine Zigarette anzündete. Ich suchte verzweifelt nach einem anderen Gesprächsthema.

»War es schwierig zu trampen?«

Sie schnaubte. Zwei kleine Rauchwolken schwebten aus ihren Nasenflügeln.

»Was glaubst du?«

Sie zog heftig an der Zigarette.

»Bis Norrköping ging es gut«, erklärte sie und wischte sich die Wange ab. Vielleicht weinte sie ja. Ich wusste es nicht, es war ihr nicht anzusehen, vielleicht tropfte es auch immer noch aus ihrem Pony. »Ich habe den Pendelzug bis Södertälje genommen, und da haben mich ein paar Jungs mitgenommen, die nach Kolmården wollten. Sie haben mir vorgeschlagen, doch mitzukommen, o Scheiße ... Hätte ich das bloß gemacht!«

Eine Weile blieb es still. Sissela rauchte so gierig, dass die Glut ihrer Zigarette länger als einen Zentimeter wurde. Als sie wieder zu reden begann, guckte sie darauf.

»Es hat über eine Stunde gedauert, von dort wieder weiterzukommen. Mehrere Male hätte ich am liebsten alles hingeschmissen, aber ich konnte ja nirgends hin. Nicht ein verdammtes Haus in der Nähe. Und es hat so gegossen, dass ich in null Komma nichts völlig durchnässt war. Ich muss total bescheuert ausgesehen haben, wie ich dastand und mit dem Daumen gewedelt hab. Vielleicht hat er deshalb so gegrinst ... Der Alte, der angehalten hat. Das war ein beschissener, widerlicher Alter!«

»Was hat er denn gemacht?«

Sie schaute auf, als hätte sie vergessen, dass ich dort war, wich dann meinem Blick aus.

»Bäh! Ich will nicht drüber reden.«

Sie fuhr sich mit der Hand unter der Nase entlang. Die Bewegung schien sie an etwas zu erinnern, denn plötzlich hielt sie inne und hob noch einmal den Handrücken zur Nase, schnüffelte und verzog angewidert das Gesicht, ehe sie hastig die Hand an der Bettdecke abrieb. Dann nahm sie einen tiefen Zug an der Zigarette und ließ eine andere Stimme vernehmen. Die coole Braut war wieder da. Die mit der guten Laune und dem hellen Lachen.

»Hat das hier auch den ganzen Tag geregnet?«

»Mit Unterbrechungen.«

Sissela stand auf und begann ihre Strumpfhose auszuziehen.

»Geld«, sagte sie.

Zuerst verstand ich nicht, was sie sagte.

»Was?«

»Die haben Geld. Das ist die Oberklasse.«

Es gab keinen Zweifel, wen sie damit meinte. Ich nickte vorsichtig.

»Doch, ich denke schon.«

»Und die kleine Schwester ist verdammt eifersüchtig ... Und der große Bruder ist sauer.«

»Glaubst du?«

»Na klar. Der hatte sich das doch so vorgestellt, dass du ein eigenes Zimmer kriegst. Damit er sich heute Nacht da reinschleichen kann.«

Ich antwortete nicht, hatte wie immer Angst, zu viel zu sagen. Sissela hielt ihre schwarze Strumpfhose gegen das Licht.

»Aber das gefiel der kleinen Schwester nicht. Und sie setzt ihren Willen durch. Immer.«

Sissela verstummte. Jemand ging vor unserer Tür den Flur entlang. Kurze, entschlossene Schritte.

»Er ...«, sagte ich, als die Schritte verklungen waren.

»Ja?«

Sissela zog sich den Pullover aus und ließ in der nächsten Sekunde ihren Rock zu Boden fallen. Ihre Unterwäsche war genauso abgetragen wie der Rest ihrer Kleidung. Verfärbter BH. Zwei große Löcher im Slip. Sie drehte sich und betrachtete sich selbst im großen Spiegel des Zimmers, schob dann einen Daumen unter das Slipbündchen, sodass er durch ein Loch wieder hinausguckte, bis sie plötzlich merkte, was sie da tat, und schnell die Hand zurückzog.

»Welcher von beiden«, fragte sie, »Sverker oder Torsten?«

»Sverker.«

»Der Wolf Sverker. Was hat er gemacht?«

Ich wusste nicht, was ich antworten sollte. Wie konnte ich beschreiben, was er gemacht hatte? Und was ich nicht gemacht hatte?

»Nichts«, erklärte ich stattdessen. »Und außerdem ist er kein Wolf.«

»Er ist ein Wolf. Du solltest lieber Torsten nehmen. Der ist ein Vogel.«

»Was für ein Vogel?«

»Ein großer Vogel. Ein schwarzer.«

Ich musste lachen. Nie zuvor hatte ich so ein Gespräch geführt, und dennoch erschien es mir vollkommen vertraut und selbstverständlich. Sissela hatte ihre Tasche geöffnet und wühlte darin nach trockenen Kleidern.

»Ein Rabe?«

»Vielleicht.«

»Warum nimmst du ihn nicht selbst?«

Sie zog eine abgewetzte Jeans aus der Tasche.

»Nee, nee. Ich habe an andere Sachen zu denken als an mögliche Männeraffären.«

»An was denn?«

»An das Leben. Die Zukunft. Wo ich im nächsten Monat wohnen soll. Wie ich was zu essen kriege. Wie ich zurück nach Stockholm komme.«

»Aber wohnst du denn nicht bei deinem Vater?«

Sie drehte mir den Rücken zu und wühlte weiter in ihrer Tasche. Zuerst verstand ich ihre Antwort nicht, es klang nur wie ein Murmeln.

»Was?«

Sissela richtete sich auf, drehte sich aber nicht um. Räusperte sich leise.

»Rausgeschmissen. Ich darf nicht mehr nach Hause zurück.«

»Mein Gott, wieso das denn?«

Es versetzte mir einen Stich, aber nicht nur aus Mitleid. Und vielleicht spürte sie das, vielleicht sah sie einen Hauch von Neid in meinem Blick, als sie sich umdrehte. Das schien ihr nicht unangenehm zu sein. Ganz im Gegenteil. Sie zuckte mit den Schultern.

»Tja. Bin da wohl aufgrund einer Fehlmeinung reingerasselt ...«

»Was ist das denn?«

»Fehlmeinung. Falsche Ansicht.«

»Worüber?«

Sie tat, als hätte sie nichts gehört, hatte inzwischen ein kleines Frotteehandtuch aus der Tasche gezogen und rubbelte sich die Haare. Ich stand auf und trat einen Schritt vor. Die Tasche stand offen, und ich konnte sehen, dass sie nicht nur Kleidung enthielt. Ein paar alte Schulbücher. Einen braunen Briefumschlag. Etwas Weißes leuchtete ganz unten. Die Abiturientenmütze. Sie hatte ihre Abiturientenmütze mitgenommen. Dann stimmte das, was sie gesagt hatte, also.

Jetzt zog sie sich ein T-Shirt über den Kopf und langte nach ihrer Jacke, die an einem Haken an der Wand hing, berührte sie aber nur kurz mit den Fingerspitzen. Sie schniefte.

»Die ist nass«, sagte sie dann.

»Du kannst einen Pullover von mir leihen.«

Sie warf mir kurz einen Blick zu, versuchte meine Absicht abzuschätzen, und akzeptierte.

»Danke«, sagte sie dann. »Wenn du einen übrig hast.«

Als wir hinunterkamen, hatte es aufgehört zu regnen, und die ungewisse Stimmung war verschwunden. Alle waren schwer beschäftigt. Magnus stand mit Maud in der Küche, hackte Schnittlauch und bewachte die kochenden Kartoffeln, Anna und Per wischten die Gartenstühle trocken, Torsten trug einen nach dem anderen zum Ufer hinunter. Sissela und ich packten jede ein Ende des großen Gartentischs und schleppten ihn in dieselbe Richtung.

Sverker stand am Strand. Auf der einen Seite von ihm brannte ein Lagerfeuer, auf der anderen glühte ein Grill. Er begrüßte uns, indem er mit etwas winkte, das wie eine lange Gabel aussah, ließ seinen Blick aber nur ganz schnell über mich hinweggleiten und sprach in leicht abwesendem Ton.

»Kann jemand Maud Bescheid sagen, dass der Grill langsam so weit ist?«

Sofort ließ ich den Tisch los und drehte mich um, lief fast

den Abhang zum Haus hinauf. Hinter mir ließ Sissela wütendes Protestgeschrei vernehmen – wir hatten den Tisch doch noch gar nicht an seinen Platz gestellt! –, aber ich antwortete ihr nicht und drehte mich nicht um. Ich war viel zu sehr damit beschäftigt, Sverker den Rücken zuzukehren.

Und dann?

Dann begann das erste Mittsommernachtsfest. Das Lagerfeuer brannte am Strand. Die Grillkohlen glühten. Der Billardverein Zukunft saß auf dem Bootssteg und sang mit so klaren Stimmen, dass die Regenwolken sich zerstreuten und den Blick auf einen Himmel freigaben, der blau und rosa leuchtete. Weiße Nebelschwaden schwebten über schwarzem Wasser, und draußen auf Inseln und Schären im See umschlangen stämmige Nadelbäume die weißen Birken.

»Sie tanzen«, sagte ich und lehnte den Kopf an jemandes Schulter. Ich hatte drei Glas Wein getrunken. Das war zu viel. Viel zu viel. Aber nicht genug, um das pelzige Tierchen zum Einschlafen zu bringen.

»Wer?«

Es war Torstens Stimme. Also war es Torstens Schulter, an die ich meinen Kopf lehnte. Das Tierchen in meinem Unterleib räkelte sich zufrieden.

»Die Bäume.«

»Ja«, sagte er und folgte meinem Blick. »Sie tanzen.«

Eine Weile schwiegen wir. Im Hintergrund sang eine Mädchenstimme. Maud. Jemand spielte Gitarre. Magnus. Torsten legte den Arm um mich.

»Ich habe über dich geschrieben.«

Ich lächelte. Als ob ich das nicht gewusst hätte. Aber wie ich darauf gekommen war, nein, das wusste ich nicht.

»Was hast du geschrieben?«

Mit den Lippen streifte er mein Haar.

»Das sage ich nicht ... Noch nicht.«

157

Ich nahm seine Hand, führte sie an meinen Mund. Küsste sie nicht, sondern leckte daran, ließ die Zungenspitze von seinem Handgelenk bis zur äußersten Spitze des Mittelfingers gleiten. Er schmeckte gut. Bitter, aber gut.

»Wir könnten es schön zusammen haben«, sagte er.

»Ja«, sagte ich. »Das glaube ich auch.«

Eine Stewardess beugt sich über mich und öffnet den Klapptisch, um ein kleines Plastiktablett darauf landen zu lassen. Ich schüttle den Kopf, doch sie bemerkt das nicht, lächelt nur und gibt ihrem Wägelchen einen Stoß, dass es weiterrollt. Ich bleibe sitzen und starre das Tablett an, und der Ekel steigt in meinem Magen hoch. Da ist nichts drauf, was ich essen will. Außer Käse vielleicht.

Wir sind jetzt über den Wolken, fliegen durch ein blaues Nichts. Das Weiße unter uns sieht aus wie eine Landschaft, und einen Moment lang sehe ich mich selbst durch sie hindurchlaufen. Ich bin klein und platt wie eine Comicfigur, ich hopse, hüpfe und spiele.

»Wie geht es dir?«

Ich hatte vergessen, dass Caroline dabei ist, doch jetzt sehe ich sie am anderen Ende der Stuhlreihe sitzen. Ihre Handtasche lehnt sich auf dem Sitz zwischen uns gegen meine. Ich lächle verhalten. Danke, gut. Kein Problem. Fast überhaupt keine Probleme.

Caroline beugt sich über ihr Tablett und beginnt mit dem Besteck zu fummeln. Es ist in eine durchsichtige Plastikhülle verpackt. Die muss sie aufbeißen, um es herauszubekommen.

»Einbruchsichere Verpackung«, sagt sie und lächelt unsicher in meine Richtung. Es hat den Anschein, als wäre sie mir gegenüber scheu geworden, seit ich die Sprache verloren habe. Jetzt starrt sie konzentriert auf die dünnen Scheiben kalten Bratens, die auf dem Teller vor ihr liegen. Sie schluckt. Einmal. Zweimal. Dann scheint sie einen Beschluss zu fassen, und sie wendet sich mir zu.

»Verstehst du, was ich sage?«

Ich nicke.

»Ich meine, richtig? Genauso wie früher?«

Ich nicke erneut. Versuche zu lächeln. Das klappt nicht so ganz. Was ist mit ihr? Sie holt tief Atem.

»Es gibt da etwas, über das ich mit dir sprechen muss, bevor wir landen. Zwei Dinge.«

Ich runzle die Stirn. Caroline weicht meinem Blick aus.

»Zum einen hat Håkan Bergman einen Artikel geschrieben ... Über deinen Mann.«

Ich schließe die Augen. Aha. Der Tag ist also gekommen.

»Hörst du mich?«, fragt Caroline. Ihre Stimme ist schrill geworden. Ich öffne die Augen und sehe sie an. Ich höre.

»Ich habe ihn bisher nur im Internet gesehen, aber das sieht nicht gut aus ... Und die Treibjagd ist angeblasen, heute Morgen hat mich die ganze Bande angerufen. Aftonbladet, Svenskan, DN, Rapport, Aktuellt, Ekot.«

Ich hebe die Hand, ich habe verstanden, ich muss nicht die ganze Liste hören. Sie beißt sich auf die Lippe.

»Ich wusste nicht so recht, was ich sagen sollte, deshalb habe ich so ziemlich Wischiwaschi geredet ... Von deiner Krankheit und so, sie gebeten, sich zurückzuhalten, bis du wieder reden kannst. Ich bin mir aber nicht sicher, ob das etwas genützt hat. Und jetzt hat Håkan Bergman auch noch angefangen, in der Geschichte mit der Aphasie herumzu-wühlen. Kurz bevor wir an Bord gegangen sind, hat er mich noch einmal angerufen, anscheinend hat er mit irgendeinem Neurologieprofessor geredet, der ihm erklärt hat, dass es keine temporäre Aphasie gäbe. Er hat gefragt, ob du dich verstellst. Oder ob du wieder einen Nervenzusammenbruch gehabt hast. Genau wie damals, als das mit deinem Mann passiert ist ...«

Ich verziehe das Gesicht. Aha. Auch das noch. Caroline räuspert sich.

»Und außerdem hat der Ministerpräsident von sich hören lassen. Über seinen Sekretär. Er möchte dich noch heute Abend sehen. Um neun Uhr. In Rosenbad.«

Ist das ein Luftloch? Oder hat sich der Boden unter mir aufgetan?

»Wissen Sie etwas über Scham?«, fragt Marie.

Der Kellner, der soeben ihr Weinglas gefüllt hat, stockt in der Bewegung.

»Verzeihung?«

Sie starrt ihn an, erstaunt darüber, dass er tatsächlich ihre Gedanken gehört hat.

»Ach«, wehrt sie ab und lächelt halbherzig. »Nein, schon gut.«

Er beugt sich etwas vor, als ob er sich verbeugen wollte, wischt dann einen Tropfen Wein mit seiner weißen Serviette von der Flasche ab.

»Schmeckt es?«

Marie lächelt wieder.

»Ausgezeichnet«, sagt sie. »Ganz ausgezeichnet. Vielen Dank.«

Obwohl das eigentlich nicht stimmt. Die Seezunge ist eine Enttäuschung. Als der Kellner ihr den Rücken zugekehrt hat, schiebt sie den Teller beiseite und greift nach dem Glas. Der Wein hält zumindest das, was er verspricht, er ist weiß, leicht und säuerlich. Aber es ist viele Jahre her, seit sie zuletzt Wein getrunken hat, und das erste Glas dringt bereits in ihre Hirnwindungen vor. Vielleicht wird sie nicht mehr richtig geradeaus gehen können, wenn sie aufsteht. Nun ja, das ist auch gleich. Es sind kaum Gäste im Speisesaal, und sie hat nicht einen einzigen Handelsreisenden gesehen, der es wert wäre, angesprochen zu werden. Doch, halt. Einen.

Er sitzt ein paar Meter entfernt an einem Tisch und spricht in sein Handy. Er hat seine Jacke über die Rückenlehne seines Stuhls gehängt und seinen Schlips ein wenig gelockert, aber sein Hemd ist so blendend weiß und gut gebügelt, dass es aussieht, als wäre er soeben einer Waschmittelreklame entstiegen. Er spricht Englisch mit breiten Diphthongen. Vielleicht ein Ire. Oder ein Schotte. Er lacht leise, als etwas in seinem Handy gesagt wird, greift nach seinem Bierglas und trinkt einen Schluck, streicht sich dann mit dem Daumen über den Mund, als sein Blick plötzlich an ihrem haften bleibt. Einen Moment lang sehen sie einander an, bevor Marie ausweicht. Sie weiß etwas über Scham.

Deshalb hebt sie die Hand, um den Kellner herbeizurufen. Die Seezunge ist nur zur Hälfte aufgegessen, das Weinglas noch halb voll, und sie hätte am liebsten noch ein Dessert und einen Kaffee gehabt, aber sie kann nicht länger hier sitzen bleiben. Sie muss los. Fort. Wohin auch immer.

Sie hat bereits ihre Brieftasche gezückt, bevor er mit der Rechnung kommt, sitzt mit den Scheinen zwischen den Fingern bereit, den Blick zur Bar gewandt. Eine Gasflamme brennt hinter Glas, sie starrt sie mit solch einer Konzentration an, dass der Rest der Welt verschwindet. Sie ist allein. Niemand sieht sie. Sie sieht niemanden. Erst als die Rechnung vor ihr auf dem Tisch liegt, löst sie den Blick vom Feuer, zupft einige Scheine heraus, legt sie auf den Tisch und steht auf. Sie nimmt sich nicht die Zeit, aufs Wechselgeld zu warten.

Mögliches Gespräch (I)

»Noch etwas«, sagt der Reporter. Er hat die Kopfhörer abgenommen und sie auf den Studiotisch gelegt. Ein Interview ist beendet, und Torsten will aufstehen. Nun lässt er sich wieder zurück auf den Stuhl sinken. Der Reporter zieht die Augenbrauen hoch.

»Haben Sie heute die Boulevardzeitungen gelesen?«

Torsten schüttelt den Kopf.

»Ich lese keine Boulevardzeitungen.«

»Nein«, nickt der Reporter. »Natürlich nicht. Aber ich dachte an diese Diskussion mit Hallin letztes Jahr.«

»Ja. Aber das war doch in der DN. Und die Debatte ist abgeschlossen.«

Der Reporter nickt.

»Schon, aber jetzt ist etwas passiert ... Beide Boulevardzeitungen haben es heute drin.«

»Kann ich mir vorstellen. Reklame im Vorwege. Der Film wird doch morgen Abend in TV3 gezeigt.«

»Ja, das ist noch die Frage ... Vielleicht ziehen sie ihn zurück. Das Mädchen hat sich nämlich das Leben genommen.«

Torsten führt die Hand ans Kinn, fährt sich mit der Handfläche über den Drei-Tage-Bart. Das ist eine alte Geste, eine Erinnerung an die Zeit, als er noch einen Bart trug. Als er sich der Bewegung bewusst wird, nimmt er die Hand sofort weg.

»Dieses Mädchen da?«, fragt er.

»Ja«, bestätigt der Reporter. »Die versucht hat, ihn zu erstechen. Die Hure. Wenn Sie die Bezeichnung verzeihen.«

»Was ist denn passiert?«

»Sie saß im Knast. Und gestern Morgen haben sie sie tot in der Zelle gefunden. Sie hatte sich die Pulsadern aufgeschnitten.«

In Torstens Erinnerung flackert Magnus vorbei, und hinter ihm ist Sverker zu erkennen. Dicke Freunde. Die tollsten Kerle. Er schiebt sie beiseite.

»O Scheiße«, sagt er.

»Ja«, nickt der Reporter. Er lässt Torsten nicht aus den Augen.

»Vielleicht hat das etwas damit zu tun, dass der Film im Fernsehen gezeigt werden sollte«, sagt er dann. Torsten zieht die Augenbrauen hoch.

»Na, das ist ja wohl nicht besonders abwegig.«

»Haben Sie ihn gesehen?«

»Ja, ich habe ihn bei der Vernissage gesehen. Ich war dabei, als es passiert ist.«

Der Reporter schaut weg.

»Nun ja, wir haben gedacht … In Anbetracht dessen, was Sie in der DN geschrieben haben, meine ich.«

»Was haben Sie sich gedacht?«

»Ob Sie nicht einen Kommentar für uns schreiben könnten …«

»Über ihren Selbstmord? Nie im Leben.«

»Nicht doch. Nicht darüber. Eher etwas in der Richtung, was Sie über Happenings geschrieben haben. Und über deren Grenzen.«

»Habe ich über Grenzen geschrieben?«

»Ja, aber sicher. Darüber, dass die Grenze vor dem Leben anderer Menschen gezogen werden muss …«

Torsten verzieht das Gesicht bei der Formulierung. Er war

so wütend gewesen, dass er voll in den Topf mit Allgemein-
floskeln gegriffen hat.

»Während Hallin behauptet hat, Aufgabe des Künstlers
sei es, alle Grenzen zu überschreiten. War es nicht so?«

Torsten zuckt mit den Schultern. Er denkt nicht daran,
diesen Hampelmann ihm gegenüber auch nur ahnen zu lassen, dass er sich noch an jedes Wort erinnert.

»Und Sie haben darauf erwidert, das bedeute dann, dass
man im Namen der Kunst Kleinkinder foltern dürfte. Und
wenn Hallin dem nicht zustimmte, dann sei daraus der
Schluss zu ziehen, dass er akzeptiere, dass es Grenzen gebe
und die Frage nur darum gehe, wo diese Grenzen verlaufen.«

Er gibt sich alle Mühe, denkt Torsten. Versucht sich bei
mir einzuschmeicheln, indem er die Schimpftiraden uner-
wähnt lässt, mit denen wir uns überschüttet haben. *Ein
überschätzter Narziss! Ein selbstgerechter Moralist! Hallins
Heuchelei! Matsson, der alles in den Dreck zieht!* Verbale
Unterhaltungsgewalt, wie Sissela es genannt hätte.

Torsten legt die Hände auf die Armlehnen und macht sich
zum zweiten Mal bereit aufzustehen. Diese Diskussion war
vollkommen misslungen, und er denkt nicht daran, sie wieder zu entfachen. Er war nicht deutlich genug gewesen. Das
Schlimmste war ja nicht die Doppelmoral in dem ganzen
Projekt, das Schlimmste war nicht einmal der Blick des Mädchens in die Kamera, die ganze Zeit der gleiche Blick, ganz
gleich, was da in ihren Unterleib geschoben wurde, ein Penis oder eine Gurke, eine Faust oder eine Flasche. Was ihn
dazu brachte, dass er Magnus am liebsten eine in die Fresse
gegeben hätte, das war der absolute Mangel an Barmherzig-
keit, dass die Kamera sie in dem schwarzen Raum herum-
hetzte und ihr Gesicht genau in dem Moment heranzoomte,
als die Muskulatur riss. Es gab eine Videosequenz genau
von diesem Augenblick, eine Sequenz, die immer von Neu-

em wiederholt wurde, sowohl auf Fotoaufnahmen als auch auf den Fernsehbildschirmen in der Galerie. Aber was ihn am meisten angewidert hatte, das war das absolute Fehlen eines Kontakts, der sich in einem kleinen Film zeigte, der in einer Extrakammer gezeigt wurde, ein kleiner Film über den Film, in dem Magnus zusammen mit dem Mädchen und ihrem Zuhälter vor der Kamera saß und so tat, als sprächen sie über das Projekt. Das Mädchen sagte nichts, vielleicht verstand sie gar kein Englisch. Magnus redete umso mehr, doch sein Blick entgleiste ständig, wenn er versuchte, sich ihr zuzuwenden. Dafür blieb er bei dem Zuhälter hängen, und Magnus nickte brav zu allem, was er stellvertretend für sie erklärte. Leider waren sie so arm. Leider war ihr Körper ihr einziges Kapital. Leider gab es keinen anderen Ausweg, als sie zu verkaufen.

Doch trotz allen Nickens hatte Magnus offensichtlich überhaupt nichts verstanden. Deshalb hatte er die beiden zu der Vernissage eingeladen und ihnen sogar die Fahrkarten nach Stockholm aus eigener Tasche bezahlt. Torsten hatte das magere Mädchen erschrocken und stumm vor den Bildern stehen sehen, als hätte sie erst da begriffen, welcher Gewalt sie ausgesetzt gewesen war. Er hatte außerdem ihren Gesichtsausdruck gesehen, als Magnus sich ihr näherte. Am nächsten Tag trat ein angestochener Magnus seinen ersten Siegeszug durch die Zeitungen an. Weitere sollten folgen.

Und jetzt hatte das Mädchen das Messer gegen sich selbst gerichtet ... Die Schlagzeilen mussten formuliert, Artikel geschrieben, Diskussionen eingeleitet werden. Wollte er dabei mitmachen?

»Sie wollen nicht?«, fragt der Reporter.

»Nein«, erklärt Torsten.

»Schauen Sie vorher ins Aftonbladet«, sagt der Reporter. »Vielleicht ändern Sie dann Ihre Meinung.«

Autopilot

Ich will dieses Leben nicht haben, denkt Mary.

Die Poren in ihrer Stirn öffnen sich. Winzige Schweißperlen treten aus.

Ich will nicht!

Na und. Was bedeutet es schon, was du willst?

Gebt mir mein ungelebtes Leben zurück!

Geht nicht. Leider. Das ist besetzt.

»Geht es dir gut?«

Mary öffnet halb die Augen. Caroline beugt sich über den leeren Sitz zwischen ihnen. Sie ist auch bleich.

»Mary? Alles in Ordnung?«

Mary nickt. Bei ihr stimmt alles. Es ist nur so, dass sie nicht sprechen kann. Es ist nur so, dass ihr gesamtes Leben heute in den Zeitungen zerfetzt wird. Es ist nur so, dass der Ministerpräsident vorhat, sie zu opfern. Ansonsten ist alles in Ordnung.

Doch die Panik vergeht fast augenblicklich. Der Autopilot hat eingesetzt. Der sie in allen schweren Stunden gerettet hat. Der sie auch dieses Mal retten wird.

Es ist auch der Autopilot, der sie wenig später dazu bringt, ihre Handtasche zu öffnen und nach einem Stift und einem kleinen Notizblock zu suchen. Caroline stöhnt wortlos in ihrer Ecke. Die Botschaft ist offensichtlich: Kann sie etwa schreiben? Warum hat sie das nicht vorher gezeigt?

Doch Mary scheint nicht schreiben zu können, es kommen nur Krakel und Striche heraus, als sie den Stift aufs Papier drückt. Sie zeigt Caroline einen leicht verzweifelten Gesichtsausdruck, als sie Stift und Notizblock wieder in die Tasche steckt. Wollte es nur mal ausprobieren! Nicht, dass Caroline zu verstehen scheint, offenbar will sie gar nicht verstehen, sie starrt stattdessen Mary mit einer Miene an, die allmählich etwas Angewidertes hat. Mary lächelt verhalten. Alle können ja nicht alle auf dieser Welt lieben.

Stattdessen holt sie ihr Schminktäschchen hervor und zupft ein paar feuchte Tücher heraus, vergewissert sich mit einem raschen Blick über die Schulter, dass sie nicht beobachtet wird, bevor sie die Hand in die Bluse schiebt und sich unter den Achseln abreibt. Mit dem nächsten Feuchttuch wischt sie sich übers Gesicht, während sie sich die ganze Zeit in einem kleinen Handspiegel begutachtet. Gleich darauf tupft sie ein wenig Make-up auf Kinn, Wangen und Stirn, reibt dann die Creme mit kleinen, kreisenden Bewegungen genau so in die Haut ein, wie die nette Maskenbildnerin beim Fernsehen es ihr gezeigt hat. Ein Hauch Rouge auf die Wangenknochen. Puder über die ganze Herrlichkeit. Ein paar Striche mit der Wimperntuschenbürste und ein Strich mit dem Lippenstift und schwupps – schon hat sie sich versteckt. Kein Reporter der Welt kann die wahre Mary Sundin hinter diesem Gesicht finden.

In dem Moment setzt das Flugzeug auf. Mary stopft den Spiegel in das Täschchen und holt einen Kamm hervor, richtet mit wenigen raschen Handbewegungen ihre Frisur, während das Flugzeug zum Stehen kommt, sitzt dann mit einer Hand auf der Schnalle des Sicherheitsgurtes da, bereit aufzustehen, sobald das rote Schild erlischt. Caroline beobachtet sie.

»Ganz ruhig«, sagt sie.

Mary lächelt ihr freundlich zu. Natürlich wird sie ruhig sein. Vollkommen ruhig.

Ich dagegen bin nicht ruhig. Überhaupt nicht.

Es ist erst acht Uhr abends, und ich sitze eingesperrt in meinem Hotelzimmer. Es könnte genauso gut meine Gefängniszelle sein. Sicher, es ist größer und bedeutend komfortabler, aber ebenso verschlossen und isoliert. Da sitze ich nun auf dem Bett und spiele mit der Fernbedienung, genau wie ich sechs Jahre lang auf einem Bett gesessen und mit der Fernbedienung gespielt habe. Enttäuscht. Gedemütigt. Unruhig.

Warum konnte ich dem Blick des Mannes nicht standhalten?

Willkommen in der Wirklichkeit, flüstert Mary von irgendwo her.

Sie ist ein schlechter Mensch. Besonders wenn sie den Autopiloten eingeschaltet hat.

Caroline scheint genauso zu denken. Dass Mary geradezu böse ist, wie sie jetzt dasteht und den Kopf schüttelt. Nein, sie denkt gar nicht daran, die VIP-Behandlung zu akzeptieren. Der Wagen, der vorgefahren ist, um sie und Caroline zum Gatter des Flughafens zu bringen, kann wieder umkehren.

»Aber warum nur?«, fragt Caroline. »Die ganze Horde wartet in der Ankunftshalle, warum in Gottes Namen willst du dich dem aussetzen?«

Mary hebt die Hand. Da gibt es nichts zu diskutieren! Sie wird durch die normale Ankunftshalle hinausgehen, genau wie alle anderen Passagiere, die sich ungeduldig im Gang hinter ihr drängen und mit den Füßen scharren.

»Warum?«, fragt Caroline noch einmal. »Wenn du glaubst, dass dir das auch nur einen einzigen Pluspunkt in den Zeitungen bringt, kann ich dir nur sagen ...«

Sie bricht ab und beißt sich auf die Lippe. Mary betrachtet sie interessiert, sie hat Caroline noch nie so offen und vorbehaltlos erlebt wie jetzt. Hat sie Angst? Glaubt sie, dass sie morgen arbeitslos sein wird? Nun ja, die Wahrscheinlichkeit ist natürlich ziemlich groß, wenn die Ministerin gefeuert wird, verliert auch die Pressesprecherin ihren Job. Dennoch denkt Mary nicht daran, ihre Meinung zu ändern. Die Frage ist nur, wie sie es schaffen kann, Caroline die Gründe dafür verständlich zu machen. Plötzlich kommt ihr ein Gedanke. Sie hat doch einen Ausdruck von Sisselas Mail an Anna in ihrer Tasche. Also geht sie zurück in ihre Sitzreihe und zieht Caroline mit sich, sodass die anderen Passagiere vorbeigehen können. Es ist die übliche Horde von Männern mittleren Alters, die sie sauer betrachten, wie sie da steht und in ihrer Tasche wühlt. Vielleicht erkennen sie sie ja wieder. Vielleicht auch nicht.

Caroline beobachtet Marys Suche mit hochgezogenen Augenbrauen. Diese Handtasche ist nicht mehr die alte. Was früher eine gut geordnete Ansammlung notwendiger Utensilien war, ist plötzlich ein einziges Sammelsurium von Stiften und Block, Papiertaschentüchern und Kosmetika geworden. Deshalb dauert es eine Weile, bis Mary das zerknitterte Papier gefunden hat. Sie holt es heraus und hält es mit triumphierendem Gesichtsausdruck Caroline hin, die sich vorbeugt und liest.

»Dann wartet also jemand auf dich?«

Mary nickt.

»Sissela Oscarsson?«

Mary nickt wieder.

»Aber können wir sie nicht durch die Hintertür aufsammeln?«

Mary breitet die Hände aus. Wie denn?

»Sie hat doch sicher ein Handy. Man könnte sie anrufen.«

Mary zeigt auf ihre Schläfe. Caroline seufzt.

»Du weißt ihre Telefonnummer nicht?«

Mary nickt zunächst, dann schüttelt sie den Kopf. Doch. Aber sie weiß nicht, wie sie sie aus ihrem Kopf herausbekommen kann. Caroline gibt auf.

»Na gut«, sagt sie schließlich. »Tu, was du für richtig hältst.«

Mary richtet sich bewusst auf, als sie sich dem Zollbereich nähern, geht mit schnellem Schritt und zieht ihren Reisekoffer hinter sich her. Ein Angestellter des Ministeriums ist von irgendwoher aufgetaucht – war er vielleicht schon mit im Flugzeug? – und geht direkt hinter ihr zusammen mit Caroline. Sie gehen im Gleichschritt, alle drei. Schweigend, aufmerksam, zielbewusst.

»Gott stehe uns bei«, flüstert Caroline, als die automatische Tür aufgleitet, doch Mary scheint sie nicht zu hören. Sie bleibt nicht stehen, zögert nicht, wird nicht einmal eine Spur langsamer, geht einfach geradeaus weiter auf das letzte Hindernis zu, die kleinen Schranken, die die Grenze zwischen Zollbereich und Ankunftshalle markieren. Dort bleibt sie stehen. Blind vom Blitzlichtgewitter.

Plötzlich ist Sissela an ihrer Seite.

»Kein Blitzlicht!«, schreit sie. »Kein Blitzlicht!«

Die Meute ist nicht besonders groß, nur vier Reporter und drei Fotografen, aber die sind schlecht gelaunt.

»Warum das denn nicht?«, fragt einer der Fotografen und hebt seine Kamera.

»Weil sie krank ist. Sie erträgt kein Blitzlicht. Sonst bekommt sie einen Anfall.«

Ein Reporter huscht an Sisselas Seite.

»Was für einen Anfall?«

Sissela glotzt ihn an.

»Darauf kann ihr Neurologe antworten.«

»Neurologe?«

»Ja. Sie hat Aphasie. Temporäre Aphasie.«

Sie starren sich einen Moment lang an. Sissela sieht phantastisch aus. Sie trägt einen neuen Mantel, knallrot und dramatisch geschnitten, und hat einen schwarzen Schal um die Schultern geworfen. Der Reporter weicht ein wenig zurück.

»Es gibt keine temporäre Aphasie. Das stand heute im Expressen.«

Sissela wirft ihm einen eisigen Blick zu.

»Ach. Was Sie nicht sagen.«

Eine Reporterin tritt hinzu. Sie hat eine Wespe auf der Schultertasche und lässt ihren Blick zwischen Mary und Sissela hin- und herwandern.

»Stimmt. Wir haben mit mehreren Neurologen gesprochen. Die sagen alle das Gleiche.«

Ein junger Mann in Lederjacke drängt sich dazwischen und wendet sich direkt an Mary: »Haben Sie dem Ministerpräsidenten von dem sogenannten Unfall berichtet, der Ihren Mann damals ereilt hat?«

Die Frau mit der Wespentasche hakt nach: »Wussten Sie, dass das Mädchen, mit dem er geschlafen hat, erst sechzehn Jahre alt war? Und dass sie als Dreizehnjährige verkauft wurde?«

Lederjacke versucht seine Konkurrentin beiseitezuschieben: »Und stimmt es, dass Sie noch heute Abend den Ministerpräsidenten treffen werden?«

Der erste Reporter legt seinen Kopf schräg: »Was glauben Sie, was er von Ihnen will?«

Mary betrachtet sie alle interessiert. Obwohl sie dicht neben ihr stehen, sind sie meilenweit entfernt.

»Albatros«, sagt sie.

Caroline stöhnt hinter ihrem Rücken auf. Der Reporter mit der Lederjacke sieht verblüfft aus.

»Was?«

Caroline drückt ihren Ellbogen unsanft in Marys Seite und drängt sich vor.

»Hören Sie«, sagt sie. »Mary Sundin ist krank. Sie kann nicht sprechen, und jetzt muss sie zu ihrem Arzt. Deshalb können Sie jetzt keinerlei Kommentare von ihr bekommen, also brauchen Sie es auch gar nicht erst zu versuchen.«

»Aber ...«

»Kein Aber!«, verkündet Sissela. »Wir müssen jetzt los.«

Sie fasst Mary unter den Arm und geht auf den Ausgang zu. Die Fotografen heben ihre Kameras, die Blitze explodieren an der Decke, aber Mary schließt die Augen, hält sich an Sissela fest und geht weiter. Die Reporterin läuft fast hinter ihnen her.

»Und wer sind Sie?«, fragt sie Sissela.

»Nemesis«, antwortet Sissela, »also hüten Sie sich!«

Die Dämmerung hatte schon eingesetzt, als wir zu dem halb fertigen Haus am anderen Seeufer kamen. Das Mittsommerwochenende war vorüber. Mama lag im Bett, Papa saß am Küchentisch und las Zeitung; als wir plötzlich trampelnd in der Küchentür auftauchten, schaute er mit gerunzelter Stirn auf.

»Das hier ist Sissela«, sagte ich.

Er erwiderte nichts, sah uns nur kurz an, ehe er seinen Blick wieder der Zeitung zuwandte.

»Sie wird bei uns schlafen«, sagte ich. Meine Stimme zitterte ein wenig. Keine meiner Freundinnen hatte jemals bei uns übernachtet, weder hier noch im Haus in der Stadt. Keine war auch nur zu Saft und Kuchen eingeladen worden.

Er schwieg weiter.

»Wie geht es Mama?«

Jetzt schaute er auf, warf mir einen Blick zu und stand auf, drängte sich an uns vorbei durch die Tür und verschwand die Treppe hinauf. Alles ohne ein Wort. Als er weg war, machte Sissela einen vorsichtigen Schritt in die Küche hinein. Das schmutzige Geschirr stapelte sich auf dem Spül-

tisch. Auf dem Küchentisch quoll der Aschenbecher über.
Aber Sissela schien das nicht zu sehen, neugierig lächelnd
schaute sie sich um.

»Wie schön«, sagte sie.

Ich schaute mich auch um. Es war nicht besonders schön,
fand ich. Die Küchenschränke waren alt, sie hatten noch bis
zum Frühling in der Küche in der Stadt gestanden. Dann
hatte mein Vater sie herausgerissen und hierher geschafft,
sie wieder neu zusammengenagelt und in einem leuchtend
blauen Farbton angestrichen. In der folgenden Woche hatte
er Herd und Kühlschrank hierheraus geschafft. Die Küche
in der Stadt hatte fast einen Monat lang leer gestanden, bis
ein neuer, avocadogrüner Herd aufgetaucht war, gefolgt von
einem ebenso avocadogrünen Kühlschrank. Die nächste Woche wurden die neuen Küchenschränke aufgebaut. Orange.
Mama schaute sie nur kurz an, bevor sie Kopfschmerzen
bekam und sich hinlegen musste. Mir selbst waren die Farben gleich, ich war nur dankbar, dass es wieder möglich war,
Essen zu kochen. Drei Wochen Diät aus belegten Broten und
Leitungswasser hatten mich mürbe gemacht.

Sissela setzte sich an den Küchentisch und stocherte im
Aschenbecher herum, zog eine nur halb gerauchte Zigarette heraus und zündete sie sich an. Ich warf einen schnellen Blick zur Küchentür. Mein Vater würde wütend werden,
sähe er sie so, meine Mutter hysterisch. Doch keiner von
beiden zeigte sich, also schob ich die Tür ein Stück weiter zu
und setzte mich auf die andere Seite des Tisches, betrachtete dieses Neue, das es plötzlich in meinem Leben gab. Eine
Freundin.

»Und«, sagte Sissela.

»Was und?«

»Was war zwischen dir und dem Wolf Sverker?«

Ich wusste nicht, was ich sagen sollte. Was war eigentlich
zwischen mir und Sverker?

»Ich weiß nicht«, sagte ich.

Sissela zog an der Zigarette. Lachte auf: »Du weißt nicht?«

Ich schaute nach unten auf den Tisch. Was sollte ich sagen? Noch nie in meinem Leben hatte ich jemandem etwas anderes als nüchterne Tatsachen über mich erzählt. Wie alt ich war. Wo ich wohnte. Was ich zu Mittag in der Schulkantine gegessen hatte. Andere Mädchen zogen einander ins Vertrauen, das war mir schon klar geworden, aber ich hatte nie verstanden, wie das eigentlich ging. Erzählten sie alles? Und wie machte man das, alles erzählen? Wie konnte man alles in Worte fassen, alle Düfte, die in der Luft schwebten, alle Farben, die jeden Moment auf die Netzhaut aufprallten, alle Gefühle, die im Bauch rumorten. Wie sollte man überhaupt die Wahrheit über einen Augenblick wie diesen berichten können? Sissela und ich bewohnten doch jede ihr Universum, es würde Stunden, Tage, Jahre und Ewigkeiten dauern, alles über alles und jede Einzelheit zu erzählen. Außerdem war es gefährlich. Das würde uns verwundbar machen. Leichte Beute.

Es gab Mädchen in meiner Schule, die behaupteten, sie vertrauten sich ihrer Mutter an. Das erschien mir dummdreist. Und ein wenig eklig, ungefähr so, als teilte man die Zahnbürste oder die Unterhosen. Andererseits konnte ich ihnen nicht so recht glauben. Mütter redeten, wenn sie nicht schwiegen, aber sie hörten nicht zu. Nie. Nicht einmal, wenn man mit sieben Einsen im Zeugnis nach Hause kam. Oder wenn man erzählte, dass man dazu auserwählt war, eine Rede in der Aula zu halten, dass man vor einhundertzwanzig Gleichaltrigen über den Nationalsozialismus sprechen sollte. In solchen Fällen hielten sich Mütter die Hände vor die Ohren und schrien, dass die Töchter nicht das Recht hätten, so etwas zu tun, dass sie dumm, einfältig und ignorant seien, widerliche Trittbrettfahrerinnen, die überhaupt nichts kapierten. Während die Väter fluchend aufstanden, verschwanden und die ganze Nacht fortblieben, ohne später je zu erzählen, wo sie denn gewesen seien.

Sissela war ernst geworden.

»Weißt du, was ich glaube?«, fragte sie.

»Nein.«

Sie drückte ihre Kippe aus.

»Dass bestimmte Miseren stummer sind als andere.«

Hinterher, als ich abwusch, versuchte ich mir selbst anzuvertrauen, was zwischen Sverker und mir passiert war. Nur so als Übung. Nur damit ich es selbst verstünde.

Er hat mich angefasst, sagte ich zunächst. Doch das genügte ja nicht. Das sagte noch gar nichts.

Ich machte einen neuen Versuch, während ich einen fettigen Teller in das heiße Wasser gleiten ließ. Folgendermaßen war es zugegangen: Magnus holte ein Tonbandgerät. Maud und Anna räumten den Tisch ab, Torsten und Per trugen alles vom Bootssteg zurück. Ich selbst tat gar nichts, stand nur da, die Arme um mich geschlungen, und schaute auf den See, mich leicht zur Musik wiegend. Ein wenig betrunken. Sverker kam von hinten. Er forderte mich nicht auf, legte nur die Arme um mich, wiegte sich einen Moment lang auf der Stelle zu dem Song, wie immer er nun hieß, doch, ja, *A Whiter Shade Of Pale*, bevor er mich umdrehte, seine Wange an meine legte und anfing zu tanzen. Ja, so war es. Seine Wange an meiner. Genau da war es passiert.

Was?

And the crowd called out for more ...

Hör auf!

Aber genau da passierte es doch. Als der Sänger diese Strophe sang.

Was?

Wir verschmolzen miteinander. Wurden zu einem einzigen Körper. Einem einzigen Nervensystem.

Und Torsten?

Den sah ich nicht mehr.

Aber über das, was später passierte, konnte ich nicht sprechen. Nicht einmal mit mir selbst.

Denn wie hätte ich sagen können, dass ich in dieser Nacht geboren wurde, dass ich bis zu diesem Zeitpunkt Sekunden, Minuten, Tage durch mich hatte hindurchgleiten lassen, genauso, wie die winzigsten Partikel des Universums jeden Moment durch meinen Körper glitten? Ich war mir nie wirklich sicher gewesen, dass es mich tatsächlich gab. Ich hätte ebenso gut ein Schatten sein können, ein Gedanke, ein Bild, das rasch unter den Augenlidern eines anderen Menschen vorbeihuschte. Und wie hätte es auch anders sein können? Ich brauchte nur eine oder zwei Minuten schweigend dazusitzen, schon hatte die ganze Welt mich vergessen.

Doch in dieser Nacht existierte ich. Begann ich zu existieren.

Sverker bestätigte meine Existenz mit dem Gewicht seines Körpers, mit seinen unrasierten Wangen, seinen eifrigen Händen und dem Rhythmus seines Atems. Und plötzlich wusste ich, was mein Körper wirklich war. Eine lebendige Welt, dicht an eine andere lebendige Welt gedrückt, die größer war als meine und gröber, doch mit den gleichen unter der Zunge verborgenen klaren Quellen und mit dem gleichen unendlich verästelten Nervenzellen.

Sein Penis war seidenweich. Aber nur außen.

Ach was. Jeder Heroinsüchtige könnte genauso lyrisch werden bei der Erinnerung an seinen ersten Schuss. Zuerst spürt man, dass man lebt, dann beginnt die Wanderung auf den Tod zu.

Außerdem gibt es nichts Uninteressanteres als alte Liebesgeschichten.

Wenn die Frauen in Hinseberg damit anfingen, gähnte

ich und legte mich schlafen. Ich hatte alles schon tausendmal gehört. Mann trifft Frau. Hoffnungen werden geweckt.
Träume entstehen. Enttäuschungen sprießen. Illusionen platzen. Tränen fließen.

Sverker lebte sein ganzes Leben lang in dieser Seifenbla-
se, aus ihr zog er seinen Sauerstoff und seine Nahrung. Das
Muster war immer gleich: Er betrat einen Raum, ganz gleich,
ob es der Empfangsbereich eines Arztes, ein Restaurant oder
ein Fest war, blieb einen Moment auf der Schwelle stehen
und ließ seinen Blick durch den Raum schweifen, als suchte
er jemanden. Er fand sie fast augenblicklich. Es konnte die
Aufnahmeschwester in der Fertilitätsklinik sein, die mit den
braunen Augen und der sanften Stimme, oder eine heisere
Kellnerin, die eine makellose Zahnreihe entblößte, während
sie ihn anlächelte, oder die kleine blonde Mitbewohnerin
eines der jüngsten Männer im Werbeatelier, für den Abend
fein gemacht mit engem schwarzem Etuikleid und Netz-
strümpfen. Er sah sie an, und das Wunder geschah, jedes
Mal das gleiche Wunder. Sie begann sich zu verwandeln.
Die patente Klinikschwester wurde weich und erotisch, die
zynische Kellnerin schüchtern und erwartungsvoll, die junge
Blondine errötete wie eine Unschuld über ihrem gewagten
Dekolletee.

Ich selbst stand daneben und guckte wie ein Schaf. Zumindest während der ersten Jahre. Später lernte ich, nicht
hinzusehen. Stattdessen lächelte ich die Auserwählte genauso herzlich an wie Sverker, doch nur ganz kurz, bevor ich
ihr den Rücken zukehrte und mich anderen Dingen wid-
mete. Im Warteraum der Fertilitätsklinik vertiefte ich mich
in alte Wochenzeitschriften, im Restaurant huschte ich auf
die Damentoilette und puderte mir die Nase, auf dem Fest
lief ich herum und redete, redete, redete. Es war nie schwer,
jemanden zu finden, mit dem ich reden konnte. Es dauerte
seine Zeit, bis ich merkte, dass Sverkers Kollegen ein wenig

Angst vor mir hatten, dass all diese schnuckeligen Herren in der Werbebranche ein wenig Angst vor Journalisten hatten und vor der Verachtung, mit der sie sich von ihnen gestraft wähnten. Ich tat nichts, um sie zu beruhigen, im Gegenteil, es machte mir Spaß, sie noch weiter zu erschrecken. Also zog ich die Augenbrauen hoch, wenn einer von ihnen den üblichen Text über die Mysterien des Marketings von sich gab, lächelte spöttisch zu ihren Ausführungen über eine geniale Werbekampagne nach der anderen und gab ihnen wortlos zu verstehen, dass ich nicht vorhatte, jemals zu vergessen, dass sie sich für ein Leben im Dienste der Putzmittelreklame entschieden hatten. Zum Schluss hassten sie mich. Was mir gefiel. Ich wollte lieber ihre Abneigung als ihr Mitleid.

Außerdem verdiente Sverker ihr Mitleid viel eher als ich. Das weiß ich heute, nach sechs Jahren Nachdenken. Seine Kollegen begriffen das nie. Sie bewunderten ihn, wenn er sich wieder einmal einer Frau näherte, und beneideten ihn, wenn diese ihm folgte; sie glaubten, er wäre tatsächlich der zynische Casanova, der er zu sein schien. Aber Sverker war Romantiker. Ein Augenblicksromantiker, sicher, aber doch ein Romantiker. Von dem Augenblick an, als er die Aufnahmeschwester in der Fertilitätsklinik zum ersten Mal sah, liebte er sie, in nur wenigen Sekunden hatte er ihnen beiden ein gelbes Haus in Stocksund gekauft, ein Haus, in dem sie jahrzehntelang zusammen leben und dann Hand in Hand sterben würden. Doch er verzichtete in der Sekunde auf das Haus, in der er die Kellnerin mit dem blendenden Lächeln sah, und beschloss, stattdessen Schriftsteller zu werden. Die Kellnerin würde seine Muse werden, sie würde in seinem Arm in einem üppigen Doppelbett liegen und ihm Geschichten aus ihrem tragischen Leben ins Ohr flüstern, Geschichten, die er in glühende Literatur verwandeln würde. Dennoch vergaß er sie, sowie er die junge Blondine in ihrem schwarzen Etuikleid sah. Das, musste er sich eingestehen, war die vollkommene Frau, die zukünftige Mutter seiner Kinder, sie, der er alles schenken und dafür das bekommen würde, wonach er sich am meisten sehnte: Frieden. Familie. Treue. Drei Monate später war sie ein dummes junges Ding, das ständig rumnervte.

Ich nervte nicht. Nie. Ich beobachtete schweigend und verwundert. Jahr für Jahr. Eine Liebesaffäre nach der anderen. Denn Sverker glaubte tatsächlich, er würde eines Tages der großen Liebe begegnen, einer Frau, die sein Augenstern und Licht im Dunkeln sein würde, eine Gestalt, die seinem Dasein einen Sinn gäbe, eine kleine Bäuerin, die ein ganzes Meer an Bestätigung für ihn besäße und dieses ständig über ihn ergösse, um seinen welkenden Garten zu wässern.

Diese Gestalt war ich nicht. Jedenfalls nicht in seinen Augen. Zumindest nicht, seit wir verheiratet waren. Ich war die Torwache und das stellvertretende Über-Ich, das Ordnung ins Chaos brachte und die Zeit zusammenhielt. Nicht, dass mir das bewusst war. Ich brauchte Jahre, bis mir klar wurde, dass er tatsächlich nie ein anderes Bild von mir gehabt hatte, dass er nicht einmal in der Lage war, mich in gleicher Weise zu sehen wie die anderen Frauen. Und trotzdem brauchte er mich genauso sehr wie die anderen. Er brauchte den Besuch in der Fertilitätsklinik, um glauben zu können, dass es eine Zukunft gab. Er brauchte mich in der Küche, damit seine geflüsterten Telefongespräche im Arbeitszimmer Sinn hatten. Ich musste daheim im Schlafzimmer liegen, damit er überhaupt in den billigen Motelzimmern lieben konnte, die er mietete. Ohne mich wäre sonst all das Realität geworden, und die Realität ertrug er nicht.

Und ich?

Ich drehe mich zum Fenster und nicke meinem unscharfen Spiegelbild zu. Vielen Dank. Nach sechs Jahren im Gefängnis weiß ich, was ich damals nicht wusste. Ich habe bekommen, was ich brauchte. Das, was ich für nötig hielt. Eine Oberfläche. Eine Fassade, um mich dahinter zu verstecken. Eine Wand, die ich anschweigen konnte. Plus eine ewige Hoffnung, dass das, was einmal geschehen war, sich wiederholen könnte. Doch das tat es nie. Etwas anderes geschah.

Also lege ich mich hin und schließe die Augen.

»Hallo«, sagt Sissela. »Bist du ansprechbar?«

Mary zwinkert. Natürlich. Sie ist ansprechbar.

»Ich habe ein Taxi besorgt. Es steht da drüben. Fahren die mit?«

Sissela nickt in Richtung Caroline und Ministeriumsangestelltem, ohne daran zu denken, wie nah sie bei uns stehen; sie hören, dass sie über sie spricht, als wären sie gar nicht anwesend. Mary sieht etwas peinlich berührt aus und macht eine fragende Geste zu Caroline hin.

»Nein«, sagt Caroline. »Ich habe selbst ein Taxi. Ich muss zum Kindergarten.«

Ja, natürlich. Sie hat ein dreijähriges Kind. Plötzlich fällt Mary ein, dass sie gar nicht weiß, was aus der zerbröckelnden Lebensgemeinschaft geworden ist. Lebt Caroline jetzt allein mit ihrem Kind? Ist sie deshalb so nervös? Mary streckt eine Hand aus und legt sie Caroline kurz auf den Arm. Das ist eine schuldbewusste Geste, eine Entschuldigung und die Bitte um Vergebung. Aber Caroline zieht sich hastig zurück und sieht stattdessen Sissela an.

»Begleiten Sie sie heute Abend auch?«

Sissela runzelt die Stirn.

»Wohin?«

»Nach Rosenbad. Der Ministerpräsident möchte sie um neun Uhr sprechen.«

Sissela lächelt ironisch.

»Wird mir ein Vergnügen sein.«

Caroline zögert noch.

»Rufen Sie mich hinterher an?«

Sissela lächelt. Aber natürlich wird sie anrufen.

Sechs Jahre sind seit dem letzten Besuch vergangen, aber der Arzt ist nicht älter geworden. Die Zeit scheint ihm nichts anhaben zu können, auch wenn er selbst mit der Zeit gegangen ist. Vor sechs Jahren war sein Haar länger und sein Kinn glatt rasiert, jetzt hat er die modegerechten Stoppeln sowohl auf dem Kopf als auch am Kinn. Aber trug er nicht damals eine Brille? Sie erinnert sich nicht.

Die Untersuchung hat mehrere Stunden gedauert, und langsam wird sie müde, sie schließt die Augen, während sie im Besucherstuhl sitzt. Eigentlich sollte sie gar nichts dagegen haben, in ein Bett gebracht zu werden und dort eine Woche oder zwei liegen zu bleiben und nur den Herbstnebel vor dem Fenster zu betrachten. Trotzdem hat sie entschlossen den Kopf geschüttelt, als der Arzt ihr eine Einweisung vorgeschlagen hat. Sie hat keine Zeit. Sie hat ein Leben zu verteidigen. Wie immer das laufen soll.

Irgendwo im Hintergrund setzt sich Sissela auf ihrem Stuhl anders zurecht, und ein leichter Tabakduft steigt Mary in die Nase. Sissela war mindestens fünfmal draußen, um zu rauchen, seit sie im Sophiahemmet angekommen sind. Vielleicht ist sie schon wieder nikotinsüchtig, weiß aber, dass sie sich zusammenreißen muss, bis der Arzt seine Rede beendet hat. Er sitzt da, das Kinn in die Hand gestützt, und starrt auf seinen Bildschirm, zwinkert ein paarmal, bevor er sich zurücklehnt und den Kopf schüttelt.

»Es passt nicht zusammen«, sagt er.

»Was passt nicht?«, fragt Sissela.

»Die Symptome. Sie sollte sprechen können.«

In dem Moment wird ihm bewusst, dass er über Mary in der dritten Person geredet hat, und er korrigiert sich, schaut Mary an und lächelt entschuldigend.

»Sie sollten sprechen können.«

Als Antwort hebt Mary resigniert die Hände. Tut mir leid, aber ich kann nun einmal nicht sprechen. Das ist alles, was sie sagen kann, es gibt ja keine Geste, die erklären könnte, dass sie es heute noch nicht versucht hat und auch gar nicht die Absicht hat, es zu versuchen.

»Die Computertomographie zeigt nichts Ungewöhnliches. Ihr EEG ist normal. Ihr EKG auch. Keine Durchblutungsstörungen, kein Zeichen von Epilepsie.«

»Dann vielleicht Migräne? Das letzte Mal haben Sie doch gesagt, dass es eine seltene Form von Migräne sei, das hat sie mir erzählt.«

Sissela scheint nicht zu bemerken, dass auch sie von Mary in der dritten Person spricht. Der Arzt wiegt den Kopf.

»Doch, ja, das stimmt. Es ist äußerst selten, aber so hat es offenbar angefangen. Aber eine durch Migräne ausgelöste Sprachstörung hält nicht drei Wochen lang vor, sie geht nach ungefähr einem Tag vorbei, da muss also noch etwas anderes hinzugekommen sein ...«

»Und was?«

Er verzieht leicht das Gesicht.

»Ein funktionales Symptom, wie ich annehme.«

»Und was heißt das?«

Der Arzt lächelt entschuldigend und macht Zitatzeichen in die Luft.

»Hysterie. Wie man früher dazu gesagt hat.«

Mary lacht auf, legt sich aber schnell die Hand auf den Mund.

»Das klingt ja vollkommen idiotisch«, erklärt Sissela.

Ich schlage die Augen auf und starre an die Decke. Was ist mit mir los? Warum liege ich hier und phantasiere? Schließlich bin ich frei und kann tun und lassen, was ich will. Hinausgehen beispielsweise.

Gedacht, getan. Im nächsten Moment bin ich angezogen und bereit, stehe an der Hotelzimmertür und sehe nach, ob Portemonnaie und Schlüsselkarte in der Tasche liegen. Dann eile ich zum Aufzug, drücke aufgeregt ein paarmal den Knopf, nur um festzustellen, dass der Aufzug bereits da ist. Als er das Erdgeschoss erreicht, warte ich dicht an der Tür, bereit hinauszupreschen, sobald sie sich öffnet.

Erst als ich auf der Straße bin, besinne ich mich und hole tief Luft, bleibe dann stehen und weiß nicht so recht, in welche Richtung ich gehen soll. Doch das Zögern dauert nur wenige Sekunden, dann schlage ich den Kragen meiner Jacke hoch und stelle mich an den Zebrastreifen. Natürlich gehe ich nach Rosenbad.

Früher einmal gehörte ich dorthin. Ich war eine junge politische Reporterin, die glaubte, das Dasein hätte ein Zentrum, und das Leben würde wirklicher werden, je näher man der Macht kam. Also trieb ich mich mehrere Male die Woche im Regierungsviertel herum, schnüffelnd und nach Neuigkeiten witternd. Mein Geschlecht war ein Konkurrenzvorteil, mein Alter ebenso. Ich lächelte bewundernd männliche Funktionäre an und nickte obersten Beamten vertraulich zu, fand mich damit ab, über Selbstverständlichkeiten unterrichtet zu werden, und darein, dass sie besonders deutlich sprachen, damit ich es auch verstünde. Wenn sie mir den Rücken zukehrten, huschte ich in ihre Sekretariate und plauschte von Frau zu Frau (Was für ein schicker Blazer! Wo haben Sie den denn her? Und stimmt es übrigens, dass Ihr Minister im Clinch mit dem Sozialminister liegt?), nur um bald weiterzuhuschen und respektvoll an die Tür des Registrators zu klopfen, bevor ich zum Parlament eilte. Ab und zu konnte es dabei vorkommen, dass ich dem einen oder anderen Minister über den Weg lief, doch obwohl ich immer lächelnd grüßte, gab es nur einen, der stehen blieb. Der Ministerpräsident persönlich. Der damalige Ministerpräsident.

Das erste Mal erstarrte ich fast. Zu der Zeit war ich noch blutige Anfängerin. Ich war erst seit einigen Monaten bei der Zeitung und immer noch ein wenig verblüfft darüber, dass es diese mächtigen Männer tatsächlich gab. Vor ein paar Tagen war ich zum ersten Presseessen meines Lebens in Rosenbad gewesen. Ich hatte dem Ministerpräsidenten die Hand geschüttelt, war aber zu schüchtern gewesen, irgendwelche Fragen zu stellen. Vielleicht erinnerte er sich gar nicht mehr an mich. Trotzdem schenkte ich ihm ein Lächeln, als ich ihn über die Riksbron schlendern sah. Es war ein warmer Tag, und er lockerte ein wenig seine Kleidung, diese Kleidung, die an jenem Tag wie an allen anderen so aussah, als hätte er darin geschlafen. Er zog an seiner Krawatte, als erwürgte sie ihn fast, und versuchte den Kragenknopf zu öffnen, hielt dann aber plötzlich inne und erwiderte mein Lächeln.

»Oh, hallo«, sagte er. »Mary. Oder Marie.«

Ich blieb auf ein paar Schritt Abstand stehen. Der Ministerpräsident spricht mit mir, dachte ich. Ich muss etwas fragen. Aber mir fiel nichts ein, stattdessen stellt er eine Frage.

»Sie müssen entschuldigen, aber ich habe Ihren Vornamen nicht richtig verstanden. War das nun Mary? Oder Marie?«

»Wie man will«, antwortete ich atemlos.

»Wie man will?«

»Aber meine Freunde nennen mich MaryMarie.«

Er runzelte die Stirn.

»Ein Doppelname?«

Ich lächelte.

»Kann man so sagen.«

Er erwiderte mein Lächeln. Fand er mich lästig? Der Gedanke war mir peinlich, ich senkte den Kopf und guckte auf meine Schuhspitzen.

»Wollen Sie eine Neuigkeit erfahren?«

Ich sah wieder auf, konnte im letzten Moment den Impuls unterdrücken, einen Knicks zu machen.

»Ja, bitte.«

Er lachte auf und ging los. Ich folgte ihm.

»Das ist aber keine große Sache«, erklärte er.

»Das macht nichts«, sagte ich. »Ich freue mich auch über Kleinigkeiten.«

Er sah mich von der Seite an, seine Augen funkelten. Und so wurden wir Freunde.

Ja, ich wage es zu behaupten. Wir wurden so Freunde, wie Fremde Freunde werden können. Obwohl wir uns nur ein paarmal im Jahr trafen, und das jedes Mal eher zufällig. Wir gingen auf dem Weg vom Regierungssitz zur Parteizentrale zusammen die Drottninggatan hinunter. Wir saßen nach einem förmlichen Interview schweigend in seinem Arbeitszimmer nebeneinander und hörten uns das Gedicht des Tages im Radio an. Wir zogen uns während eines Informationstreffens für Leitartikler zurück und unterhielten uns leise über einen neuen Roman, ein Buch, das wir beide gelesen hatten und das uns beide fesselte.

Vielleicht hatte er ja viele solche Freunde. Vielleicht auch nicht. Ich weiß es nicht.

Was ich weiß: dass über uns getuschelt wurde, dass man behauptete, ich sei seine Geliebte. Aber dem war nicht so. Und trotzdem taten wir nichts, um diese Gerüchte zu dementieren, weder er noch ich. Vielleicht taten ihm die Gerüchte genauso gut wie mir. Besonders, als sie sich nach vielen Jahren endlich ihren Weg bis in die Werbebranche bahnten.

Sverkers Hand zitterte an jenem Abend. Das war zu sehen, als er Wein einschenkte.

»Wie geht es dem Ministerpräsidenten?«, fragte er.

»Danke, gut«, sagte ich und schaute auf mein Lammkotelett. Nicht, dass ich etwas darüber wusste, ich hatte den Ministerpräsidenten seit mehreren Monaten nicht mehr getroffen. »Ganz ausgezeichnet.«

Sverker sackte auf seinem Stuhl in sich zusammen und sah mich an. Plötzlich ganz anwesend. Plötzlich sehenden Auges. Jetzt hob er sein Weinglas mit der einen Hand und streckte die andere nach mir aus.

»Du«, sagte er. »Wir halten doch zusammen?«

Ich hob mein Glas, sah ihm in die Augen und lächelte.

»Das weißt du doch«, sagte ich. »Für alle Zeiten.«

Mögliche Diagnosen

»Der Körper spricht freilich in Rätseln, aber nur mit dem Ziel, etwas Unbekanntes offenbaren zu können, ohne es zu verraten. Das ist die ewige Mär von den Geschlechtsunterschieden und dem Versuch, sie zu überwinden. Das ist ein sublimer, vielstimmiger Gesang über die Tragik in dem unmöglichen Aufeinandertreffen und der Versuchung, der Freude in jedem Versuch.«

Irène Matthis: *Der denkende Körper*

»Der Einfluss der infantilen sadistischen Vorstellungen auf die Persönlichkeit bildet die Grundvoraussetzung für das Ausmaß an Charakterperversion, das jeder einzelne Mensch im Laufe seines Lebens entwickelt. Ein pervertierter Charakter zeigt sich darin, dass er in stärkerer oder geringerer Tendenz eher Erregung als Lust und Verlogenheit als Wahrheit sucht. Aus derartigen Quellen kann die Gewalt Inspiration und Nahrung beziehen. Diese Lösungen sind bei näherer Betrachtung stets geprägt von dem Versuch des Betreffenden, das Erlebnis von Abhängigkeit zu vermeiden. Mit dem Begriff Perversion beziehe ich mich hier auf die Abwehr von Intimität und Abhängigkeit, die bewirkt, dass die Beziehung zum anderen auf Entpersonifizierung und Feindlichkeit aufgebaut wird.«

Ludvig Igra: *Der schmale Grat zwischen Fürsorge und Grausamkeit*

»Any shame in going to prostitutes is subordinated to another important norm in male society, namely having many different sexual experiences. Thus for example, one can see a clear pattern in the 1996 Swedish study that the experience in paying for sex is greatest among men with a lot of sexual partners (Månsson 1998:240). This is probably a fact that goes against the popular notion of the client as being ›lonely‹ and ›sexually needy‹. In the North American study, mentioned before, approximately three out of every hundred men who had at least three partners in the past year said that they had paid someone for sex. Essentially no one who had fewer than three partners in a year paid for sex (Michael et al. 1994:196). Similarly, sociologist Martin A. Monto, who compared his sample of 700 clients to a national sample of North American men, found that clients were much more likely than men in general to report that they had more than one partner over the past year, 59 per cent as compared to 19 per cent (Monto 2000:72). Furthermore in the Swedish study it was also noted that men with prostitution contacts seem to have greater problems than others in maintaining regular relationships with women. There are more divorces and broken-off cohabitation relationships among this group than among non-purchasers (Månsson 1998:240).«

Sven-Axel Månsson: *Men's practices in prostitution*
The Case of Sweden (2001)

»Man muß sich hierbei an die so häufig gestellte Frage erinnern, ob die Symptome der Hysterie psychischen oder somatischen Ursprunges seien, oder wenn das erstere zugestanden ist, ob sie notwendig alle psychisch bedingt seien. Diese Frage ist, wie so viele andere, an deren Beantwortung man die Forscher immer wieder sich erfolglos bemühen sieht, eine nicht adäquate. Der wirkliche Sachverhalt ist in ihre Alternative nicht eingeschlossen. Soviel ich sehen kann, bedarf jedes hysterische Symptom des Beitrages von beiden Seiten. Es kann nicht zustande kommen ohne ein gewisses *somatisches Entgegenkommen*, welches von einem normalen oder krankhaften Vorgang in oder an einem Organe des Körpers geleistet wird. Es kommt nicht öfter als einmal zustande – und zum Charakter des hysterischen Symptoms gehört die Fähigkeit, sich zu wiederholen –, wenn es nicht eine psychische Bedeutung, einen *Sinn* hat. Diesen Sinn bringt das hysterische Symptom nicht mit, er wird ihm verliehen, gleichsam mit ihm verlötet, und er kann in jedem Falle ein anderer sein, je nach der Beschaffenheit der nach Ausdruck ringenden unterdrückten Gedanken.«

Sigmund Freud: *Studienausgabe,*
Band VI: Hysterie und Angst

»Narzissmus hat nichts Unnormales oder Krankhaftes an sich. Alle Menschen brauchen ein gewisses Maß an Eigenliebe, um zu überleben, und alle sind abhängig von der Wertschätzung anderer, um ihre Eigenliebe aufrechterhalten zu können. Auch besitzen alle Menschen eine mehr oder minder verborgene Größenphantasie (unrealistische Vorstellung von der eigenen Größe und/oder Begabung) ihrer selbst, wie auch alle die Erfahrung gemacht haben, in ihrem Selbstwertgefühl gekränkt zu werden. Größenphantasie und Selbsthass/-scham sind zwei Seiten einer Medaille. Ein Problem entsteht, wenn das Bedürfnis nach Bestätigung zur Besessenheit wird oder das Leben nur noch ein einziges Streben nach Beweisen für die eigene Großartigkeit wird, damit die Angst vor der Selbstverachtung nicht überhand nimmt.«

Johan Cullberg: *Dynamische Psychiatrie*

Schatten

Als wir durch den Park von Rosenbad gehen, meine ich sie zu sehen.

Sie steht im Schatten unter den Bäumen, aber ich kann nur rasch einen Blick in ihre Richtung werfen. Sissela geht neben mir, und auch wenn sie im Großen und Ganzen loyal und zuverlässig ist, so weiß ich doch, dass unsere Freundschaft auch ihre Grenzen hat. Sissela kann Dinge nicht ertragen, die nicht zu greifen und zu begreifen sind. Wenn es ihr aufginge, dass ich gern eine Weile im Park bliebe, um diejenige zu betrachten, die ich in einem anderen Leben geworden wäre, dann würde sie sofort meinen Arm loslassen und erklären, dass es Zeit fürs Irrenhaus sei. Und das würde sie ernst meinen.

Vielleicht ist sie meiner auch so schon überdrüssig. Als wir aus dem Sophiahemmet kamen, entfuhr ihr unwillkürlich ein Seufzer. Das machte mich nervös.

»Willst du nach Hause nach Bromma?«, fragte sie, als wir ins Taxi stiegen.

Ich zögerte kurz, schüttelte dann den Kopf. Nein. Ich wollte nicht nach Hause nach Bromma. Nicht, wenn sich das vermeiden ließ.

»Okay«, nickte Sissela. »Dann lass uns zu mir nach Hause fahren.«

Sisselas Zuhause sieht aus wie Sissela: Alles ist in Rot, Schwarz und Weiß gehalten. Alle Möbel und Gerätschaften sind strahlend sauber. Die Küchenspüle glänzt. Der Kühlschrank schimmert. Der Herd sieht aus, als würde er nie benutzt. Was übrigens eine sehr wahrscheinliche Annahme ist. Sissela wohnt seit über zehn Jahren in ihrer Wohnung, hat sich aber noch nie fürs Kochen interessiert. Sie lebt von Obst, Süßigkeiten und Zigaretten. Plus dem einen oder anderen Repräsentationsessen.

Wann bin ich das letzte Mal hier gewesen? Ich versuchte mich zu erinnern, während ich meinen Mantel aufhängte. In den letzten Jahren haben Sissela und ich uns immer nur in der Stadt getroffen. Zusammen zu Abend gegessen. Sind ins Kino und Theater gegangen. Sind an einem Samstagvormittag durch die Geschäfte gezogen und haben uns gegenseitig Kaufhilfe gegeben. Aber hier? Das muss eine Ewigkeit her sein. Jedenfalls, wenn eine Ewigkeit ungefähr vier Jahre andauert. Denn hier hat doch der Billardverein Zukunft seinen letzten gemeinsamen Silvesterabend gefeiert.

Silvester gehörte bereits von Anfang an Sissela, genau wie die Mittsommernacht Maud gehörte. Beim ersten Mal agierte ich offiziell als Mitorganisatorin, da Sissela und ich uns die Wohnung teilten, aber praktisch war es ihr Fest, einzig und allein ihrs. Bereits Anfang Dezember begann sie geheimnisvolle Listen aufzuschreiben, und als ich sie ein paar Wochen später fragte, ob sie über Weihnachten mit nach Nässjö kommen wollte, lehnte sie dankend ab. Sie hatte viel zu viel zu tun.

»Aber Heiligabend«, sagte ich. »Willst du Heiligabend allein herumsitzen?«

Sie zog die Augenbrauen hoch.

»Ja, wieso?«

»Wird das nicht schrecklich langweilig?«

Sie grinste.

»Langweiliger als in Nässjö, meinst du? Nein. Darüber mach dir mal keine Sorge. Außerdem gibt es sicher etwas Schönes im Fernsehen.«

Ich seufzte leise. Es war jedenfalls den Versuch wert gewesen. Ich freute mich nicht auf das Weihnachtsfest, allein der Gedanke, dreieinhalb Tage in Gesellschaft von Herbert und Renate zu verbringen, verursachte mir Magenkneifen. Ich hatte sie einmal Anfang des Semesters angerufen. Herbert war am Telefon gewesen und hatte gemurmelt, nein, Mama könne nicht ans Telefon kommen, sie liege im Bett und solle am nächsten Tag ins Erholungsheim; genau genommen hatte sie im Bett gelegen, seit ich nach Stockholm gezogen war. Dann wurde es still zwischen uns, so still, dass wir das Echo eines anderen Gesprächs in der Leitung hören konnten. Es dauerte eine Weile, bis ich merkte, dass Herbert den Hörer aufgelegt hatte. Anschließend hatte ich mich monatelang nicht getraut anzurufen, hatte aber drei Ansichtskarten mit klassischen Stockholmmotiven geschickt. Das Rathaus im September, das Schloss im Oktober, Sergels torg Anfang November. Ich hatte keine Antwort bekommen, hatte auch keine erwartet. Aber jetzt sollte ich eben nach Hause fahren und dort Weihnachten feiern. Nach Hause zu dreieinhalb Tagen Schweigen vor dem Fernseher.

Ich blieb lange in der Tür zu meinem Zimmer stehen, bevor ich meinen Mantel anzog. Ich liebte dieses Zimmer, obwohl der Kachelofen einen Riss hatte und der Linoleumboden abgenutzt war. Aber die Wände waren mit einer gelblichen Blumentapete tapeziert, im Erker stand ein weißer Lehnstuhl, den ich von zu Hause mitgenommen hatte, und an der Wand ein Schreibtisch, den ich im Secondhandladen gefunden und antikweiß angestrichen hatte. Es war das schönste Zimmer auf der ganzen Welt. Und meins. Einzig und allein meins.

Sissela und ich hatten gegen alle Erwartungen in Stockholm zur Zeit des Wohnungsmangels eine eigene Wohnung gefunden. Sicher, in einem Abrisshaus, aber immerhin mit Vertrag. Sissela tat einen lang gezogenen Freudenschrei, als die Nachricht eintraf, und erklärte mir immer und immer wieder, was für ein unglaubliches Glück das war, genauso einmalig wie ein Sechser im Lotto, und dass ich – die ich schließlich vom Lande kam – begreifen müsse, was für eine unglaubliche Ausnahme und wie absolut phantastisch das war.

Es war eine kleine Zweizimmerwohnung in einem zugigen Haus in Söder, eine Zweizimmerwohnung ohne Heizung, Heißwasser oder Dusche. Die Toilette hatte man in einen Verschlag von einem Quadratmeter Größe gezwängt, mit Wasserbehälter unter der Decke und einer Kette, um dran zu ziehen, der Sitz war aus rissigem Holz, und die Farbe blätterte von den Wänden. In der Küche gab es einen alten Holzherd, in dem man kein Feuer anmachen konnte. Bereits am ersten Tag tätigten wir unsere erste gemeinsame Investition: eine Kochplatte, groß genug, um sowohl Badewasser als auch Teewasser darauf zu erhitzen. Ende September sahen wir ein, dass es ein kalter Winter werden würde, und kauften uns einen elektrischen Heizofen. Der half nicht viel, doch bereits Anfang November hatten wir uns daran gewöhnt, mit zwei Pullovern und Wollsocken an den Füßen zu schlafen.

Doch das alles bedeutete überhaupt nichts. Wir genossen unser neues Zuhause, liebten jeden abgenutzten Quadratzentimeter. Sissela hatte das große Zimmer genommen und es in ein modernistisches Boudoir verwandelt, indem sie die Wände rot malte. Sie wollte keine Secondhandmöbel, keine abgelegten Flickenteppiche wie die, die in meinem Zimmer lagen. Sie wollte es schlicht und elegant haben. Folglich bestand ihre Möblierung nur aus einer Matratze,

einem gebrauchten Fernsehapparat und einem weißen Auf-
bewahrungswürfel von Ikea. Plus einigen Metern geblümten
Baumwollstoff von Marimekko.

»Wenn ich mir nicht das Beste leisten kann, dann verzichte ich«, erklärte sie.

Und sie konnte sich wirklich nicht das Beste leisten, obwohl sie jeden zweiten Abend in einer Würstchenbude auf
dem Odenplan jobbte. Das Stipendium ging für Miete und
Bücher drauf, aber darüber hinaus legte sie jeden Öre in eine
Totalrenovierung ihrer selbst an. Es gelang ihr, innerhalb
von drei Monaten sechs Slips zu kaufen, die so blendend
weiß waren, das ich die Augen zusammenkneifen musste, als
ich die Tüte von Twilfit öffnete, drei ebenso weiße BHs, drei
Paar schwarze Socken, zwei Blusen, einen Lambswoolpullover, eine Jeans, ein festliches indisches Kleid, eine Steppjacke und eine Uhr klassischen Modells. Aber sie zog ihre
neuen Kleider nicht sofort an, sondern hängte sie mit noch
baumelnden Preisschildern an die Wände ihres Zimmers, bis
zu dem Dienstag Mitte November, an dem sie zum Friseur
ging und mit kurz geschnittenen Haaren zurückkam. Am
nächsten Morgen feilte sie sich die Fingernägel, lackierte sie
mit farblosem Nagellack, zog sich an und stand dann als
das ordentlichste Mädchen der Welt in meiner Türöffnung.
Wenn man von der zerknautschten Plastiktüte in ihrer rechten Hand absah. Mit der sie wedelte:

»Jetzt schmeiße ich den Dreck weg!«

Ich saß in eine Decke gehüllt auf dem Bett und versuchte
wach zu werden.

»Was schmeißt du weg?«

»Den Dreck. Was ich von zu Hause mitgebracht habe.
Unterhosen, die ich anziehen musste, seit ich vierzehn war.
Der vergilbte, hässliche BH! Der eklige schwarze Rock! Weg
damit. Das wandert jetzt alles in die Mülltonne.«

Hätte ich sie nicht so gut gekannt, ich hätte geglaubt, sie

bräche gleich in Tränen aus. Ihre Augen glänzten. Die Unterlippe zitterte. Aber Sissela weinte nicht. Sissela war keine Heulsuse. Weder die Sissela, die ich früher kennengelernt hatte, noch die Sissela, die jetzt vor mir stand, in neuen Jeans, marineblauem Lambswoolpullover und weißer Bluse. Ich zog die Decke fester um meine Schultern und sah ihr in die Augen.

»Du bist unheimlich hübsch. Wirklich.«

Sie musterte mich genau, suchte in meinem Gesicht nach einem Hauch von falschem Spiel und Ironie. Nach kurzer Zeit entspannte sie sich und lächelte.

»Wirklich?«

»Hundert Prozent.«

Sie holte tief Luft, bevor sie die nächste Frage abfeuerte.

»Ich sehe nicht arm aus?«

»Nein«, antwortete ich. »Du siehst nicht die Spur arm aus.«

Beim Frühstück konnte sie nicht aufhören zu reden. Sie hielt ihren Becher in beiden Händen und ließ die Worte in den Tee strömen. Jetzt wollte sie für Silvester sparen. Vorneweg sollte es Sekt und einen halben Hummer geben. Mindestens. Sie wollte die Küchentür aushängen, sie auf ein paar Böcke stellen und in einen niedrigen Tisch verwandeln. Dann wollte sie Kissen auf den Boden legen, auf denen wir sitzen konnten. Der Wein sollte in weißen, geriffelten Pappbechern serviert werden, solche, wie es sie überall an der Universität gab, sie hatte schon angefangen, jeden Tag ein paar mitzunehmen. Es machte nichts, dass es keine richtigen Gläser waren, das Wichtigste war doch die weiße Farbe und …

Ich nickte ehrfürchtig. Mit der Zeit hatte ich begriffen, dass Sisselas Haltung zu den Dingen geschmackvoller und durchdachter war als meine. Was auch damit bewiesen wurde, dass sie sie sowohl in die Kunstfachhochschule als auch in die Architekturabteilung der Technischen Hochschule aufgenommen hatte. Dass sie beide Plätze dankend abgelehnt hatte, war auf rätselhafte Weise beeindruckend, aber ich zweifelte nicht einen Moment daran, dass sie wusste, was sie da tat, als sie sich stattdessen in der Universität einschrieb, um Kunstgeschichte zu studieren. Ich kam nie auf den Gedanken, sie könnte Angst haben. Sissela konnte keine Angst haben. Sie traute sich alles.

Ich selbst hatte an der Journalistenhochschule angefangen und war das ganze Herbstsemester über jeden Morgen voll glücklicher Erwartung an den Tag aufgewacht. Alles Wissen floss einfach so in mich hinein, nichts schien schwer oder unmöglich zu sein. Außerdem hatte ich an der Schule Freunde gefunden. Richtige Freunde. Eigene Freunde. Wenn ich abends unter die Steppdecke kroch und meine Füße um die Wärmflasche legte, die ich immer im Bett hatte, schloss ich die Augen und dachte an sie. Annika. Göran. Birgitta. Svante. Sie schienen mich zu mögen. Es schien tatsächlich so, als mochten sie mich lieber, als irgendjemand es in Nässjö jemals getan hatte. Beruhte das nur darauf, dass wir einander ähnlich waren, dass wir alle so erfüllt davon waren, die Journalisten der Zukunft zu werden? Oder hatte das etwas mit dem Billardverein Zukunft zu tun? War es mit der Freundschaft genau wie mit der Liebe, dass derjenige, der Freunde hatte, leicht neue fand, genau wie derjenige, der von jemandem geliebt wurde, auch nicht von anderen geliebt wurde? Genau. So langsam glaubte ich daran. Wenn jemand mich daheim in Nässjö geliebt hätte, dann hätten mich auch andere geliebt. Und wenn ich einen Freund gehabt hätte, hätte ich bald mehrere gefunden. Jetzt hatte ich Freunde. Sieben Stück, genauer gesagt, auch wenn ich ein wenig zögerte, Maud mit auf die Liste zu setzen.

Und dennoch hatten Sissela und ich nicht viel Kontakt zu den anderen aus dem Billardverein Zukunft gehabt, seit wir uns nach der Mittsommernachtsfeier getrennt hatten.

Anna hatte einen Brief aus Uppsala geschickt und berichtet, dass sie Französisch an der Universität paukte und dass Per seinen Militärdienst in Boden absolvierte. Sissela hatte eines Tages Torsten auf dem Hauptbahnhof getroffen. Er hatte finster dreingeschaut, als er erzählte, dass er Zivildienst auf einer Feuerwache in Vaxholm schob. Ich selbst hatte nach mehreren Tagen Seelenpein Ende November in Sverkers Elternhaus angerufen. Maud war am Telefon. Sie nahm ungerührt meine Einladung zur Silvesterparty entgegen und erklärte, dass sie leider nicht gleich zusagen könne, aber von sich hören lassen werde. Was Magnus machte? Er war natürlich beim Bund. Genau wie Sverker.

Ich hatte kein Wort von ihm gehört. Den Sommer über, als Sissela und ich allein in dem Haus in Nässjö wohnten, während Herbert und Renate sich draußen im Sommerhaus anschwiegen, lebte ich in ständiger Erwartung. Wenn ich vom Kiosk, in dem ich meinen Ferienjob hatte, nach Hause kam, lief ich zum Briefkasten und schärfte Sissela ein, sich keinesfalls vom Haus und Telefon zu entfernen, wenn ich nicht da war. Wenn sie zur Spätschicht zum selben Kiosk ging, traute ich mich kaum zur Toilette zu gehen aus Furcht, er könne genau in dem Moment anrufen. Doch das Telefon war und blieb stumm, und als Sissela und ich eines Tages im August in den Zug stiegen, um nach Stockholm zu fahren, hatte es immer noch nicht geläutet.

Im Laufe des Herbstes hatte sich Sverker in einen Traum verwandelt. Buchstäblich. Tagsüber schob ich ihn beiseite – es war ja sinnlos, darauf zu warten, dass er von sich hören ließe, wir hatten kein Telefon, und er konnte meine neue Adresse gar nicht wissen –, doch des Nachts konnte ich mich nicht schützen. Manchmal kam er mit offenen Armen auf mich zu, manchmal mit zum Schlag erhobener Hand. Ich hatte immer Angst, ganz gleich, was er tat. Das Haus begann zu brennen, wenn er mich umarmte, die Erde öffnete sich, wenn er nach mir schlug, große Brandblasen platzten auf meiner Brust auf, wenn er mich küsste.

Doch Silvester kam er. Lebendig. Leibhaftig. In der Urlaubsuniform der Küstenartillerie stand er in der Türöffnung zu Sisselas rotem Zimmer und breitete die Arme aus.

»Sissela«, rief er, »du Hübsche!«

Sissela breitete ebenfalls ihre Arme aus, sodass die weiten Ärmel ihres indischen Gewands wie Engelflügel flatterten. Hinter ihr lächelten Anna und Magnus, während Per sich räusperte und seinen Schlips richtete. Ich selbst stand mit Torsten hinten in einer roten Ecke, doch als Sverker über die Schwelle trat, ging ich einen Schritt vor. In dem Moment sah ich, dass er nicht allein gekommen war. Ein Mädchen mit schwarz umrandeten Augen lehnte sich an die Flurwand und wendete langsam einen Kaugummi in ihrem Mund. Kein Haus begann zu brennen, die Erde öffnete sich nicht, keine Blasen platzten auf meiner Brust. Aber ich blieb wie angewurzelt stehen.

Jemand legte seine Hand auf meine Schulter, eine zum Lachen aufgelegte Stimme summte mir ins Ohr:

And her face, at first just ghostly, turned a whiter shade of pale ...

Ich drehte den Kopf. Es war Magnus.

Die Glastüren von Rosenbad glänzen in der Dunkelheit. Sissela bleibt stehen.

»Es ist erst Viertel vor neun«, sagt sie. »Ist das nicht zu früh?«

Ich werfe einen Blick auf die Schatten unter den Bäumen. Marie steht noch dort, doch sie hat den Kragen ihrer Jacke hochgeschlagen und zieht ihn unter dem Kinn zusammen. Vielleicht friert sie. Mich durchfährt ein Schauder, aber dann wende ich mich Sissela zu und schüttle den Kopf. Es ist nicht zu früh. Auch für Regierungsmitglieder dauert es seine

Zeit, in die Kanzlei des Ministerpräsidenten zu gelangen. Insbesondere, wenn sie nicht sprechen können.

Sissela ist noch nie zuvor in Rosenbad gewesen. Sie bleibt stehen und schaut sich im Foyer um, nickt dann beeindruckt. Ich nicke zustimmend. Doch, ja, es ist schön. Marmor. Skulpturen. Glas und Messing. Aber ich weiß, dass das erst der Anfang ist, dass dieser Palast der Macht umso schöner wird, je tiefer man in ihn eindringt. Als ich noch eine junge Reporterin war, fand ich, er ähnele einem Wald im Dämmerlicht. Auslegware im blassesten Blau sog alle Geräusche auf und dämpfte sie, die Wände im gleichen Farbton verwandelten das Licht in Zwielicht. Auch die aufgeregtesten aller aufgeregten Journalisten senkten ihre Stimme, wenn sie in die blauen Korridore kamen, nicht aus Ehrfurcht vor der Macht, sondern aus Respekt vor der Stille.

Heute sieht es anders aus. Heller. Und das, was früher wie ein Wald erschien, ist jetzt zu einem Berg geworden. Rosenbad hat sich in das Schloss des Bergkönigs verwandelt, ein geschlossener Palast, dessen Türen sich an überraschenden Stellen öffnen und den Blick auf weiß schimmernden Marmor freigeben, goldenes Birkenholz und blumiges Cretonne, bevor sie schnell wieder verschlossen werden. Unterirdisch windet sich ein gewaltiges Labyrinth von Fluren und Gängen entlang, das Rosenbad mit den anderen Ministerien verbindet. Hier hallen die Geräusche eiliger Schritte und Menschenstimmen wider, doch im Berg selbst ist es immer noch äußerst still. Aber es ist eine andere Stille als früher. Keine Waldesruhe. Sondern eine Stille des Wartens, das atemlose Schweigen, das auftritt, wenn nur einer von vielen weiß, was als Nächstes geschehen wird.

Sissela spürt das. Ihre Stimme ist gedämpft, als sie der Wache ihren Ausweis zeigt und erklärt, dass sie als eine Art Behindertenhilfsmittel zu betrachten sei. Die Entwicklungshilfeministerin kann nicht sprechen, also muss Sissela sie begleiten, um für sie zu sprechen. Der Wachmann dreht und wendet die kleine Plastikkarte, schließt dann die Luke und telefoniert. Wir können nicht hören, was er sagt, doch während des Gesprächs lächelt er mir kurz zu, ein hastiges, vorsichtiges Lächeln, das mir versichert, dass er mich natürlich wiedererkennt und dass er bedauert, aber die Vorschriften zwingen ihn nun mal, meine Freundin zu kontrollieren. Zur Erwiderung verziehe ich ein wenig die Mundwinkel. Das ist kein richtiges Lächeln, nur die schnelle Versicherung, dass ich ihm das keinesfalls übel nehme. Ich habe meine Lektion gelernt. Ich bin Ministerin der schwedischen Regierung, aber deshalb halte ich mich noch lange nicht für etwas Besonderes.

Wir müssen noch zwei Glaskästen mit Wachen passieren, bevor wir den Flur des Ministerpräsidenten erreichen. Der liegt fast im Dunkeln, eine einzige kleine Lampe weist uns den Weg zum Zimmer der Sekretärin. Ich stelle mich auf die Türschwelle, Sissela reckt sich hinter meinem Rücken. Es dauert einen Augenblick, bevor die Sekretärin hört, dass wir da sind. Ich nicke, suche in ihren Augen einen Hinweis darauf, was mit mir geschehen soll, finde aber keinen, ihr Blick ist glatt wie Silber.

»Ach«, sagt sie, als fiele ihr erst jetzt ein, dass ich hierher beordert wurde. »Ja, natürlich.«

Wir treten über die Schwelle. Sie sieht Sissela an und runzelt die Stirn.

»Entschuldigung, aber wer waren Sie noch gleich?«

Sissela streckt ihr die Hand entgegen.

»Sissela Oscarsson. Ich bin eine gute Freundin von Mary-Marie. Sie kann ja nicht sprechen. Ich werde ihr helfen.«

Die Sekretärin zieht die Augenbrauen hoch.

»Und Sie wollen sie also zum Ministerpräsidenten begleiten?«

Sissela nickt. Ja, genau.

»Sind Sie Journalistin?«

Ich trete einen Schritt vor und schüttle den Kopf, aber die Sekretärin sieht mich nicht an. Sissela ist plötzlich ganz eifrig geworden, sie wühlt zunächst in ihrer Tasche, dann in ihrer Brieftasche, und reckt eine Visitenkarte vor.

»Museumsdirektorin«, sagt sie atemlos.

Die Sekretärin wirft einen Blick auf die Karte, wedelt dann kurz mit der Hand.

»Setzen Sie sich«, sagt sie. »Es kann noch eine Weile dauern.«

Anschließend öffnet sie eine Geheimtür und verschwindet tiefer im Berg.

Während der ersten halben Stunde sitzen wir fast regungslos da. Sissela starrt auf das Nachtdunkel vor dem Fenster, ich betrachte meine gefalteten Hände. Sie sind weiß und dünn, fast durchscheinend.

Ist das meine letzte Stunde als Ministerin? Und wenn ja, ist das ein Verlust, den zu betrauern sich lohnt? Ich seufze lautlos vor mich hin. Ich weiß es nicht. Ich weiß nicht, ob die Scham mich vernichten oder die Erleichterung mich befreien wird.

Was habe ich während gut zwei Jahren als Ministerin getan?

Habe Beratungen abgehalten. Konferenzen. Gelesen. Gesprochen. Bin gereist.

Die Beratungen waren langweilig, aber erträglich. Mehrere Male in der Woche habe ich mit fünf oder sechs Ministerialbeamten um meinen Couchtisch gesessen, ihre gründlichen Exzerpte durchgesehen, ihren unendlich höflichen und ebenso unendlich unpersönlichen Stimmen gelauscht. Keiner von uns hat sich darum gekümmert, dass die Welt draußen eine andere geworden war, dass Armut und Entwicklungshilfe eine ermüdende Angelegenheit geworden waren, die mittlerweile in erster Linie im Zusammenhang mit Wohltätigkeitsveranstaltungen und Festtagsreden erwähnt wurde, und dass die Armen noch namenloser und anonymer geworden waren. Stattdessen besprachen wir mit großem Ernst ein Projekt nach dem anderen und wieder das nächste. Nur ein einziges Mal kam es vor, dass ich aus reinem Überdruss eingeschlafen bin. Das war an einem späten Winterabend im letzten Jahr, als mir plötzlich die Augen zufielen und meine Hand sich öffnete, Stift und Exzerpt zu Boden fielen. Zwei Beamte bückten sich gleichzeitig sofort danach, eine Bewegung, die mich weckte, sodass ich mich eilig wieder aufrichtete. Alle taten, als wäre nichts geschehen, die Beratung ging weiter, und eine gedämpfte Stimme folgte auf die andere.

Die Regierungszusammenkünfte waren anders verlaufen. Betont fröhlich versammelten wir uns eine Viertelstunde vorher, holten uns jeder seine Kaffeetasse von einem kleinen Sideboard und taten so, als unterhielten wir uns und scherzten miteinander, während wir vorsichtig die trockenen Kekse in die schwarze Brühe stippten. Sieh nur, wie hübsch Erika heute aussieht, sie war im Morgenfernsehen und hat sich nicht abgeschminkt! Und habt ihr davon gehört, dass die Abgeordneten der Volkspartei für Montag eine neue Steuerinitiative planen? Das nenne ich schlechtes Timing! Oder dass in der christdemokratischen Fraktion große Unruhe herrscht, ja, ich habe das aus sicherer Quelle. Einige der Frommsten dort sind enttäuscht von dem Lavieren des neuen Parteivorsitzenden in der Familienpolitik, und der Parteivorsitzende selbst ist sauer, dass seine Stellvertreter nichts zu seiner Verteidigung vorbringen. Aber was erwartet er denn? Er müsste doch einsehen, dass es an der Zeit ist, allein zurechtzukommen. Der Bergkönig selbst stand lächelnd mitten im Kreis. Ab und zu drang sein Bass durch das Gemurmel, und wir lachten noch fröhlicher, doch das nützte nicht immer etwas. Manchmal ließ er einfach die Augenlider halb sinken und strich mit einem Schmirgelpapierblick über uns hinweg. Es entstand sekundenlanges Schweigen, bevor wir uns beeilten, uns am Konferenztisch einzufinden und die Themen des Tages vorzutragen. Man konnte fast die Gedanken hören, die in unseren Köpfen surrten. Wer ist als Nächster an der Reihe, bloßgestellt zu werden? Ich doch wohl nicht? Ich bin ja wohl nicht dran?

Und die Reisen? Stunden, Tage und Ewigkeiten über den Wolken, vorsichtig rülpsend von den Bläschen im Begrüßungssekt, der immer in der Business Class serviert wurde. Endlose Zusammenkünfte in heißen Gebäuden, in denen die Schwalben durch offene Fenster ein und aus flogen und in denen die Tauben ihre Nester in kaputten Apparaten der Klimaanlage bauten. Zögerliche Begegnungen zwischen Gebern und Nehmern, Blicke, die aufflackerten, wenn ein Gespräch einmal die Trennung streifte zwischen denen, die geben, und denen, die bekommen, und danach, als wollte man die Scham beiderseits verbergen, ein hastiges Auflachen oder ein ebenso hastig aufbrechender Konflikt, bei dem die Worte Arroganz und Korruption nie ausgesprochen wurden, aber stets hinter anderen Worten hervorschienen. Und anschließend die hektische Autofahrt zurück zum Hotel, vorbei an Slumgebieten, in denen vereinzelte Glühbirnen in der Dunkelheit glommen und wo ich meinte, einzelne Gesichter wiederzuerkennen, obwohl ich doch wusste, dass das unmöglich war, Gesichter von Frauen, die ich als junge Reporterin getroffen hatte. Aber wie hätte ich sie wiedererkennen sollen? Damals waren sie kleine Mädchen mit Krätze und Haaren wie Vogelnester, jetzt waren sie Frauen, die frühzeitig runzlig geworden waren und ihre Zähne verloren hatten. Außerdem hatte ich mich selbst auch verändert. Als junge Frau hatte ich weit aufgerissene, staunende Augen gehabt und geglaubt, alles sehen zu können. Jetzt starrte ich in die Dunkelheit und wusste, dass ich dort nur meine eigenen Erinnerungen und Vorstellungen sah.

»Die Macht ist eine Amöbe«, sagte ich vor ein paar Monaten zu Sverker.

Ich war gerade aus New York von einem misslungenen Besuch bei der UN zurück, bei dem weder die Amerikaner noch irgendjemand sonst auf einer Weltkonferenz über Familienplanung meine Gedanken hatten hören wollen. Es interessierte niemanden, dass das Bevölkerungswachstum alle Fortschritte aufzufressen drohte. Der Heilige Stuhl, die strenggläubigen Moslems und die amerikanische Rechte bildeten eine kompakte Mauer aus Gebärmutterneid. Sie waren bereit, so viel Geld wie gewünscht zu zahlen und das Leben so vieler Kinder und Frauen wie nötig einzusetzen, um die männliche Macht über die Fortpflanzung zu verteidigen. Doch auch eher sensible Liberale hatten meine Argumente verpuffen lassen, denn für sie war und blieb Familienplanung *yesterday's news*. Ich war wütend und müde, als ich mich ins Wohnzimmer setzte, in dem Sverker saß und Fernsehen guckte. Auf dem Couchtisch stand eine Flasche Wein. Ich schenkte mir ein halbes Glas ein, schaute zu Sverker und versuchte so zu tun, als wäre die Pflegerin nicht da. Es war ein junges Mädchen, eine kleine Annabel, die ich vorher noch nie gesehen hatte. Alles deutete darauf hin, dass das hier ihr erster Job war. Sie war nicht besonders geschickt. Immer wieder wischte sie Sverker das Kinn ab, nachdem er einen Schluck Wein getrunken hatte. So etwas nervte ihn, das wusste ich, dennoch sagte er nichts, weder zu ihr noch zu mir. Es war wie immer. Er sprach inzwischen kaum noch, weder mit mir noch mit seinen Pflegern, und wenn er überhaupt etwas von sich gab, dann kurze, blaffende Befehle. Die Psychologin in der Rehabilitation hatte mir gesagt, ich dürfe mich nicht in dieses Schweigen hineinlocken lassen, ich müsse weiterhin die Kanäle offen halten. Sie wusste nichts davon, wie es wirklich zwischen uns stand.

»Doch, wirklich«, sagte ich. »Die Leute verwechseln

Macht und Zugang zur Information. Aber das ist nicht das Gleiche, ich habe Zugang zu jeder Menge Informationen, aber ich habe keine Macht. Sie ist eine Amöbe. Sie verändert die ganze Zeit ihre Form. Weicht aus. Befindet sich immer irgendwo anders.«

Sverker warf mir einen kurzen Blick zu, erwiderte aber nichts. Ich nahm einen großen Schluck aus meinem Glas, zog mir die Beine unter den Leib und fuhr fort.

»Die ganze Zeit bleibe ich an alten Beschlüssen hängen, Beschlüssen, die andere getroffen haben, frühere Minister und der Finanzetat, die Fraktion und Sida, die Behörde für internationale Entwicklung. Die einzige Macht, die ich habe, besteht darin, gewisse Dinge sein zu lassen. Aber was ist das für eine Macht?«

»Mehr«, sagte Sverker. Annabel führte das Glas an seine Lippen. Ich nahm noch einmal Anlauf.

»Und ich bin nicht die Einzige, die so empfindet, heute habe ich mit Arvid Svensson gesprochen, du weißt, er ist Minister für Beamtenangelegenheiten... Er ist ja ein richtiger Politiker, sitzt seit über dreißig Jahren im Reichstag, und weißt du, was er gesagt hat?«

Sverker antwortete nicht, sah mich auch nicht an. Doch ich ließ mich nicht bremsen.

»Er hat gesagt, das Einzige, wessen er sich mit Fug und Recht rühmen kann in all den Jahren zustande gebracht zu haben, sei ein Spielplatz in Askersund. Ab und zu geht er dorthin, das hat er mir erzählt, nur um zu spüren, dass nicht alles vergebens gewesen ist. Aber sonst? Nicht die Bohne. Und als ich anfing, über seine Zeit als Minister zu sprechen, lachte er nur laut auf. Volksbewegungen? Sport? Jugend und Demokratie? Wie zum Teufel sollte man mit so etwas konkrete Politik machen? Und das sei erst recht die Frage, wenn kein Geld da sei. Er habe viel als Minister getan, wie er sagte, aber zustande gebracht habe er nichts. Und mir geht es ganz genauso. Ich tue verdammt viel, bringe aber nichts zustande.«

Ich verstummte, wartete auf ein zustimmendes Gemurmel aus dem Rollstuhl. Vergebens. Also fuhr ich fort.

»Vielleicht war es der Fehler meines Lebens, diesen Job anzunehmen, aber ich habe wirklich geglaubt ...«

Sverkers Lippen bewegten sich. Ich ahnte, was er sagte, konnte es aber nicht hören.

»Was hast du gesagt?«

Er holte tief Atem und nahm Anlauf, trotzdem blieb es bei einem Flüstern: »Schweig!«

Und da schwieg ich.

Die Tür zum Arbeitszimmer des Ministerpräsidenten ist immer noch geschlossen. Sissela ändert ihre Sitzhaltung, fummelt an ihrer Handtasche und seufzt. Vielleicht hat sie Lust zu rauchen, aber hier kann sie nicht die Treppen hinunterschleichen und vor der Tür schnell eine durchziehen. Sie würde nie wieder hereingelassen.

»Wie lange wird das noch dauern?«

Ich ziehe die Mundwinkel ein wenig hinunter. Vielleicht ist der Bergkönig hinter seiner geschlossenen Tür tatsächlich beschäftigt, vielleicht sitzt er auch nur mit hochgelegten Füßen da und guckt Fernsehen, wohl wissend, dass seine Entwicklungshilfeministerin draußen vor der Tür Blut und Wasser schwitzt. So etwas gefällt ihm. Im Laufe des letzten Jahres habe ich miterlebt, wie er es genossen hat, das Schwert über dem Kopf des einen oder anderen Kabinettsmitglieds baumeln zu lassen.

Sissela steht auf, tritt ans Fenster, dreht sich dann um und geht mit großen Schritten übers Parkett, als wollte sie den Raum ausmessen.

»Ich muss nach Straßburg«, erklärt sie dann. »Ich fahre morgen.«

Ich nicke.

»Torsten wird sich um dich kümmern.«

Ich runzle die Stirn. Was meint sie damit?

»Er kommt ...«

Zu mehr kommt sie nicht, weil die Tür geöffnet wird und die Sekretärin auf der Schwelle steht.

»Er empfängt Sie jetzt«, sagt sie. »Aber Sie allein. Ihre Freundin muss draußen warten.«

Sissela öffnet den Mund, um zu protestieren, aber ich bringe sie mit erhobener Hand zum Schweigen. Das hat doch keinen Sinn.

Er steht am Fenster, mir den Rücken zugewandt, bewegt sich nicht, sieht mich nicht an. Es ist sehr still. In der Dunkelheit draußen sind Riddarholmens gelbe Lichter zu sehen, im Zimmer glänzt der dunkle Schreibtisch wie ein Spiegelbild des Wassers draußen. Er trägt ein weißes Hemd und eine graue Hose. Das Sakko hängt über einem der Besucherstühle, offen und erwartungsvoll, als lauere es nur darauf, denjenigen, der sich dort niederlässt, in die Arme zu schließen.

»Ja«, sagt er zögernd, dann wird es wieder still. Jetzt sehe ich, dass er das Panzerglas etwas zur Seite geschoben hat und mitten in dem ungeschützten Spalt steht. Gefährlich, denke ich, da kann irgendwo auf den Inseln ein Verrückter mit einem Zielfernrohr stehen ... In dem Moment merke ich, dass ich in der Schusslinie direkt hinter ihm stehe, trete also schnell einen Schritt zur Seite. Wobei ich mein eigenes Spiegelbild im dunklen Fenster erblicke. Die Füße dicht beieinander. Ein wenig zerzaust. Beide Hände umklammern die Handtasche. Ich hänge mir die Tasche über die Schulter, versuche dann, meinen Körper entspannter aussehen zu lassen. Die Füße etwas auseinander. Die linke Schulter hoch. Die rechte Hüfte runter. Wozu auch immer das gut sein soll. Er sieht mich ja sowieso nicht an.

»Ja«, sagt er noch einmal, immer noch, ohne sich zu mir umzudrehen. Es wird wieder still. Bleibt lange still. Unter meiner Haut kribbelt es. Das weiß er natürlich, das spürt, riecht, ahnt er. Angst ist sein Gebiet, das einzige Revier, in dem er sich so selbstverständlich und geschmeidig wie eine Raubkatze bewegen kann. In anderen Revieren wird er ungeschickt und tollpatschig; die Anstrengung ist ihm anzusehen, wenn er versucht freundlich zu sein, das Schmeichlerische zittert unter seinen Worten, wenn er von Mitgefühl spricht, Hochmut funkelt in seinem Blick, wenn er von seiner eigenen großen Demut redet. Aber jetzt ist er aufrichtig. Vollkommen ehrlich und wahrhaftig.

»Wir haben über deinen Mann gesprochen«, sagt er. »Erinnerst du dich?«

Ich nicke seinem Rücken zu. Natürlich erinnere ich mich. Wir sprachen über Sverker an dem Tag nach der Wahl, als er mich zu einem kurzen Gespräch nach Rosenbad bat. Ich saß ganz entspannt auf diesem Besucherstuhl und berichtete von Sverkers Behinderung – von den Schultern abwärts gelähmt, aber Denk- und Fühlvermögen vollständig erhalten –, während ich mit der anderen Gehirnhälfte überlegte, warum er mich wohl hatte kommen lassen. Brauchte er meinen Leitartikel zur Unterstützung in irgendeiner Frage? Und wie würde er dann wohl reagieren, wenn ich sagte, dass das unmöglich war, dass es so nicht lief, dass niemand jemals diese Art von Loyalität von mir und meiner Zeitung erwarten konnte. Oder hatte er andere Absichten? War es möglich, worüber andere in der Redaktion gewitzelt hatten, dass er mir einen Ministerposten anbieten wollte?

»Du hast gesagt, es war ein Unfall.«

Wieder nicke ich.

»Aber du hast nichts über die Umstände erwähnt. Du hast mich in dem Glauben gelassen, es hätte sich um einen Verkehrsunfall gehandelt.«

Ich richte mich auf und versuche dagegenzuhalten. Keiner kann mich für seine Vermutungen verantwortlich machen.

»Und du hast ausdrücklich betont, dass es keine Leichen im Keller gibt.«

Stimmt. Daran erinnere ich mich. Ich saß auf diesem Stuhl, plötzlich überwältigt und geschmeichelt von seinem Angebot, und behauptete, dass es bei mir keine einzige Leiche im Keller gebe.

Jetzt dreht er sich um. Jetzt sieht er mich aus seinen schmalen Augen an und schüttelt langsam den Kopf.

»Und ich habe dir geglaubt, MaryMarie. Ich habe geglaubt, ich könnte dir vertrauen.«

Ich auch, denke ich. Ich habe auch geglaubt, man könnte mir vertrauen.

Marie war immer verlogener als ich. Im Alter von ungefähr zehn Jahren war sie nicht zu bremsen.

Ihre Schmetterlingsbrosche war kaputt, aber es stimmte nicht, dass Mama eines Tages, als sie so merkwürdig wurde, daraufgetreten war. Sie war an einem Zweig hängen geblieben und zerbrochen, als Marie zu dem Baumhaus hinaufgeklettert war, das Ove, der beliebteste Junge in der Klasse, gebaut hatte. Er selbst war vorausgeklettert und hatte nicht gesehen, was passierte, aber als sie ihm von dem verschwundenen Flügel erzählte, kletterte er hinunter und suchte lange Zeit im Blaubeergestrüpp. Wann hatte Ove sie aufgefordert, mit ins Baumhaus zu kommen? Einmal nach der Schule. Und wo war dieses Baumhaus? Das war ein Geheimnis.

Und es stimmte auch nicht, dass sie eines Tages in der Schulpause nach Hause gekommen war und merkwürdige Geräusche aus Mamas und Papas Schlafzimmer gehört hatte, sie war nicht vorsichtig über den Flur geschlichen, hatte durch die halb offene Tür geguckt und gesehen, wie sie auf dem nicht gemachten Bett miteinander kämpften. Mama war nicht weiß und halb nackt, Papa hielt nicht einen Arm um ihren Nacken und zerrte mit dem anderen an ihrem Schlüpfer, und sie hörten auch nicht auf, als sie Marie rufen hörten. Mama taumelte nicht aus dem Bett und schlang die Arme um sich. Papa warf ihr nicht den Schlüpfer hinterher und schlug ihr die Tür zu. Nein, der Grund, dass sie an diesem Nachmittag nicht aufhören konnte zu weinen, war, dass Tusse überfahren worden war. Ganz genau. Ihre Katze. Was konnte sie denn dafür, dass niemand in der Klasse wusste, dass sie eine Katze gehabt hatte.

Außerdem stimmte es nicht, dass sich die ganze Klasse schließlich gegen sie gewandt hatte, dass sie sich zusammengerottet und sie eine Lügnerin genannt hatten, dass sie Schneebälle und kleine Eisstückchen nach ihr warfen. Und Ove hatte sie nicht mit seinen dicken Stiefeln in den Rücken getreten. Ganz im Gegenteil. Er hatte ihr hinterhergerufen, sie angefleht, dass sie doch mit ihm spielen sollte, aber sie wollte nicht. Sie wollte ihre Ruhe an den Fahrradständern haben.

»Hörst du mir zu?«, fragt der Bergkönig. »Hörst du, was ich sage?«

Ich nicke. Ja, ich höre zu.

»Du hast gelogen. Du bist eine Lügnerin.«

Er hat seine Stimme gesenkt, flüstert fast. Das verheißt nichts Gutes. Er ist immer am schlimmsten, wenn er flüstert.

»Lügst du jetzt auch? Kannst du wirklich nicht sprechen? Oder verstellst du dich etwa?«

Ich schüttle energisch den Kopf. Nein. Ich verstelle mich nicht.

»Ich glaube dir nicht.«

Er macht ein paar Schritte auf den Couchtisch zu, nimmt den Expressen hoch und hält mir die Mittelseite hin. Ich schließe die Augen. Marie steht immer noch im Rosenbadspark, vollkommen unbeweglich, atmet kaum.

»Das hast du dieser Regierung angetan ...«

Ich schüttle erneut den Kopf, doch es nützt nichts. Er wird noch leiser.

»Du hast uns lächerlich gemacht. Dich selbst und die ganze Regierung. Aber in erster Linie dich selbst.«

Er lässt die Zeitung fallen, sie raschelt, als sie zu Boden fällt.

»Vielleicht bist du ja wirklich nicht ganz richtig im Kopf. Manchmal habe ich mich schon gewundert. Manchmal hast du verdammt überspannt gewirkt, besonders, wenn du von diesem Menschenhandel und der Zwangsprostitution gefaselt hast.«

Ich öffne den Mund, schließe ihn aber gleich wieder. Es ist erst zwei Monate her, seit er selbst eine große Rede über Menschenhandel gehalten hat, eine Rede, in der er diesen als den Schandfleck unserer Zeit bezeichnete, die heutige Sklaverei, die größte Ungerechtigkeit unserer Zeit, aber das muss ja nichts zu bedeuten haben. Vor ein paar Jahren waren die Umweltfragen die größte Schande unserer Zeit. Dann war es die Psychiatrie. Jetzt ist es die Kriminalität.

»Ich möchte eine ärztliche Bescheinigung sehen.«

Jetzt flüstert er nicht mehr.

»Ein ärztliches Attest, das eine akzeptable Erklärung für deine Sprachschwierigkeiten liefert. Nicht so ein Psychologengewäsch. Und wenn du beschlossen hast, dass du wieder reden kannst, dann wirst du dich zu einem Interview mit einem anständigen Journalisten bereit erklären und ihm erzählen, dass du mich angelogen hast.«

Ich schüttle den Kopf. Nein. Er zieht die Augenbrauen hoch.

»O doch. Genau das wirst du tun. Und bei der Gelegenheit kannst du ja auch gleich erklären, wie diese Geschichte mit deinem Mann eigentlich zusammenhängt. Warum du bei ihm bleibst etc., obwohl er sich durch halb Europa gebumst hat.«

Er zieht seinen Schreibtischstuhl heraus und setzt sich.

»Erst wenn das erledigt ist, werden wir darüber entscheiden, ob du Regierungsmitglied bleibst oder nicht. Bis auf Weiteres bist du krankgeschrieben.«

Möglicher Sendebericht

Der Ministerpräsident legt den Kopf schräg. Der Effekt ist bemerkenswert. Der Moderator schrumpft, wird plötzlich einen Kopf kleiner.

»Ja, also, Lars«, erklärt der Ministerpräsident und schüttelt kaum merklich den Kopf. »Das ist eine traurige Geschichte, nein, wirklich.«

Der Moderator versucht sich größer zu machen. Doch es nützt nichts.

»Aber als Sie Mary Sundin zur Entwicklungshilfeministerin ernannten, wussten Sie da bereits, dass die Behinderung ihres Mannes in Zusammenhang mit gekauftem Sex eingetreten ist?«

Ein fast unhörbarer Seufzer.

»Nein. Das wusste ich nicht. Von dieser Sache habe ich erst aus den Zeitungen erfahren.«

»Und wie haben Sie reagiert?«

Kurze Pause. Nachdenken.

»Ich habe mir natürlich Sorgen gemacht. In erster Linie um Mary Sundin. Sie ist eine äußerst kompetente Person mit einer schweren und verantwortungsvollen Aufgabe. Und das sind ja ernste Gesundheitsprobleme jetzt.«

»Sie meinen, dass sie die Sprache verloren hat?«

»Ja.«

»Glauben Sie das?«

Das hörbare Ausatmen des Ministerpräsidenten unterstreicht seine Enttäuschung. Das hätte er von einem seriösen politischen Journalisten nicht erwartet.

»Natürlich. Mary Sundin kann nicht sprechen.«

»Aber die Neurologen sagen …«

»Nun ja, ich bin natürlich kein Neurologe, aber ich meine zu wissen, dass ein derartiges Symptom viele Ursachen haben kann.«

»Als da wären?«

»Darauf möchte ich hier nicht näher eingehen.«

»Psychische?«

»Wie gesagt, ich möchte darauf nicht eingehen. Ich glaube, es ist sehr wichtig, dass wir alle in dieser Situation Mary Sundin Rücksicht und Fürsorge erweisen. Und etwaige Spekulationen meiden.«

Der Moderator schaut auf seine Papiere.

»Aber Sie wussten also nichts über ihren Mann …«

Der Ministerpräsident schüttelt den Kopf.

»Nein, wie gesagt. Davon wusste ich nichts.«

»Glauben Sie, es könnte einen Zusammenhang zwischen Mary Sundins persönlichen Verhältnissen und der Tatsache geben, dass sie als Ministerin so viel Zeit und Kraft in die Frage von Menschenhandel und Zwangsprostitution investiert hat?«

Die Stimme des Ministerpräsidenten wird traurig.

»Menschenhandel ist die größte Schande unserer Zeit.«

»Aber wird Mary Sundin nach all dem in der Regierung bleiben können?«

»Mary Sundin ist krankgeschrieben. Es wäre nicht richtig, jetzt zu spekulieren …«

»Hat sie weiterhin Ihr Vertrauen? Obwohl sie offenbar die Wahrheit verschwiegen hat?«

Der Ministerpräsident lächelt ein wenig.

»Ich denke, wir sollten uns hier nicht Spekulationen über einen kranken Menschen hingeben. Mary Sundin ist krank.«

Die Abspannmusik im Hintergrund. Der Moderator wendet sich zur Kamera und wünscht noch einen schönen Abend. Die Musik wird aufgedreht, das Licht im Studio abgeblendet. Der Ministerpräsident löst das Mikrofon von seinem Revers, beugt sich vor und flüstert etwas.

Niemand außer dem Moderator hört, was er sagt.

Das Beste

Die Freiheit. Was soll ich damit?

Abends in einem Park stehen und auf die warten, die ich nicht bin?

Rosenbads Glastüren leuchten in der Dunkelheit. Wenn es Mary gibt, wird sie bald herauskommen. Sissela wird vorausgehen, mit einer Hand die Tür aufhalten, während sie sich mit der anderen ihren schwarzen Schal um die Schultern wirft. Mary wird mit offenem Mantel und abwesendem Blick hinterherkommen.

Woran denkt sie? An die Drohung des Ministerpräsidenten? Oder an den, der in Bromma wartet?

Ich weiß es nicht. Ich will es nicht wissen.

Es wird langsam spät. Die Drottninggatan liegt fast menschenleer da, nur ein paar vereinzelte Abendspaziergänger lassen sich durch die Stille treiben. Ein Paar mittleren Alters geht wenige Meter vor mir. Sie sehen einander nicht an, gehen aber im Gleichschritt. Ich falle in ihren Rhythmus, werde ihr Echo, ihr Schatten. Als sie stehen bleiben, um in ein Schaufenster zu gucken, bleibe ich auch stehen. Sie schauen sich Bücher an, ich betrachte Handschuhe und Halstücher, dann gehen wir weiter. Die Frau zieht etwas aus ihrer Handtasche und hält es sich ans Gesicht. Ich kann nicht sehen, was es ist. Vielleicht putzt sie sich einfach nur die Nase. Der Mann zieht die Hand aus der Jackentasche und gestikuliert, es sieht aus, als erzählte er etwas. Die Frau nickt und antwortet mit etwas, das wohl eine Frage ist. Der Mann wird eifrig, gestikuliert noch ein wenig mehr und lacht. Die Frau lächelt als Antwort, dann verstummen beide und gehen schneller. Sie machen ihren Abendspaziergang die Drottninggatan entlang, und ich gehe ein paar Meter hinter ihnen. Und doch leben sie in einer anderen Welt, in einem vollkommen anderen Universum.

Sverker und ich sind nie an einem Donnerstagabend im Oktober im Gleichschritt die Drottninggatan entlangspaziert. Wir wussten nicht einmal, dass das möglich war. Wir glaubten von Anfang an, dass die Institution Ehe dazu geschaffen war, dem Menschen einen anderen Menschen an die Seite zu geben, vor dem er Geheimnisse haben konnte.

»Ich liebe dich«, sagte Sverker schließlich.

Fünf Jahre waren ins Land gegangen. Der Billardverein Zukunft hatte sich zu fünfundzwanzig Gelegenheiten zum Feiern versammelt, fünf Walpurgisabende bei Anna und Per, fünf Mittsommernächte bei Sverker und Maud, fünf Mal Krebseessen bei mir, fünf chaotische Punschabende bei Torsten, fünf Silvester bei Sissela. Jedes Mal war Sverker mit einem neuen Mädchen aufgetaucht. Die schwarzäugige Helena von der Kunsthochschule wurde von einer blonden Birgitta aus der Handelshochschule abgelöst, der wiederum eine aschblonde Anne-Marie vom Institut für Psychologie an der Stockholmer Universität folgte. Plus ein paar mehr, deren Namen zu behalten sich niemand mehr die Mühe machte. Wir wussten ja, dass sie bald ausgetauscht würden. Also deckten wir immer für eine Begleitperson an Sverkers Seite, schrieben aber nur ein Fragezeichen auf die Tischkarte. Einige von ihnen nahmen das übel, doch die meisten zogen nur die Augenbrauen hoch. Die Botschaft war offensichtlich. Tischkarten? Was war das denn für ein Spießerverein?

Aber wir waren kein Spießerverein. Wir waren nur eine Spur zu karrierebewusst, um uns in die politischen Sekten der Zeit locken zu lassen, auch wenn wir alle darauf bedacht waren, uns deutlich links von der politischen Mittellinie zu halten. Außerdem fühlten wir uns ein wenig älter als unsere Altersgenossen. Magnus bildete vielleicht eine Ausnahme, doch das wurde dadurch kompensiert, dass Maud, die Jüngste im ganzen Billardverein Zukunft, zugleich die Älteste war. Noch bevor sie überhaupt ihr Abitur in der Tasche hatte, sprach sie zu ihm im gleichen Ton, in dem eine Mutter mit ihrem geliebten Racker redet; ein verliebtes Lachen verbarg sich hinter vorwurfsvoller Strenge. Aber Magnus! So geht das doch nicht!

Während dieser Jahre passierte viel mit uns. Per kam ins Außenministerium, und Sverker bekam eine Stelle bei der schicksten Werbeagentur in Stockholm, Anna brach ihr Französischstudium ab und begann auf der Hochschule für Sozialpädagogik, nur um sofort wieder aufzuhören, als sie schwanger wurde, Torstens erstes Gedicht wurde in Bonniers Literaturzeitschrift BLM veröffentlicht, ein zweites in Ord & Bild, Sissela begann nebenbei als Führerin im Moderna Museet zu jobben und schrieb eine aufsehenerregende Doktorarbeit über die Halmstadgruppe, Maud begann ihr Studium der Zahnmedizin, Magnus irrte in der Stadt umher und behauptete, er suche seinen Stil, und ich selbst bekam nach drei langen Vertretungen endlich eine feste Stelle beim Aftonbladet.

Dann fanden wir uns schließlich zusammen, um unsere sechste Walpurgisnacht gemeinsam zu feiern. Per und Anna waren gerade in ein altes Reihenhaus in Täby gezogen, ein Haus, das ein Esszimmer, einen offenen Kamin und einen knorrigen Kirschbaum vor dem Küchenfenster hatte. Wir schauten uns unschlüssig um, als wir im Flur unsere Mäntel aufhängten und unsere Straßenschuhe in Reih und Glied stellten. Wir waren Abrisshäuser und Studentenbuden gewohnt, das hier war eine Welt, in der wir uns noch nicht so recht heimisch fühlten. Deshalb dauerte es eine Weile, bis wir uns ins Wohnzimmer trauten, wir blieben im Flur stehen und drängten uns vor dem Spiegel, boxten uns und kicherten wie Schulkinder. Im Wohnzimmer stand Per in seinem neuen Diplomatenanzug und wippte auf den Hacken, und aus der Küche, wo eine unsichtbare Anna mit irgendetwas klapperte, drang dezenter Knoblauchduft. Sissela war diejenige, die schließlich dem Kichern ein Ende bereitete. Sie ergriff ihre drei Willkommensnelken und machte den Schritt über die Schwelle. In dem Moment stolperte Anna aus der Küche heraus. Sie sah aus wie eine kleine Puppe mit dickem Bauch, eine überraschte kleine Puppe mit Schlafaugen, die mit ihren großen braunen Augen klimperte.

»Seht doch nur«, sagte sie und stellte sich ins Profil, die Hände unter den Bauch geschoben. »Seht doch nur, wie dick ich bin! Und dabei ist es noch über einen Monat hin.«

Sverker war der Erste, der seine Hand auf ihren Bauch legte, er wölbte sie darüber und ließ sie vorsichtig über den weichen Samt ihres Umstandskleides gleiten, ehe er sie rasch wieder zurückzog. Sissela ahmte die Bewegung nach. Ich selbst trat einen Schritt zurück und stellte plötzlich fest, dass ich neben einer fremden Frau stand. Es dauerte einen Moment, bis ich mich wieder erinnerte, wer sie war. Annika. Sie war die letzten Jahre mit Torsten zusammen gewesen, ohne doch als richtiges Mitglied des Billardvereins Zukunft zu zählen. Sie lächelte mich vage an, doch ich erwiderte ihr Lächeln nicht. Ich hatte sie noch nie gemocht, und ich mochte sie auch jetzt nicht, ich konnte einfach nicht begreifen, wie Torsten es in ihrer Gegenwart aushielt. Sie war so künstlich, dass sie nicht einmal einen normalen Gesprächston benutzen konnte, entweder flüsterte oder piepste sie ihre Sätze. Typisch dumme Gans. Saudumme Gans.

Ich selbst war gerade von Fredrik fallen gelassen worden, einem rotblonden Schlussredakteur beim Expressen. Ich wusste nicht so recht, warum wir überhaupt zusammen gewesen waren. Im Nachhinein war ich gezwungen, mir einzugestehen, dass ich ihn eigentlich gar nicht besonders mochte, und ich hatte den Verdacht, dass er auch nicht so wahnsinnig verrückt nach mir gewesen war. Wir hatten ein paarmal versucht, miteinander zu schlafen, aber es war meinen Händen nie so richtig gelungen, ihn zu erreichen. Es war, als streichelte ich die Luft ein paar Millimeter über seiner Haut. Er hatte sich fest an mich gepresst und seinen Mund auf meinen gedrückt, meine Arme umklammert und schwer an meinem Hals gekeucht. Ich konnte meinen Körper nicht daran hindern, sich zu sträuben, die Muskeln verspannten sich von ganz allein, und mein Nacken drehte sich so, dass mein Gesicht freikam. Hinterher lagen wir stumm und reglos da, unfähig, über das, was passiert war, zu reden oder einander gar noch einmal zu berühren. Als er anrief und mir mitteilte, dass wir uns vielleicht besser nicht mehr sehen sollten, durchspülte mich eine Welle glasklarer Erleichterung. Endlich.

Vielleicht war es mit Torsten und Annika ja genauso. Es sah so aus, zumindest von seiner Seite. Er ließ die Arme hängen, wenn sie sich an ihn drückte und ihre Wange an seine Hemdbrust legte, zog nur leicht die Augenbrauen hoch und redete weiter mit Magnus. Sie blieb eine Weile so stehen und suchte mit dem Blick nach Zuschauern, fand aber niemanden außer mir, alle anderen waren damit beschäftigt, sich zu unterhalten und im Wohnzimmer umzuschauen. Ich prostete Annika lächelnd zu, sofort ließ sie Torsten los und wandte sich ab. Ich lächelte noch breiter und nahm einen großen Schluck von dem Weißwein.

Neben Sverker stand an diesem Tag eine langbeinige Blondine, deren Name noch ein Geheimnis war. Sissela drehte sich plötzlich um und bohrte ihren Blick in sie. Die Blondine machte eine leichte Bewegung, als müsste sie dem Impuls, zurückzuweichen widerstehen. Ich lächelte erneut und prostete Sissela zu. Der Billardverein Zukunft bewachte seine Grenzen.

Anna hatte Coq au vin gekocht, und jetzt ließen wir uns an dem dunklen Vierzigerjahretisch im Esszimmer nieder, der Anna entschuldigend lächeln und erklären ließ, dass sie sich noch keine neuen Möbel leisten konnten, sie hatten das nehmen müssen, was sie von den abgelegten Möbeln der Eltern bekommen konnten. Nicht, dass ihnen das etwas ausmachte. In ein paar Monaten würde Per ja seine erste Stelle als Botschaftssekretär antreten, und in Lissabon bekämen sie ein möbliertes Haus. War das nicht phantastisch? Sie wollte zwar in Schweden bleiben, bis das Kind mindestens sechs Monate alt war, doch dann würden sie das Reihenhaus vermieten, aber jeweils immer nur für ein halbes Jahr, denn das sollte für die Zukunft ihr *pied-à-terre* in Schweden sein und ...

Es klingelte an der Tür. Per stand auf, um zu öffnen. Er schaute ernst drein, als er zurückkam.

»MaryMarie«, sagte er. »Da ist ein Pfarrer, der mit dir reden möchte. Und ein Polizist.«

Ich war immer erreichbar. Ich kam jeden Morgen eine halbe Stunde zu früh in die Redaktion, um die besten Aufträge zu ergattern, und ich ging nie, ohne eine Nachricht zu hinterlassen, wo man mich am Abend oder das Wochenende über erreichen konnte. Ich war bereits gut, doch das genügte nicht, ich wollte die Beste werden. Das war eine zwingende Notwendigkeit, ich musste besser sein als all die anderen, damit ich mich nicht als die Allerschlechteste empfand. Und deshalb fanden sie mich.

Meine rechte Hand faltete die Serviette zusammen, die linke strich sie glatt, dann saß ich einen Moment lang starr da, bis die rechte Hand endlich das weiße Stück Stoff hob und auf den Tisch legte. Ich dachte nichts, ich fühlte nichts, ich fürchtete nichts. Ich war nur ein Körper, der sich langsam vom Tisch erhob.

»Es geht um deine Eltern«, sagte Per.

Mama war sofort tot, erklärte der Pfarrer. Papa lag bewusstlos im Krankenhaus von Eksjö. Er hätte hinzufügen können, dass das Autowrack immer noch in einem Graben an der Landstraße zwischen Eksjö und Nässjö lag. Und dass die Lampe in der Küche daheim brannte. Das sah ich acht Stunden später, als Sverker und ich das Haus betraten.

Er wollte mich nach Eksjö fahren. Da gab es überhaupt keine Diskussion. Sein Auto stand ja draußen vor dem Reihenhaus, vollgetankt und fahrbereit, und er hatte nur wenige Schlucke von seinem Wein getrunken. Nein, Sissela brauchte nicht mitzukommen, das war wirklich nicht nötig. Und Torsten auch nicht. Seiner Blondine schenkte er ein flüchtiges Lächeln und gab ihr einen ebenso flüchtigen Kuss auf die Wange. Sie verstand doch? Dann fuhren wir los.

Die erste Stunde saßen wir schweigend nebeneinander. Sverker saß leicht über das Lenkrad gebeugt und schaute mit zusammengekniffenen Augen auf die Straße. Brauchte er vielleicht eine Brille, oder war es die moderne gelbe Autobahnbeleuchtung, an die er sich nur schwer gewöhnen konnte? In Södertälje begann es zu schneien, und ein paar Kilometer weiter hörte das gelbe Licht auf. Wir glitten durch die Dunkelheit wie durch einen Tunnel, auf dem Weg von einem Nichts zum anderen, während das Licht der Autoscheinwerfer den ruhigen Schneefall in ein weißes Kaleidoskop verwandelte.

»Wie geht es dir?«

Die Stimme klang etwas brüchig. Ich wusste nicht, was

ich antworten sollte. Wie es mir ging? Ich war leer. Leerer
als normal. Aber ansonsten ging es mir gut, danke, vielleicht
abgesehen davon, dass die eine Hälfte meines Ichs die andere Hälfte mit gerunzelter Stirn betrachtete, leicht schockiert
darüber, dass eine gewisse Neugier das einzige Gefühl war,
das in meiner inneren Leere herumwirbelte. Doch, so war
es. Ich war neugierig darauf, was geschehen war und was
noch geschehen würde. Vielleicht war das das erste Stadium
eines Schockzustands. Noch war es mir unmöglich zu glauben, dass Mama nicht mehr auf dieser Welt war und dass
Papa seine Augen geschlossen hatte und in ein noch tieferes
Schweigen hineingeglitten war. Es hatte sie doch immer gegeben. Es würde sie immer geben.

»Geht es dir gut?«

Ich wandte meinen Blick ihm zu, zwinkerte ein paar
Mal.

»Ist schon in Ordnung.«

»Hast du Hunger?«

Ich schüttelte den Kopf.

»Nein. Du?«

»Ein bisschen.«

»Wir können an einem Rasthaus anhalten, wenn du
willst.«

»Schaffen wir das?«

»Eine Viertelstunde mehr oder weniger macht ja nun auch
keinen Unterschied.«

Erst als ich ihn mit einem gewissen Abstand sah, wurde mir
bewusst, dass es tatsächlich Sverker war, mit dem ich fuhr.
Er stand mit seinem Tablett hinten am Tresen, lockerte seinen Schlips und knöpfte den Kragenknopf auf, während er
die Speisekarte las. Die Jacke war am Rücken ein wenig
zerknittert, ein zerzauster Haarschopf hing ihm in die Stirn,
er strich ihn mit der Hand nach hinten, bevor er nach einem

Teller griff. Alles an ihm war wohlbekannt und vertraut, und trotzdem war er noch ein Fremder.

Während der letzten Jahre hatte ich mir nicht erlaubt, an ihn zu denken. Er konnte noch so viele Mädchen anschleppen, das machte mir nichts aus, ich dachte gar nicht daran, mich unter irgendwelchen Umständen in eine schmachtende Gans verwandeln zu lassen. Sissela und ich waren darin übereingekommen, dass es das Beste war, wenn der Billardverein Zukunft unser Freundeskreis war, sonst nichts. Im Eifer des Gefechts hatte ich es geschafft, Torsten einmal zu oft abblitzen zu lassen. Beim nächsten Mittsommernachtsfest kam er mit Annika, und seitdem hatten wir nichts anderes mehr als Höflichkeitsfloskeln ausgetauscht. Zum Krebsessen im selben Jahr konterte ich mit Miroslav, einem außergewöhnlich gut gebauten Medizinstudenten aus Belgrad. Er machte ein paar Tage später Schluss. Ich arbeitete zu viel, und außerdem seien meine Freunde die schrecklichsten Typen in ganz Schweden. Das war ein Muster, das sich wiederholen sollte. Alle meine Freunde machten kurz vor oder nach einem Fest mit dem Billardverein Zukunft Schluss. Ich begriff nicht, woher das kam. Ich selbst war weder in der Lage, mit irgendjemandem Schluss zu machen, noch, den Billardverein Zukunft sausen zu lassen.

Sverker jonglierte vorsichtig das Tablett zwischen den Tischen hindurch. Ich schlug den Blick nieder, als er sich näherte, schaute auf das glänzende Wollcrêpe meines Kleids. Plötzlich fiel mir auf, dass wir ohne Gepäck losgefahren waren, dass ich das Eksjöer Krankenhaus in einem dunkellila Abendkleid betreten würde. Heute Nacht mochte es damit wohl noch angehen, aber wie würde das am nächsten Tag aussehen?

Sverker stellte lächelnd sein Tablett auf den Tisch.

Ich folge dem fremden Paar bis ans Ende der Drottninggatan, aber als sie Richtung Tegnérlunden abbiegen, bleibe
ich stehen und schaue ihnen nach. Sie gehen immer noch
im Gleichschritt, aber jetzt langsamer und leicht vorgebeugt
wegen der Steigung. Plötzlich spüre ich die Kälte, ich schau-
dere und wechsle auf die andere Straßenseite, gehe rasch
zurück. Das Geräusch meiner Absätze hallt zwischen den
Häuserwänden wider.

Der Mann im weißen Hemd sitzt in der Bar. Ich sehe ihn,
sobald ich das Sheraton betrete. Ohne nachzudenken, ziehe
ich meine Jacke aus und gehe dort hinein, setze mich auf
eins der weichen Sofas vor dem großen Kamin.

Der Mann in dem weißen Hemd dreht sich auf seinem
Stuhl herum. Er lächelt. Ich sehe ihm in die Augen und erwidere sein Lächeln. Ich habe keine Angst.

Jemand hatte an Mutters Bahre eine Kerze angezündet, sie
in Weiß gekleidet und ihr die Hände gefaltet.

Dennoch gab es keinen Frieden in diesem Raum. Vielleicht lag das an Mamas Gesicht, ihrem auf unnatürliche
Weise vorgeschobenen Unterkiefer, wie sie dalag; es sah
aus, als würde sie gleich einen Wutanfall bekommen. *Tieses
tumme Mättchen!* Ich wich einen Schritt zurück und tastete
nach Sverkers Hand. Er ergriff sie. Regungslos blieben wir
eine Weile stehen, bis ich mich wieder der Bahre nähern
konnte. Ich öffnete ihre Manschette und rollte den weißen
Ärmel des Nachthemds hoch, strich mit dem Zeigefinger
über die vier Ziffern. Plötzlich ging mir auf, dass ich eigentlich nichts über sie wusste, weder, wie ihre Mutter hieß,
noch, was ihr Vater von Beruf gewesen war, ob sie Schwes-
tern oder Brüder gehabt hatte und, wenn ja, was mit ihnen
geschehen war. Ich hatte mich nie getraut zu fragen, und
jetzt würde ich es nie erfahren; ihre Welt war aufgelöst,
ausgelöscht, vernichtet.

Sverker sagte nichts. Aber sein Atem schlug warm gegen meinen Nacken.

Der Mann in dem weißen Hemd fasst mich ums Handgelenk. Ich lasse es geschehen, schließe nur die Augen, als wir durch die Lobby gehen. Hinter meinen Augenlidern ist es leer, ich kann mich weder an Mary noch an Mamas Leichnam erinnern. Ich spüre nichts anderes als die Wärme von der Hand eines Fremden. Er fasst mich an. Er will mich haben. Und ich habe keine Angst. Fast gar keine Angst.

Als wir in den Aufzug kommen, küsst er mich. Seine Zunge schmeckt nach Bier.

Er schläft fast augenblicklich nach dem Orgasmus ein. Das macht nichts. Es ist schön, mit seinem schweren Arm auf dem Bauch dazuliegen, seinem Schnarchen zu lauschen und über das nachzudenken, was gerade geschehen ist. Vor nicht einmal vierundzwanzig Stunden lag ich in einer Zelle in Hinseberg, jetzt bin ich das erste Mal in meinem Leben mit einem wildfremden Mann ins Bett gegangen, einem Mann, von dem ich nichts weiß, weder Name noch Alter oder Nationalität.

Es ist mehr als sechs Jahre her, dass jemand mich berührt hat. Mein Körper ist wieder zum Leben erwacht. Das Herz schlägt, und die Wangen sind erhitzt, ein kleines Kitzeln hält sich noch zwischen den Schamlippen. Ein Gedanke blitzt in der Dunkelheit auf: Hat Sverker das hier gesucht? Versuchte er, lebendig zu werden?

Mary schiebt den Schlüssel ins Schloss und öffnet die Tür. Ihr Haus. Mein Haus.

Während der ersten Jahre im Gefängnis vermisste ich das Haus in Bromma am allermeisten. Sobald das Licht in der Zelle ausgeschaltet wurde, war ich zurück. Ich hänge meinen Mantel an die Garderobe im Flur, ging ins Wohnzimmer und schaute mich um. Alles war, wie es sein sollte. Ein Feuer im offenen Kamin. Ein aufgeschlagenes Buch auf dem Couchtisch. Ein riesiger Hibiskus im Topf auf dem Boden. Draußen in der Küche war fürs alltägliche Abendessen mit weißem Porzellan und geblümten Sets gedeckt, im Backofen stand ein Fischgratin, die Sauce blubberte leise, während die Kruste langsam goldbraun wurde. Ich öffnete die Tür zur Waschküche: auch hier alles in bester Ordnung. Waschmaschine und Trockner standen mit offenen Türen da, ein Stapel saubere Unterhosen lag in Sverkers Drahtkorb, weiße Baumwollslips in meinem. Über dem Waschbecken hingen ein paar frisch gebügelte Hemden und Blusen, alle ordentlich am Kragen zugeknöpft. Ich schob mir die Bügel auf den linken Zeigefinger und trug die Hemden und Blusen ins Schlafzimmer, hängte die eine Hälfte in Sverkers Schrank, die andere Hälfte in meinen, blieb dann am Fenster stehen und schaute auf den Garten hinaus.

Der Pflaumenbaum streckte mir flehend seine knorrigen Zweige entgegen, doch ich konnte ihm keinen Trost geben. Die junge Eiche war schöner, wie sie zielbewusst Millimeter um Millimeter wuchs, während sich die Wurzeln immer tiefer in die Erde gruben. Bald würde sie die ganze Terrasse beschatten. Der Gedanke gefiel mir, ich wollte an heißen Sommertagen lieber im Schatten der Eiche sitzen als unter einem Sonnenschirm. Und wenn die Eiche den Pflaumenbaum in den Tod trieb, würde ich den Verlust bestimmt verschmerzen. Ich hatte mir noch nie etwas aus Pflaumen gemacht.

Ich legte die Hand auf die Tagesdecke, bevor ich das Schlafzimmer verließ. Es sah aus, als striche ich eine unsichtbare Falte glatt oder klaubte ein Haar ab, aber eigentlich war es eine Liebkosung. Das Bett war das Heim im eigenen Heim, das mir mehr als alles andere fehlte. Und doch konnte ich nicht bleiben, sondern musste die fünf Schritte gehen, die mich aus dem Zimmer führten. Wenn ich an der Treppe angelangt war, blieb ich stehen und warf einen Blick ins Gästezimmer. Es war immer noch in Ordnung, das Bett stand mit frischem Bettzeug und gestreifter Tagesdecke bereit, zwei weiße Frotteehandtücher lagen ordentlich gefaltet auf dem Stuhl. Ich ging die Treppe hinunter. Die Tür zu meinem Arbeitszimmer stand halb offen, ich lehnte mich an den Türpfosten und schaute hinein, ließ den Blick über den Schreibtisch und die überquellenden Bücherregale wandern. Manchmal ging ich hinein und schaltete die Schreibtischlampe ein, bevor ich ein paar welke Blätter von der Gardenie im Fenster zupfte. Zurück im Flur, blieb ich vor der Tür zu Sverkers Arbeitszimmer stehen. Sie war immer geschlossen, und ich öffnete sie nie.

Es ist still im Haus, als Mary und Sissela hineingehen. Die Tür zu dem Raum, der früher Sverkers Arbeitszimmer war und jetzt ein behindertengerechtes Schlafzimmer ist, ist geschlossen, ebenso die Tür zum Pflegerzimmer. Mary hat ihr Arbeitszimmer getauscht, ist mit ihrem Schreibtisch und ihren Büchern eine Treppe höher in den kleinen Raum gezogen, der einmal als Kinderzimmer vorgesehen war.

Sissela flüstert: »Schläft er schon?«

Mary zuckt mit den Schultern. Was weiß sie denn? Sie ist selbst müde, ihre Schultern hängen herab, als sie ins Wohnzimmer geht. Sie geht auf Strümpfen, ohne zu merken, dass an der Ferse eine kleine Laufmasche entstanden ist, die langsam weiterläuft, dass sich ein kleiner weißer Strich in der schwarzen Oberfläche bildet. Auf dem Tisch liegen ein paar Zeitungen, sie sammelt sie auf und geht in die Küche. Sissela folgt ihr, sie hat eine kleine Übernachtungstasche in der Hand.

»Habt ihr noch das Gästezimmer da oben?«

Mary nickt, dreht sich aber nicht um.

»Dann bringe ich meine Sachen hinauf.«

Mary nickt wieder kurz. Mach, was du willst, sagt ihr Rücken.

»Ich bin gleich wieder unten ...«

Mary lässt sich am Küchentisch nieder und verbirgt ihr Gesicht in den Händen. So sitzt sie immer noch da, als Sissela zurückkommt.

»Bist du müde?«

Mary verzieht keine Miene, es ist, als hätte sie nichts gehört. Sissela legt ihr eine Hand auf den Rücken. Ihre Stimme klingt ein wenig ängstlich.

»Wie geht es dir?«

Mary sitzt immer noch reglos da. Sissela schaut sich um, ihr Blick fällt auf eine Kiste Wein auf der Arbeitsplatte.

»Möchtest du ein Glas?«

Sie wartet die Antwort gar nicht erst ab, steht einfach auf und öffnet einen Schrank nach dem anderen auf der Suche nach Weingläsern, sieht nicht, dass sie gut sichtbar im Vitrinenschrank an der Stirnwand stehen, bevor Mary sich aufrichtet und dorthin zeigt. Sissela kichert.

»Mein Gott, ich könnte ebenfalls einen Pfleger gebrauchen ...«

Im nächsten Moment beißt sie sich auf die Lippe und wirft Mary einen Blick zu. War nicht böse gemeint! Aber Mary nimmt es ihr nicht übel, sie lächelt nur ein wenig und schüttelt den Kopf.

Sissela stellt ihr das eine Glas hin, bevor sie ihr gegenüber Platz nimmt.

»Ich würde nur gern wissen, was er gesagt hat ... der Ministerpräsident. Hat er dich gefeuert?«

Mary trinkt einen Schluck Wein, nickt zunächst, um dann den Kopf zu schütteln.

»Sowohl als auch?«

Mary nickt. Sissela seufzt.

»Ja, das erscheint logisch. So ist ja wohl auch sein Arbeitsstil.«

Sie streckt die Hand aus und zieht die Zeitungen zu sich heran. Es sind die heutigen Abendzeitungen. Jemand hat sie schon gelesen, in beiden ist der Mittelteil nach außen gefaltet. Marys Gesicht nimmt in der einen vier, in der anderen fünf Spalten ein. Im Expressen sieht sie verkniffener aus als im Aftonbladet. Sverkers Gesicht ist unkenntlich gemacht. Es ist ein Stempel, der Schandpfahl des Informationszeitalters. Das ist der Freier. Der Hurenbock. Der Ehemann der Ministerin.

Wir gingen Hand in Hand durch die Flure zur Intensivstation, doch als wir ankamen, wurden wir nicht in Papas Zimmer vorgelassen. Wir mussten draußen auf dem Flur stehen bleiben und konnten ihn nur durch eine Fensterscheibe sehen. Merkwürdigerweise wirkte er schwerer verletzt als Mama, er hatte Schnittwunden im Gesicht, war an ein Beatmungsgerät angeschlossen, an einen Tropf und eine kleine graue Maschine, die mir nichts sagte. Seine linke Hand zitterte. Ich lehnte meine Stirn ans Glas, Sverker legte mir die Hand auf die Schulter. Eine Weile blieben wir reglos stehen, bewegten uns nicht einmal, als sich ein junger Arzt näherte. Erst als er sich ein paarmal geräuspert hatte, drehten wir uns um. Er schaffte es nicht, mir in die Augen zu sehen.

»Tut mir leid«, sagte er, »aber die Prognose sieht nicht gut aus.«

Spät in der Nacht gingen wir zurück zum Auto. Ich trug Mamas Handtasche über einem Arm, ihre Kleider in beiden. Die Tasche war schwer, schwarz und altmodisch, der Mantel ein neues Teil aus dunkelblauer Wolle, das ich nie zuvor gesehen hatte, das Kleid ihr altes, übliches gutes Kleid aus taubenblauem Rips, das sie seit mindestens fünfzehn Jahren schon besaß. War das Schwedens letztes Ripskleid? Ich nahm es an. Ich legte den Kleiderhaufen auf den Rücksitz und setzte mich neben Sverker. Er schaute über die Schulter, während er zurücksetzte. Ich kniff die Augen zusammen, hinter meiner Stirn hämmerte es.

In der Küche brannte Licht, das sah ich schon, als wir uns dem Haus näherten. Unsere Küchenlampe leuchtete so hell, dass es aussah, als wäre sie die einzige brennende Lampe in ganz Nässjö. Das wunderte mich. Papa war immer sehr darauf bedacht gewesen, dass alle Lampen ausgeschaltet wurden, sobald man einen Raum verließ. Strom war nicht umsonst, auch wenn wir das vielleicht glaubten.

Ansonsten sah alles aus wie immer, wenn Mama eine schlechte Phase hatte. Stapel schmutzigen Geschirrs neben der Spüle, ein überfüllter Aschenbecher auf dem Küchentisch, eine dünne Staubschicht auf Boden und Möbeln, halb verwelkte Topfpflanzen im Fenster. Ich merkte, wie peinlich mir das war, als ich mich dabei ertappte, wie ich schnell in den Flur lief, um mit einer Hand das Küchenlicht auszuschalten. Dann pflanzte ich mich vor der Küchentür auf, die Hände im Rücken, artig abwartend wie eine Kellnerin.

»Möchtest du etwas essen oder trinken?«

Sverker schüttelte den Kopf. Er hatte zwei Striche unter den Augen.

»Bist du müde?«

Er seufzte leise.

»Ja. Du nicht?«

»Du kannst in meinem Zimmer schlafen.«

Er lächelte, eine winzige Erwartung blitzte in seinem Blick auf. Sverker. Unverbesserlich.

»Und du?«

Zum ersten Mal in meinem Leben sagte ich Nein. Wenn auch indirekt.

»Ich werde sowieso nicht schlafen können.«

Ich ging vor ihm die Treppe hinauf, nahm die letzten Stufen aber in einem Satz und eilte voran, um die Tür zum Schlafzimmer zu schließen. Dort drinnen herrschte das vollkommene Chaos, Decke und Laken lagen auf dem Boden, ein Stuhl war neben dem Fenster umgefallen, die Tür zu Mamas Schrank stand sperrangelweit offen. Die Tür zu meinem eigenen Zimmer war geschlossen, ich öffnete sie vorsichtig, hatte plötzlich Angst vor dem, was ich dort finden würde.

Alle Schubladen meiner Kommode waren herausgezogen und auf den Boden gestellt worden, der Inhalt auf dem Teppich verstreut. Viel war es nicht. Ein geblümtes Nachthemd, aus dem ich schon mit vierzehn herausgewachsen war. Ein Pullover, der am Ärmel gestopft war. Eine Haarbürste aus rosa Plastik. Eine kleine Halskette, die ich einmal im Kinderheim gebastelt hatte. Ich schaute auf. Die Schubladen des Schreibtisches standen offen, waren aber nicht geleert. Meine rote Federtasche lag noch da. Die Lesezeichen auch. Und die alten Ölkreiden in der Schachtel mit den vielen Farben auf dem Deckel.

Sverker machte einen Schritt über die Schwelle. Er sah verwirrt aus.

»Ist hier eingebrochen worden?«

In dieser Nacht putzte ich zum letzten Mal das Haus meiner Eltern. Ich arbeitete äußerst leise, wusch das Geschirr unter einem dünnen Heißwasserstrahl ab, fegte den Boden und wischte Staub, machte mit kleinen Bewegungen das Bett, schloss vorsichtig die Schranktüren im Schlafzimmer und hob lautlos den umgefallenen Stuhl auf, um ihn an seinen Platz zu stellen. Als es langsam hell werden wollte, ging ich im Erdgeschoss herum und öffnete alle Fenster, zog mir dann meine Kleider aus und blieb nackt im Wohnzimmer stehen, lüftete das alte Leben aus jeder Pore meines Körpers.

Anschließend ging ich leise die Treppe hinauf ins Badezimmer und wusch meinen gesamten Körper mit einem Waschlappen, putzte die Zähne und spülte den Mund aus, kämmte mich mit langen Bewegungen und tupfte mir einen Tropfen Parfüm hinters Ohr, bevor ich auf Zehenspitzen über den Flur huschte, die Tür öffnete und zu Sverker hineinging. Er murmelte etwas, als ich zu ihm unter die Decke kroch, aber ich konnte nichts verstehen. Dafür legte ich ihm meine Hand auf den Brustkorb. Das war neu und fremd. Vor fünf Jahren hatte er keine Haare auf der Brust gehabt, jetzt zog ich mit den Fingern durch einen dichten Wald schwarzer Locken. Ich kroch noch näher an ihn heran, schob ein Bein zwischen seine und schloss die Augen. Er war sehr warm.

In dem Moment wachte er auf. Zuerst sagte er nichts, lag nur reglos da und atmete. Ich lag genauso reglos neben ihm. Wartete. Machte mich bereit. Und schließlich geschah es: Er strich mir mit der Hand übers Haar, beugte sich zu mir und küsste mir die Stirn.

»Ich liebe dich, MaryMarie«, sagte er. »Das weißt du doch? Du weißt doch, dass du diejenige bist, die ich liebe?«

Ich blinzle in die Dunkelheit, bin für einen Moment verwirrt. Wo bin ich? Wessen Arm liegt auf meiner Brust?

Dann fällt es mir wieder ein. Ein Hotelzimmer im Sheraton in Stockholm. Ein fremder Mann ohne Namen, Alter und Nationalität.

Plötzlich sehne ich mich zurück nach meiner Einsamkeit und meinem eigenen Zimmer. Ich hebe seinen Arm an und rutsche darunter aus dem Bett, auf den Boden, taste dann in der Dunkelheit nach meinen Kleidern. Die Fingerspitzen sind sehr sensibel. Sie erkennen den Unterschied zwischen seiner Unterhose und meinem Slip, lassen schnell los, als sie sein weißes Hemd zu fassen bekommen, greifen aber eifrig nach meinem eigenen Rock.

Ein lautes Schnarchen lässt mich erstarren, als ich gerade den Reißverschluss hochziehe; einen Moment lang stehe ich regungslos da und halte den Atem an, bevor ich höre, wie er wieder tiefer in seinen Schlaf fällt. Da bücke ich mich und nehme meine Schuhe in die Hand.

Es gelingt mir, die Tür völlig geräuschlos zu schließen.

Mögliches Gespräch (II)

»Hallo«, sagt der Mann am Nebentisch. Torsten sieht ihn an, während er seinen Stuhl herauszieht. Er erkennt die Stimme, kann sie aber nicht unterbringen. Das Gesicht ist ihm vollkommen fremd. Trotzdem nickt er und macht sich wie schon tausend Male zuvor bereit, so zu tun, als wüsste er, mit wem er spricht.

»Wie geht's?«

»Danke, gut. Gratuliere zum neuen Buch.«

»Danke. Was isst du?«

Sollte er sich an den Tisch des anderen setzen? Nein. So gut können sie einander nun doch nicht kennen. Außerdem hat der andere fast aufgegessen; wenn Torsten an seinem eigenen Tisch sitzt, besteht die Hoffnung, dass der andere bald aufsteht und geht.

»Fischsuppe.«

»Ist die gut?«

»Ganz passabel.«

Eine Kellnerin taucht mit einem Brotkorb auf. Torsten nimmt ein Stück und legt es auf seinen Teller, erkundigt sich dann haarklein nach den Zutaten der Fischsuppe, bevor er bestellt. Der andere beobachtet ihn mit einem kleinen Lächeln.

»Du nimmst es sehr genau mit deinem Essen, nicht wahr?«

Torsten zieht die Augenbrauen hoch, antwortet aber nicht.

Wer ist dieser Kerl nur? Ein Journalist, der ihn mal interviewt hat? Oder ein Schriftstellerkollege?

Der andere bricht ein Stück von seinem Brot ab und wischt damit seinen Teller aus, nimmt so die letzten Suppenreste auf, während er sich vorbeugt. Erst jetzt sieht Torsten, dass eine aufgeschlagene Abendzeitung auf dem Tisch liegt. Er wendet den Blick ab, will nicht wissen, was heute in den Abendzeitungen steht. Ihm hat es vollkommen genügt, auf seinem Gang durch die Stadt die Schlagzeilen zu lesen.

»Hast du gesehen?«, fragt der andere und hebt die Zeitung hoch. Torsten starrt auf ein großes Foto von MaryMarie. Sie sieht verkniffen aus. Torsten schüttelt den Kopf. Der andere grinst drauflos.

»Das ist doch verdammt noch mal einfach unglaublich. Mary Sundin ist also mit dem schlimmsten Freier der Welt verheiratet …«

Torsten fährt sich mit der Hand übers Kinn. Was kann er machen? Aufstehen und gehen? Oder dem anderen sagen, er soll zur Hölle fahren? Nein. Damit würde er sich nur eine Blöße geben.

»Hier, hör zu«, sagt der andere und fängt an zu lesen. »*Mary Sundin hat sich als schärfste Kritikerin von Sextourismus und Menschenhandel einen Namen gemacht. Und heute kann Expressen aufdecken, dass der eigene Mann der Entwicklungshilfeministerin vor einigen Jahren Sex in Vladista gekauft hat. Die Affäre endete damit, dass er aus einem Fenster geworfen wurde und sich einen Halswirbel brach. Seitdem ist Sundin querschnittsgelähmt. Für den Ministerpräsidenten sind diese Informationen eine Überraschung. Als Mary Sundin ihren Posten antrat …*«

Die Stimme verwandelt sich in ein Murmeln. Kurz darauf schaut der andere von der Zeitung auf, schüttelt den Kopf und lächelt:

»Håkan Bergman ist heute ein glücklicher Mann.«

Torsten bricht sich ein Stück Brot ab. Offensichtlich hat der andere überhaupt keine Ahnung davon, dass er Mary-Marie kennt. Umso besser.

»Wer?«

»Håkan Bergman vom Expressen. Das ist sein Ding. Er schießt zu gern Sechzehnender ab.«

»Ist Mary Sundin etwa ein Sechzehnender?«

Es gelingt ihm, unbeteiligt zu klingen. Der andere schnaubt nur.

»Na, das ja wohl kaum. Aber Håkan macht seine Opfer gern größer, bevor er sie zu Fall bringt ...«

Du bist neidisch, denkt Torsten. Also bist du selbst Journalist.

»Und du glaubst, er wird sie abschießen?«

»Ich würde drauf wetten.«

Torsten verzieht das Gesicht.

»Aber sie kann ja wohl kaum für das verantwortlich gemacht werden, was ihr Mann möglicherweise getan hat.«

Der Blick des anderen bleibt leicht verächtlich, er nimmt einen Zahnstocher aus einem Glas auf dem Tisch und kaut darauf herum.

»Darum geht es doch nicht«, sagt er schließlich.

»Worum denn?«

Der andere nimmt den Zahnstocher aus dem Mund, betrachtet ihn einen Moment lang, ehe er ihn in der Mitte durchbricht und die Stückchen in den Aschenbecher wirft.

»Um die Lügen natürlich.«

»Hat sie gelogen?«

Der andere schiebt seinen Stuhl zurück. Schön. Er will gehen.

»Zumindest hat sie nicht die ganze Wahrheit gesagt.«

Torsten zieht die Augenbrauen hoch.

»Und was ist die Wahrheit?«

»Gute Frage«, erwidert der andere, während er sich die

Jacke überzieht. »Die kannst du ja dem Ministerpräsidenten stellen.«

»Nee, nee«, widerspricht Torsten, und es gelingt ihm zu lächeln. »Das glaube ich kaum.«

»Nein«, stimmt der andere zu. »Ich allerdings auch nicht.«

Zu Hause

»Mein Gott«, sagt Sissela. »Wie spät ist es?«

Ich halte ihr meine Armbanduhr hin. Halb zwölf. Zeit, ins Bett zu gehen. Aber ich habe keine Lust, schlafen zu gehen. Ganz im Gegenteil. Mir geht es gut, alles ist plötzlich einfach und selbstverständlich. Welche Macht habe ich denn gefürchtet? Die Macht, die erniedrigen kann. Und welche Macht besitzt der Bergkönig, um mich noch weiter zu erniedrigen? Fast keine mehr. Andererseits ist er ja erfinderisch ... Bah! Ich schiebe den Gedanken beiseite. Gleichgültigkeit gibt es immer. Sie schützt. Und es ist schön, endlich in seiner eigenen Küche zu sitzen, die Füße auf dem eigenen Küchentisch, und Rotwein zu trinken. Aber Sissela ist nicht so entspannt. Sie zieht die Abendzeitungen zu sich heran und fängt an, darin zu blättern, fährt dann mit dem Zeigefinger über eine Programmübersicht, bevor sie aufschaut.

»O Scheiße. Wir haben es verpasst.«

Ich runzle die Stirn. Was haben wir verpasst?

»Magnus' Film. ... Den er in Vladista gedreht hat.«

Ich verziehe das Gesicht. Ach so.

»Es sollte anschließend so eine Art Diskussion geben. Vielleicht läuft die noch ...«

Ich zeige auf die Fernbedienung. Sie liegt auf dem Spültisch. Der Küchenfernseher hängt hinter Sissela, sie schaut sich suchend um, bevor sie ihn entdeckt, drückt dann planlos auf die Fernbedienung. Die Welt flimmert vorbei, Spätnachrichten, Konservengelächter, das übertrieben gefühlvolle Melodieeiern eines Symphonieorchesters. Aber kein Film und keine Diskussion.

»Nein«, sagt Sissela. »Wir haben es verpasst.«

Ich schnaube. Der Verlust ist zu verschmerzen. Sissela trinkt einen Schluck Wein.

»Er ist billig«, sagt sie dann. »Richtig billig.«

Ich ziehe fragend die Augenbrauen hoch. Wer?

»Außerdem ist er faul. Aber da ist er ja nicht der Einzige. Es ist verdammt noch mal so viel einfacher, jemandem eine Kerze in den Arsch zu stecken, als wirklich etwas zu schaffen. Damit beschäftigt sich doch die ganze Bande. Tabubruch. Billige Sensationen. Und dann stecken sie die Nase hoch in die Luft und brüsten sich mit dem, was sie sich doch trauen, obwohl alle wissen, dass es keine einfachere Art gibt, sich Aufmerksamkeit zu verschaffen und sein kulturelles Kapital zu mehren, als ein Tabu zu brechen. Und darauf war er ja auch aus. Auf Aufmerksamkeit. Und nichts anderes. Er hat es sich immer sehr einfach gemacht. Aufgepasst, was gerade am Laufen ist, aber sich davor gehütet, irgendetwas ernst zu nehmen. Deshalb hat er so viel von Solidarität geheuchelt, während er gleichzeitig aufgepasst hat, sie aus jedem erdenklichen Winkel abzulichten, wenn sie Gurken, Fäuste und Flaschen drin hatte in ... Es war einfach eklig.«

Magnus also. Ich nicke zustimmend, obwohl ich die Ausstellung nie gesehen habe. Die Bilder in den Zeitungen genügten, Fotos von dem Mädchen und Fotos von Magnus, wie er sein mildes Lächeln zur Schau stellt. Kein Wunder, dass Torsten einen Wutausbruch in der Dagens Nyheter bekam.

»Kannst du vergeben?«, fragt Sissela plötzlich.

Ich richte mich auf. Es gibt Dinge, über die wir nicht reden.

»Ich meine nicht Magnus, sondern ...«

Sie hält eine Zigarette in der einen Hand und das Feuerzeug in der anderen. Wenn ich reden könnte, würde ich das Ganze scherzhaft abtun und sagen, dass ich bereit sei, alles zu verzeihen, nur nicht das, was sie gerade tun will, denn niemand, der in meiner Küche raucht, kann mit Vergebung rechnen. Aber ich kann nicht reden. Ich bin gezwungen zuzuhören.

»Wie auch wir vergeben unseren Schuldigern«, sagt Sissela. Dann zündet sie sich ihre Zigarette an und bleibt reglos sitzen, schaut ihrem eigenen Rauch hinterher. Ich nicke nicht, bewege mich nicht.

»Mein Vater ist letzten Sommer gestorben«, sagt sie dann.

Ich ziehe die Augenbrauen hoch. Davon hat sie mir nichts erzählt, es mich nicht einmal erahnen lassen. Ich öffne den Mund, um etwas zu sagen, schließe ihn aber gleich wieder. Sinnlos. Aber ich bin überrascht: Soweit ich weiß, hatte Sissela seit unserem ersten gemeinsamen Mittsommernachtsfest keinen Kontakt mehr zu ihrem Vater. Ich weiß fast nichts von ihm, in den letzten dreißig Jahren ist er nur in kurzen Nebensätzen vorbeigehuscht. Tischler. Alkoholiker. Grob. Marxist von der alttestamentarischen Sorte. Ihre Mutter war genauso unsichtbar: Sie starb, als Sissela sechs Jahre alt war, und hinterließ nur punktuelle Erinnerungen.

»Er ist achtundsiebzig geworden«, sagt Sissela. »Was ziemlich außergewöhnlich ist, wenn man bedenkt, wie viel er qualmte und soff.«

Sie guckt auf ihre eigene Zigarette, schüttelt dann den Kopf.

»Es war der Nachlassverwalter, der Kontakt zu mir aufgenommen hat... Da war der Alte schon ein paar Wochen tot. Aber noch nicht begraben. Tiefgefroren. Zuerst wollte ich mich gar nicht mit dem alten Mistkerl befassen, aber dann ...«

Sie seufzt.

»Ich musste einfach nach Hause fahren. Ja, nach Hause zu ihm, meine ich. Er ist in der Zweizimmerwohnung in Aspudden wohnen geblieben, bis zu seinem Tod. Es sah noch genauso aus wie früher. Fast, jedenfalls. Irgendwann in den Siebzigern müssen sie für ihn neu tapeziert haben. Aber es waren dieselben Möbel, derselbe braune, eklige Dreck wie früher. Nur noch mehr Glasringe auf dem Tisch. Und mehr Brandflecken. Und überall Kippen, im Waschbecken, im Klo, in der Badewanne, auf dem Flurfußboden. Leere Flaschen natürlich auch. Überall. Im Besenschrank, unter dem Küchentisch, in einer Ecke im großen Zimmer, unter dem Bett im Schlafzimmer. Allein fürs Pfand hätte man ein Dauerwohnrecht kaufen können. Obwohl er das nie gemacht hätte. Nur Spießbürger kümmerten sich ja um materielle Dinge. Da stand er drüber. Weit darüber.«

Sie zieht wieder an der Zigarette, ihr Blick ist weit weg, die Oberlippe geschürzt.

»Und die Bettlaken ... Total grau mit merkwürdigen schwarzen Punkten. Wie Läuse. Aber das waren keine Läuse. Das war etwas Schwarzes, Schmieriges. Vielleicht Kautabak.«

Ich sehe sie vor mir, wie sie in einem braunen kleinen Zimmer steht und auf einen Haufen Bettzeug auf dem Boden starrt. Eine rote Steppdecke. Ein Kissen mit gestreiftem Überzug. Dreckige Laken. Die Jalousien sind heruntergelassen, weißer Sonnenschein dringt durch die Spalten und malt Streifen auf den Boden. Ein kleiner Kreis von Brandflecken am Kopfende des Betts. Aber Sissela trägt eine weiße Hose. Sie hat an jedem Finger einen Goldring. Ihr Haar glänzt. Sie bewegt sich nicht.

Doch, sie bewegt sich. Sie sitzt breitbeinig an meinem Küchentisch und zieht heftig an ihrer Zigarette.

»Ich habe eine Firma beauftragt, die ganze Wohnung zu

entrümpeln und alles auf die Müllhalde zu fahren. Ich habe nichts mitgenommen, es gab nicht einmal ein Handtuch in der Wohnung, das ich hätte haben wollen. Und dann habe ich ihn begraben. Nur um gehässig zu sein. Ich habe Pfarrer, Kirchenlieder und den ganzen Mist organisiert. Er hat ja Religion und alles Kirchliche verabscheut, Opium fürs Volk und so... Also habe ich einen Pfarrer bestellt und ihn nach dem üblichen schwedischen Kirchenritual begraben.«

Sie wirft mir einen kurzen Blick zu.

»Das war Anfang August. Du warst in New York.«

Ich nicke. Stimmt. Ich erinnere mich. Wir hatten seit über einer Woche nicht miteinander gesprochen, und als ich sie anrief, war sie kurz angebunden und schroff.

»Aber die Rache war nicht geglückt. Es waren ja nur ich, der Pfarrer und der Organist da. Außer meinem Vater natürlich. Und der Organist spielte etwas zu schön, und der Pfarrer sprach etwas zu gut, sodass es mir hinterher ziemlich schlecht ging. Es dauerte seine Zeit, bis mir aufging, warum.«

Einen Moment lang starrt sie ihre Kippe an, steht dann auf, geht zum Spülbecken, lässt Wasser über die Glut laufen. Auf dem Rückweg stellt sie das Küchenfenster auf Kipp. Ich hole tief Luft. Nachtluft schmeckt frisch wie Wasser.

»Das hatte etwas mit Vergeben zu tun. Mit diesen Zeilen im Vaterunser: *Und vergib uns unsre Schuld, wie auch wir vergeben unsren Schuldigern.* Ich habe nachts wachgelegen und darüber nachgedacht. Denn wie soll man vergeben können? Nicht zu vergeben ist gefährlich, das weiß man ja, dann wird man verbittert, griesgrämig und stirbt früher. Also sollte man, wenn aus keinem anderen Grund, schon um der Gesundheit willen vergeben. Oder aus kosmetischen Gründen, damit man nicht mürrisch wird und alle Menschen einen hassen. Aber wie macht man das? Wie geht das? Wie kann es Vergebung geben, wenn es Gott nicht gibt?«

Sie steht breitbeinig mitten im Raum und sieht mich an, wischt sich mit einer männlichen Geste über den Mund.

»Versöhnung ist etwas anderes«, fährt sie fort und sucht erneut nach ihrem Zigarettenpäckchen. »Versöhnung ist auch ohne Gott möglich. Zwei Menschen können sich versöhnen, sie können ihre Schuld austauschen und einander verzeihen. Das ist gegenseitig. Und ein Mensch kann sich vielleicht auch mit sich selbst aussöhnen. Aber ich brauchte keine Versöhnung, ich brauchte Vergebung. Ich musste in der Überzeugung gestärkt werden, dass mein Vater in meiner Schuld stand. Denn ich war doch nur ein kleines Kind. Was konnte ein kleines Kind ihm schuldig sein? Welche Verantwortung kann eine Sechsjährige haben? Hä?«

Wir starren einander kurz an. Ich spüre, wie meine Kiefer wortlos auf einer Frage kauen. Was hat er getan? Sissela lässt sich wieder an den Küchentisch sinken.

»Aber wie soll man Vergebung für einen Besoffenen finden, der eine traurige Sechsjährige schlägt? Der eine Neunjährige die Kotze aufwischen lässt und dann ein Höllenregiment über sie führt, wenn er wieder nüchtern ist? Der höhnisch und neidisch ist? Der sich nicht ein einziges Mal an einen Geburtstag erinnert und nie, nie ein Weihnachtsgeschenk kauft? Und warum soll ich dann als Erwachsene herumlaufen und ein schlechtes Gewissen haben, weil ich nichts mit ihm zu tun haben will? Mein Gott, manchmal war ich schon kurz davor, religiös zu werden, nur um einen Zugang zu diesen Worten zu finden. Vergebung. Gnade. Aber das geht nicht. Ich kann nicht glauben, so sehr ich es auch versuche. Der Himmel ist leer.«

Sie bleibt einen Moment lang bewegungslos sitzen, bis plötzlich ihr Blick flackert.

»Und du«, fragt sie dann, »hast du vergeben? Wirklich?«

Das Geräusch, das meiner Kehle entweicht, erschreckt mich selbst. Ich fauche. Sissela zieht sich schnell zurück.

»Verzeih«, sagt sie. »Ich habe es nicht so gemeint ... Vergib mir.«

Aber ich weiß ja auch nicht, wie man das macht.

Marie hat nicht vergeben, weder sich selbst noch irgendeinem
anderen. Dagegen weicht sie geschickt gewissen Gedanken
aus. Lässt sie ganz einfach nicht zu, tut sich selbst und der
Welt gegenüber so, als wäre das, was passiert ist, gar nicht
passiert. Deshalb lächelt sie, als sie sich an den Frühstückstisch setzt. Alles, was ihr in Hinseberg gefehlt hat, liegt jetzt
auf ihrem Teller: ein warmes Brötchen, eine Scheibe Papaya,
ein Klacks englische Marmelade. Außerdem hat sie sich Kaffee in eine Teetasse eingegossen. Sie ist unersättlich. Nicht
satt zu kriegen. Ewig hungrig.

Als sie Butter auf ihr Brötchen gestrichen und die Marmelade darauf verteilt hat, schlägt sie die Dagens Nyheter
auf, beugt sich kurzsichtig eine Weile über den Leitartikel
und blättert dann weiter. Mitten in der Bewegung hält sie
inne. An ihrem Tisch steht ein Mann, ein Mann in schwarzer
Hose und weißem Hemd, ein Mann, der einen Zeigefinger
in den Aufhänger seiner Jacke geschoben hat, um sie mit
einem nonchalanten Griff über der Schulter zu halten. Er
lächelt. Marie blinzelt. Was will er? Warum sieht er plötzlich aus wie ein glücklicher Gigolo? Die Nacht ist vorbei. Er
hat seine Bestätigung und seinen Orgasmus gehabt und sie
selbst, was auch immer sie brauchte. Warum sollen sie dann
noch miteinander reden?

»Morning«, sagt er.

Sie schenkt ihm ein höfliches Lächeln. Ihre Stimme ist
vollkommen neutral.

»Good morning.«

»I didn't notice when you left.«

Sie runzelt die Stirn.

»Excuse me?«

Mit hochgezogenen Augenbrauen schaut Marie ihn verwundert an. Der Mann in dem weißen Hemd versucht ein Lächeln, doch das erlischt auf halbem Weg. Er räuspert sich.

»Last night …«

Marie versucht einen neuen Gesichtsausdruck. Leicht erstaunt.

»Yes?«

»I didn't notice when you left.«

Marie hebt ihre Tasse. Ihre Oberlippe kräuselt sich kurz.

»I'm sorry, but I haven't the faintest idea of what you are talking about. Have we met?«

Das wirkt, sein Blick flackert, und er ändert die Körperhaltung. Die Jacke hängt nicht mehr über der Schulter, sie liegt jetzt über seinem Arm und schützt den Bauch.

»Sorry. I thought you were somebody else.«

Marie lächelt verhalten.

»No problem.«

Sie schaut ihm hinterher, als er zum Büfett geht. Was hat er geglaubt? Dass sie ihn heiraten wolle? Irgendwo in ihrem Hinterkopf setzen die Mädchen in Hinseberg zum Applaus an. Gut so! Verweigere dich!

Es klingelt an der Tür. Ich schlage die Augen auf, bleibe unbeweglich liegen und horche. Weißes Licht im Erker. Es ist bereits Morgen.

Das Radio in der Küche läuft. Jemand geht über den Flur zum Eingang, jemand, der drinnen Straßenschuhe trägt. Sissela. Die Pfleger huschen immer auf Socken herum. Die Haustür wird geöffnet. Gedämpfte Stimmen. Die Tür schließt sich wieder. Sekunden später klingelt es erneut. Niemand öffnet, doch derjenige, der draußen auf der Treppe steht, gibt nicht auf. Er drückt immer und immer wieder auf die Klingel. Die Tür öffnet sich wieder, und jetzt kann ich hören, was Sissela sagt. Sie spricht mit einigem Nachdruck:

»Kapieren Sie das nicht? Die Antwort ist Nein, Nein und nochmals Nein.«

Ich schaue zur Decke, verziehe das Gesicht. Das muss ein Journalist sein, und Sissela scheint ihr gesamtes Medientraining vergessen zu haben. In ihrer Morgenlaune war sie noch nie besonders umgänglich.

»Welches Wort kapieren Sie nicht? Nein oder nein?«

Ein längeres Gemurmel von der Person draußen auf der Treppe.

»Und wie soll das verdammt noch mal laufen? Sie kann doch nicht sprechen!«

Erneutes Gemurmel.

»Nein, ich kann Ihnen versichern, dass er das nicht ist! Kein Stück, verdammt noch mal!«

Die Tür fliegt wieder mit einem Knall zu. Er? Hat dieser Journalist etwa versucht, ein Interview mit Sverker zu bekommen?

Wieder klingelt es an der Tür. Dieses Mal öffnet Sissela nicht. Aber sie schreit so laut, dass derjenige, der draußen steht, sie trotzdem hören muss.

»Wenn Sie noch einmal die Klingel anrühren, Sie Scheiß-Zeitungsfritze, dann rufe ich die Polizei und zeige Sie wegen Hausfriedensbruch an!«

Ich krieche unter die Decke. Ziehe sie mir über den Kopf.

Marie geht eine Treppe hinauf. Es ist ein Östermalmstreppenhaus mit glänzendem Handlauf und bleieingefassten Fenstern. Bereits im ersten Stock hört sie, wie Katrin die Tür im zweiten öffnet.

»Marie!«

Sie geht schneller, sieht schon, als sie auf halber Höhe ist, dass Katrin die Arme ausgebreitet hat. Sie antwortet mit der gleichen Geste. Eine Umarmung ist das Mindeste, was sie

Katrin als Dank für all ihre Hilfe geben kann. Es ist leer im Wartezimmer, nur Annie, Katrins Sekretärin, lächelt sie aus ihrem Büro gegenüber an. Willkommen in der Freiheit!

Katrin legt ihren molligen Arm um Marie und schiebt sie in ihr eigenes Büro.

»Nun«, fragt sie dann, während sie die Tür schließt. »Wie fühlst du dich?«

Marie macht eine kleine Bewegung mit dem Kopf. Hinseberg ist noch in ihr, vielleicht wird es immer in ihr bleiben. Aber das kann sie ja nicht sagen. Wieder lacht Katrin.

»Du hast nicht vergessen, wie man Türen auf- und zumacht?«

Marie antwortet mit einem Lächeln. Im letzten Herbst verbrachten sie eine ganze Besuchsstunde mit den gängigsten Knastklischees. Katrin liebt Klischees, besonders wenn es ihr gelingt, sie so zweideutig werden zu lassen, dass männliche Kollegen unsicher werden, ob sie es nicht vielleicht doch ernst meint. Es wird nicht erwartet, dass Frauen Männer veralbern. Schon gar nicht Juristinnen. Aber Marie weiß, worum es geht, sie spielt mit.

»Nein. Ich habe ja die ganze letzte Woche geübt.«

Kartin lässt sich auf ihren Schreibtischstuhl fallen. Er ist aus weinrotem Leder und muss ein Vermögen gekostet haben. Sie stützt ihr Kinn in die Hände und lächelt.

»Und heute ist der erste Tag vom Rest deines Lebens.«

»Ganz genau.«

»Und du hast das Vergangene gebüßt und stellst dich der Zukunft.«

»Stimmt.«

»Und es geht dir so, wie du es verdienst?«

»Nämlich hervorragend.«

»Wundervoll. Und jeder Tag ist ein neuer Anfang?«

Marie lächelt immer noch, auch wenn sie das Spiel langsam satthat.

»Und«, sagt sie. »Habe ich noch Geld?«

»Ha!«, ruft Katrin. »Geld ist das Einzige, was du noch hast. Abgesehen von einer klugen Anwältin.«

Sissela steht mit einem Tablett in der Hand in der Tür. Wir sehen einander an und sind uns, ohne ein Wort zu wechseln, einig, dass das, was heute Nacht geschah, nicht geschehen ist. Die Grenze ist wiederhergestellt.

»Hast du gehört?«

Ich komme in halb sitzende Stellung hoch und nicke. Sissela stellt mir das Tablett auf den Schoß und lässt sich auf der Bettkante nieder.

»Verdammter Schwachkopf.«

Ich wünschte, ich könnte sie bitten, es etwas vorsichtig anzugehen. Man soll Journalisten nicht ohne Not ärgern, sie sind nachtragend wie Elefanten.

»Er wollte dich interviewen. Und als ich ihm das abschlug, wollte er Sverker interviewen. Und dann fing er an von Magnus und seinem Film und dem Billardverein Zukunft, was immer das damit zu tun haben soll.«

Ich verziehe das Gesicht. Aha. Håkan Bergman ist also zurück in der Stadt. Und er hat seine Verbindungen spielen lassen. Das ist schlecht. Er wird mir nie diese Verwarnung verzeihen, ich werde den Kopf dafür hinhalten müssen, dass ich Magnus kenne. Ministerin, Freier und Skandalkünstler, ja, das reicht auf jeden Fall für eine Mittelseite.

Sissela sitzt eine Weile still da. Vielleicht denkt sie genauso, ist aber klug genug, nichts zu sagen, dreht nur den Kopf weg und lässt ihre Stimme neutral klingen.

»Sverker ist unter der Dusche.«

Ich nicke. Aha.

»Er fängt an zu schrumpfen.«

Ich nicke. Ja, ich habe es auch bemerkt. Krankengymnastik zweimal wöchentlich genügt nicht. Er schrumpft.

»Und sein Haar ist so grau geworden ...«

Ich hebe die Hand. Das reicht. Sissela seufzt und sackt ein wenig in sich zusammen. Eine Weile bleibt es still, bis sie sich plötzlich wieder aufrichtet und eine Hand auf meine Bettdecke legt.

»Ich habe dir für heute Mittag ein paar Brote in den Kühlschrank gestellt.«

Ich lächle, versuche es wie ein wortloses Dankeschön aussehen zu lassen.

»Denn ich muss jetzt bald los. Muss noch einiges organisieren, bevor ich abreise.«

Sie weicht meinem Blick aus.

»Torsten kommt um zwei.«

Ich schüttle den Kopf. Nein. Sissela schaut mir in die Augen.

»Doch. Wir können dich nicht allein lassen.«

Wer ist wir? Sie und Torsten? Seit wann sind die beiden denn ein Wir?

»Du brauchst jemanden. Das weißt du. Solange es dir nicht besser geht. Falls was passiert.«

Ich schüttle noch einmal den Kopf. Aber sie kümmert sich nicht darum, steht nur auf und zieht ihren Pullover glatt. Schwarzer Rollkragen heute.

»Ich lasse von mir hören, sobald ich wieder zu Hause bin.«

Ich krieche wieder unter die Decke.

Katrin will zum Mittag ins Gyllene Freden einladen. Sie gehen wie zwei Freundinnen durch die Stadt, aber schon am Norrmalmstorg ist der Gesprächsstoff erschöpft. Zumindest Maries, denn nach kurzem Schweigen beginnt Katrin von einem Fall zu erzählen, der nächste Woche vors Amtsgericht kommen soll. Es geht um Brandstiftung, und die Beweise sind ziemlich erdrückend, aber das arme Mädchen... Marie hört nur mit halbem Ohr zu, sie hat andere Dinge, über die sie nachdenken muss. Wird sie es heute sowohl zur Bank als auch zum Möbellager schaffen oder gezwungen sein, noch eine Nacht in Stockholm zu bleiben? Soll sie sich – der Gedanke lässt sie erschauern – etwa zum Råcksta-Friedhof begeben und eine Blume auf Sverkers Grab legen? Sekunden später schüttelt sie den Kopf über sich selbst. Nein, das nicht. Auf keinen Fall. Katrin interpretiert die Bewegung als Zustimmung.

»Nein«, sagt sie. »Das finde ich auch nicht. Und schon gar nicht, wo es sich doch um ein so junges Mädchen handelt...«

Wie jung? Und was hat sie getan? Marie traut sich nicht zu fragen, normale Höflichkeit erfordert schließlich, dass sie hätte zuhören müssen. Katrin verdient ihre Aufmerksamkeit, ohne ihre Hilfe hätte Marie schnell genauso ausgestoßen und arm wie die meisten entlassenen Frauen aus Hinseberg dagestanden. Trotzdem macht sich eine leichte Verärgerung in ihrem Hinterkopf bemerkbar. Was ist das für ein Spiel, das Katrin hier spielt? Warum müssen sie so tun, als wären sie beste Freundinnen, wenn sie doch in Wirklichkeit Käuferin und Verkäuferin sind, Mandantin und Anwältin? Es gibt keinen Grund für Vertraulichkeiten zwischen ihnen. Es gibt genau besehen überhaupt keinen Grund für irgendwelche Vertraulichkeit zwischen Marie und irgendeinem Menschen auf der Welt. Und sie will es auch gar nicht anders haben.

»Ich glaube, es lag an der Obdachlosigkeit«, sagt Katrin.

Marie gibt einen leisen Laut von sich. Er kann als Zustimmung gedeutet werden, und das genügt Katrin, um weiterzusprechen.

»Sogar schon Anfang des 20. Jahrhunderts wurde eine Studie über Pyromaninnen gemacht. Das waren kleine Mädchen, die weggeschickt wurden, damit sie Mägde wurden, und die nicht wieder nach Hause kommen durften. Sie waren im wahrsten Sinne des Wortes heimatlos. Mehrere von ihnen sind freigesprochen worden.«

»Wieso?«

»Offiziell wurden sie als noch nicht strafmündig angesehen, da sie weder ihre Mensis noch Brüste hatten. Aber es gab außerdem eine freudianische Phalanx, die behauptete, dass Feuerlegen die Sehnsucht des Kindes nach dem Licht und der Wärme des Elternhauses symbolisierte. Pyromanie als Trost sozusagen. Oder als Rache für eine schmerzhafte Trennung.«

»Hatte dein Mädchen auch Heimweh?«

Katrin wirft ihr einen Blick zu, Irritation blitzt darin auf.

»Sie ist nicht mein Mädchen. Sie ist meine Mandantin.«

Eine Weile bleibt es still, plötzlich fällt Marie auf, dass sie im Gleichschritt gehen.

»Aber es stimmt, sie hatte Heimweh«, sagt Katrin. »Die ganze Zeit. Sie hat immer noch Heimweh, obwohl sie kein Zuhause mehr hat, in das sie zurückkehren könnte.«

Nach Hause. Zu Hause.

Sverker war gezwungen, fast umgehend zurück nach Stockholm zu fahren. Ich war gezwungen, in Nässjö zu bleiben, alles zu regeln, was zu regeln war.

Schon als wir aufwachten, war etwas anders. Die Balance hatte sich verschoben, die Anziehung hatte den Platz gewechselt, genau wie die leichte Gleichgültigkeit.

Ich folgte ihm nach dem späten Frühstück auf die Straße, hielt meine Ellbogen umklammert, während er sein Sakko auf den Rücksitz warf. Irgendwo in weiter Ferne war Blasmusik zu hören. *Die Internationale*. Es war der Erste Mai, und der Demonstrationszug schien bereits am Stora Torget angekommen zu sein. Ansonsten war die Stadt genauso still wie alle anderen schwedischen Kleinstädte, kein Windhauch rührte an den kahlen Birken, kein Verkehr brauste im Hintergrund, kein Mensch war auf der Straße vor der alten Turnhalle zu sehen.

Als ich klein war, gab es da drinnen immer Tanz. Manchmal saß ich am Fenster meines Zimmers und schaute zu, wie das große Gebäude seine Türen öffnete und den Teil der Nässjöer Jugend schluckte, der nicht in eine der acht Freikirchen ging. Die Mädchen mit wippenden Röcken unter halb zugeknöpften Mänteln hüpften Arm in Arm über den Anneforsvägen. Nervöse Jungen mit kunstvoll gekämmten Pomadefrisuren schlenderten übertrieben lässig hinter ihnen drein. Ich fragte mich, wie es wohl an den Abenden da drinnen aussah, ob die Musik genauso schrill gegen das gewölbte Hartfaserdach prallte wie unsere Rufe und Schritte, wenn wir Gymnastik hatten, und ob der hartnäckige Schweißgeruch, der sich offenbar in jeder Pore des Gebäudes eingenistet hatte, an einem Abend im Monat von Maiglöckchenparfüm und Rasierwasser verdrängt wurde. Ich erfuhr es nie. Als ich groß genug war, um zum Tanzen auszugehen, stand die Turnhalle an Samstagabenden dunkel und verlassen da. Nässjö hatte ein Gemeindehaus mit richtigem Tanzsaal bekommen. Dort roch es nach Rauch und Haarspray, das merkte ich, während ich mitten in der großen Mädchentraube stand und wartete, dass jemand mich aufforderte.

Doch draußen auf der Straße vor dem Haus meiner Eltern roch es nach Frühling. Ich holte tief Atem, sog die frische Luft ein. Sverker deutete das als ein Seufzen.

»Mach dir keine Sorgen«, sagte er. »Ich rufe an.«

Ich machte mir nicht die Mühe, ihm zu erklären, dass ich mir gar keine Sorgen machte, dass ich nicht mehr von ihm erwartete als das, was ich bereits bekommen hatte, dass ich nicht einmal wusste, ob ich überhaupt mehr wollte. Gleichzeitig war ich etwas verblüfft über meine eigenen Gefühle. Er hatte doch etwas gesagt, was niemand sonst bisher gesagt hatte. Wie kam es dann, dass ich eine vage Ungeduld

253

in meinem Körper spürte, eine heranschleichende Irritation darüber, dass er meine Hand nicht loslassen wollte, dass er darauf bestand, jeden einzelnen Knöchel meiner Hand zu küssen? Musste er sich nicht bald ins Auto setzen? Begriff er nicht, dass ich allein sein wollte?

Ein letzter Kuss. Ich machte mich weich in seinen Armen, öffnete bereitwillig den Mund, legte ihm aber dann eine Hand auf die Brust. Das ließ sich als Liebkosung deuten. Oder als ein Versuch, ihn auf Abstand zu bringen. Er umarmte mich noch einmal, drückte mich fest an sich, ehe er schnell losließ und sich – endlich, endlich! – ins Auto setzte.

»Fahr vorsichtig«, sagte ich und warf die Tür hinter ihm zu. Dann drehte ich mich um und ging zurück zum Haus. Meinem Elternhaus.

Obwohl ich den ganzen Vormittag gelüftet hatte, fand ich immer noch, dass es miefte. Alte Luft und alter Rauch. Leichte Chemikaliendünste aus der Wäscherei im Keller. Ich riss wieder die Fenster auf, blieb stehen, ohne zu wissen, was ich machen sollte. Schaute mich im Wohnzimmer um. Sofa mit steiler Rückenlehne aus den Fünfzigern. Ein Tisch mit ausladendem Säulenfuß. Ein Klavier, auf dem nie jemand gespielt hatte. Vertraut und fremd. Meins und doch nicht meins.

Aber ich war natürlich gezwungen, etwas zu tun. Unten in der Wäscherei hingen Kleidungsstücke, die anderen Menschen gehörten. Sie mussten sie zurückbekommen. Die Versicherungsgesellschaft, welche es auch immer war, musste verständigt, die Bank musste benachrichtigt werden. Mama lag in einem Kühlraum in Eksjö. Sie musste beerdigt werden.

Die Einsicht, dass sie fort war, kam mir erst nach einem Jahr. Da waren die Möbel im Haus bereits mit weißen Tüchern zum Schutz vor Staub und Sonne abgedeckt, Mama hatte ein Grab mit Grabstein auf dem Waldfriedhof bekommen, die chemische Reinigung war geschlossen und Frau Lundberg gekündigt, die Maschinen verkauft und der Keller leer geräumt.

Ein paar Tage vor der Walpurgisnacht jenes Jahres setzte ich mich in meinen neuen roten Fiat, den ich mir von Mamas Lebensversicherung gekauft hatte, und fuhr zuerst nach Eksjö und dann nach Nässjö. Papa lag immer noch im Koma. Unter den gestreiften Bettlaken des Landeskrankenhauses sah er eigentlich merkwürdig schutzlos aus. Seine Schnittwunden waren geheilt und die Wangen blass geworden, die Hände lagen friedlich auf der Brust gefaltet, als wäre er bereits tot. Aber es war nicht ausgeschlossen, dass er eines Tages aufwachen würde, sagte der Arzt und bemühte sich, überzeugt dreinzuschauen. Wunder gab es immer wieder.

Ich war mir nicht sicher, ob ich ein Wunder wollte. Ich wusste nicht, was ich sagen oder tun sollte, wenn Herbert plötzlich die Augen aufschlüge. Andererseits wusste ich auch nicht, was jetzt von mir erwartet wurde, solange er unbeweglich und mit geschlossenen Augen dalag. Ich saß eine Weile an seinem Bett und sah zu, wie der Sekundenzeiger auf meiner Armbanduhr langsam über das Zifferblatt wanderte. Dachte nach. Wie spricht man mit jemandem, der nichts hört? Was sagt man? Dass nur drei Personen zu Mamas Beerdigung gekommen sind und dass keiner von uns geweint hat? Dass ich seitdem so mit Sverker und meiner Arbeit beschäftigt war, dass ich so gut wie gar nicht an das gedacht habe, was passiert ist? Dass ich das Wort Eksjö in meinen Kalender schreiben musste, damit ich nicht vergaß, einmal die Woche im Krankenhaus anzurufen, um zu hören, wie es ihm ging? Dass die Erleichterung größer war als die Trauer?

Plötzlich kam mir der Gedanke, dass man diese Fragen addieren könnte und dann eine Summe hätte... Doch was diese Summe über mich selbst aussagen würde, das wollte ich nicht wissen. Deshalb stand ich auf und warf einen letzten Blick auf das Gesicht meines Vaters, das mir so unbekannt war, so vollkommen fremd, das so völlig anders war als das Gesicht, das ich vor mir sah, wenn ich manchmal an ihn dachte. Das Gesicht im Bett gehörte einem Fremden, einem sanften, schmächtigen Mann, den ich nicht kannte.

Genauso ging es mir mit dem Haus in Nässjö. Das sah ich, als ich vor dem parkte, was einmal eine Garage gewesen, dann zu einer chemischen Reinigung umgebaut worden und jetzt nur noch ein leerer Raum mit Zementwänden war. Alles war anders. An dem alten Apfelbaum, der jahrelang tot und kahl dagestanden hatte, schwollen plötzlich Knospen. Die Trauerbirke hatte einen roten Frühlingsschimmer bekommen, den ich nie zuvor bemerkt hatte. Auch das Haus schien seine Farbe geändert zu haben. Früher hatte der Putz den gleichen grauweißen Farbton wie alte Hundekacke nach der Schneeschmelze gehabt, jetzt, im Sonnenuntergang, sah die gesamte Fassade sahneweiß aus.

Im Haus war es still. Stiller als je zuvor. Die Pendeluhr im Wohnzimmer war stehen geblieben. Die Nachmittagssonne schien durch die ungeputzten Fenster herein, die Möbel standen unsichtbar unter ihren Laken, ein Stapel Zeitungen, den ich wegzuwerfen vergessen hatte, lag immer noch auf dem Flurfußboden. Ich trug ihn in die Küche, setzte mich an den Küchentisch und versuchte die Schnur aufzuknüpfen, die ich vor einem Jahr geknotet hatte. Ich schaffte es nicht. Der Knoten war zu fest gezurrt, und meine Fingernägel waren zu abgekaut, als dass es mir gelingen könnte. Stattdessen blieb ich sitzen und starrte auf die Schlagzeile in der Zeitung, die zuoberst auf dem Stapel lag. *Tote bei Verkehrsunfall.* Ich schnaubte. Das war die größte Neuigkeit des Tages gewesen, und dann hatten sie es nicht einmal geschafft, eine richtige Schlagzeile daraus zu machen. Das hier war ein Etikett, ein Saftflaschenetikett. Sie hätten es auf drei Spalten ziehen müssen, präzisieren, woher sie kam, ein Adjektiv hinzufügen und eine Unterzeile, um es ein wenig aufzupeppen. FRAU AUS NÄSSJÖ STARB BEI RÄTSELHAFTEM AUTO- UNFALL *Ehemann schwer verletzt.* So zum Beispiel.

Und plötzlich konnte ich sie vor mir sehen. Herbert und Renate. Meine Eltern. Sie sitzen nebeneinander in dem dunkelblauen Volvo, den Papa erst vor ein paar Wochen vom Händler abgeholt hat. Ist es ein Zufall, dass Renates neuer Mantel genau die gleiche Farbe hat? Vielleicht. Auf jeden Fall ist das nichts, worüber sie sprechen, während sie nebeneinander in dem neuen Auto sitzen. Sie bereden überhaupt nichts, sie schweigen, wie sie jahrzehntelang geschwiegen haben. Wohin fahren sie? Das weiß ich nicht.

Normalerweise gehen sie am Walpurgisabend zu dem Feuer im Hembygdspark und hören dem Schulleiter oder Pfarrer oder irgendeinem anderen großen Sohn der Stadt zu, der eine Rede auf den Frühling hält. Es gibt keine Erklärung dafür, warum sie stattdessen im Auto sitzen und nach Eksjö fahren. Und trotzdem sitzen sie da, Mama in ihrem neuen Mantel, Papa in seinem alten Trenchcoat. Und plötzlich reißt er das Lenkrad herum, ändert die Fahrtrichtung des Autos und zielt auf eine Felswand. Sekunden bevor die Motorhaube auf den Granit schlägt, drehen sie sich um, sehen mich an und heben je eine Hand zum Abschied. Dann überlassen sie die Welt mir.

Und dort, an ihrem leeren Küchentisch ein Jahr später, da begannen sie mir plötzlich zu fehlen. Es gab so vieles, was ich ihnen erzählen wollte. Über mich und Marie und die Kindheit. Dass ich im letzten Jahr zweimal für eine Reportage nach Lateinamerika reisen durfte und dass ich bald nach Indien fliegen würde. Dass ich das Angebot bekommen hatte, Leitartiklerin zu werden, und mir überlegte, es anzunehmen, obwohl ich wusste, dass es unmöglich war, wieder zur Tagespolitik zurückzukehren, wenn man einmal diesen Weg eingeschlagen hatte. Dass ich eine ungewöhnlich schöne Zweizimmerwohnung in Smedslätten gefunden hatte und dass Sverker fast täglich dort übernachtete. Dass wir vom Heiraten redeten, auch wenn ich nicht so recht wusste, woran ich mit ihm war, dass er mich manchmal mit Küssen und Zärtlichkeiten überschüttete und manchmal wie eine flüchtige Bekannte behandelte, dass unsere Beziehung ein Tanz mit komplizierten Schrittfolgen war, bei dem wir ständig die Plätze tauschten. Dass ich mich manchmal fragte, ob ich eigentlich normal sei, weil Sverkers Momente der Gleichgültigkeit für mich etwas Erleichterndes hatten und dass ich mich nach ihnen sehnte, dass die Worte und Gebärden der Liebe mich erschaudern ließen.

Herbert und Renate hatten mich nie erschaudern lassen. Das war ein Trost. Genau wie die Stille.

Sissela ist gegangen. Es ist still im Haus.

Prüfend setze ich einen Fuß auf die abgeschliffenen Holzdielen des Fußbodens und stehe auf. Gehört mein Körper noch mir? Gibt es meine Arme und Beine, meine Haut, mein Haar, die Zunge in meinem Mund? Bin ich nur ein Spiel in Maries Kopf? Eine Kompensationsphantasie. Die, die Sverker am Leben ließ. Die ihn noch hat.

Ich reibe mir die Augen. Ach was. Seitdem ich mit Reden aufhörte, habe ich zu viel gegrübelt, geträumt und phantasiert. Natürlich gibt es mich. Wie sollte ich denn sonst meinen eigenen Geruch bemerken, wenn ich aus dem Bett aufstehe? Wie die Zungenspitze über die Landkarte des Gaumens aus Knorpel, Knochen und Adern gleiten lassen?

Höchste Zeit, sich zusammenzureißen. Eine kalte Dusche. Haare waschen. Sprachübungen. In dieser Reihenfolge.

Marie kommt wieder, während ich unter der Dusche stehe. Obwohl ich es nicht will und sie abzuwehren versuche.

Das Mittagessen ist endlich überstanden. Jetzt sitzt sie an einem kleinen Tisch in der Bank und leert ihr Bankfach. Ein paar Goldarmbänder. Die Schlüssel zum Haus in Hästerum. Ein paar alte Sparbücher. Nein. Sie wird keine Not leiden müssen. Zumindest nicht in den nächsten Jahren. Genau genommen nicht während ziemlich vieler Jahre, wenn sie vernünftig haushält.

Ein schneller Blick auf die Uhr. Doch, ja. Sie schafft es auch noch zum Möbellager. Wenn sie sich beeilt.

Ein Bankangestellter lächelt ihr zu, als sie geht. Sie erwidert sein Lächeln. Bald hat sie Muskelkater in den Mundwinkeln.

Ich selbst bin ernst, als ich die Treppe hinuntergehe. Ernst und ein wenig angespannt.

Sverker sitzt im Wohnzimmer. Seine Hände ruhen wie immer auf den Armlehnen des Rollstuhls. Der Kopf an der Nackenstütze. Geschlossene Augen. Kopfhörer.

»Albatros«, sage ich.

Er öffnet die Augen. Wir sehen einander ein paar Atemzüge lang an, bevor er sie wieder schließt. Annabel steht hinter dem Rollstuhl, sie beugt sich vor und hebt einen der Kopfhörer an, spricht übertrieben deutlich direkt in sein Ohr.

»MaryMarie ist hier.«

Keine Reaktion. Ein kleiner Musikfetzen dringt aus dem Kopfhörer. *A Whiter Shade of Pale.* Natürlich. Er hört seit dreißig Jahren dieselbe Melodie und versteht immer noch nicht, worum es geht. Aber er hat so seine Theorien. Deshalb widmet er ganze Tage dem Studium von Chaucer und brennt eigene CDs, auf denen er Procul Harum mit Bach mixt. Wie ein versponnener Teenager. Das ist aus dem Werbeguru geworden, dem fünffachen Goldei-Gewinner.

»Hallo«, sagt Annabel mit einem Lachen in ihrer hellen Mädchenstimme. »Ist jemand zu Hause?«

Er öffnet immer noch nicht die Augen. Vielleicht hat er Angst, sie mit seinem Blick zu töten. Ich kann ihn verstehen. Aber das ist auch das Einzige, was ich an ihm verstehe. Ansonsten habe ich nicht die geringste Ahnung, was da unter seiner Schädeldecke vor sich geht. Hatte es noch nie. Das erstaunt mich, denn sonst bin ich überzeugt davon, dass ich andere Menschen ganz gut durchschaue, dass ich hören kann, was sie nicht aussprechen, nur indem ich sie anschaue. Die Beamten im Ministerium sind durchsichtig wie Glas. Ein rascher Seitenblick, eine Hand, die sich eine Akte an den Leib drückt, ein steifer Nacken oder eine vorgeschobene Unterlippe sagen alles. Aber Sverkers Körper ist so stumm wie meine Kehle, und er hat sein Gesicht vor mir verschlossen. Zugemacht. Er schließt mich aus, so wie er mich seit mindestens sieben Jahren ausgeschlossen hat.

Annabel legt den Kopf ein wenig schräg.

»MaryMarie geht es auch nicht so gut. Sie hat einen Amnesieanfall.«

Ich höre mein eigenes Seufzen. Wie dumm kann man nur sein? Aphasie. Nicht Amnesie. Mit meinem Gedächtnis ist alles in Ordnung.

»Aber sie wird bald wieder gesund«, plappert Annabel tröstend weiter. »Und dann wird alles wieder wie vorher. Aber jetzt wird sie erst einmal ein paar Tage bei dir zu Hause sein und sich ausruhen. Ist das nicht schön? Vielleicht könnt ihr zusammen Musik hören. Soll ich die Kopfhörer abnehmen und die Lautsprecher anschließen?«

Sverker gibt einen dumpfen Laut von sich. Vielleicht ist das ein Knurren. Es nützt nichts. Annabel nimmt ihm die Kopfhörer ab und drückt auf einen Knopf. Der Lärm aus den Lautsprechern bläst uns fast um. Sverker hört Musik immer auf voller Lautstärke.

»Hoppla!«, sagt Annabel und greift nach der Fernbedienung, drückt hastig ein paar Knöpfe. »Jetzt will ich mal gehen und mich um die Wäsche kümmern. Immer was zu tun, haha ...«

Ich starre ihr hinterher, drehe mich dann zu Sverker um. Seine Augen sind immer noch geschlossen. Er will mich nicht sehen. Vielleicht kann er mir nicht vergeben, dass ich ihm nicht vergeben kann.

Aber ich bin wie Sissela. Ich kann nicht.

Gnade ist leichter zu verstehen als Vergebung. Sie kommt von oben, von Gott oder der Regierung, und sie erfordert nichts außer Schuldbewusstsein. Sie ist kühl und distanziert: Derjenige, der Gnade erteilt, steht in keinem persönlichen Verhältnis zu dem Begnadigten, er ist nicht benachteiligt, nicht einmal beteiligt, sondern hat nur die Macht, Menschen von den Konsequenzen ihrer Handlungen zu befreien.

Ich hatte diese Macht. Ich habe begnadigt. Ich habe an dem großen hellen Tisch gesessen und dem Vortrag des Justizministers gelauscht, genickt, gemurmelt und gehört, wie der Hammer leicht auf den Tisch schlug. Gnade erteilt.

Aber Sverker kann ich nicht begnadigen. Ihm müsste ich vergeben. Doch ich weiß nicht, wie man das macht. Ich weiß nicht einmal, was das ist. Vielleicht ist Vergebung ein Versprechen. Doch was genau verspricht man? Sich nicht an das zu erinnern, woran man sich erinnert? Nicht über das zu trauern, was man betrauert? Das nicht zu verabscheuen, was man von Herzen verabscheut?

Die Musik verstummt einen Moment, dann ist wieder die Orgel und diese hohe Stimme zu hören:

»*We skipped the light fandango* ...«

Ich lege mich aufs Sofa und verschränke die Hände im Nacken. Die Melodie erfüllt das ganze Zimmer, nimmt allen Platz ein, saugt alle Luft an. Die Sonne scheint durch das Fenster herein, die junge Eiche malt einen Schatten an die Decke. Marie hat recht. Sie ist hübsch. Ich habe vor, sie wachsen zu lassen.

Alles ist, wie es ist. So wie es sein muss.

Mögliche Reue

»Aha«, sagt Magnus. »Ja. Wenn ihr euch wirklich dazu entschlossen habt... na gut.«

Er legt den Hörer auf, bleibt dann sitzen und schaut aus
dem Fenster. Draußen prangt der Herbst, das Laub verfärbt
sich von Grün in Orange, die Goldmünzen der Espe zittern. Magnus sucht nach seinen Zigaretten, zündet eine an
und streckt sich dann über den Schreibtisch, um das Fenster
zu öffnen. Der Wind packt es und schlägt es weit auf. Das
macht nichts, obwohl die Zeitung, die aufgeschlagen vor
ihm liegt, zu flattern anfängt. Wenn es ins Zimmer weht,
wird Maud den Geruch nicht bemerken. Sie mag nicht,
wenn er drinnen raucht. Sie mag überhaupt nicht, wenn er
raucht.

Aber jetzt muss er einfach rauchen. Er muss seine Gedanken sammeln und nachdenken.

Sie setzen ihn also ab. Wollen seinen Film nicht zeigen.
Wollen ihm nicht einmal die Zusage geben, ihn dann später
zu zeigen, wenn sich die Aufregung um den Selbstmord des
Mädchens gelegt hat.

Was hat das zu bedeuten? Wie soll er das verstehen?

Er steht auf, bleibt aber eine Weile einfach am Schreibtisch
stehen, ehe er sich wieder auf den Stuhl fallen lässt. Er muss
den Gedanken zulassen. Ihn zugeben. Ihn aushalten. Was
also hat das zu bedeuten?

Es bedeutet, dass er gezeichnet ist. Dass sie der Meinung

sind, es sei seine Schuld, dass das Mädchen sich das Leben genommen hat. Dass nicht nur die Moralapostel ihn schief ansehen werden, sondern auch andere, Leute, die ihm wichtig sind, Menschen, deren Zustimmung er gesucht und herbeigesehnt hat. Er wird zum Schwein der Nation erklärt werden. Wenn er es nicht schon ist.

Doch dabei vergessen sie, dass sie vollkommen freiwillig mitgemacht hat. Dass er sie zu nichts gezwungen hat, dass er nur sehen und verstehen wollte und – wirklich! – ihr Sprachrohr sein. Dass er ihr außerdem so viel bezahlt hat, dass sie diese Tätigkeit mehrere Monate nicht ausüben musste. Und sie vergessen, dass er selbst fast gestorben wäre. Dass sie achtmal auf ihn eingestochen hat und mehrere dieser Stiche ihn lebensgefährlich verletzt haben. Er holt tief Luft. Heute noch kann er spüren, dass es tief im Körper wehtut, ein Gefühl, als klaffe die Wunde da drinnen und wolle nicht heilen. Maud meint, das sei ganz normal. Es sei nichts anderes zu erwarten. Nichts, worüber man sich Gedanken machen müsse.

Er selbst findet das nicht normal. Ein Gefühl, als wollte der Körper bersten und zerspringen, kann doch nicht normal sein.

Aber die Bilder sind zumindest weg, diese Bilder, die während der ersten Monate danach unter den Augenlidern auf der Lauer lagen. Ihr Gesicht, als er sich ihr näherte, ein weißes, alltägliches Gesicht, das plötzlich zersprang und ...

Aber ist sie angeklagt worden? Nein. Nur der Form halber. Sicher, sie wurde vor Gericht gestellt und bekam ein paar Monate Gefängnis. Dennoch wurde sie nicht als schuldig angesehen. Nicht in den Zeitungen. Da gab es hinterher reichlich Analysen, die ihn als den eigentlich Schuldigen hinstellten. Sie sollte man verstehen. Nicht ihn. Und jetzt scheint es noch schlimmer zu werden, jetzt sitzt jeder Zeilenschinder da und wetzt die Feder. Inklusive Torsten Matsson.

Und das Thema, das er eigentlich aufdecken und gestalten wollte, das wird vergessen. Wieder einmal.

Er könnte etwas daraus machen. Das könnte er wirklich. Ein Bild der unmöglichen Begegnung von Ost und West, von Mann und Frau, von Reich und Arm. Er steht wieder auf. Ja. Das ist verdammt noch mal brillant. Und damit hat er die Chance, wieder an die Staffelei zurückzukehren, wonach er sich ehrlich gesagt schon lange sehnt. *Back to basics.*

Er wirft die Kippe aus dem Fenster und zieht sich einen Pullover über. Er will sofort ins Atelier und ein paar Skizzen machen. Die Ideen überschlagen sich in seinem Kopf, vor lauter Eifer zittert er fast.

In dem Moment hört er das Auto in der Auffahrt. Mauds Auto. Ihre Schritte auf dem Kies. Er geht auf den Flur und wirft einen raschen Blick in den Spiegel. Er ist ein wenig blass, aber das ist nur gut so. Blass und ernst. Ein neuer Mann.

»Hallo.«

Sie antwortet nicht gleich, sondern wirft ihm einen prüfenden Blick zu. Ist sie sauer?

»Wie war's in der Arbeit?«

Sie verzieht das Gesicht.

»Spitzenmäßig. Wie immer.«

Er streckt eine Hand aus und versucht sie zu berühren, aber sie weicht ihm aus. Sie setzten beide zum Sprechen an:

»Ich habe eine …«, sagt er.

»Ich habe in …«, sagt sie.

Sie verstummen, bleiben stehen und warten jeweils auf den anderen.

»Du zuerst«, sagt Magnus.

Sie nickt.

»Ich habe in Hinseberg angerufen. Sie ist draußen.«

»MaryMarie?«

»Ja.«

Sie nimmt ihre Tasche und huscht an ihm vorbei, geht aber nicht wie üblich in die Küche, sondern biegt nach links in den Gang ab. Er folgt ihr.

»Kommt sie her?«

Sie wirft ihm einen Blick über die Schulter zu.

»Hierher? Das soll sie nur wagen.«

»Und in ihr eigenes Haus?«

»Das wollten sie mir nicht sagen.«

Jetzt sind sie auf der verglasten Veranda angekommen. Die Dämmerung setzt ein, aber es ist noch immer hell genug, dass man das Haus am anderen Ufer sehen kann. Da brennen keine Lampen.

»Sie ist nicht da«, sagt Magnus.

»Noch nicht«, sagt Maud. »Aber sie kommt. Da bin ich mir sicher.«

»Und was machen wir dann?«

»Nichts. Aber wir vergessen auch nichts.«

Unterwegs

Endlich auf der Autobahn. Der Verkehr wird spärlicher, ich schalte in den Fünften. Katrin sei Dank.

»Du brauchst doch ein Auto«, sagte sie.

Daran hatte ich nicht gedacht. Und musste zugeben, dass sie recht hatte. Natürlich brauchte ich ein Auto, sonst konnte ich nicht in Hästerum wohnen.

»Martin hatte einen alten Toyota. Den kannst du kaufen.«

Ich nickte stumm. Katrins geheimnisvoller Ehemann. Tot oder weggelaufen? Ich wusste es nicht und hatte es nie über mich gebracht zu fragen.

»Ja, aber du? Und deine Tochter?«

Katrin lutschte einen Moment zu lange am Löffel.

»Wir haben schon jeder ein Auto. Das hier brauchen wir nicht. Es steht bloß rum und verstaubt.«

»Und wo?«

»In einer Garage an der Upplandsgatan. Kostet mich fünfzehnhundert im Monat. Du würdest mir einen Gefallen tun ...«

Ich lächelte über meiner Crème Caramel. Wenn das so ist.

Und jetzt, nur ein paar Stunden später, sitze ich in einem roten Toyota, Baujahr 1995, und trete das Gaspedal bis zum Anschlag durch. Der Kofferraum ist vollgestopft mit Kartons, die ich aus dem Lager geholt habe, auf einem Haufen auf dem Rücksitz liegen drei Kleidersäcke mit Kleidern aus einem anderen Leben. Die Möbel werden in ein paar Tagen mit einem Lastwagen kommen. Wie auch immer ich sie nun unterbringen werde.

Ich schalte das Radio ein, ein heftiger Gitarrenausbruch füllt den Innenraum. Schnell schalte ich wieder aus.

War Martin nicht nur Oberlandesgerichtsrat, sondern auch noch Hardrocker? Und ist die Erklärung für Katrins ungewöhnliche Freundlichkeit mir gegenüber bei ihm zu suchen? Was hat sie noch gesagt? So nett bin ich nur zu denen, die ich verstehen kann. Mich hat sie verstanden. Und das, was ich getan habe. Was einiges über Martin und sie sagt.

Die Hand greift wieder ans Radio, aber jetzt bin ich gewappnet und kann parieren. Ich drehe die Lautstärke herunter, bevor es wehtut, und suche dann mit den Fingerspitzen nach einem anderen Sender. Und tatsächlich, da ist P1. Eine Frau verliest in gedämpftem Tonfall das Abendprogramm. Ihre Stimme lässt mich an Twinset und Perlenkette denken, ordentliche Pumps und ein freundliches Lächeln. Diese ganze normative Weiblichkeit, wie Sissela gesagt hätte, deren Codes wir nie so recht verstanden haben. Aber die Frau im Radio weiß alles darüber, deshalb lässt sie ihre Stimme etwas leiser werden, als sie einen weiteren Programmpunkt verkündet. Das, sagt ihr Tonfall, ist es wirklich wert, ernst genommen zu werden:

»Und um 19.35 Uhr unsere Lesereihe ›Fortsetzung folgt‹. Torsten Matsson liest den letzten Abschnitt seines Romans *Der Schatten* ...«

Ich werfe einen Blick auf die Uhr am Armaturenbrett. Noch vierzig Minuten. Achtzig Kilometer. Plus dreißig Minuten mit Torstens Stimme. Sechzig Kilometer. Fast der halbe Weg. Gut, dann kann ich hinterher irgendwo an einer Raststätte anhalten und etwas essen.

Natürlich wollten wir in der Mittsommernacht heiraten. Und natürlich sollten wir in der alten Kirche von Nässjö getraut werden, die auf halbem Weg zwischen der Stadt und Hästerum lag. Holger und Elisabeth wollten es so. Sverkers Eltern. Die bezahlen würden, so, wie es um meine Eltern stand.

»Lass sie machen«, sagte Sverker. Und so durften sie machen.

Das Brautkleid wurde natürlich in Borås genäht, von der besten Näherin in Familie Sundins Fabrik. Sverkers Anzug wurde von einem Rotary-Bruder maßgeschneidert. Der Ring war ein Erbstück von Sverkers Urgroßmutter väterlicherseits. Das Menü wurde von einem Cousin komponiert, einem Gastwirt in Göteborg, der leider nicht selbst kommen konnte, aber zwei Kochschüler als Hochzeitsgeschenk schickte. Das Brautbukett und der Blumenkranz, den ich im Haar tragen sollte, wurden von Tante Agnes aus Vänersborg gebunden, die in der Volkshochschule Kurse im Blumenbinden gab.

Wir selbst kauften Strümpfe und Schuhe. Richtig schicke Strümpfe und Schuhe.

In der Nacht vor der Hochzeit sollten wir in getrennten Zimmern schlafen, befand Elisabeth. Wir ließen sie machen. Deshalb wachte ich am Mittsommermorgen allein auf. Es war noch sehr früh, aber ich hatte keine Lust weiterzuschlafen, sondern schlüpfte lautlos aus dem Bett und schlich auf den Flur hinaus. Es war ganz still im Haus, obwohl ich wusste, dass es voll mit Leuten war. Maud und Magnus waren bereits seit einer Woche hier, Sissela, Per und Anna waren am Abend zuvor gekommen, genau wie zahllose Verwandte aus der Sundin'schen Familie. Tanten hatten meinen Kopf in beide Hände genommen, mich gemustert und mir die Wangen geküsst, Onkel hatten im Hintergrund gegluckst und Sverkers Glück gepriesen. Ich selbst lächelte, so anmutig ich konnte, und ließ sie machen. In dieser Welt gab es keine Abendzeitungsjournalistinnen. Die durfte es nicht geben.

Spät am Abend, nach einem überwältigenden Büfett, hatte ein leicht schwankender Holger seinen Arm um mich gelegt und mich mitten in den Saal geführt.

»Hier seht ihr das Mädchen, das den Sundin'schen Namen weiterführen wird«, sagte er. Sein Gesicht war knallrot. Der Schlips hing schief.

Ich schaute verstohlen zu dem Tisch, an dem der Billardverein Zukunft saß. Sverkers Stuhl war plötzlich leer. Maud saß mit verschränkten Armen da. Anna und Per lächelten. Sissela hatte die Augenbrauen fast bis zum Haaransatz hochgezogen. Ich warf ihr einen fragenden Blick zu. Was sollte ich tun? Sissela zuckte mit den Schultern.

»Was ist ein Sundiner?«, fragte Holger und schaute sich um. »Weißt du das? Gibt es hier jemanden, der weiß, was ein echter Sundiner ist?«

Ich öffnete den Mund, schloss ihn aber gleich wieder. Es wurde natürlich nicht erwartet, dass ich antwortete.

»Ja, meine Liebe«, sagte Holger. »Ein Sundiner ist ein Mensch, der das Leben zu genießen versteht. Einer, der den Wein des Lebens in vollen Zügen trinkt. Der schwer arbeitet. Der viel liebt. Und der sich das Recht nimmt, die Früchte seiner Arbeit zu ernten. Der nichts für dieses sozialdemokratische Solidaritätsgeschwätz übrig hat. Das ist ein Sundiner!«

Er schwankte noch mehr. Ich versuchte so artig zu lächeln, wie ich nur konnte, während ich zum Billardverein Zukunft hinübersah. Wo war Sverker hingegangen? Holger kniff mir in die Wange.

»Diese niedliche Kleine«, fuhr er kichernd fort, »ich hab Kleine gesagt, nicht etwa Beine!, ist wie geschaffen, eine von uns Sundinern zu werden. Sie arbeitet schwer, auch wenn es ein Scheiß-Job ist, den sie hat. Oder etwa nicht? Zeilenschinderin bei so einem Käseblatt, da musst du wirklich was dran ändern ...«

Es war still geworden im Raum. Die Tanten lächelten immer noch, wenn auch nicht mehr so breit wie vorher, die Onkel lehnten sich auf ihren Stühlen zurück und schienen sich zu amüsieren. Elisabeth starrte auf ihren Teller. Maud saß mit geradem Rücken und gerunzelter Stirn da und ließ ihren Vater nicht aus den Augen. Holger reckte sich und blickte sich noch einmal im Saal um.

»Aber, wie gesagt, diese Kleine hier ist wie geschaffen, eine von uns Sundinern zu werden. Sie wird viel arbeiten. Und sie wird ...«

Ich versuchte seinem Druck auf meine Schulter standzuhalten. Vielleicht bemerkte ich deshalb nicht gleich, dass er die andere Hand aus der Hosentasche zog. Plötzlich spürte ich sie auf meiner Brust, zuerst ein rasches Streicheln, dann ein kurzes Zwicken in meine Brustwarze.

»... sie wird viel lieben. Dafür wird mein Herr Sohn schon sorgen. Denn er ist ein echter Sundiner!«

Die Zeit stand still in dem großen Saal, nur ein einziges Herz schlug, nur eine Lunge atmete, nur ein Augenpaar zwinkerte. Holger Sundins. Alle anderen saßen einen Moment lang stumm und reglos da, dann scharrte ein Stuhl über den Boden, und jemand stand auf.

»Entschuldigt mich bitte«, sagte Sissela. »Aber ich muss an die Luft.«

Neuer Wein wurde in halb leere Gläser gegossen. Die Gespräche wurden wieder aufgenommen. Höfliches Lachen war von den Tischen zu hören. Die Sundiner waren sich einig. Das war nicht passiert. Anna und Per sahen es genauso. Wie auch Magnus.

»Ach was«, sagte Anna, als wir später auf dem Bootssteg saßen. »Nein. Das hätte ich doch gesehen.«

»Ich glaube, das ist das Lampenfieber«, sagte Per. »Anna

hat sich vor der Hochzeit auch alles Mögliche eingebildet. Nicht wahr, Liebling?«

Er hatte ihr den Arm um die Schultern gelegt. Anna schmiegte sich an ihn und lächelte.

»O ja, ich war vollkommen durcheinander. Habe mir alles Mögliche eingebildet.«

Sissela war ein schwarzer Schatten in dem blauen Nachtlicht.

»Sie hat sich das nicht eingebildet. Der Alte hat ihre Brust angegrapscht. Ich habe es gesehen.«

Eine Weile schwiegen alle.

»Denk an Sverker«, sagte Magnus. »Mehr sage ich nicht.«

»Ja«, stimmte Per zu. »Setz hier nicht solche Gerüchte in die Welt. Denk an Sverker.«

»Wo ist Sverker?«, fragte Magnus.

Niemand wusste es.

Ich fand ihn eine halbe Stunde später. Er lag auf dem Bauch in seinem Bett in dem braun gestreiften Zimmer, umarmte sein Kopfkissen und atmete tief. Er schlief. Hatte er die ganze Zeit geschlafen?

Jetzt war es Morgen, und er schlief immer noch. Das ganze Haus schlief. Nur ich ging barfuß über den Flur, im Badeanzug, den Bademantel um die Schultern gelegt. Draußen glitzerte der Hästerumssjön. Sverker, dachte ich. Vielleicht wollte er ja …

Dennoch blieb ich nur vor seiner Tür stehen, ohne sie zu öffnen. Was würde passieren, wenn ich ihn weckte?

Er würde lächelnd die Arme nach mir ausstrecken. Er würde mich zu sich ins Bett ziehen. Er würde mit mir schlafen wollen. Er wollte immer mit mir schlafen. Tag und Nacht. Morgens und abends. Vormittags und nachmittags. Das wurde mit der Zeit ziemlich langweilig.

Und ich wollte ja schwimmen gehen.

»Jetzt seid ihr einer der Gefangene des anderen«, sagte Holger. »Und ihr kommt nie wieder frei.«

Sverker hatte sein Jackett ausgezogen. Ich trug die Schuhe in der Hand, der Blumenkranz auf meinem Kopf war etwas verrutscht. Der Hochzeitstag war vorüber, die Mittsommernacht war gekommen, und jetzt gingen wir zum See, zu den Ruderbooten. Holger ging zwischen uns, einen Arm auf meiner Schulter, den anderen auf Sverkers.

»Jetzt hilft nur aushalten. So, wie ich es getan habe.«

»Ach, besten Dank auch.«

Elisabeth ging hinter uns. Holger warf ihr einen kurzen Blick über die Schulter zu.

»Hört nicht auf sie. Sie hat keinen Humor.«

Die Erinnerung an Herbert und Renate flackerte hoch, aber ich schob sie schnell beiseite. Es gab anderes, an das ich denken wollte. Weiche Tannennadeln unter den Füßen. Die Nachtkühle, die mein Rückgrat kitzelte.

»Einige versuchen sich scheiden zu lassen, aber das nützt auch nichts«, sprach Holger weiter. »Sie kommen doch nie frei. Das kostet nur verdammt viel Geld. Nein, wie gesagt, es bleibt einem nichts anderes übrig, als auszuhalten.«

»Vielen Dank für den Ratschlag«, sagte Sverker. »Wir werden daran denken.«

Sein Tonfall war neutral, aber er löste sich beim Reden aus Holgers Griff und streckte mir die Hand entgegen. Wir waren angekommen. Der Billardverein Zukunft hatte sich unten am Wasser versammelt. Wir wollten über den See zu meinem Haus rudern und dort übernachten, die Zimmer in dem Sundin'schen Haus reichten nicht aus, einige Hochzeitsgäste hatten sogar ihr Zelt auf dem Rasen aufgeschlagen. Ich kannte sie nicht, hatte keine Ahnung, wer sie waren, wusste nur, dass sie vollkommen anders waren als meine Eltern. Ein eigenes Völkchen. Ein laut lachendes, ziemlich lärmendes Völkchen.

Sverker nahm meine Hand und legte sie zwischen seine beiden, bevor er seinen Eltern ein braves Lächeln schenkte.

»Gute Nacht, Papa. Gute Nacht, Mama.«

Ich war kurz davor, einen Knicks zu machen, konnte mich aber in letzter Sekunde bremsen.

»Danke für das schöne Fest. Und für alles andere.«

»Mein liebes Kind«, sagte Elisabeth und küsste mich auf die Stirn. »Jetzt hast du trotz allem eine Familie.«

»Gefangene«, wiederholte Holger und schob die Hände in die Hosentaschen. »Denkt an meine Worte.«

Die Überfahrt wurde unsere Hochzeit. Unsere wirkliche Hochzeit.

Anna und ich setzten uns in dem einen Kahn zurecht, Per und Sverker gaben ihm einen Schubs und sprangen an Bord, Sissela, Maud und Magnus schoben mit vereinten Kräften den anderen ins Wasser. Sissela setzte sich an die Riemen. Torsten stand noch eine Weile am Strand, er war nur wenige Minuten vor der Trauung gekommen und musste schon wieder fahren. Er schaute uns nach, ohne mein Winken zu erwidern, als ich die Hand hob, schob stattdessen die Hände in die Hosentaschen und drehte sich um, ging hinauf zum Haus und Auto. Er würde die ganze Nacht durchfahren und morgens die erste Fähre nach Åbo nehmen. Literaturfestival in Finnland. Das durfte er nicht verpassen. Leider, aber er hoffte, wir würden das verstehen …

Als wir aufs Wasser kamen, wurde es still. Jetzt war nur noch das Geräusch der Ruderblätter zu hören, die ins Wasser getaucht und wieder herausgezogen wurden. Der See lag schwarz und schweigend, Nebel spannten weiße Brücken zwischen den Inseln, der Wald wartete dunkel am anderen Ufer. Da erklang eine Stimme, eine klare Mädchenstimme, die die Stille scharf durchschnitt:

»*Du windest aus Schneeball einen Mittsommerkranz …*«

Maud. Es war Maud, die sang. Lautlos zogen Per und Sissela ihre Riemen in die Boote und ließen sie ruhen. Magnus fiel ein:

»... *und steckst ihn dir auf dein Haar.*«

Ihre Stimmen verwoben sich ineinander, hoben und senkten sich, vereinten sich und trennten sich wieder. Auch Anna und Per fielen ein, Sisselas Alt summte wortlos im Hintergrund. Sverker und ich saßen ernst und reglos da. Das war ein Fest: Unsere Freunde sangen für uns. Einen Moment lang ging mein Blick in mein Inneres, und ich konnte mich selbst sehen, sah, wie die Mauern und Zäune, die ich sorgfältig errichtet und bewacht hatte, plötzlich Risse bekamen und zerbrachen. Ich holte tief Luft. Die Welt war nicht nur schlecht. Die Menschen nicht nur gefährlich. Man lief nicht immer Gefahr, in der Umarmung eines anderen Menschen erstickt und vernichtet zu werden.

Ich legte meine geschlossene Hand in Sverkers offene, schaute sie an und dachte zum ersten Mal an dieses Wort, das ich so oft gesagt hatte, weil von mir erwartet wurde, dass ich es sagte, dieses Wort, dessen Bedeutung zu verstehen ich mich trotzdem weigerte. Jetzt konnte ich mir eingestehen, dass es dieses Wort gab, dass es eine Bedeutung hatte. Liebe.

Trotzdem sagte ich nichts, schaute nur auf meine geschlossene Hand, die in seiner lag. Und er verstand. Natürlich verstand er. Er war doch Sverker.

Er tobt. Sitzt in seinem Rollstuhl und brüllt wie ein Tier. Die Stimme ist heiser und unartikuliert. Nur ein paar raue Vokale dringen aus seiner Kehle, ergießen sich in das sonnige, geschmackvoll eingerichtete Wohnzimmer.

Mary fährt vom Sofa auf, sinkt aber gleich wieder zurück, schlägt sich die Hände vor die Ohren und kauert sich zusammen. Irgendwo wird eine Tür zugeschlagen, jemand läuft über den Flur, eine junge Stimme dringt einen Moment lang durch das Gebrüll.

»Was ist? Was ist passiert?«

Annabel hat immer noch die Hand auf der Türklinke. Sie starrt zuerst Sverker an, dann Mary. Keiner von beiden antwortet, doch das Gebrüll verstummt. Sverker hat Tränen in den Augen von der Anstrengung.

»Bring mich hier raus«, sagt er.

»Was?«

»Bring mich hier raus. Ich will nicht hier sein.«

»Aber die Wäsche ...«

»Scheiß auf die Wäsche. Bring mich hier raus.«

Annabel zögert immer noch. Sverker brüllt:

»Jetzt!«

Sie wischt sich die Hände an den Jeans ab, während sie zu ihm läuft, stellt sich hinter den Rollstuhl und löst eine Sperre, schaut dann rasch zu Mary hinüber, die unbeweglich auf dem Sofa sitzt.

»Was haben Sie getan?«, fragt sie. »Was haben Sie mit ihm gemacht?«

Nichts. So lautet die Antwort. Sie hat nichts getan.

Er schrie. Er brüllte. Er tobte. Doch Mary hatte nichts getan.

Ich wünschte, sie wäre in der Lage, das zu sagen, sie könnte aufstehen und sagen, dass das nicht das erste Mal ist, dass Sverker früher auch herumgebrüllt hat, dass er damit anfing, als sie nach der ersten Aphasie wieder sprechen konnte, und dass es seitdem so weitergegangen ist, wenn auch in unregelmäßigen Abständen, dass jetzt jedoch etwas Neues hinzugekommen ist. Früher hatte er gebrüllt, wenn sie über etwas zu reden versuchte, worüber er nicht reden wollte, und deshalb hat sie gelernt, gewisse Worte und Gesprächsthemen zu vermeiden, aber dieses Mal war es nicht so. Sie hat ja gar nichts gesagt, hat sich nicht einmal in seinem Blickfeld befunden. Sie hat nur auf dem roten Sofa gelegen und die gleiche Luft wie er geatmet. Trotzdem hat er geschrien. Mary hat keinen Anteil daran. Sie sollte ihre Unschuld beteuern, stattdessen zieht sie die Schultern hoch, während sie dakauert, einen Arm halb erhoben, als wollte sie sich schützen. Was glaubt sie denn? Dass Annabel sie schlagen wird? Und wenn das geschähe, käme sie dann überhaupt auf den Gedanken, dass es doch möglich ist zurückzuschlagen?

Nein. Sie würde sich zusammenkauern und die Schläge niederprasseln lassen.

Ich bin diese Schuld so leid. Marys diffuse Schuld, meine eigene, ganz offensichtliche, die aller anderen. Wenn ich Ministerin wäre, würde ich einen Tag Amnesie im Jahr verordnen. Vergessen. Vielleicht könnte man dem Trinkwasser etwas beimischen, einen wunderbaren kleinen Stoff, der die gesamte Nation an einem Tag im Jahr von allen schuldbewussten Erinnerungen befreite. Womöglich würde das ein oder zwei Gehirnzellen kosten, doch das wäre es auch wert. An diesem Morgen würden die Mütter mit einem Lied auf den Lippen aus dem Schlafzimmer stürzen, die Väter lächelnd in die Küche stolzieren und den Morgenkaffee aufsetzen, schlecht gelaunte Teenagertöchter würden sich selbst verzeihen, dass sie ihre Eltern peinlich fanden, und picklige Jungen in ihren Betten liegen bleiben und ihre Erinnerung an die nächtlichen Träume auskosten.

Aber es gibt natürlich Menschen, die an so einem Tag vom Wasserhahn ferngehalten werden müssten. Vendela beispielsweise, meine allererste Zellengenossin in Hinseberg. Sie sprach selten über ihr Urteil, aber wir wussten, dass sie die erste Frau seit vielen Jahrzehnten war, die man zu lebenslänglich verurteilt hatte. Zweifacher Raubmord. Äußerst vorsätzlich und äußerst blutig. Sie hatte schwarze Haare mit hellem Ansatz, silberweiße Haut und Augen ohne Pupillen.

Zumindest kam es einem so vor, es gab keine Tiefe in ihrem Blick. Vendela hatte fast immer ein kleines Lächeln auf den Lippen, und trotzdem verbreitete sich eine vage Unruhe über den ganzen Trakt, wenn sie mit ihren Büchern unterm Arm über den Flur ging. Lena lachte nervös, Rosita huschte in ihre eigene Zelle und schob die Tür zu. Gits Stimme wurde um einige Dezibel lauter, sie schlug einen fröhlichen Ton an. Wie lief es mit dem Pauken? War sie denn bald fertige Anwältin? Vendela stoppte, blieb ein paar Sekunden unbeweglich stehen, als schätzte sie die Möglichkeit ab, inwieweit diese Frage als Beleidigung betrachtet werden könnte, bevor sie Gnade vor Recht ergehen ließ und antwortete.

»Ich habe 120 Punkte in Jura«, erklärte sie mit ihrer sanften Stimme. »Aber das reicht nicht zur Anwältin. Man muss auch sein Referendariat bei Gericht ableisten. Unter anderem.«

Git verschränkte die Arme unter ihrem üppigen Busen.

»Na, Gerichtspraxis hast du doch wohl schon mehr als genug.«

Vendela sprach noch leiser, doch das machte nichts, es war so still auf dem Flur, dass keine Silbe verloren ging.

»Was meinst du damit?«

Git biss sich auf die Unterlippe.

»Ach, ich habe nur Spaß gemacht ...«

»Nein«, widersprach Vendela. »Rede weiter. Erklär mir, was du gemeint hast.«

»Na, wir haben doch schließlich alle so unsere Gerichtspraxis ... So habe ich das gemeint. Nur das. Mehr nicht.«

Vendela schüttelte langsam den Kopf. Git, die in ihrem ganzen Leben vor nichts ausgewichen war, wich einen Schritt zurück. Anschließend schwieg sie mehrere Stunden lang.

Ein Schauder überfliegt mich. Vendela kam auch aus Småland. Aus Vetlanda. Ich kann nur hoffen, dass sie nach Stockholm gezogen ist, so wie sie es vorhatte. Der Gedanke, sie auf nur wenige Kilometer Abstand von Hästerum zu haben, wäre nicht gut für meinen Nachtschlaf.

Jetzt höre ich Torstens Stimme aus dem Radio. Ich stelle lauter.

»Dann kam die Einsamkeit. Ich hieß sie willkommen.«

Er liest aus seinem neuen Buch.

Während der ersten Jahre phantasierte ich nie von Torsten. Ich hatte ja Sverker, seinen Körper, sein Lachen, seine Stimme. Ich brauchte keinen Trost, keine Kompensation, keinen Halt.

Trotzdem wurde mein Leben wieder einmal zweigeteilt. Bei der Arbeit war ich die, die ich immer gewesen war, schnell, schlagfertig, hartnäckig. Daheim war ich dankbar, schweigsam, gefügig. Ich kroch in Sverkers Arme, sobald er sie öffnete, lehnte meine Wange an seine Brust, lauschte dem Schlag seines Herzens und gestattete mir nicht zu bemerken, dass er ab und zu die Muskeln anspannte, als wollte er sich freimachen. Essen hatte mich nie interessiert, doch jetzt stand ich immer häufiger in der Küche und wachte über Töpfe und Pfannen. Auf dem Tisch lag eine aufgeschlagene Zeitung, die passenden Immobilienanzeigen waren eingekreist. Was hielt er davon? Ein Haus in Täby oder in Bromma? Oder die große Wohnung auf Leibpacht auf Söder? Er musste entscheiden. Wenn es nur Platz genug gab für alle Kinder, die wir geplant hatten.

Die erste Fehlgeburt kam ein halbes Jahr nach unserer Hochzeit. Die zweite ein Jahr später. Die dritte wiederum ein halbes Jahr danach.

Es waren frühe Fehlgeburten, doch jedes Mal verlor ich ein Kind, dessen Namen und Gesicht ich bereits gut kannte. Anton lächelte das flüchtige Lächeln eines Säuglings. Cecilia hatte ein kleines Grübchen im Kinn. Axel war ein kleiner

Racker, der sich bereits im Alter von wenigen Monaten mit dem Fuß von meinem Schoß abstieß.

Beim vierten Mal konnte ich spüren, wie das Leben begann. Wir waren gerade erst in das Haus in Bromma gezogen und lagen schweigend nebeneinander in unserem erst halb möblierten Schlafzimmer. Sverkers Atemzüge wurden immer langsamer, er schlief gerade nach dem Orgasmus ein, während ich mit offenen Augen dalag und in die Dunkelheit starrte. Etwas passierte in meinem Körper. Ich konnte es ebenso deutlich spüren, wie ich ein paar Tage zuvor gespürt hatte, dass sich ein Ei aus dem rechten Eierstock löste und seine Wanderung begann. Der Eisprung war ein kleiner Nadelstich gewesen, doch was jetzt geschah, tat nicht weh, es war nur eine große Ruhe, die sich von der Gebärmutter weiter in den Körper hinein ausbreitete. Da! Das Spermium erreichte das wartende Ei, strich mit dem Kopf über die poröse Hülle und begann sich hineinzubohren. Ich lag mit gespreizten Beinen auf dem Rücken, die Handflächen auf das Laken gedrückt, wagte kaum zu atmen. Wenn ich die ganze Nacht reglos liegen bleiben konnte, würde das neue Leben es schaffen, sich in die Schleimhaut der Gebärmutter zu bohren und dort einzunisten. Zellen würden sich an andere Zellen heften nach einem geheimnisvollen Grundsystem, und das Kind, dieses Kind, das noch keinen Namen und kein Gesicht hatte, würde überleben. Wir alle würden überleben. Sverker und ich, das Kind und unsere Ehe.

Dieses Mal trat die Fehlgeburt erst im vierten Monat ein.

Ich schrieb gerade einen Leitartikel, als es geschah. Das war immer noch eine Aufgabe, vor der ich vor Ehrfurcht bebte. Jedes Wort und jeder Satz mussten abgewogen und überprüft, jeder mögliche Einwand berücksichtigt werden. Immer noch war ich jedes Mal verblüfft, wenn ich meine Texte gedruckt sah. Woher kam diese glasklare Sicherheit? Wer war diese Person, die nie zu zweifeln schien, während ich doch ständig zweifelte? Und wieso rief sie bei mir Schuldgefühle hervor?

Dieses Mal ging es um die große Abwertung. Ich war dafür, da unsere Zeitung die Regierung unterstützte. Die Argumente standen in Reih und Glied in meiner Stirn parat. Ich brachte eines nach dem anderen zu Papier, während ich zu ignorieren versuchte, dass mein Unterleib immer schwerer wurde, dass etwas in mir langsam hinabzusinken begann. Was bedeutete das?

Ich wusste es. Aber ich wollte es nicht wissen.

Ich blieb am Schreibtisch sitzen und schrieb den Leitartikel zu Ende. Zog dann den letzten Bogen aus der Maschine und redigierte ihn rasch, strich ein paar Wörter und fügte ein anderes hinzu. Dann stand ich auf, fuhr rasch mit der Hand über den kleinen Fleck auf dem Schreibtischstuhl und strich mir dann über den Po, um mich zu vergewissern, dass der sichtbare Teil der Jeans trocken war, dass sich nichts von dem Roten auf den blauen Stoff ausgebreitet hatte. Offenbar nicht. Ich gab den Text beim Schlussredakteur ab, wechselte ein paar Worte mit ihm und lächelte, ehe ich gemächlich zur Damentoilette am anderen Ende des Flurs schlenderte.

Ich hatte noch nie so viel geblutet. Während ich auf der Toilette saß und mich selbst umarmte, konnte ich hören, wie das Blut in die Schüssel tropfte. Das war ein höhnisches Geräusch, fröhlich und munter wie das Tropfen einer Regenrinne im Frühling. Plopp, plopp, plopp. Mein weißer Slip war im Schritt rot geworden, ich starrte ihn eine Weile an, bevor ich mich halb aufrichtete und einen Packen Papierhandtücher nahm. Was sollte ich tun? Sverker war bei einem potenziellen Kunden in Västerås zu Besuch. Der Termin war wichtig, das hatte er mir am Frühstückstisch erzählt, ein Termin, der für seine frisch gegründete Werbeagentur Weichen stellen konnte. Es könnte spät werden. Oder besser gesagt: Es war ziemlich wahrscheinlich, dass es spät wurde.

Arbeitsessen und so. Vielleicht war er sogar gezwungen, in irgendeinem Hotel in Västerås zu übernachten.

Ich stand auf und stopfte mir Papierhandtücher zwischen die Beine, zog den Reißverschluss hoch und wusch mir die Hände, ging dann in die Redaktion und murmelte etwas in der Richtung, dass ich wegmüsse. Niemand protestierte, jeder war mit seinem Kram beschäftigt, nur ein paar Hände hoben sich zum Gruß, als ich mir die Jacke überzog und die Tasche über die Schulter warf. Niemand sah, dass ich mir einen Stapel alte Zeitungen unter den Arm schob.

Auf denen wollte ich im Taxi sitzen. Es war ja nicht nötig, den ganzen Sitz vollzubluten.

Sverker kam am nächsten Tag mit Rosen. Zwanzig roten Rosen.

Der Arzt hatte darauf bestanden, mich einzuweisen, ich brauchte ja eine richtige Ausschabung. Außerdem brauchte ich Pflege. Es sah nicht so aus, als ginge es mir besonders gut. Viel zu blass. Viel zu kleine Pupillen. Viel zu kalte Hände und Füße. Ob ich mit einem Pfarrer oder einer Sozialarbeiterin sprechen wollte? Ich schüttelte energisch den Kopf, fand mich jedoch damit ab, auf eine Station hinaufgebracht zu werden und ein Bett zugeteilt zu bekommen, protestierte erst, als eine Krankenschwester mich daran hindern wollte, aufzustehen. Ich musste doch anrufen! War es so schwer zu verstehen, dass ich meinen Mann anrufen musste?

In Bromma meldete sich niemand. Den ganzen Abend nicht. Die ganze Nacht nicht. Und in Västerås erklärte ein Nachtportier nach dem anderen, dass kein Sverker Sundin in diesem Hotel eingecheckt hatte. Leider, leider. Bedauere außerordentlich.

Aber nun war er also gekommen. Und ich hatte eine Beruhigungsspritze bekommen. Der Operationssaal wartete. Sverker setzte sich auf meine Bettkante, er hatte feuchte Augen. Ich sah ihn mit verschleiertem Blick an und überlegte einen Moment, wie es möglich war, dass er weinen konnte. Ich selbst konnte das nicht, hatte es nie gekonnt. Vielleicht war ich ohne Tränenkanäle geboren. Vielleicht war ich auf andere Weise nicht normal. Sverker blinzelte, eine Träne löste sich: »Was passiert mit uns, MaryMarie?«, fragte er schniefend. »Was passiert nur mit uns?«

Ich sah ihn an und stellte zum ersten Mal fest, dass er ungewöhnlich große Poren auf der Nase hatte. Zwei davon waren schwarz. Das sah eklig aus. Richtig, richtig eklig.

Anna und Per bekamen drei Jungen in sieben Jahren. Gabriel, Mikael und Adam.

Maud und Magnus bekamen ein Mädchen. Ellinor.

Torsten zog zu Annika und bekam zwei Mädchen, bevor er wieder auszog. My und Lo.

Sissela machte eine Abtreibung durch.

Sverker und ich hatten Fehlgeburten. Neun Mal.

Und doch war bei uns nichts verkehrt. Zumindest nichts, was man hätte finden können. Die ärztlichen Untersuchungen zeigten, dass Sverkers Spermien von ausgezeichneter Qualität waren, dass mein Eisprung funktionierte, wie er sollte, und dass meine Eileiter ohne Narben oder Verwachsungen waren. Ein Kind nach dem anderen schlug Wurzeln in meinem Körper, nur um nach wenigen Monaten wieder loszulassen. Weitere Untersuchungen der Gebärmutter zeigten, dass alles in bester Ordnung war, ich hatte ein weiches, gemütliches kleines Nest in meinem Unterleib. Bei der nächsten Schwangerschaft wurde ein Ring um den Gebärmuttermund geschoben, doch der Fötus starb trotzdem, und die anschließende Operation war äußerst beschwerlich.

Unsere Kinder wollen uns nicht haben, dachte ich. Und wen wundert's? Wer würde uns schon haben wollen?

Nach außen hin sah alles gut aus. Sehr gut sogar.

Sverker gewann sein erstes Goldei. Ich bekam ein eigenes Dossier. Unsere Terminkalender waren stets gut gefüllt, trotzdem gelang es uns immer, noch etwas hineinzuquetschen. Harte Arbeit, intensive Freizeit. Bücher und Zeitungen, die man einfach lesen musste, lagen stapelweise bei uns zu Hause herum, Freundschaften mussten gepflegt, Essen arrangiert, Reisen organisiert werden. Wir fuhren mit Magnus und Maud in Sälen Ski, badeten mit Per und Anna im Indischen Ozean, fuhren mit Sissela nach London und mit Torsten nach Paris. Alle trösteten und ermutigten uns. Natürlich würde es klappen! Natürlich würden auch Sverker und MaryMarie irgendwann Kinder kriegen.

Nach der achten Fehlgeburt gaben wir es auf. Die neunte Schwangerschaft war ein Versehen, und als die Fehlgeburt schließlich einsetzte, war ich fast erleichtert. Sverker weinte.

Die Enttäuschung zermürbte uns. Machte uns klein. Ließ den Kern zum Vorschein kommen.

Sverkers neue Sensibilität verwunderte mich. Schon eine traurige Nachricht in der Zeitung konnte ihm die Tränen in die Augen treiben, bei einem sentimentalen Film konnte er geradezu in Tränen schwimmen. Minuten später lachte er laut über Witze, die nur ein Lachsack lustig finden konnte. Er kam am Donnerstag mit Rosen nach Hause, maulte den ganzen Freitag herum und wollte am Samstag auf dem Küchentisch Liebe machen. Am Sonntag bekam er einen Wutausbruch wegen eines kaputten Kühlschranks, schloss sich dann in sein Arbeitszimmer ein und flüsterte am Telefon. Am Montagmorgen erklärte er in gemessenem Ton, dass es wohl spät werden würde. Sehr spät. Ich sollte nicht auf ihn warten.

Anfangs versuchte ich mitzumachen. Ich trocknete ihm die Tränen, wenn er weinte, und lächelte, wenn er lachte, errötete sogar aus Dankbarkeit, als er eines Silvesterabends vor dem gesamten Billardverein Zukunft eine liebevolle Rede auf mich hielt. Ich war eine sagenhafte Frau, er wollte, dass das alle erführen. Phantastisch. Wunderbar. Seine Freunde wussten natürlich, was für ein Glück er hatte, aber nicht einmal sie ahnten, wie tief die Liebe war, die uns verband. Den Frühling über dachte ich oft an diese Rede, tröstete und wärmte mich damit, während ich meine Eisenmedizin trank und die Müdigkeit zu bekämpfen versuchte, die meine ewige Anämie mit sich brachte, doch als Sverker sich auf dem Mittsommernachtsfest erhob und dieselbe Rede noch einmal hielt, rutschte ich unruhig hin und her. Machte er sich über mich lustig? Beim Krebsessen zwei Monate später hatte ich Mühe, meine Mimik unter Kontrolle zu halten, als er mit der Krebszange ans Glas schlug und mit genau den gleichen Worten und Phrasen loslegte. Sagenhaft. Phantastisch. Wunderbar. War er verrückt? Noch am selben Nachmittag hatte er schließlich flüsternd ein Gespräch mit einer anderen Frau geführt, ein Gespräch, das ich zufällig mithörte, als ich den Telefonhörer in der Küche aufnahm, ohne zu wissen, dass er ein paar Minuten zuvor im Arbeitszimmer gewählt hatte.

»Ich liebe dich«, flüsterte er. »Liebe, liebe, liebe dich.«

Die Frauenstimme antwortete mit einem Schniefen.

»Ach, Sverker. Warum ist es nur noch so lange hin bis zum Montag?«

Da hätte ich ihn verlassen können. Theoretisch. Doch ich tat es nicht. Stattdessen verschloss ich mein Gesicht, fuhr den Blutkreislauf herunter und ließ die Kälte sich im Körper ausbreiten. Zum Trost schuf ich mir meine eigene Welt und flüchtete in sie hinein. Jedes Mal, wenn das Telefon klingelte, hoffte ich, es wäre Torsten. Jedes Mal, wenn ich nach der Arbeit zur Tür hinausging, träumte ich, Torsten wartete draußen auf mich. Jedes Mal, wenn ich einsam zu Bett ging, streckte ich die Hand in der Dunkelheit aus und suchte nach Torstens Hand. Manchmal meinte ich sie zu finden.

Gleichzeitig begann ich Sverker zu verachten, seine Sentimentalität, seine Tränen, seine Floskeln über die Liebe. Das waren keine echten Gefühle, nur grelle Imitationen. Wenn er mich wirklich lieben würde, dann würde er mich nicht unterbrechen, sobald ich den Mund öffnete, dann würde er mich nicht gegen das Spülbecken schubsen, wenn er schlecht gelaunt war, würde mich nicht Abend für Abend, Nacht für Nacht im Haus allein lassen.

Aber ich sagte nichts, und ich tat nichts. Ich ging nicht.

Warum?

Weil derjenige, der sich selbst nicht hat, jemand anderen braucht. Wen auch immer.

Torsten macht eine kurze Pause, bevor er den letzten Satz liest, verstummt und setzt erneut an:

»Jetzt wussten wir, dass wir nie frei sein würden. Jetzt waren wir einer der Gefangene des anderen.«

Ich umklammere das Lenkrad noch fester. Aha. Er erinnert sich also an die Hochzeit und den Spaziergang hinunter zum Strand.

»Du Verräter«, sage ich laut. »Du Dieb.«

Die Dame im Twinset mit Perlenkette ist zurück.

»Das war der letzte Teil von …«

Ich stelle das Radio aus und packe das Lenkrad fester. Zeit, ein Motel zu suchen.

Mögliche Meinungsumfrage

Ich antworte nur, wenn ich anonym bleibe. Wenn das so
ist ...

Doch, das war in dieser Mittsommernacht, als Sverker in
die Küche kam. Alle anderen tanzten, nur ich war ins Haus
gegangen, um frischen Kaffee aufzusetzen. Ich legte mich
aufs Sofa, während ich wartete, dass er durchlief. Plötzlich
stand er über mir, beugte sich zu mir herab und küsste mich.
Lange. Intensiv. Ich habe nie etwas Ähnliches erlebt, das war
wie ein kleines Flötensolo in meinem Unterleib. Das klingt
lächerlich, das weiß ich, aber so ein Gefühl war das.

Anna Grenberg

Das muss gewesen sein, als ich zum ersten Mal ins Moderna Museet gekommen bin und Rauschenbergs Ziege gesehen habe. Ich war vierzehn Jahre alt oder so. Meine Mutter meinte, das stelle einen Verkehrsunfall dar, mein Vater
flippte aus, aber total, denn daheim hatten wir nur Elche in
der Abenddämmerung und so. Aber ich verstand, worum es
ging, und von dem Tag an wusste ich, was ich mit meinem
Leben anfangen wollte.

Magnus Hallin, Künstler

Dieses Wort benutze ich nicht. Weder wenn ich schreibe,
noch wenn ich spreche oder denke. Ich verstehe es nicht.
Was bedeutet es?

Torsten Matsson, Schriftsteller

Wenn Sie mich vor zehn Jahren gefragt hätten, weiß ich genau, was ich geantwortet hätte: Das ist der Augenblick, wenn
die Schamlippen sich teilen und man eindringt. Es ist größer
als ein Orgasmus. Viel größer. Denn da hat es eben erst angefangen, da weiß man, dass es die Unendlichkeit noch gibt.
Heute? Nichts. Nur schlafen und vielleicht auch träumen.

Sverker Sundin, Werbedesigner

Das weiß ich nicht. Oder doch, das war vielleicht, als ich
zu Hause in der Küche stand und Radio hörte und das Urteil des Amtsgerichts über MaryMarie verkündet wurde.
Lebenslänglich. Aber die Freude verging ja nach der Beru-
fung. Ich selbst bekam 25 000 als Entschädigung. Für den
Mord an meinem Bruder. Genau. Mord. Man soll die Dinge
beim rechten Namen nennen.

Maud Hallin, Zahnärztin

Als ich nach dem ersten Mittsommernachtsfest nach dem
Abitur von zu Hause fortging. Das war phantastisch. Es reg-
nete zwar, aber das merkte ich gar nicht. Ich war frei. Und
ich wusste da schon, dass ich nie zurückkehren würde.

Dann im weiteren Verlauf des Tages war es ja nicht mehr
ganz so herrlich. Aber ich habe es dennoch nie bereut. Ich
habe nie etwas bereut.

Sissela Oscarsson, Museumsdirektorin

Die Hochzeit. Sollte ich wohl sagen. Oder der Tag, an dem
Gabriel geboren wurde. Aber ehrlich gesagt fällt mir eher
der Tag ein, als ich das erste Mal zu Besuch zu Anna fuhr,
und zwar genau der Moment, als ich sie auf dem Bahnsteig
stehen und warten sah.

Besser als das wird es sicher nicht mehr. Das Leben, meine
ich.

Per Grenberg, Botschafter

Auf der Flucht

Ich wünschte, ich wäre Marie.

Ich wünschte, Sverker wäre tot und ich entlassen. Dass ich in einem Auto säße und auf dem Weg fort wäre. Oder nach Hause. Wie auch immer man das sehen will.

Aber wenn es mich gibt, dann gibt es keine Marie. Dann ist sie nur ein Gedanke. Genau genommen ein ziemlich idiotischer Gedanke, denn wenn ich mir nun unbedingt ein alternatives Dasein zusammenphantasieren will, dann sollte ich es doch wohl mit tröstlichen Dingen spicken. Liebe. Vertrauen und Zuversicht, Söhnen und Töchtern, Wundermedizinen und sensationellen Forschungsergebnissen. Das Problem ist, dass ich nicht daran glauben könnte. Nicht in dem Maße, in dem ich an Marie glaube. Ich bin sie und sie ist ich, und nur ein winziger Moment trennt uns.

Aber es ist ja nicht Marie, an die ich eigentlich denke. Sie befindet sich nur deshalb gerade jetzt in meinem Kopf, damit ich nicht an Sverker denken muss. An Sverkers Schrei. Daran, wie er zu interpretieren und zu verstehen ist.

Er verabscheut mich.

Bei dem Gedanken muss ich die Augen schließen, und dennoch zwinge ich mich, ihn erneut zu denken. Sverker verabscheut mich. Er kann es nicht ertragen, mich zu sehen, er will nicht mit mir im selben Raum sein, nicht im selben Haus, vielleicht nicht einmal auf demselben Kontinent.

Manchmal verstehe ich ihn. Ich ekle mich ja auch.

Vier Jahre und vier Monate ist es jetzt her, dass ich ihm zuletzt einen Kuss gegeben habe. Es war während der letzten Mittsommernacht mit dem Billardverein Zukunft, wir hatten gerade *Letztes Paar raus* gespielt, er saß in seinem Rollstuhl daneben und schaute zu. Ich landete verschwitzt und lachend auf seinem Schoß, vergaß für einen Moment, wer ich war und wer er geworden war, legte einfach nur meine Hand auf seine Wange und küsste ihn, ließ die Zunge in seinem Mund spielen und vorsichtig den Speichel schmecken. Doch es dauerte nur wenige Sekunden, bis er den Kopf zurückzog und die Lippen zusammenpresste.

»Fahr zur Hölle«, sagte er dann. »Verschwinde!«

Per stand daneben und sah, was passierte. Er runzelte die Stirn und schürzte nachdenklich die Lippen. Vielleicht wurde ich deshalb so wütend, weil wir einen Zeugen hatten, weil jemand mitbekam, wie es wirklich war. Doch ich sagte nichts. Ich glitt nur von Sverkers Schoß und kehrte ihm den Rücken zu, ging mit großen Schritten über den Rasen zu der schwarzen Tür, eilte dann ins Haus und schloss mich auf der Toilette ein. Ich schnitt meinem Spiegelbild Grimassen, während ich mir kaltes Wasser über die Handgelenke laufen ließ. Dieser Mistkerl! Mit welchem Recht redete er in so einem Ton mit mir? Begriff er nicht, dass er nur mir zu verdanken hatte, dass er überhaupt noch am Leben war? War ihm nicht klar, dass ich ihn geschont hatte, und das in mehrfacher Hinsicht? Niemand hätte mir einen Vorwurf gemacht, wenn ich ihn ins Pflegeheim abgeschoben hätte, zumindest nicht, wenn ich gleichzeitig die näheren Details um seinen Unfall herum bekannt gegeben hätte. Ein Freier ist ein Freier, und niemand sonst, absolut niemand, ist so leicht fallen zu lassen!

Als ich wieder herauskam, saß Torsten auf der Treppe. Ich fuhr ihm hastig mit den Fingern durchs Haar, bevor ich mich neben ihm auf eine Stufe hockte. Zuerst sah er verblüfft aus, dann wurden seine Augen zwei schwarze Schlitze. Er lächelte.

»Wie geht es dir?«

Ich erwiderte sein Lächeln, obwohl die Mundwinkel schmerzten. Immer noch konnte ich spüren, wie die Wut in den Schläfen pochte.

»Und dir?«

»Ganz gut.«

Eine Weile schwiegen wir. Jemand klapperte mit irgend-etwas in der Küche. Torsten sprach leise, als er wieder an-setzte.

»Wollen wir hinunter zum See gehen?«

Ich nickte. Wir standen auf und gingen los. Als wir unter die Bäume gekommen und vom Garten aus nicht mehr zu sehen waren, legte ich meine Hand in seine.

»Manchmal«, sagte er, »gräme ich mich um das, was nie-mals geschehen wird.«

Ich saß auf einem Stein, den rechten Fuß im Wasser, das sehr kalt war, und mit einem Teil meines Kopfes verfolgte ich interessiert, wie das Gefühl langsam verschwand. Der Rest von mir hörte Torsten zu, sah ihn an und schnupperte diskret an seinem Duft.

»Was zum Beispiel?«

»Dass ich nie werde fliegen können.«

Ich musste lachen.

»Du willst also fliegen? Mit eigenen Flügeln?«

Er hatte sich ans Ufer gesetzt und war dabei, seine San-dalen aufzuschnallen. Das dauerte eine Weile, er war un-geschickt und unkonzentriert.

»Ja. Willst du das nicht?«

»Warum sollte ich das wollen? Das ist doch sinnlos.«

»Aber man muss den Gedanken zulassen.«

»Warum?«

»Weil das die einzige Art zu fliegen ist.«

Ich schüttelte den Kopf.

»Du fliegst nicht.«

Er zog sich die Socken aus.

»Ich fliege. Und ich gräme mich darüber, dass ich nicht fliegen kann.«

Ein Vogel rief vom anderen Ufer. Torsten lehnte den Kopf zurück, schaute in den bewölkten Himmel hinauf.

»Hast du gehört?«

Ich nickte. Ich hatte gehört.

Wann sollte er kommen?

Ich hebe den Arm, um auf die Uhr zu sehen, starre aber nur auf meine eigene Haut. Die Armbanduhr und die Ringe liegen noch im Badezimmer. Was auch egal ist. Es muss noch mehrere Stunden bis dahin sein.

Ich schaue mich im Wohnzimmer um. Das ist sorgfältig sauber gemacht, Sverker muss gestern eine Pflegekraft gezwungen haben, eine Runde mit dem Staubsauger zu machen. Damit nimmt er es mittlerweile sehr genau. Seine Unterhosen sind immer gebügelt, seine Strümpfe genau sortiert und zusammengerollt, seine Pullover werden von Hand gewaschen und müssen tagelang auf dem Trockenstativ liegen. Es gibt hier zu Hause fast nichts mehr für mich zu tun.

Was mir nur recht sein kann. Ich bin ja sowieso fast nie hier.

Ich gehe zur Terrassentür und lehne die Stirn an das kalte Glas. Die Gartenmöbel stehen immer noch draußen, die Farbe ist abgeblättert und lässt graue Wunden in der weißen Hülle sehen. Wenn jemand mir helfen würde, sie hinunter in den Keller zu tragen, dann könnte ich sie vielleicht abschleifen und neu streichen, während ich darauf warte, dass die Worte zurückkommen ...

Vielleicht kann Torsten das tun. Wenn er kommt. Wenn er sich tatsächlich traut zu kommen.

Im Augenblick habe ich das Gefühl, als ob das sowieso keine Rolle spielt. Es bleibt ja doch alles so, wie es ist. Alles an seinem Platz, der Ehegatte hinter einer verschlossenen Tür und die Ehefrau hinter einer anderen.

Wir haben nicht aufgehört miteinander zu reden. Wir haben nie damit angefangen.

Nicht einmal, als es zwischen uns zum Besten stand, redeten wir miteinander. Wir versuchten es gar nicht erst, wir lachten stattdessen, spielten und liebten uns. Während der ersten Wochen im Haus wollte Sverker jedes Zimmer mit einem Beischlaf einweihen. Die Küche und die Waschküche, das Wohnzimmer und das Esszimmer, das Arbeitszimmer, das Bad und den Vorratskeller. Als uns schließlich klar wurde, dass wir überall miteinander geschlafen hatten, nur nicht im Schlafzimmer, mussten wir so lachen, dass wir übereinanderpurzelten. Wir hatten Glück: Wir fielen auf unser eigenes Doppelbett. Kurze Zeit später war auch unser Schlafzimmer eingeweiht.

Während dieser Zeit lächelte ich mein Spiegelbild ständig an, ich konnte nicht anders.

Warum waren meine Wangen so rosig? Weil Sverker vergessen hatte, sich zu rasieren. Warum waren meine Lippen so rot? Weil sie ihn so oft geküsst hatten. Warum war mein Unterleib empfindlich? Weil wir uns stundenlang geliebt hatten.

Wir arbeiteten beide weiterhin hart, doch spätabends saßen wir oft zusammen in der Küche und plauderten über alles bei einem Glas Bier. Der Auftraggeber von der Post war nicht ganz gescheit, aber er hatte unendlich viel Geld zur Verfügung, also war Sverker bereit, so einiges zu schlucken. Die Typen von Adolfsson & Co. trieben Schindluder mit dem Unilever-Account, deshalb überlegte Sverker, in einer der kommenden Wochen einen Vorstoß zu machen. Und dann hatte er eine neue Werbetexterin eingestellt. Ja, eine junge Frau. Hübsch? Nun ja. Das hatte er sich noch nicht gefragt. Und wie lief es bei der Zeitung? Doch, ja, der neue Chefredakteur hatte zwar so seine Macken, aber die Auflage war in den letzten Wochen gestiegen, und ein vorsichtiger Optimismus begann sich auszubreiten. Außerdem hatte ich endlich herausbekommen, wer der Sollentunamann war, dieser Vergewaltiger, über den so viel geschrieben worden war. Doch, wirklich! Ausgerechnet dieser immer so geschniegelte Schauspieler. Und dann hatte ich einen neuen Termin beim Gynäkologen. Nein, er brauchte auch dieses Mal nicht mitzukommen.

Wir redeten, redeten und redeten. Doch wir redeten nicht miteinander. Nie. Nicht einmal nach den Fehlgeburten. Nicht einmal an dem Tag, als ich feststellte, dass Sverker mich mit Gonorrhöe angesteckt hatte.

Da wurde es nur still in unserem großen Haus.

Ich habe ihm nie erzählt, dass ich mich damals auf HIV testen ließ. Das habe ich niemandem erzählt, kaum mir selbst, ich flitzte an dem Tag nur rasch aus der Redaktion und nahm den Bus zum Karolinska.

»Ich möchte anonym bleiben«, sagte ich der Krankenschwester.

Sie nickte.

»Und welchen Namen möchten Sie nehmen?«

»Das weiß ich nicht.«

»Ich hatte heute eine Agneta und eine Birgitta. Wollen wir Sie dann Cecilia nennen?«

Ich schluckte, seit der letzten Fehlgeburt waren erst wenige Monate vergangen.

»Cecilia ist tot.«

Die Krankenschwester legte den Kopf schräg.

»Jemand, den Sie kannten?«

Ich unterdrückte den Impuls, mich an sie zu lehnen, nickte nur.

»Ja.«

»Dann nehmen wir stattdessen Christina. Überlassen Sie mir Ihren Arm?«

Sie rieb mir die Armbeuge mit einer feuchten Kompresse ab.

»Möchten Sie mir erzählen, was passiert ist? Und warum Sie sich Sorgen machen?«

Ich schüttelte den Kopf. Wie sollte ich erzählen können, was ich selbst nicht verstand?

»Ja, ja«, sagte die Krankenschwester. »Das bleibt ja Ihnen überlassen.«

Ein paar Tage später saß ich auf dem Flur vor ihrem Zimmer und wartete. Die Luft um mich stand still, vibrierte jedoch, als sich die Tür öffnete und sie auftauchte, eine große Frau, die Hände tief in den Taschen ihres weißen Kittels versenkt. Ich versuchte zu schlucken, doch das ging nicht, weder Zunge noch Kehle reagierten auf die Impulse des Nervensystems.

»Christina?«

Ich nickte. Sie schaute sich kurz um. Der Flur war leer.

»Haben Sie Angst?«

Wieder nickte ich und stand auf.

»Das brauchen Sie nicht. Kommen Sie.«

Vielleicht war es ein Schluchzen, das sich aus mir herauspresste. Obwohl es nicht so klang, es klang wie ein Grunzen oder ein Stöhnen. Doch jetzt hatte ich mich nicht mehr unter Kontrolle, ich beugte mich vor und legte meinen Kopf an ihre Brust.

»Schon gut«, sagte sie und strich mir über den Rücken. »Sie sind nicht infiziert. Keine Gefahr. Alles ist in Ordnung.«

Das Stöhnen drängte sich wieder hervor. Immer noch keine Tränen.

»Ja, ja«, sagte die Schwester. »Manchmal hat man es schon schwer.«

Ich schließe die Augen, will mich nicht daran erinnern.

Marie hat an einer Tankstelle angehalten, jetzt fummelt sie mit dem Tankdeckel herum. Ein Mann steht an der Zapfsäule neben ihr, er hat den Tankhahn in den Tank geschoben und die Arme verschränkt. Marie runzelt die Stirn. Wie macht man das? Wenn sie den Griff um den Hahn loslässt, hört das Benzin sofort auf zu laufen. Ach, was soll's. Sie ist weit von Hinseberg entfernt, niemand wird den Verdacht haben, dass sie deshalb nicht tanken kann, weil sie sechs Jahre lang im Gefängnis gesessen hat.

Ein schwacher Essensgeruch dringt durch die Benzindünste, der Hunger kitzelt in der Magengrube. Sie muss etwas essen.

Gedämpftes Licht. Leere Tische. Karierte Wachstischdecken. Kleine gelbe Vasen mit rosa Plastikblumen. Eine gedruckte Speisekarte mit Fotos der verschiedenen Gerichte. Würstchen mit Pommes frites. Schnitzel mit Sauce Béarnaise. Lasagne. Marie seufzt leise. Gewisse Dinge haben sich innerhalb der letzten sechs Jahre überhaupt nicht verändert. Also wird es wohl Lasagne werden.

Sie setzt sich an ein Fenster und schaut in die Dunkelheit hinaus. Es hat angefangen zu regnen, der Asphalt glitzert unter den weißen Parkplatzlaternen.

»Entschuldigung«, sagt eine Stimme. »Aber kennen wir uns nicht?«

Marie dreht sich um, plötzlich auf der Hut. Derselbe Mann, der eben noch getankt hat, steht lächelnd hinter ihr. Marie versucht das Lächeln zu erwidern.

»Wirklich?«

»Du stammst doch aus Nässjö?«

Marie nickt. Das Lächeln des Mannes wird noch breiter.

»Darf ich mich setzen?«

Ehe sie überhaupt antworten kann, hat er schon sein Tablett auf den Tisch gestellt und zieht einen Stuhl hervor.

»Ich vergesse nie ein Gesicht. Nur mit den Namen habe ich Probleme.«

Marie nickt.

»Marie.«

Der Mann hat angefangen, seine Jacke aufzuknöpfen, jetzt hält er damit einen Moment lang inne, reicht ihr über den Tisch die Hand.

»Claes. Ich glaube, wir sind in der Untersekunda in dieselbe Klasse gegangen.«

»Ach ja?«

»Ja. Dann habe ich auf den altsprachlichen Zweig gewechselt.«

Der Mann zieht seinen Schal herunter und lässt einen schwarzen Rollkragenpullover zum Vorschein kommen. Maries Lächeln erstarrt: Jetzt erinnert sie sich. Dieser Mann war einmal ein Sechzehnjähriger, der alles daransetzte, wie ein Pfarrer in mittleren Jahren auszusehen. Er trug immer einen Blazer und einen schwarzen Rollkragenpullover und war außerdem mit einem glänzenden Silberkreuz an einer Kette versehen. Er wurde sogar der Pfaffe genannt.

»Jetzt fällt der Groschen«, sagt sie. »Du warst doch derjenige, der Pfarrer werden wollte, nicht?«

»Stimmt.«

»Und, bist du es?«

Sein Blick weicht ihrem aus.

»Eine Zeit lang. Aber dann ...«

»Ja?«

»... habe ich einen anderen Weg eingeschlagen.«

Marie trinkt einen Schluck aus ihrem Wasserglas, sieht ihn an. Er ist immer noch sehr mager, und die Hakennase, die in seinem Teenagergesicht so fehl am Platze schien, ist nicht weniger spitz geworden, aber jetzt steht sie ihm. Drum herum hatte nur ein wenig mehr Erfahrung gefehlt.

»Und welchen Weg?«

Er greift nach seiner Tuborgflasche und schenkt sich Bier in sein Glas ein.

»Theater. Ich bin Schauspieler geworden.«

»Das ist aber eine Hundertachtzig-Grad-Wendung.«

Der Pfaffe hebt sein Glas.

»Ich weiß nicht recht. Aber warte mal, warst du nicht Chefredakteurin beim Aftonbladet?«

Marie zögert. An was erinnert er sich noch?

»Das ist lange her.«

»Ja, schon möglich. Und was machst du jetzt?«

Einige Sekunden Schweigen. Nicht zu viel sagen.

»Freiberuflerin. Und du?«

Seine Augen verengen sich, ein kleines Lächeln liegt auf der Lauer.

»Nun ja, ich bin wohl auch Freiberufler. Kann man wohl so sagen. Wenn man nicht das hässliche Wort benutzen will.«

»Welches?«

Er lächelt übers ganze Gesicht.

»Arbeitslos.«

Marie erwidert nichts. Der Pfaffe wischt sich den Schaum von der Oberlippe.

»Bist du auf dem Weg nach Hause?«

»Nach Hause?«

»Ja. Nach Nässjö.«

Sie nickt.

»Ja. Obwohl ich nicht weiß, ob das noch mein Zuhause ist.«

»Nein. Natürlich nicht. Leben deine Eltern noch?«

Marie schüttelt den Kopf.

»Die sind vor langer Zeit gestorben. Und deine?«

»Meine Mutter. Sie ist im Heim. Ab und zu fahre ich mal runter und sehe nach unserem alten Haus, während ich auf den großen Durchbruch warte.«

Er grinst. Hinten am Tresen ruft die Kellnerin, dass eine Lasagne und ein Schnitzel mit Pommes fertig sind. Sie holen ihre Teller und essen schweigend, beide offenbar gleich hungrig. Als Marie ihr Besteck beiseite legt, wird sie plötzlich müde, sie steht auf und wirft dem Pfaffen einen Blick zu.

»Willst du auch einen Kaffee?«

Er schüttelt den Kopf. Als sie zurückkommt, ist er mit dem Essen fertig, er lehnt sich auf seinem Stuhl zurück und hat die Arme verschränkt.

»Ich trinke keinen Kaffee. Davon bekomme ich schreckliche Flashbacks.«

Marie lächelt.

»Erinnerungen an das kirchliche Leben?«

»Genau. Vergewaltigung eines Kaffeekränzchens.«

»Hast du ein Kaffeekränzchen vergewaltigt?«

Der Pfaffe kippelt mit seinem Stuhl.

»Nein, ich habe nur davon geträumt. Ich hatte in den letzten Jahren ziemlich heftige Phantasien. Mord und Brandstiftung und so.«

»Brandstiftung?«

Er lehnt sich über den Tisch vor, jetzt ganz eifrig.

»Ja. Ich wusste genau, wie ich es anstellen musste. Man nimmt eine Strumpfhose und taucht sie in etwas Feuergefährliches, Brandbeschleuniger oder so, und dann legt man sie auf den Schreibtisch des Pfarrers, schaltet seine ergonomische Schreibtischlampe ein und drückt sie so weit hinunter, dass sie die Strumpfhose direkt berührt. Und dann geht man weg und sieht zu, dass man für den Abend ein Alibi hat.«

»Aha. Und was dann?«

»Na, es fängt an zu brennen. Nach ein paar Stunden. Und danach hat der Pfarrer kein Arbeitszimmer mehr.«

Er wippt mit dem Stuhl, lächelt zufrieden. Marie kichert.

»Und der Pfarrer? Wo ist der?«

»Ach, der hat sicher irgendwo einen Termin. Oder er ist zu Hause bei der kleinen Pfarrersfrau.«

»Aber dann ist es doch kein Mord.«

Der Pfaffe hört auf zu kippeln, beugt sich vor und faltet die Hände.

»Nein. Daran scheitert das Ganze. Ich zerstöre nur sein Arbeitszimmer, und das ist doch vollkommen sinnlos. Übrigens ist es immer sinnlos, sich zu rächen.«

Maries Rücken versteift sich. Versucht er ihr etwas zu sagen?

»Ja?«

»Ja.«

Sein Gesichtsausdruck ist vollkommen neutral. Marie nimmt einen Schluck aus ihrer Tasse. Der Kaffee schmeckt eklig.

»Dann hast du also stattdessen die Kirche verlassen.«

Ein leiser Seufzer von der anderen Tischseite.

»Ja.«

»Glaubenskrise?«

Der Pfaffe wirft ihr einen Blick zu. Seine Hände sind immer noch gefaltet.

»Könnte man wohl so sagen. Obwohl es nicht Gott war, an dem ich zu zweifeln anfing. Sondern ich selber.«

»Wieso?«

Er weicht mit seinem Blick aus, schaut in sein leeres Bierglas.

»Ich habe mich einmal selbst gesehen.«

»Ja?«

Er lässt das Glas kreisen.

»Das war bei einem Jugendgottesdienst. Mit einem Haufen Konfirmanden. Ich stand vor dem Altarraum und predigte, plötzlich sah ich mein eigenes Spiegelbild in einem der Fenster, es war dunkel draußen, deshalb war das Bild sehr deutlich. Ich hatte die Hände zum Himmel erhoben, so ...«

Er reckt die Arme hoch und wölbt die Hände so nach außen, dass sie Schalen bilden.

»Siehst du? Man sieht wie ein Theaterjesus aus, wenn man so dasteht. Und genau das machte ich, ich stand wie ein Theaterjesus vor einer Bande pickliger Vierzehnjähriger und legte den Text über die Vergebung aus. Und plötzlich merkte ich, dass mir diese Geste ein bisschen zu sehr gefiel, dass ich sie genoss, genau wie ich all die Bibelworte genossen hatte, mit denen ich um mich geworfen hatte, sobald ich nur einigermaßen trocken hinter den Ohren war. Aber es war gar nicht die Bedeutung, auf die ich aus war. Es waren die Gebärden.«

Er verstummt und holt tief Luft.

»Weißt du noch, wie ich in der Schule ausgesehen habe?«

Marie nickt. Der Pfaffe verzieht das Gesicht.

»Sakko, schwarzer Rollkragenpullover, Silberkreuz. Ich war als Pfarrer verkleidet. Habe das gespielt. Und dann stand ich zwanzig Jahre später da und stellte fest, dass ich immer noch spielte.«

»Was hast du über die Vergebung gesagt?«

Der Pfaffe stutzt.

»Wieso?«

Marie beißt sich auf die Lippe.

»Ach, nichts.«

»Was heißt hier nichts? Natürlich steckt da was dahinter.«

Marie schaut auf ihre Uhr.

»Es ist spät geworden. Ich muss jetzt los.«

Der Pfaffe erwidert nichts. Marie öffnet ihre Handtasche und schaut hinein, weiß aber selbst nicht mehr, wonach sie sucht. Ach ja, natürlich. Der Autoschlüssel. Sie nimmt ihn in die Hand.

»Nett, dass wir uns getroffen haben.«

Der Pfaffe nickt.

»Hast du eine Handynummer?«

Marie schüttelt den Kopf. Handys waren in Hinseberg verboten, und bis jetzt hat sie es noch nicht geschafft, sich eins zu besorgen.

»Ich habe kein Handy.«

Der Pfaffe lässt sie nicht aus den Augen.

»Freie Journalistin ohne Handy. Du liebe Güte, erzähl mir ruhig mehr. Ich bin ja ein gutgläubiger Mensch.«

Es klingelt an der Tür, ich richte mich auf dem Sofa auf und schaue mich verschlafen um. Das Licht ist anders. Grauer. Die Sonne hat sich hinter Wolken versteckt, und draußen im Garten wiegen sich die Zweige des falschen Jasmins im Wind. Sie sind fast kahl, nur noch vereinzelte Blätter hängen daran.

Noch einmal klingelt es, einige Sekunden sitze ich reglos da und warte, doch keine Annabel schlurft über den Flur, um zu öffnen. Ich muss selbst gehen. Im Flurspiegel werfe ich einen raschen Blick auf mich. Blass und zerzaust.

Es ist Torsten.

Er steht halb abgewandt da und schaut in den Garten, dreht sich jedoch langsam um, als ich öffne. Ich hebe die Hand in der stummen Begrüßungsgeste der Aphasiker. Er nickt zur Antwort, sagt aber nichts, tritt nur über die Schwelle und zieht sich die Jacke aus. Mit einer hausfraulichen Geste recke ich mich danach, bis ich merke, was ich da tue, und die Hände sinken lasse. Er hängt die Jacke auf einen Bügel, verschränkt dann die Arme vor der Brust und sieht sich um.

»Na dann«, sagt er. »Da bin ich.«

Eine leichte Verärgerung kitzelt mich unter der Haut. Ja und? Schließlich habe nicht ich ihn gebeten zu kommen, das haben er und Sissela ja alles untereinander ausgemacht. Ich verstehe nicht, warum. Ich habe schon größere Herausforderungen gemeistert, ohne jemanden um Hilfe bitten zu müssen.

»Lange nicht gesehen«, sagt Torsten.

Ich nicke. Stimmt. Genau gesagt acht Monate. Da schwiegen wir uns durch ein Frühstück nach einer Nacht im Sigtuna Stadshotell. Seither hat keiner von uns den Kontakt wieder aufgenommen. Natürlich nicht. Torsten musste ja schreiben und ich regieren. Und es ist schon sehr lange her, dass wir uns wirklich aneinander erfreuen konnten. Alle Träume sind durch sehr greifbare Erinnerungen ersetzt worden.

Torsten nickt zu der geschlossenen Tür.

»Ist er zu Hause?«

Ich nicke.

»Dann hat er aufgehört zu arbeiten?«

Es gibt keine Geste, die erklären kann, dass Sverker zwar ab und zu den großen Kastenwagen in die Werbeagentur nimmt, das heute aber nicht möglich ist. Schließlich ist Samstag, das Büro ist geschlossen. Er kann nirgends hin, selbst wenn er verschwinden wollte.

Ich hebe die Hand und wedele leicht damit. Wollen wir hochgehen?

Torsten runzelt die Stirn, er weiß, dass der erste Stock mir gehört, und zwar ganz allein mir, trotzdem dauert es ein Weilchen, bis er versteht, was ich meine. Er wirft einen Blick auf Sverkers geschlossene Tür und guckt dann zur Treppe. Nickt.

»Ja, natürlich«, sagt er. »Komm.«

Ich ließ Sverker an diesem letzten Mittsommerabend unsichtbar werden. Näherte mich ihm nicht. Redete nicht mit ihm. Sah ihn nicht. Ich hatte seine schlechte Laune seit Jahren ertragen, seine Flüche, sein Gebrüll und seine Urschreie, seine Weigerung, mit mir oder irgendjemandem sonst über das Geschehene zu reden. Jetzt hatte er mich zum letzten Mal abgewiesen. Jetzt war ich an der Reihe.

Trotzdem existierte er den ganzen Abend über am Rande meines Blickfelds. Ich wusste genau, was er sagte und tat, wie blass er war und wie schmal seine Augen geworden waren. Er saß an der Stirnseite des großen Tisches, mit Anna an seiner rechten und Maud an seiner linken Seite. Hinter ihm stand sein Pfleger, eine schüchterne Aushilfskraft mit Namen Markus. Er schien ängstlicher als sonst zu sein, vermutlich hatte er eine Standpauke über sich ergehen lassen, als Sverker zum Essen umgezogen werden musste. So lief es immer: Während der ersten Jahre war Sverker ständig mürrisch und schroff zu seinen Pflegern. Stümper, Luschen und verdammte Idioten! Nichts konnten sie! Nichts kapierten sie! Zwei von ihnen hatten unter Protest ihre Arbeit niedergelegt, und der Betreuer vom kommunalen Sozialamt hatte bekümmert ins Telefon geseufzt. Natürlich konnte man verstehen, dass Sverker nach seinem schweren Trauma ein wenig labil war, aber könnte ich nicht trotzdem versuchen, mit ihm darüber zu reden, wie wichtig es war, einen einigermaßen höflichen Ton den Pflegern gegenüber einzuhalten? Ich murmelte etwas zur Antwort, wusste nicht, was ich sagen sollte.

Doch an diesem Abend murmelte ich nicht, ich sprach laut und lachte laut, stand außerdem nach dem vierten Glas Wein auf und trug *Are You Lonesome Tonight* als Solo vor. Sissela und Magnus johlten vor Begeisterung, Torsten tat, als wäre er so gerührt, dass er sich in die Serviette schnäuzen musste, Anna kicherte und Maud lächelte, nur Per warf einen unruhigen Blick in Sverkers Richtung und verzog keine

Miene. Ich lehnte mich über den Tisch vor und warf allen Handküsse zu, ließ mich dann auf den Stuhl plumpsen und nahm einen großen Schluck von meinem Rotwein, bevor ich in Calle Schewens Walzer einstimmte. Es war Mittsommer. Der Billardverein Zukunft sang und würde die ganze Nacht singen.

Torsten saß neben mir, so dicht, dass ich die Wärme seiner Wange spürte. Ab und zu berührten sich unsere Beine unter dem Tisch, ab und zu gelang es unseren Händen, sich zu begegnen, wenn wir in dem kopierten Liederheft blätterten, ab und zu warfen wir einander rasch einen Blick zu und lächelten. Blicke folgten uns die ganze Zeit, einige leicht amüsiert, andere beunruhigt, doch das war uns gleich. Alles war uns gleich. Ich war niemandes Sklavin. Ich gehörte nur mir. Ich hatte das Recht, genau das zu tun, wozu ich Lust hatte.

Und später, als die Erdbeeren aufgegessen und die Sahneschüssel geleert war, als Kaffee und Cognac getrunken und alle Lieder gesungen waren, wurde es plötzlich still auf dem Bootssteg. Niemand hatte bemerkt, dass die hellblaue Nacht langsam grau geworden war, doch jetzt saß Anna plötzlich mit offener Hand da und starrte in den Himmel.

»Mein Gott, es regnet ja!«

Während der ersten Minuten war der Regen ein fast unsichtbarer Schatten, dann wurden die Tropfen immer schwerer und fielen immer dichter. Markus startete den Motor an Sverkers Rollstuhl und lenkte ihn in Richtung Weg, Anna packte sich den Arm voll Stuhlkissen und lief hinter ihnen her, Maud fauchte Magnus an, er könne ja wohl nicht mit leeren Händen den Anleger verlassen, es sei ja wohl seine Pflicht, den größten Korb zu nehmen und ihn möglichst vorher mit Geschirr zu füllen, Per sammelte die Weinflaschen ein, und Sissela riss die Tischdecke an sich, hielt sie sich über den Kopf und ließ sie wie einen Mantel flattern, während sie durch den strömenden Regen zum Weg und Haus hin lief.

Torsten und ich blieben auf dem Bootssteg sitzen.

»Möchtest du baden?«, fragte ich.

»Ja«, sagte Torsten. »Jetzt baden wir.«

Es war sicher kalt, doch das merkten wir nicht.

Wir durchschnitten die Wasseroberfläche und schwammen mit langen Zügen unter Wasser, stiegen dann auf, um nach Luft zu schnappen, ehe wir erneut abtauchten und in dieser anderen Welt verschwanden. Torstens weiße Haut leuchtete in der Dunkelheit, bis ich die Augen schloss und die Hände meine Augen werden ließ. Wir griffen nacheinander, tasteten und suchten, vereinten uns und trennten uns wieder, nur um uns im nächsten Moment wieder zu vereinen.

Wie lange?

Ich weiß es nicht. Lange genug, dass die Zeit stillstand. Lange genug, dass wir zum Schluss gemeinsam an die Wasseroberfläche stiegen und nach Luft schnappten, erschöpft und mit Tränen in den Augen. Ich legte meinen Kopf an Torstens Schulter. Er strich mir mit der Hand über den Rücken.

»Endlich«, sagte er.

»Endlich«, sagte ich.

»Ihr Schweine«, sagte Per. »Ihr verdammten, widerlichen Schweine.«

Er war nicht zum Schweigen zu bringen.

Breitbeinig stand er auf dem Bootssteg, in seinem alten grünen Regenmantel, die Arme vor der Brust verschränkt, und redete ununterbrochen, zuerst leise und mit einer Stimme voller Widerwillen, dann in einem zänkischen, immer lauteren und schrilleren Ton. Scheiße, verdammte! Wie konnten wir Sverker das antun, den doch ein Schicksal getroffen hatte, schlimmer, als es der menschliche Verstand fassen konnte. Hä? Verflucht, wir tickten wohl nicht richtig! War uns das alles vollkommen gleichgültig? Was für Verräter! Was für widerliche, verdammte Verräter!

Zuerst blieben wir reglos im Wasser stehen, hielten uns fest umarmt und sagten nichts, als hofften wir, Per würde sich in den Nebelschwaden auflösen und verschwinden, wenn wir nur so taten, als gäbe es ihn nicht, wenn wir uns einredeten, dass dieser Mensch auf dem Anleger nur eine Phantasiegestalt war, geschaffen und geboren aus einem Schuldgefühl, das auf keiner wirklichen Schuld basierte, nur ein Gedanke, eine Vorstellung war, die ...

»Und du, MaryMarie! Die den armen Teufel mit deinem Kichern, Flirten und Getue quälst und dich dann nicht einmal scheust, vor seiner Nase mit einem anderen zu bumsen. Du bist ja widerlich! Durch und durch widerlich.«

Nein. Er war real. Torsten ließ mich los, ich verschränkte die Hände vor der Brust, zusammen wateten wir aus dem Wasser. Ein kalter Wind schlug uns entgegen, die Haut noppte sich, die Finger wurden weiß, Torstens Lippen wurden langsam blau.

»Und du, du scheiß-arroganter Snob! Hast die ganzen Jahre über nur dabeigesessen und über uns die Augen verdreht und dich als der Klügste aufgespielt! Du mit deinem höhnischen Grinsen und deiner Besserwisserei! Glaubst du etwa, wir wüssten nicht, dass du die ganze Zeit nur darauf aus gewesen bist? Auf eine billige Nummer. Nichts Edleres als das.«

Jetzt standen wir am Ufer. Es war fast dunkel: Ich konnte meine Füße nur ahnen, weiße Zehen, die sich in den Sand bohrten. Die Kälte packte mich im Nacken und zwickte mich, ich begann zu zittern, die Zähne klapperten. Torsten legte den Arm um mich.

»Tief atmen«, sagte er.

Ich atmete tief. Das half nur kurz, dann begann ich wieder zu bibbern. Der Körper gehörte mir nicht mehr.

»Du bist falsch, MaryMarie«, schrie Per. »Du bist eine falsche Schlange! Hier läufst du jahrelang rum und spielst die Märtyrerin, seufzt und jammerst und tust so, als wäre es ach so tragisch für dich, wie Sverker nun mal ist. Aber verdammt noch mal, worüber hattest du dich eigentlich zu beklagen? Wie? Hast du einen einzigen Beweis dafür, dass Sverker dich öfter als dieses eine Mal betrogen hat?«

»Du kannst ja Anna fragen«, sagte Torsten.

Per warf sich auf ihn.

Der Rest war Chaos. Plötzlich waren alle da. Fast alle. Anna heulte und zerrte an Pers Regenjacke, Magnus stolperte lachend im Hintergrund herum, betrunkener, als ich ihn je zuvor erlebt hatte, Maud schimpfte und Sissela fluchte, Per und Torsten rollten im Sand herum, der eine nackt, der andere vollständig bekleidet, der eine schweigend, der andere schreiend. Keiner von beiden war besonders gut im Prügeln, es lag kein richtiger Schwung hinter den geballten Fäusten, keine entschlossene Zielstrebigkeit hinter den Würgegriffen, sie rutschten und glitten umeinander, als hätten sie im Grunde genommen Angst, einander zu berühren, und prügelten sich nur, um den Schein zu wahren.

Ich selbst stand nackt und mit klappernden Zähnen am Strand. Sverker, dachte ich verwirrt. Habe ich ihn umgebracht? Ich konnte mich selbst damals an seinem Krankenbett stehen sehen, ich hatte die Hand zum Kabel des Beatmungsgeräts ausgestreckt und … Dann fiel es mir wieder ein. Sverker lebte. Er lag in seinem braun gestreiften Zimmer nur fünfzig Meter entfernt, von den Schultern abwärts gelähmt, bewegungsunfähig. Aber er konnte sehen, und er konnte hören, und in dem Moment wusste ich, dass er mit offenen Augen dalag, in die Dunkelheit hinausstarrte und nach den Schreien und Rufen horchte, dass er wusste, das war das Ende von dem Einzigen, was ihm noch geblieben

war. Was uns noch geblieben war. Dem Billardverein Zukunft.

Die Prügelei fand ein Ende, und es wurde still. Torsten
stand auf und fegte sich mit einer Hand den Sand vom Körper, während er mit der anderen nach seinen Kleidern griff.
Per blieb im Sand sitzen, mit Tränen in den Augen und keu-
chend, Anna stand direkt hinter ihm, eine zur Faust geballte
Hand vor dem Mund, Maud versuchte Magnus aufrecht zu
halten, wobei sie immer und immer wieder schluckte und
blinzelte. Sissela zog sich ihre Jacke aus und legte sie mir
über die Schultern, führte mich dann zum Weg.

Alles war vorbei. Den Billardverein Zukunft gab es nicht
mehr.

Torsten steht auf dem oberen Flur und schaut sich um. Zögert. Er will nicht ins Schlafzimmer gehen, auch nicht ins
Gästezimmer. Ich fasse ihn am Arm und zeige auf die dritte
Türöffnung. Das Arbeitszimmer. Er nickt und folgt mir. Ich
lasse mich auf dem Schreibtischstuhl nieder, er setzt sich auf
den Lehnstuhl am Fenster.

»Ja«, sagt er dann. »Was machen wir jetzt?«

Mögliche Dunkelheit

Vergessen ist ein Talent. Das er früher besaß.

Er brauchte nur einmal tief zu atmen, und schon war die Erinnerung verschwunden. Es gab sie nicht mehr. Sie hatte nie existiert. Es gab nur noch ein ungewisses Wärmegefühl, als wäre er in eine Decke eingewickelt oder hätte eine zweite Haut unter seiner Haut. Das war äußerst angenehm. Es machte ihn zu einem besseren Menschen. Glücklicher. Freundlicher. Buchstäblich wärmer.

Doch als er aus dieser langen Bewusstlosigkeit erwachte, fror er. Das war das Schlimmste, schlimmer als alles andere. Er sollte Wochen brauchen, um zu begreifen, dass er nur noch ein lebendiger Kopf auf einem toten Körper war, aber die eisige Kälte spürte er sofort. Er fror, und er konnte nicht vergessen. Sobald er die Augen schloss, starrte das Mädchen ihn an, wurde er gezwungen, sich an jedes Detail ihres Körpers zu erinnern. Die rauen Hände. Die aufgerissenen grauen Augen. Der halb geöffnete Mund mit den dünnen Lippen. Die spitzen kleinen Brüste, eine Brustwarze war leicht missgebildet. Der Rücken, auf dem er ihre Wirbel und die Rippen zählen konnte.

Es war ihr Rücken, der ihn zuerst gepackt hatte. Ihn berührt, wie Emma, die Psychologin in der Rehabilitation, zu sagen pflegte. Während der ersten Sitzungen war er rasend geworden, weil sie dieses Wort immer und immer wieder benutzt hatte, so wütend, dass er einem seiner Pfleger befohlen hatte, ein Synonymwörterbuch zu holen und Alternativen auf einen Zettel zu schreiben. *Treffen. Ergreifen. Packen. Angehen.* Es nützte nichts. Emma legte nur den Kopf zur Seite und schaute ihn an.

»Und warum mögen Sie das Wort nicht?«

Er hatte sich geweigert, darauf zu antworten, nur die Augen geschlossen und das Mädchen betrachtet. Noch war nichts passiert, sie saß mit dem Rücken zu ihm zwischen den anderen Mädchen an der Bar. Rauchte. Trank etwas, das Gin oder Wodka sein konnte, aber vermutlich nur Leitungswasser mit einer Zitronenscheibe war. Ihre Kleidung war geradezu lächerlich. Katalogeleganz. Grüne Hose aus einer Art knittrigem Synthetikmaterial, fast bis zum Knie aufgeschlitzt. Schwarze Stiefel mit abgelaufenen Absätzen. Weinrote Bluse mit gestickten Rosen, aufgeknöpft bis zum nicht existierenden Spalt zwischen den Brüsten. Die Naht unter dem Arm war aufgegangen, eine weiße Achselhöhle war zu sehen, wenn sie sich bewegte. Eine Nutte. Eine billige Balkanhure. Nichts für Sverker Sundin, der etwas mit einer dunklen Fünfundzwanzigjährigen mit C-Körbchen und akademischem Abschluss am Laufen hatte. Sie würde schon morgen zu ihm ins Hotel kommen.

Und dennoch. Dieser Rücken. Dieser dünne Rücken.

Anders und Niclas, seine Arbeitskollegen, hatten gelacht. Also ehrlich, Sverker, doch nicht schon wieder! Die ist ja fast noch minderjährig. Reiß dich zusammen. Aber er konnte sich nicht zusammenreißen, war dazu nicht in der Lage. Die Hand trommelte auf den Tisch, drehte eine Zigarettenschachtel um, immer wieder. Er hatte einen trockenen Hals, wollte nicht reden, schüttelte nur den Kopf, als Anders und Niclas aufstanden. Nein, er kam nicht mit ihnen ins Hotel. Noch nicht. Es sollte geschehen, damit es später dann doch nicht geschehen war.

Er blieb eine Weile regungslos sitzen, nachdem die beiden

gegangen waren, stand dann langsam auf und schob den Stuhl beiseite. Köpfe drehten sich an der Bar, eine blondierte Frau mit Atombusen lächelte ihn bereits an, einen Moment lang sah er sich selbst in ihren Augen, ein hochgewachsener Mann mit vollem Haar und dunklen Augenbrauen. Schwarze Hose. Schwarzes Hemd. Graues Kaschmirjackett. Frisch geputzte Schuhe.

Jetzt drehte sich das Mädchen um, aber sie lächelte nicht wie die anderen, starrte ihn nur einen Moment lang an, bevor sie einen Schluck aus ihrem Glas trank …

Da hatte er die Augen aufgemacht. Emma saß immer noch mit schräg gelegtem Kopf da. Wartete. Sie hatte sich seit dem letzten Mal helle Strähnchen ins Haar machen lassen, aber der Pullover war derselbe wie immer. Elfenbeinweiße Baumwolle mit lockeren Maschen. Hatte sie nur den einen Pullover? Die staatlich angestellten Psychologen verdienten sicher nicht besonders viel, aber sie musste sich ja wohl Wechselkleidung leisten können. Vielleicht war sie nur geizig. Vielleicht verachtete sie ihn so sehr, dass sie sich bewusst unattraktiv machte.

Er suchte nach Worten. Nach etwas Ungefährlichem.

»MaryMarie kann wieder sprechen.«

»Ich weiß. Das haben Sie mir schon vor ein paar Wochen erzählt.«

Er runzelte die Stirn. Kehrte seine Fähigkeit zu vergessen wieder zurück?

»Tatsächlich?«

»Ja.«

Eine Weile blieb es still. Er ließ seinen Blick wandern. Ein abgenutzter Schreibtisch. Ein halb gefülltes Bücherregal. Aktenordner.

»Das ist ein trauriger Raum hier.«

»Ich weiß, dass Sie das finden.«

»Aber sie redet nicht mit mir.«

»MaryMarie?«

»Ja.«

»Woher wissen Sie dann, dass sie reden kann?«

»Sie redet mit den Pflegern. Aber auch nicht sehr oft.«

»Reden Sie mit ihr?«

Er hörte seinen eigenen Seufzer.

»Das hier ist doch sinnlos.«

»Ja?«

»Vollkommen. Wenn ich könnte, würde ich gehen.«

»Aber Sie können nicht.«

Emma schlug ein Bein über das andere. Dieselbe alte Jeans wie immer. Dieselben plumpen Schuhe. Er schloss die Augen, war zurück in der Bar, legte seine Hand auf den mageren Rücken und öffnete den Mund, um etwas zu sagen, öffnete wieder die Augen und schaute sich erneut im Behandlungszimmer um. Die Nachmittagssonne hatte einen neuen Farbton bekommen. Roter. Bald würde es Herbst werden.

»Welches Datum haben wir?«

Emma zog die Augenbrauen hoch.

»Warum wollen Sie das wissen?«

»Scheiß aufs Therapeutengewäsch. Was für ein Datum ist heute?«

»Der erste September.«

»Vor einem Jahr konnte ich noch gehen.«

»Ja.«

»Ich hätte Sie verführen können. Wenn ich es gewollt hätte.«

»Wirklich?«

»Ja. Aber ich weiß ja nicht, ob ich es der Mühe wert gefunden hätte. Sie sind genauso traurig wie Ihr Zimmer.«

Zwei rote Flecken zeigten sich an ihrem Hals, aber sie verzog keine Miene, warf nur einen Blick auf ihre Uhr. Sverker lächelte.

»Die Zeit ist noch nicht um.«

313

Emma faltete die Hände um ihr linkes Knie.

»Ich weiß. Noch zwei Minuten.«

»Ja«, sagte Sverker. »Zwei Minuten.«

»Sie haben es schwer«, sagte Emma. »Irgendwann müssen Sie sich das eingestehen.«

Er schloss die Augen, das Mädchen an der Bar drehte sich um. Sie sah verängstigt aus.

»Champagner?«, fragte er.

»Thank you«, sagte sie.

Er lächelte über ihren Akzent. *Thenk jo.* Also war sie Russin. Umso besser. Er hatte noch nie eine Russin gehabt.

Abzweigung

Ein kurzer Blick in den Rückspiegel. Er ist noch da, nur hundert Meter hinter mir. Im Licht der Autobahn wirkt sein weißer Renault schmutzig gelb.

Das ist doch lächerlich. Ich werde auf der Autobahn von einem abgedankten Pfarrer verfolgt.

Was will er?

Ich kam nicht sofort los. Als ich die Autotür geöffnet hatte, fiel mir ein, dass es im Haus in Hästerum nichts zu essen gab. Wenn ich morgen frühstücken wollte, musste ich wohl oder übel zurück in die Raststätte gehen und Kaffee, Brot und Saft kaufen. Ich warf einen Blick über die Schulter; der Pfaffe saß noch im Restaurant, nichts deutete darauf hin, dass er mir folgen wollte, also schloss ich die Autotür wieder und eilte durch den Regen zu den Glastüren, raffte das Nötigste an mich und bezahlte.

Er stand neben meinem Auto, als ich zurückkam. Wartete.

»Das Lukasevangelium«, sagte er. »Die Sünderin, die Jesu Füße salbte und der vergeben wurde.«

Ich schob mich an ihm vorbei, öffnete die Autotür und warf die Plastiktüte hinein, die vom Beifahrersitz auf den Boden fiel.

»Ja und?«

»Darüber habe ich mit den Konfirmanden gesprochen.«

»Aha.«

»Ihr wurde vergeben, weil sie viel geliebt hat. *Ihr sind viele Sünden vergeben, darum hat sie mir viel Liebe erzeigt. Wem aber wenig vergeben wird, der liebt wenig.*«

»Das klingt falsch herum.«

»Wieso?«

»Es sollte doch wohl anders herum sein. Dass dem, der wenig liebt, wenig vergeben wird. Dass die ausbleibende Vergebung eine Folge der fehlenden Liebe ist. Bist du dir wirklich sicher, dass du deine Bibelverse richtig kannst?«

Er verschränkte die Arme.

»Es gibt mehrere Übersetzungen. Das hier ist die von Luther. Deine Interpretation ist eher katholisch.«

»Da sieht man mal wieder.«

Ich setzte mich zurecht und drehte den Zündschlüssel um, ließ den Motor ein paarmal knurren.

»Vielleicht sieht man sich mal«, sagte der Pfaffe.

»Ja, vielleicht«, sagte ich und zog die Tür zu.

Seitdem hängt er hundert Meter hinter mir, gibt Gas, wenn ich schneller werde, verlangsamt die Fahrt, wenn ich langsamer werde. Er spinnt. Das kann nicht normal sein. Wenn er sich nicht plötzlich an eine oder zwei Schlagzeilen erinnert hat. Niemand weiß besser als ich, dass Schlagzeilen ihre Wirkung haben. Die nicht immer angenehm ist.

Ich war dreimal Stoff für Schlagzeilen. Als ich verhaftet wurde. Als ich inhaftiert wurde. Als das Urteil verkündet wurde. Ich hatte drei Zeitungsnamen: *Die Rachegattin. Die Chefredakteurin. Marie Sundin.* Die Fotos folgten dem gleichen Muster, sie zeigten mit jedem Schritt im Prozess mehr von mir. Zuerst ein Passfoto mit Augenbalken, dann ein Foto von der gerichtlichen Anhörung, bei der ich ein Tuch über dem Kopf hatte, schließlich ein lächelndes Porträt aus meinem Arbeitszimmer bei der Zeitung. Als das Urteil im

Berufungsprozess gefällt war, war Schluss mit den Bildern. Ich war keine Neuigkeit mehr und bekam nur zwei Spalten. Katrin lächelte. Da siehst du es! Das ist schnell vergessen. In sechs Jahren wird sich niemand mehr daran erinnern.

Sechs Jahre. Allein die Worte waren unbegreiflich. In der ersten Nacht in Hinseberg versuchte ich die Zeit zu messen, ich saß im Schneidersitz auf dem schmalen Bett und ging sechs Jahre in der Zeit zurück, suchte nach der Person, die ich damals gewesen war, um zu verstehen, wer ich dann sein würde. Aber ich bekam nur Fragmente und Fetzen zu fassen, vereinzelte Puzzleteilchen, die nicht zu anderen passten. Ich erinnerte mich daran, dass ich in dem Sommer vor sechs Jahren ein Paar weiße Sandalen mit hohen Absätzen getragen hatte, deren dünne Riemchen mir in die Füße schnitten. Immer wenn ich von der Arbeit nach Hause kam, feuerte ich sie gleich auf dem Flur in die Ecke und rieb mir die roten Striemen. Der Schieferboden fühlte sich kühl unter den Fußsohlen an. Sverker war nicht zu Hause. Sverker war fast nie zu Hause.

Im folgenden Jahr hatte ich meine neunte Fehlgeburt. Das war eine blutige Geschichte, und ich musste mehrere Wochen lang mit doppelten Binden herumlaufen. Das Schwindelgefühl danach war das Schlimmste; wenn ich morgens aus dem Bett aufstand, musste ich mich an der Wand abstützen, um ins Badezimmer zu gelangen. Ich war sehr blass, aber das stand mir. Nein wirklich, sagte Sverker, ich sei richtig hübsch. Im September dieses Jahres mieteten wir uns ein Haus in der Toskana. Abends saßen wir unter einem schwarzen Sternenhimmel und tranken Rotwein. Wir bewegten uns langsam, sprachen selten, sahen einander aber ohne jeden Argwohn und Verdacht an. Wir waren fast glücklich.

Noch ein Jahr später ging Hamrin, mein alter Gynäkologe, in Pension, und ich saß vor einer neuen. Eva Andersson. Der Name passte, er war genauso anonym wie diese farblose Frau auf der anderen Schreibtischseite, die mit stumpfen Fingern in meiner Akte blätterte und mich dann mit gerunzelter Stirn ansah.

»Was halten Sie von einer In-vitro-Befruchtung?«, fragte ich und wunderte mich über mich selbst. Ich hatte doch aufgegeben, wieso saß ich dann hier und tat, als wäre ich jemand ganz anderer?

»Nun ja«, antwortete Eva Andersson. »Nicht viel. Die Befruchtung funktioniert ja. Das ist nicht das Problem.«

»Und was ist dann das Problem?«

Sie seufzte.

»Ja, das kann ich natürlich nicht genau sagen, aber ich denke, es ist etwa Immunologisches.«

»Immunologisch?«

Sie schenkte mir ein flüchtiges Lächeln und entblößte dabei eine Lücke zwischen den Schneidezähnen.

»Ja, eigentlich ist es doch merkwürdig, dass es überhaupt zu Kindern kommt. Dass der Fötus nicht wie ein transplantiertes Organ vom Mutterleib abgestoßen wird. Besonders wenn es ein Junge ist. Und normalerweise gibt es einen Mechanismus, der den Fötus davor schützt, von der Immunabwehr der Mutter angegriffen zu werden, aber wenn dieser defekt ist, dann kommt es zu wiederholten Fehlgeburten.«

Ich hatte angefangen zu schwitzen und strich mir schnell über die Oberlippe.

»Dann ist es also mein Fehler? Ich stoße das Kind ab?«

Sie schüttelte den Kopf.

»Nein, so einfach ist das nicht. Vielleicht würde es mit einem anderen Mann funktionieren. Mit jemandem, der vollkommen anders ist.«

»Wie meinen Sie das?«

Sie schaute von ihren Papieren auf.

»Ihr Mann und Sie, Sie sind vielleicht zu gleich. Immunologisch gesehen, meine ich. Daran kann es liegen, dass

es nicht geht. Und dann sind Sie ja auch nicht mehr blut-
jung.«

Sverker und ich tranken an diesem Abend am Küchentisch
ein Bier, und als wir eine Weile schweigend dagesessen hatten, öffnete ich den Mund, um zu berichten, schloss ihn aber
gleich wieder. Das sollte er nicht erfahren. Nie.

Im nächsten Jahr fuhr ich nach Indien. Allein. Eigentlich
sollte ich für meinen Leitartikel über eine große Umwelt-
konferenz berichten, doch ich ging nur ein einziges Mal
dorthin. Den Rest der Zeit lag ich reglos in meinem Hotelzimmer auf dem Bett und starrte an die Decke. Dreimal am
Tag klopfte ein Zimmerdiener an die Tür und stellte zwei
Fragen. *You not well? You want food?* Als ich nach Hause
kam, verschrieb mir der Betriebsarzt ein Antidepressivum,
aber ich setzte die Tabletten ab, als Sverker sagte, ich sei fett
und egoistisch geworden. Ich wollte nicht fett und egoistisch
sein. Ich wollte schlank und schön sein, liebenswert und begabt, großzügig und selbstsicher.

An einem Nachmittag im Mai noch ein Jahr später rief ich
in einer Anwaltskanzlei an, legte aber auf, noch bevor sich
jemand meldete. Es war kurz vor Mittsommer. Wenn ich
mich scheiden ließe, würde ich allein am anderen Seeufer
hocken, während sich der Billardverein Zukunft durch die
Mittsommernacht sang.

Als die Nacht schließlich kam, trank ich mehr Wein, als
ich vertrug, und konnte nicht mehr aufhören zu lachen. Zum
Schluss lachten alle mit mir. Sverker auch. Er lächelte immer
noch, als wir in unser Zimmer kamen.

»Ich bleibe nur wegen des Billardvereins Zukunft bei dir«,
sagte ich zu ihm, als wir uns auszogen. Er antwortete nicht.
Vielleicht hatte er es nicht gehört. Aber als wir das Licht
löschten, legte er mir seine Hand auf die Hüfte und grunzte
zufrieden. Ich kroch dicht an ihn heran und schnupperte
ebenso zufrieden an seinem Brustkorb.

Und dann saß ich plötzlich in Hinseberg und versuchte zu verstehen, was sechs Jahre bedeuteten, wer ich war und wer ich sein würde.

Und wer bin ich geworden?
Das weiß ich nicht. Noch nicht.
Ich werfe erneut einen Blick in den Rückspiegel. Der Pfaffe fährt viel zu dicht auf, das Licht seiner Scheinwerfer blendet mich. Aber jetzt nähern wir uns Mjölby, wenn ich Glück habe, biegt er hier ab und fährt über Tranås nach Nässjö. Der Weg ist kürzer, jedenfalls wenn man direkt in die Stadt will. Ich selbst fahre über Jönköping, das ist näher, wenn man nach Hästerum will.
Ich sehne mich danach. Nach der Stille und dem Vergessen.

Mary klappt den Deckel ihres Laptops auf, beißt sich auf die Unterlippe und starrt konzentriert auf die Tastatur. Torsten sitzt schweigend da, während sie langsam eine Taste nach der anderen drückt. *Du knnst gehen.*
»Willst du, dass ich gehe?«
Mary nickt.
»Hast du Angst, Sverker könnte hören, dass ich hier bin?«
Mary schüttelt den Kopf, während sie langsam noch ein Wort schreibt. *Ich.*
»Du willst, dass ich gehe?«
Sie nickt erneut.
»Warum?«
Mary breitet die Arme aus. Warum soll Torsten in ihrem Arbeitszimmer sitzen und sich unbehaglich fühlen? Das hat doch keinen Sinn. Und vielleicht denkt er genauso, denn er legt die Hände auf die Sessellehnen, als wolle er aufstehen, führt die Bewegung jedoch nicht aus. Stattdessen lässt er sich

wieder zurücksinken, wendet sich halb ab und schaut mit einem so konzentrierten Gesichtsausdruck aus dem Fenster, als erwarte er, dass sich in dem verregneten Garten plötzlich ein fremdes Wesen materialisiere. Als er wieder spricht, hat er eine andere Stimme. Leiser.

»Bist du enttäuscht von mir?«

Mary runzelt die Stirn. Enttäuscht von Torsten? Nein.

»Ich habe ja nichts mehr von mir hören lassen.«

Sie zuckt mit den Achseln. Na und? Sie hat ja auch nicht von sich hören lassen. Doch Torsten sieht sie nicht an, spricht einfach weiter.

»Alles wäre anders gekommen, wenn aus uns beiden etwas geworden wäre.«

Mary schüttelt den Kopf. Hat er die missglückte Nacht im Sigtuna Stadshotell vergessen? Das schweigsame Frühstück danach? So wäre es geworden, ihr gemeinsames Leben. Sie beugt sich wieder über die Tastatur. *Kann ncht.*

»Was kannst du nicht?«

Erneute Konzentration. *Leben.* Hinterher starrt sie den Bildschirm an, als verstünde sie selbst nicht, was sie da geschrieben hat. Torsten räuspert sich.

»Heißt das, du könntest nicht mit mir leben? Warum nicht?«

Mary seufzt. Er versteht nicht. Sie versteht es eigentlich selbst nicht, weiß nur, dass Torsten keinerlei Schuld daran trägt. Sie hat ihn sich zu einem anderen erträumt und ihn nie den sein lassen, der er wirklich ist. Vielleicht würde sie es nicht einmal mit dem, der er wirklich ist, aushalten. Sie beugt sich wieder über die Tastatur.

Ich knn nicht sprechen, ncht leben.

Jetzt weiß sie, was es bedeutet. Dass sie nicht einmal sprechen kann, wenn sie sprechen kann. Deshalb kann sie nicht leben. Nicht richtig. Nicht in vollen Zügen. Nicht so, wie ein Mensch leben soll.

»Du lebst«, sagt Torsten.

Mary lächelt flüchtig, bevor sie sich über die Tastatur beugt. Jetzt geht es schneller mit dem Schreiben.

Du fliegst. Und grämst dich darüber, dass du nicht fliegen kannst.

Als sie den Kopf hebt, weiß sie, dass die Worte zurückgekommen sind. Sie könnte sprechen. Doch sie sagt nichts, beugt sich nur vor und küsst Torstens rechte Augenbraue.

Da ist die Ausfahrt. Ich schalte herunter und gehe vom Gas, gucke in den Rückspiegel und versuche zu erkennen, was der Pfaffe wohl vorhat. Und er wird tatsächlich langsamer, doch dann schaltet er den Blinker ein und biegt nach rechts ab. Betätigt zum Abschied noch einmal die Lichthupe.

Aha. Er hat losgelassen. Ist abgebogen.

Plötzlich fühle ich mich reingelegt. Was habe ich mir eingebildet? Dass er mir bis zum roten Haus folgen würde? Dass er mit hoch erhobenem Kruzifix aus seinem Auto stolpern und mir im Namen Gottes oder der Nässjöbewohner die Absolution erteilen würde?

Die Wahrheit ist, dass ich versucht habe, mich selbst zu belügen, und dass mir das fast geglückt ist. Ich hatte überhaupt keine Angst, der Pfaffe könnte mich bis nach Hästerum verfolgen. Ich hoffte, er würde es tun. Und es war kein Versehen, als ich auf dieses Wort reagierte, irgendwo tief in meinem Gehirn wusste ich ganz genau, was ich tat. Der Pfaffe hat eine alte Hoffnung wieder zum Leben erweckt. Ich wollte glauben, dass er wüsste, was Vergebung ist.

Ich hätte einsehen müssen, dass das unmöglich ist. Niemand, absolut niemand, weiß, was Vergebung eigentlich ist.

Schließlich steht Torsten auf. Einen Moment lang ist er wieder achtzehn Jahre alt, steht mit leicht gebeugtem Rücken vor Mary, der schwarze Schopf hängt ihm in die Augen, die Haut seiner Wangen ist immer noch voller großer Poren und kleiner Narben von den Pubertätspickeln.

»Ja«, sagt er. »Dann gehe ich jetzt also.«

Mary nickt.

»Sehen wir uns wieder?«

Mary nickt zuerst, schüttelt dann den Kopf. Ja. Nein. Sie weiß es nicht. Vielleicht werden sie sich in einem oder zwei Jahren an einem Tag im Mai zufällig auf der Drottningga- tan begegnen. Vielleicht werden sie irgendwann zusammen zu Mittag essen. Vielleicht wird der ganze Billardverein Zu- kunft, oder zumindest der noch existierende Teil des Billard- vereins Zukunft, irgendwann auf einer Beerdigung wieder zusammentreffen.

»Wir hätten es schön zusammen haben können«, sagt Torsten.

Mary verzieht leicht das Gesicht. Soll er es doch ruhig glauben. Wenn er es glauben möchte.

Sie gehen Hand in Hand die Treppe hinunter, ihre Schritte hallen in dem stillen Haus wider. Irgendwo hält jemand den Atem an und lauscht.

Als Torsten sich die Jacke angezogen hat, legt er eine Hand an Marys Wange.

»Ich rufe an.«

Ein flüchtiger Kuss. Er öffnet die Tür. Draußen auf der Treppe steht ein junger Mann mit Fotoapparat. Unterhalb von ihm hat ein anderer Mann soeben seinen Fuß auf die erste Treppenstufe gesetzt. Håkan Bergman ist zurück. Er lässt nicht locker.

»Hoppla«, sagt er. »Seht mal, wer da kommt!«

Der Fotograf hebt die Kamera. Torsten weicht zurück und schlägt die Tür zu.

Jönköping. Endlich.

Die Abfahrt ist immer noch gleich, die Autobahn ist nicht breiter geworden, die Wohnblocks weder weniger noch mehr. Kleine Dekorationslampen leuchten in fast allen Fenstern. Einige schlicht. Andere mit Volant. Wieder andere in funkelndem Glas.

Plötzlich wird mir klar, dass es in Hästerum sehr dunkel sein wird. Ich brauche eine Taschenlampe, sonst werde ich nicht vom Auto zum Haus finden. Also biege ich bei einer Tankstelle ab.

»Scheiße«, sagt Torsten. »Wer war denn das?«

Auf der Hutablage liegt eine Zeitung. Mary zeigt darauf.

»Expressen?«

Es klingelt an der Tür, ein Schatten ist hinter der Milchglasscheibe zu erkennen. Håkan Bergman hat die Treppe geentert.

»Verdammt. Was wollen die?«

Mary zeigt auf Sverkers geschlossene Tür.

»Ein Interview? Mit ihm?«

Sie macht eine neue Geste, zeigt auf sich selbst und breitet die Arme aus.

»Mit dir auch? Aber du kannst doch gar nicht sprechen.«

Mary nickt; das ist gelogen, aber sie denkt gar nicht daran, die Wahrheit zu verraten. Noch nicht. Sie legt die Hand auf die Türklinke und sieht Torsten an.

»Du willst trotzdem, dass ich gehe?«

Erneutes Nicken. Torsten zögert. Wieder läutet es.

»Okay. Pass auf dich auf.«

Er schlägt seinen Jackenkragen hoch und steckt die Hände tief in die Taschen. Zögert wieder.

»Das ist doch zu demütigend.«

Mary lächelt vorsichtig. Ach, findest du?

»Du solltest zurücktreten. Dann bist du diesen Mist los.«
Mary lächelt wieder. Ob das etwas nützen würde?

Warum schmeißt sie Torsten raus?

Das hätte ich nie getan. Ich hätte mich wie eine Anakonda um ihn geschlungen und mich geweigert, je wieder loszulassen, hätte mich an seinem Hals festgesogen, seine Arme und Beine gefesselt, ihn so fest an mich gedrückt, dass er mich nie wieder verlassen könnte.

Mary hatte ihn dicht bei sich, während ich mich mit Träumen und Phantasien begnügen musste. Und trotzdem habe ich die Hoffnung bis zuletzt nicht aufgegeben. Als ich mit dem Tuch über dem Kopf in den Gerichtssaal geführt wurde, redete ich mir selbst ein, dass ich seinen Duft riechen und seine Anwesenheit im Saal spüren könnte. Deshalb drehte ich mich um, als ich mich hingesetzt und mein Gesicht enthüllt hatte, durchforschte die vollbesetzten Zuhörerreihen hinter mir. Jemand hob eine Hand und winkte diskret, aber das war eine Kollegin von der Zeitung. Ein anderer nickte verhalten: ein alter Klassenkamerad von der Journalistenhochschule. Nur Torsten nickte nicht und winkte auch nicht. Ich hatte mich selbst betrogen. Er war nicht da. Keiner vom Billardverein Zukunft war da. Nicht einmal Sissela.

Ich schaute wieder geradeaus, faltete die Hände wie ein braves Schulmädchen und richtete meinen Blick auf den Vorsitzenden. Ich war bereit, bereit, meine Schuld beweisen und mir mein Strafmaß zuteilen zu lassen. Ich hatte nicht vor, mich noch einmal umzudrehen. Nie wieder.

Die Hände zittern ein wenig, als ich die Batterien in die Taschenlampe schiebe und sie ausprobiere.

Doch, sie funktioniert.

Okay. Dann heißt es jetzt nur noch starten und weiterfahren. Aber die Hände gehorchen mir nicht, sie bleiben im

Schoß liegen. Die Finger fummeln rastlos an der Taschenlampe herum, schalten sie ein und aus in einem Versuch, das
hinauszuzögern, was mir bevorsteht.

Ich habe Angst. Ich muss es mir eingestehen.

Angst vor dem Haus im Wald.

Angst vor der Dunkelheit.

Angst vor der Einsamkeit.

Angst vor Maud und Magnus auf der anderen Seite des
Sees.

Soll ich in Jönköping bleiben und mir ein Hotelzimmer
nehmen? Ich schaue in mein Portemonnaie, darinnen liegen
nur ein Fünfhunderter und ein paar Zwanziger. Das reicht
nicht. Jedenfalls nicht, solange ich noch keine Scheckkarte
oder Kreditkarte habe.

Auto oder Haus also. Eine andere Wahl habe ich nicht.

Doch meine Hände weigern sich zu gehorchen, sie bleiben
einfach da liegen, wo sie sind.

Mary schlägt die Tür zu, sobald Torsten draußen ist, beeilt
sich dann, sie abzuschließen.

Sie hört jemanden rufen, ohne eine Antwort zu erhalten.
Sekunden später klingelt es erneut an der Tür.

»Hallo«, ruft Håkan Bergman da draußen. »Mary! Ich
weiß, dass du da bist. Mach doch auf. Du weißt doch, dass
es dir nur nützt, wenn du kooperierst.«

Mary muss lachen. Weiß sie das?

Plötzlich steht Annabel in der Küchentür, sie hat die Ärmel
ihres Pullovers hochgekrempelt und wischt sich die Hände
an einem Handtuch ab.

»Was geht denn hier vor?«

Mary greift nach der Zeitung auf der Hutablage und zeigt
darauf. Langsam wird sie immer besser damit, vielleicht
kann sie den ganzen Rest ihres Lebens schweigen.

»Sind die vom Expressen?«

Mary gefällt das plötzliche Funkeln in Annabels Augen nicht. Erregung. Da gibt es keinen Zweifel. Ist sie eine von denen, die davon träumen, berühmt zu werden? Ist sie – um es in redaktionellen Begriffen auszudrücken – mediengeil?

»Was wollen die?«

Soll sie etwas sagen? Mary zögert einen Moment, beschließt dann aber, im Schweigen zu verharren. Zeigt auf Sverkers Tür.

»Wollen sie mit Sverker reden?«

Mary nickt.

»Und was meint er dazu?«

Mary schüttelt den Kopf. Annabel runzelt die Stirn, plötzlich sieht sie aus wie eine strenge kleine Puppe.

»Haben Sie ihn wirklich gefragt?«

Mary hebt die Hand. Nicht nötig! Aber Annabel hat ihr bereits den Rücken zugekehrt und steuert auf Sverkers Tür zu, schafft es sogar noch anzuklopfen, bevor Mary hinzueilen und ihr die Hand auf die Schulter legen kann.

»Lassen Sie los«, sagt Annabel und klopft noch einmal. »Fassen Sie mich nicht an!«

Keine Antwort. Es klingelt wieder an der Tür, aber in Sverkers Zimmer ist alles still. Vielleicht schläft er. Annabel steht einen Moment mit schräg geneigtem Kopf da. Wartet ab. Mary steht direkt hinter ihr, kann sich nicht entscheiden, ob sie das Mädchen wegschubsen oder ihr noch einmal die Hand auf die Schulter legen soll. Annabel fährt herum.

»Ich denke, ich werde mit ihnen reden«, sagt sie.

Mary schüttelt den Kopf. Annabel schubst sie zur Seite.

»Sie bestimmen nicht über Sverker. Ich weiß sehr wohl, wie es zwischen Ihnen steht.«

Du weißt gar nichts, du verdammte Ziege! Gar nichts!

Der Gedanke ist rot und giftig wie eine Feuerqualle, deren Fäden sich Annabel nähern, und eine Hundertstelsekunde lang ist Mary kurz davor, die Hand zu heben und ihr eine

Ohrfeige zu verpassen. Im nächsten Moment hält sie sich zurück, damit würde sie nur Håkan Bergman noch eine Neuigkeit geben, und das gönnt sie ihm nicht. Stattdessen bleibt sie mit hängenden Armen stehen und sieht, wie Annabel zur Haustür geht. Das Mädchen fährt sich flink mit einer Hand durchs Haar, während sie mit der anderen zur Türklinke greift, reckt sich dann und setzt ein kleines Lächeln auf.

»Hallo.«

Die helle Mädchenstimme klingt plötzlich verhalten und lasziv.

»Kann ich helfen?«

Håkan Bergman antwortet nicht sofort, vielleicht ist er so verblüfft, weil die Tür endlich aufgeht, dass ihm ganz einfach die Worte fehlen. Doch das geht schnell vorüber.

»Auch hallo«, sagt er. »Mein Name ist Håkan Bergman ... Ist der Papa zu Hause?«

Annabel lacht auf.

»Sverker? Er ist nicht mein Vater. Sie haben keine Kinder.«

Håkan Bergman schlägt einen Ton an, der seine Frau schaudern ließe. Verführerischer Onkel.

»Nein, natürlich nicht... Das hätte ich gleich sehen müssen. Dazu bist du ein bisschen zu hübsch.«

Annabel kichert.

»Ich bin die persönliche Pflegerin.«

»Von wem?«

Wieder kichert Annabel.

»Na, von Sverker natürlich. Sie hat keine Pflegerin.«

»Aber sie ist momentan doch auch ein wenig behindert, oder?«

»Die Amnesie meinen Sie? Nein. Dafür kriegt man keine Pflege.«

»Dann hilfst du allen beiden?«

Keine Antwort, doch ein Schweigen, das lang genug ist,

um das Gesicht zu verziehen. Annabel steht mit dem Rücken zu ihr, aber Mary kann sehen, dass Håkan Bergmans Lächeln noch breiter wird.

»Das hier ist Johan«, sagt er. »Mein Fotograf. Willst du uns nicht reinlassen?«

»Ich weiß nicht«, sagt Annabel. »Was wollt ihr denn?«

»Wir wollen mit Sverker Sundin sprechen. Und mit dir.«

»Ein Interview machen?«

»Genau.«

Annabel tritt einen Schritt zurück. Mary fällt die Kinnlade runter. Das darf doch nicht wahr sein! Diese dämliche Pute will doch nicht etwa Håkan Bergman ins Haus lassen! Doch nein, Annabel zögert.

»Ich muss ihn fragen«, sagt sie.

»Ja, tu das«, sagt Håkan Bergman.

»Aber erst will ich ein Foto von dir machen«, sagt der Fotograf.

Annabel kichert entzückt.

»Von mir?«

»Ja, kannst du nicht auf die Treppe rauskommen? Hier ist das Licht besser.«

Raffiniert. Als Annabel einen Schritt hinausgeht, macht Håkan Bergman einen Schritt hinein. Jetzt steht er lächelnd im Flur.

»Hallo, Mary«, sagt er. »Ich wusste ja, dass du zur Vernunft kommen würdest.«

Es gibt mich nicht, denkt Mary. Was für ein Glück, dass es mich nicht gibt.

O nein. So leicht kommt sie nicht davon. Tausendmal hat sie mich daran gehindert, aus meinem Leben hinaus- und in ihres zu schlüpfen. Jetzt bin ich an der Reihe. Also sitze ich reglos da, ohne den Zündschlüssel zu drehen, und starre ins Dunkle. Betrachte stattdessen Håkan Bergman, wie er in Marys Flur steht. Sein Haar wird schütter, aber die alte Wildlederjacke ist immer noch dieselbe. An den Ellbogen ist sie abgescheuert, das kann ich sehen, als er seine Taschen nach Stift und einem Block absucht. Er steckt sich den Stift in den Mund und zieht die Kappe ab, lässt sie wie ein schwarzes Mundstück zwischen den Zähnen stecken, während er Mary noch breiter anlächelt.

Håkan Bergman ist kein schlechter Journalist. Ganz im Gegenteil. Er ist ein guter Journalist. Seriös. Er wühlt nicht im Dreck anderer Leute, gibt sich nicht mit billigen Gerüchten ab, er schreibt über wichtige Fragen und überprüft die Fakten immer äußerst gewissenhaft. Und trotzdem steht er hier, in Marys Flur, und lächelt ein ganz besonderes Lächeln.

Was hat er für Motive? Was treibt ihn an?

Ich glaube, er könnte problemlos eine zehnminütige Rede über seine Motivation halten, könnte sich einem imaginären Publikum zuwenden und mit großem Ernst erklären, dass er gezwungen sei, diese unangenehme Aufgabe zu übernehmen. Natürlich sei es bedauerlich, wenn es schmerzhafte Folgen für eine alte Arbeitskollegin wie Mary habe, aber er sehe sich – leider, leider – genötigt, sich darüber hinwegzusetzen. Er hat einen Auftrag, offiziell von der Redaktionsleitung und inoffiziell von den Lesern, einen Auftrag, der den Kern seines Berufs selbst beinhaltet, nämlich das aufzudecken, was Mary zu verbergen versucht. Niemand kann bestreiten, dass ein unabweisbares Allgemeininteresse daran besteht, herauszufinden, ob die äußerst speziellen privaten Angelegenheiten der Entwicklungshilfeministerin die Beschlüsse beeinflusst haben, die sie in ihrem politischen Amt verabschiedet oder eingeleitet hat. Um dieser Sache auf den Grund zu gehen, muss er also alles daransetzen, die Wahrheit über ihre privaten Verhältnisse ans Licht zu bringen. So leid es ihm tut. *It's a dirty job but somebody's got to do it.*

Bedauerlicherweise – für Mary – ist das die Wahrheit.

Aber es ist natürlich nicht die einzige Wahrheit. Es gibt genauso viele Wahrheiten über Håkan Bergman, wie es sie über Mary und mich gibt.

Vielleicht handelt eine von ihnen von den Augenblicken, in denen er sich zwischen Traum und Wachsein befindet, den Minuten, bevor er abends einschläft, der Zeitspanne, bevor er morgens aufsteht. Dann ist er eine Schildkröte ohne Schild, ein graues, wehrloses Wesen, dem eigenen Blick schutzlos ausgeliefert. Er denkt an die Redaktionssitzungen und die strengen Urteile, die dort gefällt werden, er zählt die Tage, seitdem er das letzte Mal oben auf der Titelseite war, er wägt die Auflagenzahlen ab, die seinen Platz in der Redaktionshierarchie bestimmen. Er verliert an Boden. Das ist eine Tatsache. Seit mehreren Monaten verliert er an Boden, und nichts möchte er lieber, als wieder an Boden gewinnen.

Eine andere Wahrheit handelt vielleicht von den frisch-gebackenen jungen Reportern, die auf dem ewigen Karrussell von Vertretung zu Vertretung zwischen den vier großen Zeitungen hin und her springen. Sie haben keine ethische Haltung, findet Håkan Bergman, keinen echten Respekt vor dem Beruf und keine Selbstachtung. Sie tun alles für eine Schlagzeile und eine Auflagenerhöhung, weil sie wissen, dass nur Schlagzeilen oder Auflagenerhöhungen ihnen eine feste Anstellung verschaffen können. Deshalb verwandeln sie die Halbanalphabeten der Dokusoaps in Stars und machen sich dann hinter ihren Rücken über sie lustig, deshalb suchen sie mit Blumen und viel Mitgefühl die misshandelte Ehefrau irgendeines bekannten Schauspielers auf und jubeln dann auf dem Rückweg im Auto, deshalb schlängeln sie sich in den Bars um den Stureplan von Tisch zu Tisch und lächeln schmeichlerisch im Austausch gegen ein oder zwei Gerüchte. Nichts davon hat etwas mit Journalismus zu tun, meint Håkan Bergman. Und dennoch schweigt er inzwischen auf den

Redaktionssitzungen, aus Angst, die jungen Vertretungen könnten als Nächstes über ihn feixen.

Eine dritte Wahrheit handelt folglich von Demütigung. Håkan Bergman ist ein Mann mit gutem Gedächtnis. Er vergisst nie einen höhnischen Blick oder einen spöttischen Kommentar. Außerdem ist er dünnhäutig und sieht jede Kritik als Beleidigung und jeden Vorwurf als Kränkung an. Aber er ist auch geduldig und kann lange auf seine Revanche warten. Sehr lange. Eines Tages vor vielen Jahren wurde er zum Beispiel von einer Chefredakteurin zu sich bestellt, die ihm in äußerst kühlem Ton mitteilte, dass die Erklärungen, die er abgeliefert hatte, als es um einen bestimmten Reisekostenvorschuss ging, vollkommen inakzeptabel seien, und heute steht er ihr – endlich! – wieder Auge in Auge gegenüber.

»Ich würde gern mit deinem Mann sprechen«, sagt er. »Wo ist er?«

Mary schüttelt den Kopf. Draußen auf der Treppe zwitschert Annabel:

»Die Tür links! Aber vielleicht schläft er.«

Håkan Bergman tritt einen Schritt vor. Mary schüttelt erneut den Kopf. Es nützt nichts.

»Ich will mich ja nicht aufdrängen«, sagt Håkan Bergman. »Aber es wäre doch wohl nur angemessen, wenn dein Mann selbst entscheidet, ob er kooperieren will oder nicht.«

Jetzt ist er an der Tür angekommen. Jetzt hebt er die Hand. Jetzt klopft er an.

Keine Antwort.

Håkan Bergman drückt die Klinke hinunter und öffnet.

»Hallo«, sagt er. »Ist jemand da?«

Das Licht in der Tankstelle wird ausgeschaltet. Sie schließen. Es ist bereits Nacht.

Ich schalte die Innenbeleuchtung ein und schaue mich

kurz im Rückspiegel an. Okay. Zeit, die Angst zu bezwingen. Zeit, sich aufzumachen.

Ich schließe die Augen und rufe mir das Bild des Hauses am Hästerrumssjön ins Gedächtnis. Die Fliederbüsche an der Ecke. Die Steintreppe, auf der man so gut in den Sommermorgenstunden sitzt. Mein altes Kinderzimmer mit Blümchentapete und Spitzengardine. Es gelingt mir, aber nicht ganz. Hinter den Bildern des großen Friedens lauern andere Bilder. Die tiefen Schatten des Herbstes über dem See. Das Knacken der Treppe, das wie schleichende Schritte klingt. Das Schlangennest am Kellereingang.

Ich hole tief Luft und fasse einen Entschluss. Ich habe sowohl die Taschenlampe als auch die Autoscheinwerfer, also brauche ich die Dunkelheit nicht zu fürchten. Ich weiß, dass das Knacken an Spannungen im Holz liegt und dass sich alle Schlangen zu dieser Jahreszeit in die Erde verkrochen haben. Es gibt keinen Grund, Angst zu haben. Nichts außer meiner eigenen Phantasie. Also lasse ich den Motor an und lege den Gang ein.

Die Abzweigung nach Nässjö ist nur noch wenige hundert Meter entfernt. Ich drehe am Lenkrad, ohne dass meine Hände zittern, fahre ein wenig zu schnell durch die letzten bebauten Gebiete auf die Landstraße hinaus.

Jönköping verlischt langsam hinter meinem Rücken.

»Jetzt fahre ich nach Hause«, spreche ich mir Trost zu. »Denn ich habe ein Zuhause.«

Mögliche Nachtwache

Es geht nicht. Sie kann nicht schlafen.

Lange Zeit liegt sie wach und starrt in die Dunkelheit, lauscht auf Magnus' Atemzüge und lässt den Gedanken freien Lauf. Sie will noch nicht aufstehen, sie steht nie auf, bevor er nicht tief und fest eingeschlafen ist. Das ist eine Vorsichtsmaßnahme. Wenn er wüsste, was sie in gewissen Nächten tut, wäre er viel zu entzückt, er würde dabei sein wollen, und dann wäre alles zerstört.

Die Nachtwachen gehören ihr. Sie kann sie nicht mit ihm teilen. Sie kann sie mit niemandem teilen.

Jetzt fällt er in tieferen Schlaf, das hört sie. Er wimmert nicht mehr, wie er noch vor ein paar Minuten gewimmert hat, gequält von Gott weiß welchen Träumen. Vermutlich Messerträume. Träume von tiefen Stichen in die Eingeweide. Sie verzieht ihr Gesicht in der Dunkelheit. Sie hatte ihm gesagt, er solle vorsichtig sein. Es hätte sich doch jeder denken können, dass dieser Film und die Ausstellung ihre Konsequenzen haben würden. Aber Magnus hat nie eingesehen, dass er erwachsen ist. Er glaubt immer noch, er wäre ein siebenjähriger Racker, und seine Handlungen würden dementsprechend bewertet. Das ist die Schuld seiner Mutter, sie hat ihn nach Strich und Faden verwöhnt, als er klein war. Und jetzt ist Maud seine Mama. Nicht offiziell natürlich, aber de facto. Er sieht sie mit dem gleichen Welpenblick an, mit dem er früher seine Mutter angesehen hat, zuckt zusammen, wenn sie ihn ausschimpft, und freut sich unverhältnismäßig, wenn sie ihn lobt. Und sie lässt das zu, sie kennt keine andere Möglichkeit, sich ihm gegenüber zu verhalten. Das ist ihre Art zu lieben.

Sie ändert versuchsweise ihre Haltung, liegt dann reglos da und lauscht. Nein, er hat nichts gemerkt, hat sich nicht im Bett umgedreht und nach ihr getastet, er liegt noch genauso schwer und unbeweglich da wie vor ein paar Minuten. Sein Atem ist nicht mehr zu hören. Zeit aufzustehen. Zeit, mit dem Spiel zu beginnen.

Das letzte Mal ist lange her, schon mehrere Monate, dennoch ist alles vorbereitet und parat. Der Morgenmantel liegt auf dem Schlafzimmersessel und wartet, die Hausschuhe stehen an der Tür bereit. Auf der Kommode im Flur liegt eine Schachtel Streichhölzer neben dem großen Kerzenleuchter, sie streckt routiniert ihre Hand danach aus und zündet ein Streichholz an. Die Schatten flattern über die Wand, als sie nach dem Kerzenhalter greift und losgeht.

Jetzt ist nicht mehr Oktober, die Mittsommernacht hat eingesetzt. Eine ganz besondere Mittsommernacht, so regnerisch und kalt, dass sie drinnen sitzen müssen. Nur gut, dass sie im letzten Jahr die Glasveranda hat renovieren lassen, jetzt ist dort Platz für eine Tafel, die groß genug ist für den gesamten Billardverein Zukunft.

Sie stellt den Kandelaber auf das alte Büfett und schaut sich um. Womit soll sie anfangen? Natürlich mit der Tischdecke, der neuen Decke, die sie letzten Winter bei Hemslöjden in Jönköping gekauft hat. Sie kostete mehrere tausend, aber das ist sie auch wert, sie ist eine exakte Kopie der Tischdecke, die bei den Festessen zur Nobelpreisverleihung benutzt wird. Sie hat sich schon überlegt, auch das Nobelpreis-Service zu sammeln, doch bis jetzt hat sie davon abgesehen, weniger wegen der Kosten als vielmehr wegen des Spottes, den einige Mitglieder des Billardvereins Zukunft über sie ausschütten könnten, Sissela beispielsweise. Und MaryMarie. Sie haben Maud schon immer verachtet, sie hat das vom ersten Moment an gespürt, sie haben über ihren Kopf hinweg Blicke gewechselt und hinter ihrem Rücken die Augen verdreht. Aber dieses Mal wird sie die beiden weit auseinander setzen, sodass sie sich nicht heimlich verständigen können.

So. Die Tischdecke ist perfekt, sie bleibt einen Moment lang stehen und betrachtet sie, streicht eine der scharfen Bügelfalten aus und überlegt, welche Teller sie nehmen soll. Die alten aus Rörstrand? Ja, warum nicht, die blassblaue Farbe passt sicher gut zu dem Sahneweiß der Decke. Sie öffnet das Büfett und lässt den Zeigefinger der rechten Hand über einen Tellerstapel fahren – zwei, vier, sechs, acht –, nimmt dann die schweren Teller heraus und beginnt zu decken. Heute Abend wird der ganze Billardverein Zukunft an ihrem Tisch sitzen. Sverker auch. Ganz besonders Sverker. Er soll an der einen Stirnseite sitzen, mit Anna zur Linken und seiner Schwester zur Rechten. Wie ein Häuptling.

Sie schluchzt leise. Sieben Jahre sind vergangen, und trotzdem weint sie immer noch um Sverker. Wenn sie nicht diese Nächte hätte, würde sie nicht überleben. Aber wenn der Tisch auf der Glasveranda fürs Mittsommernachtsfest gedeckt ist, dann kommt er zurück, dann kommt er, obwohl es draußen vor dem Fenster Herbst ist und obwohl er ermordet und tot ist.

Anfangs versuchte sie einen kleineren Tisch zu decken, einen Tisch, der so klein war, dass nur Platz für einen Bruder und eine Schwester daran war, doch da kam er nie. Sie musste allein vor seinem leeren Teller sitzen und zusehen, wie die Kerzen herunterbrannten. Eigentlich war es nur logisch. Sverker konnte sich nie nur mit einem Menschen zufriedengeben, nicht einmal, wenn dieser Mensch seine eigene Schwester war, im Leben wie im Tod brauchte er viele. Das war eine Tatsache, daran war nichts zu ändern. Alles wäre anders verlaufen, wenn auch MaryMarie das begriffen hätte, wenn die Person ein Fünkchen Demut besessen hätte.

Gläser? Die geerbten Schnapsgläser natürlich, die einmal Papas Schatz gewesen sind, und die großen Biergläser, die Sverker zum Abitur geschenkt bekommen hat und die sie besonders sorgfältig einpackte, als Magnus und sie das Haus in Bromma ausräumten – im Beisein dieses Monsters von MaryMaries Anwältin. Sie hält einen Moment lang inne und denkt über die Erinnerung nach, bevor sie schließlich doch die einfachen Weingläser hervorholt, die sie vorsichtshalber immer an den Mittsommernächten benutzt hat. Was am besten so war. Wenn es zum Wein kam, waren sie sowieso laut und poltrig.

Im letzten Jahr hatten Magnus und sie eine Einladung zur Mittsommernacht an die geschickt, die vom Billardverein Zukunft noch übrig waren. Torsten und Sissela antworteten nicht einmal, und Anna und Per brachten eine so fadenscheinige Ausrede vor, dass es direkt peinlich war. Magnus war verwundert und empört, aber sie selbst zuckte nur mit den Schultern und tat so, als hätte sie nichts anderes erwartet. Aber sie war enttäuscht, enttäuschter, als eigentlich angebracht war. Irgendwo in irgendeinem Schlupfwinkel ihres Gehirns hatte sie sich eingebildet, dass Sverker wirklich wieder zum Leben erwachen würde, wenn sie sich alle wieder zum Mittsommernachtsfest versammelten. Doch inzwischen weiß sie, wie es ist. Jetzt begnügt sie sich mit ihren eigenen nächtlichen Festen.

So, alles ist fast fertig, jetzt fehlt nur noch die Dekoration. Sie schaut sich um, die Pelargonien blühen zwar immer noch, aber sie passen nicht auf einen Mittsommernachtstisch. Stattdessen zupft sie ein paar Zweige vom Efeu ab und legt sie auf die Decke, öffnet dann noch einmal das Büfett und sucht nach der Mittsommerstange, die Magnus einmal aus grünem Glas und winzigen goldfarbenen Mosaiksteinchen gemacht hat. Sverker gefiel sie. Das war das einzige von Magnus' Werken, von dem Sverker je sagte, dass es ihm gefiel.

Sie stellt den Karton aufs Büfett und wickelt das Seidenpapier ab, wiegt die schwere Mittsommerstange in der Hand und betrachtet sie genau. Sie ist immer noch vollkommen heil. Keine Risse. Keine Mosaiksteinchen, die sich gelöst haben. Sie dreht sich um, um sie auf den Tisch zu stellen, hält aber mitten in der Bewegung inne. Etwas ist anders, doch sie weiß noch nicht, was, es dauert ein paar Sekunden, bis ihr klar wird, was sie da sieht. Ein kleines Licht am anderen Ufer. Ein spärliches Lichtlein, das sich über den Strand hin bewegt, erlischt und wieder aufleuchtet.

MaryMarie ist gekommen.

Maud seufzt so tief, dass es wie ein Schluchzen klingt. In dieser Nacht wird es keine Mittsommernachtsfeier geben.

Wasser

Sverker sitzt mit geschlossenen Augen im Rollstuhl. Håkan Bergman zögert einen Moment, bevor er ins Zimmer tritt.

»Hallo«, sagt er. »Bist du wach?«

Sverker öffnet die Augen und sieht ihn an, schließt sie dann gleich wieder.

»Mary hat dir wohl nicht erzählt, dass wir ein Interview mit dir machen wollen?«

Sverker antwortet nicht, öffnet auch nicht die Augen.

»Aber du hast vielleicht davon gehört, dass die ganze Geschichte mit deinem Unfall jetzt öffentlich ist. Deshalb ist es wohl an der Zeit, dass du deine Version erzählst. In deinem eigenen Interesse.«

Keine Reaktion. Draußen auf dem Flur versuche ich Sverkers Kunststück nachzuahmen, ich schließe die Augen und versuche aus der Welt zu verschwinden.

Sverkers alte Turnschuhe stehen direkt vor der Tür.

Marie bleibt stehen und starrt sie einen Moment lang an, bevor sie die Taschenlampe ausknipst und die Deckenlampe einschaltet. Alles ist wie früher, es ist nicht zu merken, dass das Haus vermietet war. Es scheint erst ein paar Wochen her zu sein, dass sie die Tür nach dem Urlaub abgeschlossen hat und hinter Sverker zum Auto gegangen ist, beide schweigend und bereits in Gedanken an die herbstlichen Arbeitsaufgaben versunken. Die Regenjacken hängen immer noch an ihren Haken, ihre weiß, seine blau. Ein Strickpullover liegt ordentlich zusammengelegt auf der Hutablage, eine Sommermütze mit dem Logo vom Aftonbladet liegt daneben. Und es riecht nach Holz. Nach frischem Holz.

Oh, sagt Sverker in ihrer Erinnerung. Dieser Duft. Erinnerst du dich?

Sie antwortet nicht, tritt nur die Turnschuhe zur Seite und lässt die Plastiktüte auf den Flurteppich sinken. Sie ist nur halb voll und sinkt mit einem Seufzer in sich zusammen.

Håkan Bergman geht einen Schritt näher an den Rollstuhl heran.

»Entschuldige«, sagt er. »Hörst du, was ich sage?«

Keine Reaktion. Er tritt noch einen Schritt vor und legt dann die Hand auf Sverkers Schulter.

»Wir wollen dir nur die Chance geben zu erzählen, was eigentlich passiert ist.«

Sverker öffnet die Augen, dreht den Kopf ein wenig und betrachtet die Hand auf seiner Schulter. Håkan Bergman versucht zu lächeln, draußen auf der Treppe lacht Annabel und wechselt die Pose für den Fotografen. Sverker holt tief Luft.

»Hand weg.«

Ich muss zwinkern. Ich kenne sowohl die Einsilbigkeit als auch den Tonfall. Etwas wird passieren, etwas, das schon so oft passiert ist. Langsam sinke ich in mich zusammen, hocke mich mit dem Rücken zur Wand hin und schlinge die Arme um mich. Mache mich bereit.

Håkan Bergman zieht seine Hand zurück und steckt sie in die Tasche.

»Ich habe nur versucht zu erklären …«

Sverker ruckt mit dem Kopf, sodass der Rollstuhl startet, er rollt ein paar Zentimeter vor.

»Annabel!«, ruft er. Seine Stimme ist tief und sehr entschlossen, doch Annabel hört ihn nicht oder tut, als hörte sie ihn nicht. Sie posiert. Håkan Bergman macht einen neuen Versuch:

»Glaub mir, du kannst nur gewinnen, wenn du mitmachst.«

Sverker antwortet nicht, lässt nur den Rollstuhl ein paar Zentimeter weiterrollen, stoppt erst, kurz bevor eines der Räder Håkan Bergmans Schuh fast anstößt. Einen Moment lang starren die beiden sich an, dann tritt der Journalist einen Schritt zur Seite. Sverker fährt weiter zur Türöffnung. Håkan Bergman ruft ihm nach:

»Johan!«

Der Fotograf dreht sich um, die Kamera schon schussbereit. Hinter ihm erlischt Annabels Lächeln.

»Sverker«, sagt sie. »Die wollen doch nur…«

Der Rest ist nicht mehr zu hören. Ein Blitz wird abgefeuert, und im nächsten Moment erfüllt Sverker das ganze Haus mit seinem Gebrüll.

Marie zögert einen Moment, als sie sich die Schuhe ausgezogen hat, beschließt dann aber, die Jacke doch anzubehalten. Der erste Frost hat eingesetzt; als sie vom Auto zum Haus ging, hat sie gesehen, wie Sträucher und Gras im Licht der Taschenlampe glitzerten. Drinnen im Haus ist es fast genauso kalt wie draußen. Sie muss durch die Zimmer laufen und die Heizungen anstellen. Vielleicht ein Feuer machen. Den Backofen in der Küche einschalten und die Klappe öffnen, wenn er heiß geworden ist.

All das wird sie machen, sie nimmt es sich fest vor, doch erst einmal muss sie ein Weilchen still stehen und nur atmen. Alle Sinne müssen ihr bestätigen, dass das hier wirklich passiert, dass sie angekommen ist, dass sie endlich wieder in ihrem eigenen Haus ist. Es ist kein Traum, keine Phantasie, keine Halluzination, dann würde sie das frische Holz nicht

341

so deutlich riechen, dann könnte sie nicht jede Masche in dem alten Pullover auf der Hutablage zählen, dann würden sich ihre Zehen nicht unwillkürlich dehnen und strecken in dem Versuch, nicht den kalten Boden zu berühren.

Sie macht einen Schritt ins Wohnzimmer und schaltet die Deckenlampe ein. Es ist kleiner, als sie es in Erinnerung hat, und viel hässlicher, aber sorgfältig geputzt. Jemand hat sogar alles für ein kleines Kaminfeuer vorbereitet. Vier Holzscheite stehen gegeneinandergelehnt da, ein paar Holzspäne sind strategisch dazwischen platziert, sie braucht nur das Feuerzeug anzuzünden, das auf dem Kaminsims liegt. Anschließend bleibt sie in der Hocke und streckt die Hände zum Feuer hin aus, die so steif und kalt sind, dass es fast wehtut. Das Feuer hilft nicht, zumindest nicht gleich, sie müsste die Finger unter heißes Wasser halten. Aber ist die Pumpe eingeschaltet? Und der Boiler? Sie steht auf, plötzlich selbstverständlich und vertraut in ihren Bewegungen, geht hinaus in die Küche, öffnet den Zählerschrank und dreht den Haupthahn ein paar Umdrehungen. Einen Moment lang bleibt sie unbeweglich stehen und hört, wie das Wasser durch die Rohre rauscht, langt dann nach dem Wasserhahn und probiert es. Ja, die Pumpe funktioniert.

Jemand hat eine Zwiebel im Kühlschrank vergessen, bei dem Geruch verzieht sie das Gesicht, ansonsten ist alles, wie es sein soll. Gläser und Tassen stehen ordentlich gestapelt im Küchenschrank, eine gestärkte Serviette liegt als Decke auf dem Tisch, darauf steht leer und aufnahmebereit eine Obstschale. Im Vorratsschrank findet sie ein paar Dosen gehackte Tomaten, ansonsten ist er leer und sauber. Eine Flasche Rotwein liegt im Weingestell, sie zieht sie heraus und betrachtet das Etikett. Stammt sie aus ihrem alten Leben? Oder hat sie einer der Sommergäste hier vergessen?

Sie weiß nicht, wer während der letzten sechs Sommer hier in ihrem Haus gewohnt hat, Katrin hat immer nur abwehrend mit der Hand gewedelt, wenn die Sprache darauf kam. Irgendwelche Deutschen. Hungrig nach Wald und Stille und bereit, richtig gut für ein paar Wochen in einer Hütte in Småland zu bezahlen. Sie hat eher von dem Handwerker erzählt, den sie aufgetan hatte, einem Typen aus Nässjö, der unübertrefflich darin war, unbewohnte Häuser in Schuss zu halten.

Die Treppe knackt, als Marie ins Obergeschoss geht, sie muss bei dem vertrauten Geräusch lächeln, die Angst, die sie vor kaum einer Stunde noch gelähmt hat, ist verschwunden. Hier gibt es nichts zu fürchten, weder Dunkelheit noch Einsamkeit. Sie ist schließlich in ihrem eigenen Haus, in ihrer eigenen Dunkelheit, ihrer eigenen Einsamkeit. Das hat sie so gewollt. Und jetzt kann sie sich ein Schlafzimmer aussuchen. Einen Moment lang bleibt sie zögernd im Obergeschoss stehen. Das große Schlafzimmer? Nein, das gehört immer noch Herbert und Renate. Das etwas kleinere Schlafzimmer, das Sverker und sie sich einst angeeignet haben? Nein. Die Tür soll geschlossen bleiben. Bleibt nur noch das Kinderzimmer mit dem alten Schreibtisch und den großblumigen Tapeten aus den Siebzigern.

Sie macht kein Licht, ihr genügt der Lichtstreifen von der Lampe im Flur, der ins Zimmer fällt; sie schaut sich nicht einmal um, geht geradewegs zum Fenster und lehnt die Stirn gegen die Scheibe. Hat sie ein Licht am anderen Ufer gesehen?

Nein. Es muss eine Spiegelung gewesen sein. Oder reine Einbildung. Vor ihrem Fenster gibt es nur die Nacht, eine schwarze, samtweiche Nacht, die alles verbirgt, was verborgen bleiben soll.

Håkan Bergman erschrickt am meisten, als Sverker losbrüllt, er stolpert und muss sich am Türpfosten festhalten. Der Fotograf reagiert überhaupt nicht, er macht ruhig ein Bild nach dem anderen von einem schreienden Sverker, richtet dann die Kamera auf mich und stellt die Schärfe ein. Das Motiv ist zweifellos originell: zusammengekauerte Entwicklungshilfeministerin mit den Händen vor den Ohren. Ich spüre, wie die Blitze auf die Augenlider treffen, und mache mich noch kleiner, wende das Gesicht zu Boden und verschränke die Arme über meinem Kopf. Ich will nicht wieder das Sprachvermögen verlieren. Noch habe ich nichts gesagt, und ich habe nicht vor, etwas zu sagen, solange Håkan Bergman im Haus ist, aber ich will das Sprachvermögen nicht wieder verlieren.

Sverker verstummt, um Luft zu holen, und ein paar Sekunden lang ist nur Annabel zu hören.

»Aufhören«, schreit sie, aber niemand kann sagen, ob sie Sverker oder den Fotografen meint. »Aufhören, aufhören, aufhören!«

Sverker fängt wieder an zu brüllen, aber jetzt ist das kein unartikuliertes Brüllen mehr, jetzt werden Worte aus seinem Schrei:

»RAUS! VERSCHWINDET! RAUS! RAUS! RAUS!«

Der Fotograf ist immer noch vollkommen ruhig, er senkt nur die Kamera und lächelt Annabel an.

»Ich glaube, damit meint er auch dich.«

Und dann sind wir allein.

Ich sitze immer noch zusammengekauert da und drücke mich gegen die Wand, lasse nur die Arme sinken und hebe vorsichtig den Kopf, schaue mich um. Irgendwo tickt eine Uhr. Eine Zeitung ist auf den Flurboden gefallen. Ansonsten ist alles wie immer.

Sverker atmet schwer, sein Kinn hängt herunter, eine Ader an der Schläfe ist geschwollen.

»Wie geht es dir?«

Meine Stimme ist nur ein Flüstern. Sverker antwortet

nicht und sieht mich nicht an, er ruckt nur mit dem Kopf, sodass der Rollstuhl startet, macht eine Drehung und fährt zurück in sein Zimmer. Dort macht er eine neue Drehung und manövriert den Rollstuhl direkt hinter die offene Tür, fährt dann mit so einer Wucht dagegen, dass sie zufällt.

Alles ist wie immer.

Ich trinke drei Glas Wasser, kippe mir gierig eines nach dem anderen in den Mund, dennoch bin ich immer noch durstig, als ich den Wasserhahn zudrehe. Das Herz pocht mir in der Brust, als wäre ich kilometerweit gelaufen. Ich muss mich am Spültisch abstützen, um überhaupt stehen zu können.

Vielleicht hat Sverker auch Durst.

Ich öffne den Schrank und hole eine Kanne heraus, lasse das Wasser laufen, damit es richtig kalt wird, während ich Eis aus dem Gefrierfach hole. Die Eiswürfel lösen sich leicht aus der Schale, frieren jedoch aneinander fest, sobald ich sie ins Wasser kippe, sie knacken und klirren, während ich Glas und Kanne in den Flur bringe und Sverkers Tür mit dem Ellbogen öffne.

Er sagt nichts, als ich ihm das Glas hinhalte, trinkt aber in tiefen Zügen. Ich ziehe die Augenbrauen hoch, um zu fragen, ob er mehr will. Er nickt stumm und öffnet wieder den Mund. Als er das dritte Glas getrunken hat, stelle ich die Kanne auf den Tisch und richte mich auf, räuspere mich ein wenig.

»Ich gehe jetzt zu mir hoch. Wenn du etwas willst, kannst du ja schreien.«

Ich bin fast sicher, dass ich ein Lächeln habe vorbeihuschen sehen. Doch, tatsächlich. Zum ersten Mal seit vielen Jahren lächelt Sverker mich an, wenn auch nur ganz kurz.

Zum Dank nehme ich die Fernbedienung und richte sie auf seinen CD-Player. Vertraute Orgeltöne erfüllen den Raum. Sverker lehnt den Kopf zurück und taucht in die Musik ein.

345

Oben in meinem Arbeitszimmer klappe ich meinen Laptop auf, bleibe dann aber davor sitzen und starre nur vor mich hin. Was soll ich schreiben? Und wem?

Nun ja. Es ist wohl am besten, mit denen anzufangen, die am direktesten von dem Entschluss betroffen sind, den ich fassen muss. Caroline und der Bergkönig. Ich beuge mich über die Tastatur, zögere aber erneut und gucke stattdessen aus dem Fenster. Es hat angefangen zu regnen, und die halb kahlen Zweige der Eiche schwanken leicht im Wind. Ich seufze zufrieden. Ich mag den Herbst, es hat mir immer schon gefallen, an einem Schreibtisch zu sitzen und den Herbst draußen zu betrachten.

Die Melodie im Hintergrund ist so vertraut, dass ich den Text höre, ohne ihn richtig zu hören:

She said: There is no reason and the truth is plain to see …

Und plötzlich kann ich Marie sehen. Ich kann sie wirklich sehen, mir nicht nur vorstellen, dass ich sie sehe.

Sie liegt auf dem Bett des Kinderzimmers in Hästerum. Es ist Nacht, aber sie hat sich nicht die Mühe gemacht, sich auszuziehen oder das Bett zu machen, hat sich einfach gleich auf die Tagesdecke gelegt und eine Wolldecke über sich gezogen. Es ist so kalt im Haus, dass ihr Atem zu einem weißen Schatten in dem dunklen Raum wird, aber das stört sie nicht. Ihre Augen sind offen, sie erwidert meinen Blick. Zum ersten Mal seit jener Nacht im Krankenhaus sehen wir uns in die Augen.

»Na«, sage ich.

»Was heißt, na?«

»Ist es das, was du wolltest?«

Sie verzieht leicht das Gesicht.

»Ich weiß nicht, was ich wollte. Ebenso wenig wie du.«

So leicht lasse ich mich nicht abspeisen.

»Fehlt er dir nie?«

Sie zieht die Augenbrauen hoch.

»Dir etwa?«

»Ich habe ihn ja noch.«

Sie lächelt kurz.

»Ja, natürlich. Du hast ihn noch. Herzlichen Glückwunsch.«

Ich kann mir eine kleine Bosheit nicht verkneifen:

»Und ein gutes Gewissen ist das beste Ruhekissen.«

Ihre Augen werden schmal.

»Sag ihm das. Nicht mir.«

Eine Weile bleibt es still, aber wir lassen einander nicht aus den Augen.

»Vergiss sie nicht«, sagt Marie.

»Wen?«

»Die kleine Graue.«

Ich schüttle den Kopf.

»Ich habe sie nicht vergessen.«

Und das stimmt. Zumindest teilweise. Ich habe sie nicht vergessen, ich habe ihr Bild nur so tief in mir verborgen, dass sie mich fast nie stört. Doch jetzt kommt sie, jetzt wird sie langsam wie ein Foto in der Dunkelkammer entwickelt, verwandelt sich aus einem vagen Schatten in ein menschliches Wesen mit klaren Konturen.

Sie saß auf einem Stuhl auf der Polizeiwache, spähte mit krummem Rücken unter ihrem Pony hervor. Es sah aus, als hätte sie sich ihre Kleider hastig übergeworfen oder als hätte jemand versucht, sie ihr vom Leib zu reißen. Der Reißverschluss ihrer Hose stand offen. Ein weißes Bein guckte aus dem langen Schlitz des Hosenbeins hervor, um dann in einem abgetretenen Stiefel zu verschwinden. Die Bluse war zur Hälfte aufgeknöpft und sehr zerknittert.

Sie selbst war genauso grau wie die Wand hinter ihr. Ihre

Lippen waren rau, das dünne Haar aschblond, die Schatten unter den Augen blassblau. Der Körper war abgezehrt und durchscheinend, wie der eines Kindes, eines Kindes, das lange gehungert hat, aber noch nicht verhungert ist.

Als der Vernehmungsleiter sie anfuhr, richtete sie sich auf und sah mich an. Der Dolmetscher, ein kleiner Mann mit Schnurrbart, dessen Namen ich nicht verstanden hatte, legte mir die Hand auf den Arm und sagte:

»Das ist sie.«

Ich starrte sie müde an. Aha. Das war sie. Und warum hatte man mich durch halb Vladista geschleppt, um sie mir anzusehen? Gehörte ich nicht an die Seite meines bewusstlosen Mannes?

»Sie ist erst sechzehn Jahre alt. Aber sie hat herumgehu… äh … war Prostituierte, seit sie dreizehn ist.«

Das Mädchen starrte mich immer noch an, ihre Augen grau und glänzend, sie zwinkerte nicht einmal, als der Vernehmungsleiter sie wieder anblaffte – *gasschf!* –, öffnete nur den Mund, um etwas zu sagen, schloss ihn aber wieder. Der Vernehmungsleiter, ein vierschrötiger Mann mit kurz geschorenem Haar, nahm etwas vom Schreibtisch – ein Lineal? – und piekste sie damit am Arm, während er immer wieder diesen Laut wiederholte. *Gasschf, gasschf, gasschf!*

»Er sagt, dass sie es getan hat«, übersetzte der Dolmetscher. »Aber sie leugnet, sie sagt, es war ihr Zuhälter.«

In Wirklichkeit sagte das Mädchen nichts, starrte mich nur mit leerem Blick an. Wusste sie, wer ich war? Interessierte sie das?

»Aber die Polizei sagt, dass sie lügt, dass sie gar keinen Zuhälter hat.«

Der Vernehmungsleiter fuhr sie wieder an, das Mädchen blinzelte ein paarmal, ließ mich aber nicht aus den Augen. Er beugte sich über sie, sie zog eine Schulter in einer Art Verteidigungshaltung hoch, schien ihn aber immer noch nicht so recht wahrzunehmen, nicht einmal, als er ihren Arm packte und an der Manschette ihrer Bluse fummelte.

»Sie ist drogensüchtig«, sagte der Dolmetscher. Er sprach das Wort sehr sorgfältig aus. Dro-gen-süch-tig. »Er sagt, dass sie es deshalb getan hat. Weil sie eine dro-gen-süch-ti-ge und eine verrückte ...« Er zögerte wieder einen Moment. »... Prostituierte ist.«

Das Mädchen schüttelte den Kopf und wimmerte etwas Abgehacktes, versuchte den Arm an sich zu ziehen. Der Vernehmungsleiter hörte nicht hin, er redete so schnell, dass die Spucke flog, während er am Blusenärmel zog und ihn hochzurollen versuchte. Zwei Polizisten in grauen Hemden standen plötzlich in der Türöffnung, verschränkten die Arme vor der Brust und brachen in Gelächter aus, verstummten aber rasch, als sie mich sahen, und sagten etwas zu dem Dolmetscher. Er breitete die Arme aus und antwortete. Vielleicht erzählte er, dass ich die Ehefrau des Opfers war. Sie nickten und murmelten etwas.

Dem Vernehmungsleiter war es gelungen, den Ärmel hochzuschieben. Jetzt zog er das Mädchen vom Sitz, schubste sie zu mir hin und zeigte auf die Punkte in ihrer Armbeuge, die blauen und gelbgrünen Flecken und die schwarzen Einstichstellen. Das Mädchen versuchte sich zu wehren, sträubte sich, stemmte die Füße auf den Betonboden und wollte nicht vom Fleck, doch das nützte nichts, er schleifte sie hinter sich her. Plötzlich stolperte sie und fiel hin, blieb auf dem Boden liegen und wimmerte noch lauter. Der Dolmetscher schluckte, bevor er übersetzte.

»Sie sagt, sie sei unschuldig, sie habe es nicht getan ...«

Ich starrte ihn an. Natürlich war sie unschuldig, wie hätte dieses kleine Mädchen Sverker aus dem Fenster werfen können? Er wog sicher doppelt so viel wie sie, seine Handgelenke waren doppelt so breit wie ihre, seine Oberarme dreimal so dick. Warum begriffen sie das nicht? Und was hatte ich hier zu suchen? Warum war ich überhaupt hier in dem Raum?

Das Mädchen hatte angefangen zu weinen. Sie lag immer noch auf dem Boden und schlug sich die Hände vors Gesicht, ihr schmaler Rücken bebte. Jetzt redete sie ununterbrochen zwischen den Schluchzern. Ihre Stimme wurde lauter und schriller, ging in ein Schreien über. Der Vernehmungsleiter stieß mit dem Fuß nach ihr und brüllte sie an, doch es nützte nichts, sie schrie nur noch lauter.

»Sie sagt wieder, dass sie unschuldig ist«, sagte der Dolmetscher. Seine Stimme zitterte ein wenig.

Ich trat einen Schritt vor, er legte mir eine Hand auf den Arm, um mich zurückzuhalten. Das Mädchen auf dem Boden hielt einen Moment lang inne, krümmte sich zusammen, schob sich dann auf die Knie und streckte mir die Arme entgegen. Ihr Gesicht war feucht von Tränen, Rotz und Speichel, die Gesichtszüge aufgelöst, sie rief etwas.

»Hilfe«, übersetzte der Dolmetscher automatisch. »Sie ruft um Hilfe. Sie will, dass Sie ihr helfen.«

Ich schluckte, versuchte die Übelkeit zu bekämpfen, die plötzlich in mir aufstieg, doch es gelang mir nicht, also wandte ich mich ab, die Hände vor dem Mund. Es dauerte etwas, bis der Dolmetscher begriff, was passierte, dann legte er mir die Hand auf den Rücken und schob mich zu einem Waschbecken an der Wand. Meine Hände waren bereits voll mit Erbrochenem, rotem Erbrochenem mit weißen Klumpen, und von dem Gestank fiel ich fast in Ohnmacht. Ich musste mich an der Wand abstützen, um mich aufrecht zu halten. Die Wand wird schmutzig, dachte ich, als sich der Magen in einem neuen Krampf zusammenzog. Das war alles, was ich denken konnte, obwohl ich hörte, dass hinter meinem Rücken etwas Neues passierte. Ein Brüllen, ein klatschendes Geräusch und Polizisten, die laut auflachten. Das Geschrei des Mädchens verstummte, jetzt jammerte sie nur noch.

Als ich mich schließlich umdrehte, waren das Mädchen, der Vernehmungsleiter und die Polizisten fort. Nur der Dolmetscher stand noch neben mir, er war blass und kaute ängstlich an seinem Schnurrbart.

»Möchten Sie ein Glas Wasser?«

Ich nickte. Ja, bitte. Ich wollte gern ein Glas Wasser. Während ich meinen Mund ausspülte, sah ich, wie er sein Taschentuch unter dem Wasserhahn anfeuchtete und sorgfältig versuchte, meine schmutzigen Handabdrücke von der Wand wegzuwischen. Danach faltete er das feuchte Taschentuch ebenso sorgfältig wieder zusammen und schob es von einer Hand in die andere, als wüsste er nicht, wohin damit.

»Zurück zum Krankenhaus?«, fragte er.

Ich nickte. Ja. Zurück zum Krankenhaus.

Ich kann Marie nicht mehr in die Augen sehen. Sie hat sie geschlossen, während sie in ihrem kalten Kinderzimmer liegt. Aber ich lasse sie nicht los. Ich sitze regungslos an meinem Schreibtisch und atme im gleichen Takt wie sie, während ich einen Regentropfen an der Fensterscheibe betrachte.

Sie hätte mich nicht an die kleine Graue erinnern sollen. Das tut mir nicht gut, es macht mich krank. Buchstäblich. Ich weiß nicht, warum. Es ist nicht nur, weil sie sich vor mir auf die Knie geworfen hat und mich damit in jemanden verwandelte, der ich nicht sein wollte. Sondern da war auch noch etwas Vertrautes in ihrem Gesicht, etwas, das ich nicht sehen und an das ich nicht denken wollte, als das passierte, und das ich seither sorgsam aus meinen Gedanken und meiner Erinnerung verbannt habe. Sie ähnelte jemandem. Aber wem? Weder Anna noch Sissela, weder Maud noch meiner Mutter, keiner meiner alten Klassenkameradinnen aus Nässjö und keiner der vielen Mädchen und Frauen, die ich im Laufe meiner Zeit als Reporterin interviewt habe. Keine von ihnen war so grau wie sie. Keine von ihnen, nicht einmal die,

die in den Abwässerkanälen von Bogotá oder in Bombays Slums hausten, hatte die gleiche Verzweiflung im Blick, und keine von denen wäre jemals auf die Idee gekommen, vor mir auf die Knie zu fallen.

Marie denkt an Anastasia. Aber damals wussten wir ja noch nicht, wer Anastasia war, und außerdem gab es überhaupt keine äußere Ähnlichkeit zwischen ihr und der kleinen Grauen. An Anastasia war nichts Graues, selbst als sie in Hinseberg hungerte, sah sie aus wie ein sommersprossiges kleines Schneewittchen. Vielleicht hatte ihre Mutter an einem Wintertag an einem Fenster gesessen und genäht, vielleicht hatte sie sich in den Finger gestochen und sich genau wie Schneewittchens Mutter eine Tochter mit ebenden Farben dieses Tages gewünscht: das Haar so schwarz wie Ebenholz, die Haut so weiß wie Schnee, die Lippen so rot wie die Blutperle, die auf der Fingerspitze der Mutter anschwoll.

Es sah nicht so aus, als hätte sich irgendwer jemals nach der kleinen Grauen gesehnt.

Außer Sverker natürlich. Und Hunderte oder Tausende anderer Freier.

Mein Herz beginnt zu rasen. Ich muss aufstehen und tief Luft holen, um wieder atmen zu können. Es hilft nichts, dieses Mal lassen sich die Fragen nicht beiseiteschieben, die Fragen, die ich sieben Jahre lang nicht habe stellen wollen. Wie konnte er nur? Wie konnte derjenige, der seit mehr als zwei Jahrzehnten mein Mann war, das tun, was er der kleinen Grauen antat?

Alles andere konnte ich verstehen, auch wenn es die kalte Wut in mir weckte, die man Verachtung nennt. Die Briefe und Fotos, die ich unter seiner Schreibtischunterlage fand, als ich sein Arbeitszimmer in der Werbeagentur ausräumte, all die E-Mails, die in einem Extraordner (mit Namen XXX) auf seinem Computer waren. Sie empörten mich natürlich, aber nicht nur deshalb, weil sie all seine Lügen und seine Untreue aufdeckten, all das hatte ich ja bereits gewusst oder geahnt. Es war die obszöne Art, sich zur Sprache zu verhalten, die mich am meisten abstieß, dass Sverker und seine Geliebten einander mit als romantisch getarnten halbpornographischen Klischees zuschütteten und das zu genießen schienen. *Keine ist so schön wie du! Du hast mich zur Himmelspforte geleitet! Dein Schwanz ist ein Meisterwerk, das ausgestellt werden sollte! Ich liebe deine Fotze! Niemand kann lieben wie du, nicht einmal ein ganzer Harem könnte einen Mann so befriedigen, wie du mich befriedigst...*

Das waren Worte ohne wirklichen Inhalt, tote Worte, die lebendige zu imitieren versuchten, Worte, die mich umso mehr abstießen, als sie in eine Sprache eingingen, die auch ich beherrschte, eine Sprache, die ich von Grund auf kannte, eine Sprache, der jedes Fünkchen von Echtheit und Wahrheit fehlte. Boulevardzeitungsprosa. Werbepoesie. Ich errötete, als mir klar wurde, dass Sverker diese Worte tatsächlich in vollem Ernst benutzte. Das offenbarte eine Gefühllosigkeit und einen Mangel an Intelligenz, der direkt peinlich war, nicht nur, was ihn, sondern auch, was mich selbst anging. Ich hatte mich hinters Licht führen lassen und hatte außerdem mich selbst getäuscht. Ohne mir dessen wirklich bewusst zu sein, hatte ich mir eingebildet, dass das Selbstbewusstsein, mit dem er auftrat, der Nachdruck, mit dem er sich über dies und das ausließ, das Selbstverständnis, mit welchem er mich einmal an sich zog, dann wieder von sich stieß, auf irgendeiner Art von Lebenseinstellung basierte, dass er sich bewusst entschieden hatte, zum Schein die Fassade zu wahren, während er darunter etwas anderes verborgen hielt, etwas Tieferes, Wahreres, etwas, das sich nicht so leicht formulieren ließ, das aber seine Gedanken und Handlungen prägte.

Und dabei war er nur ein phantasieloser Kerl, der Probleme hatte, die Hose anzubehalten. Banal.

Diese Einsicht hätte genügt. Aber meine Begegnung mit der kleinen Grauen verlieh ihr eine weitere Dimension, eine Dimension, der ich mich bis zu diesem Tag nicht gestellt hatte. Stattdessen hatten mich Schwindelgefühle und Übelkeit befallen, sobald ihr Bild schemenhaft vor mir auftauchte, und ich konnte allen Gedanken an sie nur entkommen, indem ich zur Toilette eilte und mich übergab.

Aber dieses Mal nicht. Jetzt werde ich mich nicht übergeben. Jetzt werde ich hier an meinem Schreibtisch stehen und wirklich versuchen, das Unbegreifliche zu begreifen.

Was glaubte Sverker, als er ihr begegnete?

Dass sie sich dieses Leben ausgesucht hatte? Glaubte er wirklich, dass sie sich freiwillig dazu entschieden hatte, Tag für Tag, Monat für Monat ihre innersten und empfindlichsten Körperteile fremden Männern zu öffnen? Und glaubte er, dass sie ihn, einen dreimal älteren Mann, sexuell attraktiv fand?

Nein. Natürlich nicht. Er mag einfältig sein, aber so einfältig nun auch wieder nicht.

Also wusste er, dass sie das tat, was sie tat, weil sie dazu gezwungen war, und dass es tausend Erklärungen dafür gab, wie dieser Zwang entstanden war, dass sich diese Erklärungen aber auch in wenigen knappen Worten zusammenfassen ließen. Armut. Unterlegenheit. Machtlosigkeit. Selbsthass. Hinter jedem einzelnen dieser Wörter gibt es historische, ökonomische, soziale und psychologische Zusammenhänge, die die Sache gleichzeitig vereinfachen und verkomplizieren, ganze Wissenschaftszweige, die die Rücksichtslosigkeit der Menschen anderen gegenüber beschreiben. Und das wusste Sverker, das muss er gewusst haben, das ist ein Wissen, das er und ich und jeder des Lesens kundige Mensch in dieser reichen Welt besitzt, doch er muss sich entschieden haben, es zu ignorieren. Er kaufte sie trotzdem. Er kaufte eine Person, nur weil sie zum Verkauf war.

Und dort, genau in diesem Umstand, dass sie zum Verkauf war, muss seine Lust gelegen haben. Sie war ja nicht schön, nicht einmal so schön wie die anderen Frauen. Ihre Jugend allein kann es nicht gewesen sein, etliche Fotos unter seiner Schreibtischunterlage zeigen Mädchen, die höchstens ein paar Jahre älter als die kleine Graue gewesen sein können. Etwas an ihrem mageren Körper und ihrem hungrigen Aussehen muss seine Lust geweckt haben, etwas, das von Kaufen und Verkaufen handelte, von Macht und Erniedrigung, von einem Spiel, das zu spielen er selbst jeden Tag gezwungen war und das jetzt auf der intimsten Bühne des Daseins gespielt werden sollte, und zwar mit vertauschten Rollen.

Ich schließe die Augen und sehe sie vor mir, sehe, wie Sverker eine schmale Treppe hinter ihr hinaufgeht. Es ist sehr dunkel, die nackten Glühbirnen an der Decke funktionieren nicht, das wenige Licht, das es gibt, dringt durch zerbrochene Fenster von den Straßenlaternen draußen herein. Er hält den Handlauf fest umklammert und tritt vorsichtig auf eine Treppenstufe nach der anderen, als hätte er Angst, sie könnten unter seinem Gewicht zerbrechen. Dennoch lächelt er vor sich hin, lächelt über die herrliche Vorstellung, dass niemand, absolut niemand weiß, wo er sich in diesem Augenblick befindet. Er hat sich allen Blicken entzogen, sich vor der Welt versteckt, sich endlich befreit.

Die kleine Graue bleibt auf dem oberen Absatz stehen und wartet auf ihn, er nimmt zwei Stufen auf einmal, um aufzuholen, glaubt für einen Moment, dass sie vor ihrer Tür angekommen sind, aber als er fast oben angelangt ist, dreht sie sich um und geht die nächste Treppe hinauf. Noch ein Stockwerk. Er bleibt stehen und holt Luft, bevor er den Fuß auf die nächste Stufe setzt und ihr folgt ...

Es klingelt an der Tür. Ich öffne die Augen und schaue mich verschlafen um.

Alles ist wie immer in meinem Arbeitszimmer. Auf dem Computerbildschirm rotiert der Bildschirmschoner, Ministeriumsberichte und Memoranden liegen in Stapeln auf dem Schreibtisch, Bücher drängen sich auf dem Bücherregal. Dennoch brauche ich ein paar Sekunden, um zu begreifen, wo und wer ich bin.

Es klingelt erneut, jetzt länger und entschiedener. Noch ein Journalist? Ich weiß nicht, ob ich noch einen ertrage, also gehe ich auf den oberen Flur und öffne die Balkontür, schleiche mich leise zum Geländer vor und beuge mich darüber, versuche zu erkennen, wer da auf der Treppe unter mir steht. Aber es ist sinnlos, ich sehe niemanden. Dafür klingelt es erneut.

»Hallo«, sage ich leise.

Es dauert einen Moment, dann taucht er auf, ein Typ in schwarzer Jacke und schwarzer Mütze. Es ist Andreas, Sverkers Wochenendpfleger seit einigen Jahren. Er legt den Kopf in den Nacken und späht zu mir herauf.

»Ist was passiert?«

Ich schüttle den Kopf.

»Ich komme runter und öffne.«

Andreas sieht unsicher aus, als er über die Türschwelle tritt, und zögert, bevor er sich die Jacke aufknöpft.

»Ist Annabel nicht hier? Ich dachte, ich soll sie ablösen.«

»Nein«, sage ich. »Sie musste etwas früher weg.«

Er reißt die Augen auf.

»Sie können ja reden. In der Zeitung stand, Sie könnten das nicht.«

»Temporäre Aphasie«, erkläre ich. »Es ist vorüber.«

Andreas runzelt die Stirn, Medizinstudent, der er ist.

»Sind Sie untersucht worden?«

»Ja. Sie nehmen an, dass es eine Art Migräne ist. Das hatte ich schon einmal.«

Er bückt sich, um seine Schnürsenkel aufzubinden.

»Und Sverker?«

»Er ist in seinem Zimmer.«

Andreas schiebt die Schuhe an die Wand, plötzlich sehr ernst.

»Und das, was im Expressen über seinen Unfall stand... Ist das wahr?«

»Ich weiß es nicht«, antworte ich.

Andreas streicht sich mit der Hand übers Kinn und schafft es, gleichzeitig skeptisch und bekümmert dreinzuschauen, als wäre er bereits fertiger Arzt.

»Sie wissen es nicht?«

»Nein«, bestätige ich. »Er hat mir nie erzählt, was eigentlich passiert ist.«

Einen Moment lang stehen wir schweigend da, sehen einander an, dann senke ich den Blick und schaue zu Boden. Ich schäme mich. Schäme mich vor Andreas, der dasteht und mich mit offenem Blick ansieht, schäme mich, weil ich so feige bin, schäme mich meiner Phantasien und heimlichen Einbildungen, meiner Ehe, dessen, dass nichts an mir tatsächlich wahr und wirklich ist und es nie gewesen ist.

»Ich will nicht mehr«, sage ich.

Andreas legt mir die Hand auf die Schulter.

»Was haben Sie gesagt?«

Ich mache mich gerade und versuche ihm in die Augen zu sehen. Doch das gelingt mir nicht, der Blick rutscht von allein zur Seite, und plötzlich höre ich mich etwas ganz anderes sagen.

»Wie lange bleiben Sie?«

»Bis morgen Vormittag. Wie immer.«

»Und wer kommt dann?«

Er runzelt die Stirn.

»Birgitta, glaube ich. Warum?«

»Und Sie lassen Sverker nicht allein, bevor sie gekommen ist?«

»Natürlich nicht. Und Sie? Werden Sie arbeiten?«

Zunächst nicke ich, ziehe mich mit dem Entschluss, von dem ich vor zehn Sekunden noch nicht wusste, dass ich ihn fassen würde, in mich zurück, wie ich es gewöhnt bin, ändere dann aber meine Absicht und versuche die Wahrheit zu sagen.

»Es geht nicht nur um die Arbeit, da ist noch etwas anderes. Ich muss fort. Wegfahren.«

Andreas klopft mir leicht auf die Schulter.

»Das geht schon in Ordnung. Tun Sie nur, was Sie tun müssen, ich bleibe hier. Was macht Sverker? Hört er Procul Harum?«

»Kann sein«, sage ich. »Wenn er nicht schläft.«

Andreas zieht seine Hand zurück, legt den Kopf leicht schräg, schaut mich prüfend an.

»Aber Sie verabschieden sich doch, bevor Sie wegfahren. Von uns beiden.«

Die Tränen steigen plötzlich in mir auf, aber ich halte sie zurück, indem ich das Gesicht verziehe.

»Aber klar«, sage ich.

Dann drehe ich mich um und gehe die Treppe hinauf zu meinem Arbeitszimmer. Ich habe Briefe zu schreiben.

Mögliche Abschiede

E-Mail von Mary Sundin
an den Ministerpräsidenten
16. Oktober 2004

Ich trete zurück. Mit sofortiger Wirkung.

Ich habe bereits ein förmliches Rücktrittsgesuch geschrieben, es liegt jetzt auf meinem Schreibtisch, frankiert und bereit, und ich werde es noch heute zur Post bringen, sodass es Montagmorgen auf deinem Schreibtisch liegt. Du selbst kannst entscheiden, in welcher Form du die Sache veröffentlichen möchtest, ob du es als Entlassung oder als freiwilligen Rücktritt präsentieren willst. Mir ist das egal. Aber ich werde mich nicht für eine Pressekonferenz oder einzelne Interviews zur Verfügung stellen, obwohl ich seit ein paar Stunden tatsächlich wieder sprechen kann. Ich habe dem, was während der letzten Tage über mich und meinen Mann gesagt und geschrieben wurde, nichts hinzuzufügen. Außerdem werde ich bereits heute Abend verreisen und rechne nicht damit, in nächster Zeit nach Stockholm zurückzukommen.

Hingegen möchte ich etwas hinzufügen, das dich betrifft. Eine Entschuldigung. Ich hätte dein Angebot, Ministerin zu werden, nie annehmen dürfen, das war unfair dir gegenüber und genauso unfair mir gegenüber. Ich hätte begreifen müssen (und vielleicht habe ich es auch in gewisser Weise begriffen), dass du kaum bei deinem Angebot geblieben wärst, wenn ich dir die ganze Wahrheit über meine privaten Verhältnisse erzählt hätte. Durch mein Schweigen habe ich die Sache nur schlimmer gemacht und vollkommen unnötig riskiert, die Glaubwürdigkeit der Regierung zu beschädigen. Dafür bitte ich um Entschuldigung. Aber ich hätte aus noch einem anderen Grund ablehnen müssen. Ich bin nicht aus dem Stoff, aus dem Minister sein sollten, wie auch immer der beschaffen sein mag. Das hätte ich vorher wissen müssen.

Auf jeden Fall habe ich in den letzten zwei Jahren doch so einiges gelernt, unter anderem über Demütigungen und welche ungemeine Macht allein in der Drohung mit einer öffentlichen Demütigung liegt. Deshalb möchte ich in aller Bescheidenheit darauf hinweisen, dass die Macht nicht allein in deinen Händen liegt. Andere besitzen sie auch, wie beispielsweise zurückgetretene Ministerinnen, die sprechen und schreiben können. Deshalb schlage ich vor, dass wir einander mit gegenseitigem Respekt und ebensolcher Höflichkeit behandeln, falls wir im öffentlichen Raum übereinander sprechen.

Ich wünsche dir eine glückliche Legislaturperiode.

Mary

E-Mail von Mary Sundin
an den Sachbearbeiter für häusliche Pflege
Kommune Bromma
16. Oktober 2004

Sehr geehrte Damen und Herren,

ich gehe davon aus, dass Sie diese E-Mail erst am Montagmorgen lesen werden. Dann werde ich bereits abgereist und nur schwer erreichbar sein. Deshalb werde ich versuchen, mich so klar wie möglich auszudrücken:

1. Ich werde länger als üblich von zu Hause fort sein. Falls Sie die Zeitungen der letzten Tage gelesen haben, können Sie gewiss Ihre Schlüsse hinsichtlich meiner Gründe ziehen. Und das, was dort geschrieben wurde, hat natürlich auch Sverker beeinflusst, deshalb ist es wichtiger als je zuvor, dass er Tag und Nacht Hilfe von einem Betreuer bekommt. Ich verlasse mich darauf, dass Sie sich darum kümmern werden.

2. In Zukunft wird Sverker selbst den Kontakt zu Ihrer Behörde aufrechterhalten. Ich werde mich heraushalten. Ich brauche Ruhe.

3. Eine Ihrer Pflegerinnen, Annabel Bolin, hatte die Unverschämtheit, einen Journalisten und einen Fotografen von Expressen in unser Haus zu lassen. Zu dem Zeitpunkt konnte ich nicht sprechen, habe jedoch durch Kopfschütteln und auf andere Weise deutlich gemacht, dass die Tür nicht geöffnet werden sollte. Sverker ist nicht einmal gefragt worden. Der Besuch hat ihn sehr aufgeregt, und das Ganze endete in einem ziemlichen Chaos. Ich halte es für angemessen, wenn Annabel nicht wieder zu ihm kommt.

Vielen Dank für die gute Zusammenarbeit in den letzten Jahren.

Mit freundlichen Grüßen

Mary Sundin

E-Mail von Mary Sundin
an Caroline Svantesson
16. Oktober 2004

Liebe Caroline,

ich habe versucht, dich übers Handy anzurufen, konnte dich aber nicht erreichen. Ja, ich kann wieder sprechen. Aber das ist es nicht, was ich dir in erster Linie erzählen wollte. Ich möchte dich davon unterrichten, dass ich dem

Ministerpräsidenten meinen Austritt aus der Regierung mit sofortiger Wirkung mitgeteilt habe. Das bedeutet, dass ich nicht wieder ins Ministerium zurückkehre. Stattdessen werde ich noch heute Abend verreisen. Vermutlich bleibe ich ziemlich lange fort.

Mir ist natürlich klar, dass dieser Entschluss auch für dich ernste Konsequenzen hat, da es bedeutet, dass auch du deine Stelle aufgeben musst. Gleichzeitig bin ich überzeugt davon, dass du mit deiner Kompetenz und Begabung kein Problem haben wirst, einen neuen Job zu finden. Ich habe einen kleinen Empfehlungsbrief geschrieben, was immer das nützen mag, den ich noch heute Abend zur Post bringen werde.

Zum Schluss möchte ich dich fragen, ob du mir noch einen letzten Gefallen tun und alle meine privaten Dinge in meinem Arbeitszimmer zusammenpacken könntest. Es ist nicht viel: nur ein paar rote Notizbücher, die in der rechten Schreibtischschublade liegen, und ein Foto von ein paar Freunden, das in der linken liegt. Ich wäre dir sehr dankbar, wenn du diese Sachen in einen Umschlag stecken und an meine Adresse in Bromma schicken könntest.

Danke für die gemeinsame Zeit. Und viel Glück für die Zukunft.

Mary

E-Mail von Mary Sundin
an Sissela Oscarsson
16. Oktober 2004

Sissela,

drei Dinge sind passiert: Ich kann wieder sprechen, ich habe abgedankt, und ich habe beschlossen, zu verreisen. Das bedeutet, dass ich nicht zu Hause sein werde, wenn du aus Straßburg zurückkommst. Ich weiß nicht genau, wo ich

mich dann befinden werde, aber ich weiß, dass ich mein
Handy nicht mitnehmen werde. Ich brauche Ruhe. Andererseits gibt es ja überall Internet-Cafés, sodass ich jederzeit
meine Mails lesen kann.

Wir hören voneinander. Glaube ich. Hoffe ich.

Mary

Der letzte Tag ...

Endlich wird es hell.

Ich sitze am Fenster meines Zimmers und schaue über den See. Die Nebel verziehen sich und geben langsam eine Insel nach der anderen frei. Die Tannen stehen noch schwarz in dem fahlen Licht, werden aber bald Farbe bekommen. Bald wird auch der Strand am anderen Seeufer zum Vorschein kommen, doch bisher ist er noch in Morgendunst gehüllt und lässt sich nicht einmal erahnen. Das ist gut. Das bedeutet, dass auch mein Strand von der anderen Seite nicht zu sehen ist.

Mein Körper ist schwer und müde. Ich habe schlecht geschlafen, bin aufgewacht, wieder eingeschlafen und wieder aufgewacht. Als Mary verschwand, bekam ich plötzlich Angst, die Augen zu schließen, hatte Angst vor der Dunkelheit und meiner eigenen Angst, Angst vor den Bildern, die jedes Mal vorbeizogen, sobald ich kurz vor dem Einschlafen war. Anastasia, die tot und blutig vor ihrer Zelle lag. Sverkers Gesicht, als er ...

Ich sehne mich zurück nach Hinseberg.

Der Gedanke ist so absurd, dass ich über mich selbst den Kopf schütteln muss. Das ist doch Blödsinn, natürlich sehne ich mich nicht zurück nach Hinseberg. Ich werfe einen Blick auf die Uhr. Noch sind die Mädchen der Station nicht aufgewacht, die Türen sind noch verschlossen, und in ihren Zellen liegen Git und Lena, Rosie und Rosita noch in ihren Betten und warten darauf, dass draußen auf dem Flur mit einem Schlüsselbund geklappert wird. In einer Stunde werden sie am Frühstückstisch sitzen und sich verschlafen etwas zumurmeln, während die Schließerinnen hinter einer Glasscheibe sitzen und genau beobachten, was sie sagen und tun. Aber sie werden nicht über mich reden. Ich bin entlassen und fort, gerate in Vergessenheit. Vielleicht bin ich bereits eine Sagengestalt: *Erinnert ihr euch an Wie-hieß-sie-noch-gleich, diese Journalistin, ihr wisst schon, die ihren Mann beiseitegeschafft hat ...*

Vielleicht sollte ich wieder ins Bett gehen. Wenn ich nicht schlafen konnte, als es dunkel war, müsste ich wohl schlafen können, wenn es hell ist. Andererseits habe ich auch Hunger, vielleicht sollte ich stattdessen lieber in die Küche hinuntergehen und mir Frühstück machen. Und eine Liste aufschreiben mit allem, was ich heute tun muss. Die Bewährungshilfe anrufen, sowohl in Stockholm als auch in Jönköping. Nach Nässjö fahren und Lebensmittel einkaufen. Alte Möbel in den Keller hinuntertragen, damit Platz für meine eigenen Sachen ist, wenn sie kommen.

Doch ich tue nichts von alledem. Ich bleibe am Fenster sitzen und sehe, wie der Tag heraufzieht. Vielleicht gibt es mich gar nicht. Es hat doch keinen Sinn, jede Menge Sachen zu tun, wenn es einen gar nicht gibt.

Mary hat angefangen zu packen. Sie hat einen Koffer aufs Bett gelegt und den Schrank geöffnet, jetzt steht sie mit hängenden Armen vor den offenen Türen und versucht sich daran zu erinnern, was sie gerade gedacht hat.

Kleider, ja. Sie muss aussuchen, welche Kleider sie mitnehmen will. Unentschlossen fährt sie mit der Hand über ein paar Röcke und Jacken. Repräsentationskostüme. Die wird sie nicht mehr brauchen. Sie zieht ein schwarzes Hosenbein heraus und mustert es prüfend. Doch. Eine schwarze Hose kann man immer gebrauchen. Und einen Pullover.

Der Koffer wird nicht einmal halb voll, obwohl sie mehrfach Unterwäsche zum Wechseln eingepackt hat, ein zweites Paar Schuhe und eine Kulturtasche. Als sie das Schloss zudrückt und den Koffer hochhebt, hört sie, wie der Inhalt nach unten rutscht. Auch egal.

Auf der Schwelle bleibt sie stehen und dreht sich um, schaut in ihr Zimmer. Es ist sehr ordentlich. Die Tagesdecke liegt glatt und ohne Falten da, die Schranktüren sind geschlossen. Ein aufgeschlagenes Buch auf dem Nachttisch ist das einzige Zeugnis dafür, dass jemals jemand hier gewohnt hat. Vor dem Fenster ist es dunkel geworden, und die kleine Lampe im Fenster brennt. Sie zögert kurz, beschließt dann, sie brennen zu lassen.

Andreas sitzt am Küchentisch und liest. Er beugt sich kurzsichtig über sein Buch und schaut erst auf, als Mary direkt vor ihm steht. Er lächelt entschuldigend:

»Klausur am Dienstag.«

Mary nickt.

»Waren Sie bei Sverker drin?«

»Ja. Er schlief. Ich wollte ihn nicht wecken.«

Mary befeuchtet sich die Lippen.

»Und Sie bleiben bei ihm, bis die Ablösung kommt, ja?«

Er nickt.

»Natürlich. Das habe ich doch schon versprochen. Und es ist ja nicht das erste Mal, dass Sie verreisen.«

»Aber diesmal ist es anders.«

»Ja«, sagt Andreas. »Das habe ich verstanden.«

Jetzt ist der helle Tag gekommen. Über dem Hästerumssjön scheint die Sonne. Eine Fliege surrt gegen die Scheibe, ich beobachte sie eine Weile, bis ich ein Buch vom Regal nehme und zuschlage. Die Fliege trudelt auf die Fensterbank herunter, stirbt aber nicht sofort, sondern bleibt mit zappelnden Beinen auf dem Rücken liegen. Eine andere Fliege kommt aus dem Nichts herbei, kreist über der ersten und brummt dabei laut, als bekäme sie mit, dass die erste Fliege im Sterben liegt. Ich schlage wieder zu, versuche zwei Fliegen mit einer Klappe zu schlagen, doch es misslingt mir. Als ich das Buch anhebe, zappelt die erste Fliege immer noch, während die zweite verschwunden ist, sie surrt nicht einmal mehr im Zimmer umher.

»So kann es gehen«, sage ich laut zu mir selbst und stehe auf. Jetzt ist Schluss mit Nachdenken und Phantasieren. Jetzt werde ich eine ordentliche Dusche nehmen und mich umziehen. Dann werde ich frühstücken und das neue Leben angehen.

Im Badezimmer steige ich vorsichtig über den Badewannenrand und strecke mich nach dem Wasserhahn. Hier drinnen ist noch alles wie damals, als das Haus gebaut wurde, und der Zahn der Zeit macht sich bemerkbar. Mehrere Kacheln sind gesprungen, und die Emaille in der Badewanne hat schwarze Flecken. Also habe ich einen weiteren Punkt auf meine Liste zu setzen. Badezimmerrenovierung. Vielleicht sollte ich auch die Küche erneuern. Die blauen Schränke rauswerfen und neue einbauen. Den alten Linoleumboden herausreißen. Alle Böden abschleifen lassen, wenn ich schon einmal dabei bin. Und das Wohnzimmer neu tapezieren. Die alten Seegrastapeten schlucken das ganze Licht. Außerdem passen sie nicht hierher, haben nie hierher gepasst ...

Ich halte den Duschkopf über mich, um zur Ruhe zu kommen. Ich habe schließlich nicht unbegrenzt Geld. Farbe kaufen, das kann ich mir leisten, literweise, aber es wäre nicht sehr gescheit, gleich neue Sachen anzuschaffen und massenhaft Handwerker ins Haus zu holen. Außerdem habe ich mich selbst durchschaut, ich weiß, dass ich nur von Veränderungen im Haus träume, um die Frage zu umgehen, wie ich hier leben soll. Womit ich meine Tage erfüllen will. Wie ich mit der Einsamkeit zurechtkommen werde.

Ich brauche die Einsamkeit. Ich will einsam sein. Gleichzeitig habe ich Angst davor, was die Einsamkeit mit mir anstellen wird. Werde ich vergessen, wie man spricht? Werde ich aufhören, mich zu waschen und mir die Zähne zu putzen? Werde ich eines Tages am Küchentisch sitzen und mich mit Schokolade und Gummibärchen, Kuchen und Gebäck vollstopfen, bis ich ins Waschbecken kotze?

Die Lösung wäre natürlich Arbeit. Aber kann ich arbeiten?

Ich könnte freiberuflich arbeiten. Rein theoretisch. Das Problem ist, dass ich gezwungen wäre, den Redakteuren und Redaktionssekretärinnen, die meine Abnehmer werden sollen, meinen Namen zu nennen und somit wiedererkannt zu werden, wenn nicht sofort, dann doch nach einer gewissen Zeit. Nicht, dass es sie davon abhalten würde, meine Texte zu kaufen, ganz im Gegenteil, sie wären alle absolut begeistert. Und bald kämen dann die Vorschläge. Ob ich mir nicht vorstellen könnte, über Kriminalistik zu schreiben? Oder über meine Erinnungen an Hinseberg? Über Menschenhandel und Zwangsprostitution? Oder direkt eine größere Sache über meinen eigenen Fall?

Das ist ausgeschlossen. Was, wenn nicht das, wäre die reinste Prostitution? Also muss ich mir etwas anderes ausdenken. Aber ich kann nur schreiben, ich weiß nicht, wie man etwas anderes macht, ich habe nicht die richtigen Qualifikationen, um an einer Supermarktkasse zu sitzen oder als Krankenschwester in irgendeinem Krankenhaus zu arbeiten.

Ich stelle das Wasser ab und bleibe in der Badewanne stehen, die Arme um mich geschlungen. Ich friere. Und ich habe vergessen, Handtücher mit ins Badezimmer zu nehmen, deshalb muss ich mich wie ein Hund schütteln und auf

Zehenspitzen über den Flur zu dem Wäscheschrank in dem Raum tapsen, der früher einmal mein und Sverkers Schlafzimmer war.

Hier gibt es keine Morgensonne und keinen See vor dem Fenster.

Ich schaue mich um, während ich mich in ein altes Badelaken wickle, abgenutzt und vertraut, ein Badelaken, mit dem ich mich oft abgetrocknet haben muss, als ich noch ein Mädchen war. Und plötzlich weiß ich, was ich tun muss. Zuallererst, bevor ich irgendwelche Beschlüsse über meine Zukunft fasse, werde ich dieses Zimmer ausräumen. Es ist ein Mausoleum, eine schattige Grabkammer mit weißem Bettüberwurf und ebenso weißen Gardinen. Das widert mich an. Ich will das nicht sehen, mich nicht an die erinnern, die hier wohnten, lieber lasse ich den Raum leer und ohne Möbel stehen, als dass ich dieses Monument des Verflossenen länger dulde.

Das Handtuch fällt zu Boden, als ich zum Fenster gehe und es öffne. Von der Morgenkälte kriege ich eine Gänsehaut, aber das macht mir nichts aus. Ich habe zu tun, Dinge, die keinen Aufschub dulden. Die Gardinenstange löst sich, als ich an den Gardinen ziehe, in der Wand werden hässliche Löcher zurückbleiben, aber die kann ich zuspachteln; jetzt will ich nur den Mist loswerden. Ich bleibe nicht lange genug am Fenster stehen, um zu sehen, wie die Gardinen zur Erde hinunterflattern, drehe mich gleich um und gehe zum Bett, ziehe die Tagesdecke und die alten roten Steppdecken herunter, reiße die spitzenbesetzten Laken ab, schleppe das ganze Bündel zum Fenster hin und schmeiße es hinaus.

Das wär's. Heute Abend werde ich ein kleines Feuer anzünden. Aber jetzt noch nicht. Jetzt habe ich anderes zu tun. Ich bin hungrig, und jetzt werde ich endlich essen.

Ich bleibe lange am Küchentisch sitzen, lasse mir Zeit, nehme nicht einmal den Stift in die Hand, um etwas auf dem weißen Blatt Papier neben der Kaffeetasse zu notieren. Noch sind die Beamten der Bewährungshilfe nicht in ihre Büros gekommen, die Geschäfte in Nässjö haben noch nicht geöffnet, und die Möbel im Wohnzimmer können noch eine Weile an Ort und Stelle bleiben. Ich bin ruhig. Im Augenblick vollkommen ruhig.

Mary ist nicht so ruhig, wie sie da vor Sverkers Zimmer steht. Sie hat die Hand erhoben, um anzuklopfen, lässt sie aber wieder fallen und holt tief Luft, bevor sie tatsächlich klopft. Sie bekommt keine Antwort. Also klopft sie noch einmal, steht mit schräg gelegtem Kopf da und wartet einen Moment, bevor sie die Klinke hinunterdrückt.

Er schläft.

Der Rollstuhl steht am Fenster. Er muss auf den Garten und die einsetzende Dämmerung hinausgeschaut haben, während er eingeschlafen ist. Der Kopf liegt etwas schief auf der Nackenstütze, die Hände wie immer auf den Armlehnen, als wäre er jeden Moment bereit, sich darauf zu stützen und aufzustehen.

Sissela hat recht. Er schrumpft. Im letzten Jahr ist er abgemagert, hat Muskelmasse verloren. Das dicke Haar ist ergraut und könnte einen Haarschnitt vertragen, im Nacken reicht es bereits ein paar Zentimeter über seinen weißen Hemdkragen. Das Gesicht hat tiefe Furchen bekommen, aber die Augenbrauen sind noch genauso dunkel wie früher, und die langen Wimpern sehen aus, als gehörten sie einem Kind.

Den ich geliebt habe. Den wir beide einmal geliebt haben.

Mary legt ihm ihre gewölbte Hand an die Wange, aber die Liebkosung ist ganz sacht und weckt ihn nicht, er holt nur einmal tief Luft und sinkt noch tiefer in seine Träume. Die Augen bewegen sich unter den Lidern. Er träumt, und Mary will ihn träumen lassen. Äußerst vorsichtig nimmt sie den Stuhl, der am Schreibtisch steht, und trägt ihn heran, setzt sich vor den Rollstuhl und legt die Hände in den Schoß. Ruht sich aus und sieht zu, wie Sverker sich ausruht.

Draußen vor dem Fenster ist es sehr dunkel.

Nein. Es ist sehr hell vor dem Fenster. Ein strahlender Tag mit blauem Himmel und einer Herbstsonne, die die ganze Welt vergoldet. Ich will raus. Muss raus.

Trotzdem räume ich sorgfältig den Tisch ab und stelle meine Tasse und meinen Teller ins Spülbecken. An dem Tag, an dem ich mich nicht mehr um Abwasch und Schmutz kümmere, bin ich verloren. Dann stehe ich plötzlich draußen auf der Treppe, stehe ganz still und sehe, dass das braune, eisenhaltige Wasser des Sees blau geworden ist. Dass die Sonne scheint. Dass der Ahorn rot wird. Dass die Blätter des Flieders verblichen und fast weiß geworden sind. Dass sich die Kiefern am Strand im See spiegeln.

Die Luft ist so sauerstoffgesättigt, dass mir schwindlig wird.

Ein Gedanke überrascht mich: Dies hier ist die Welt. Es ist nicht nur ein Ort, an dem wir uns gegenseitig quälen. Auch dies hier ist die Welt.

Mary kommt erst wieder, als ich im Auto sitze und langsam die schmale Schotterpiste durch den Wald fahre. Aus dem Gespräch mit der Bewährungshilfe ist nichts geworden, im Büro in Jönköping ging niemand an den Apparat, als ich anrief. Erst nach dem zehnten Klingeln fiel mir ein, dass ja Samstag ist. Alle Büros sind geschlossen. Und jetzt bin ich auf dem Weg nach Nässjö mit einer Liste von allem, was eingekauft werden muss. Essen für einige Tage. Plus Salz und Zucker, Seife und Waschmittel, Topfpflanzen und noch so einige der tausend Kleinigkeiten, die dazugehören, damit ein Heim wirklich ein Zuhause wird.

Mary sitzt immer noch neben Sverker und betrachtet ihn. Sie hat keine Eile, bald wird sie sich auf den Weg machen, aber sie hat keinen festen Termin und weiß, dass dort, wo sie hinwill, niemand auf sie wartet. In diesem Augenblick möchte sie nicht einmal wegfahren, weiß nur, dass sie das muss. Dennoch wünscht sie sich, der Moment würde ewig währen, sie könnte schweigend und ruhig neben einem schlafenden Sverker sitzen bis zu der Sekunde, in der das Universum kollabiert, ihn dicht neben sich und gleichzeitig ganz weit entfernt haben. Aber daraus wird nichts, in seinem Gesicht zuckt es, und er schlägt die Augen auf. Sieht sie an.

»Was machst du?«, fragt er.

»Nichts«, sagt Mary und überlegt es sich gleich anders. »Warten.«

Er weicht ihrem Blick aus.

»Worauf?«

»Darauf, dass du aufwachst.«

Er macht einen Ruck mit dem Nacken, sodass der Rollstuhl startet, und rollt ein paar Zentimeter zurück.

»Warum?«

»Ich werde wegfahren. Ich wollte mich nur verabschieden.«

Er bleibt auf der Hut, die Augen werden zu Schlitzen.

»Wieso? Du fährst doch die ganze Zeit weg und bist sonst nicht so feierlich.«

Mary richtet sich auf. Nimmt mit dem ganzen Körper Anlauf.

»Aber dieses Mal weiß ich nicht, wann ich zurückkomme. Oder ob ich überhaupt zurückkomme.«

Er ruckt wieder mit dem Kopf, rollt noch einige Zentimeter zurück. Weiter kann er nicht kommen, das Rollstuhlrad stößt bereits gegen die Wand.

»Aha. Du willst mich verlassen.«

Mary antwortet nicht gleich, schaut nur auf ihre Hände. Sie umfassen einander, sie hält sich selbst an der Hand.

»Ich bin zurückgetreten.«

»Und das ist natürlich meine Schuld.«

»Es ist nicht deine Schuld.«

Er schnaubt.

»Natürlich ist es meine Schuld. Ich bin doch der Skandal in Reinkultur.«

Seine Stimme ist plötzlich klar und anklagend. Mary schaut auf und sieht ihn an, betrachtet die geschürzte Oberlippe und die entblößten Zähne. Sie muss sich anstrengen, um nicht die Verachtung zu zeigen, die sie rasch durchzieht, aber vielleicht spürt er sie dennoch, er wirft ihr einen kurzen Blick zu und wendet dann die Augen zum Fenster.

»Ich habe es die ganze Zeit gewusst«, sagt er.

»Was?«

»Dass du mich verlassen würdest. Früher oder später.«

»Dann wusstest du mehr als ich.«

»Blödsinn. Ziehst du mit Torsten zusammen?«

Mary seufzt. So hatte es doch nicht werden sollen, sie sollten ruhig miteinander reden, behutsam und mit leisen Stimmen. Er sollte einsehen und zugeben, dass es keinen Weg zurück gab, er sollte sich vielleicht sogar damit abfinden, dass sie ihre Wange an seine legte, wenn es an der Zeit war, sich zu trennen. Stattdessen macht er einen auf zänkisch. Plötzlich bekommt sie Lust, ihm wehzutun.

»Nein. Ich werde nicht mit Torsten zusammenziehen. Aber wer sollte mir einen Vorwurf machen, wenn ich es täte? Du?«

Ich halte mitten auf dem Waldweg an, nehme den Fuß vom Gas und lege den Kopf aufs Lenkrad. Ich will Sverker nicht ansehen. Ich will nicht, dass Mary so dicht neben ihm sitzt, dass ich gezwungen bin, sein Gesicht zu sehen. Er ist tot. Ich habe ihn umgebracht. Er ist Rauch aus einem Schornstein, Asche in einer Urne, er ist in einem Grab auf dem Råcksta-Friedhof beigesetzt. Er kann nicht in einem Rollstuhl in Bromma sitzen und die ansehen, die ich gewesen wäre, wenn alles anders gekommen wäre. Und Mary kann nicht vor ihm sitzen, plötzlich blass und voller Angst vor dem, was sie einander noch sagen werden.

Jetzt klingt seine Stimme wieder wie vorher. Fast wie zuvor:

»Du wolltest, dass ich sterbe.«

Sie schüttelt den Kopf.

»Das ist nicht wahr.«

»Das ist wahr. Ich habe dich gesehen. Ich weiß, dass du dich über mein Bett gebeugt und überlegt hast, ob du das Kabel zum Beatmungsgerät herausziehen sollst. Das ist das Einzige, was wahr ist zwischen uns.«

Er klagt sie an. Wieder einmal. Er. Der Lügner. Der Freier. Der notorisch untreue Ehemann. Sie kann spüren, wie sie hart wird, und während das geschieht, sieht sie die Macht, die sie tatsächlich über ihn besitzt. Und Sverker sieht sie auch. Er wird blass, sie kann buchstäblich sehen, wie die Farbe aus seinem Gesicht weicht. Er hat Angst, denkt sie. Sverker Sundin hat tatsächlich Angst vor mir. Und dazu hat er allen Grund. Ich könnte ihn mit wenigen Worten töten, ihm mit einem Satz die Kehle durchschneiden ...

Doch sie tut es nicht. Sie denkt gar nicht daran.

»Du machst es dir einfach«, sagt sie stattdessen.

Sverker antwortet nicht. Die Lust zu verletzen ist wie ein Kloß im Hals, Mary versucht sich zu räuspern, doch das nützt nichts.

»Du wirfst mir vor, was du für meine Gedanken hältst. Aber du weißt nicht, was ich denke. Und ich habe dich nicht getötet, ich habe dich nicht einmal verlassen.«

»Aber jetzt willst du mich verlassen.«

»Ja. Jetzt will ich dich verlassen.«

»Warum ausgerechnet jetzt?«, fragt Sverker. »Ist es wegen der Zeitungen?«

Eine Weile bleibt Mary schweigend sitzen. Denkt ernsthaft über die Frage nach.

»Nein«, sagt sie dann. »Sondern weil ich eingesehen habe, dass ich nicht vergeben kann.«

Sverker holt tief Luft.

»Bin ich nicht genug bestraft?«

Mary wippt vor Ungeduld hin und her, beherrscht sich jedoch. Man kann einem Menschen nicht vorwerfen, dass er etwas nicht versteht. Nicht einmal Sverker.

»Wurdest du bestraft?«

Seine Stimme wird wieder schrill und anklagend.

»Na und ob!«

»Und weil du bestraft worden bist, soll ich dir vergeben? Weil alles bezahlt ist und wir quitt sind?«

Er antwortet nicht, verzieht nur das Gesicht zu einer Fratze. Mary kann sich nicht zurückhalten:

»Dann liegt dein gebrochener Halswirbel also nicht daran, dass dich jemand aus dem Fenster geworfen hat. Sondern er ist eine Strafe. Aber wer straft dich denn? Gott? Du hast doch nie an Gott geglaubt.«

»Nein, aber ...«

»Ein grigirischer Zuhälter? Und warum wollte er dich bestrafen? Hast du versucht, dich ums Zahlen zu drücken?«

Sverker schnieft.

»Ich weiß es nicht. Ich kann mich nicht erinnern ...«

»Denn das Mädchen selber war es doch wohl nicht! Oder hat sie es etwa getan?«

Sie hört ihre eigene Stimme, scharf und hart wie bei einer Debatte, und bremst sich. Sie neigte schon immer dazu, in Debatten zu weit zu gehen. Etwas kaputt zu machen. Sie will Sverker nicht kaputt machen. Doch, das will sie, aber sie hat nicht vor, sich das zu gestatten.

Jetzt klingt seine Stimme belegt.

»Ich weiß nicht, was passiert ist. Ich kann mich nicht erinnern.«

»Aber du weißt wohl noch, dass du mit ihr mitgegangen bist?«

Er zögert einen Moment, nickt dann. Mary atmet aus.

»Das wollte ich nur wissen.«

Dann wird es still zwischen ihnen. Der Regen prasselt gegen die Scheibe.

»Ich habe versucht zu verstehen«, sagt Mary schließlich. »Aber ich verstehe es nicht.«

Sie sieht ihn nicht an. Sverkers Stimme klingt müde. Resigniert.

»Da gibt es nichts zu verstehen.«

»Was hast du dir nur dabei gedacht?«

»Ich habe nicht gedacht.«

Mary nickt. Er hat nicht gedacht. Das ist sicher wahr. Das ist die einzige logische Erklärung. Sie steht auf.

»Geh nicht«, sagt Sverker.

Ich halte den Atem an. Sie wird doch wohl nicht bleiben? Sie zögert kurz, beugt sich dann über ihn, legt ihre Hand auf seine.

»Ich muss gehen«, sagt sie.

Sverker blinzelt.

»Warum hast du mich am Leben gelassen?«

Es gibt viele Antworten auf diese Frage, Antworten, die ihr rasch durch den Kopf jagen. Weil sie feige war. Weil sie die Schande und die Strafe gefürchtet hat. Weil jede einzelne Zelle ihres Körpers wusste, dass sie genauso wenig das

Recht hatte, ihn zu töten, wie er, einen Menschen zu kaufen. Weil sie ihn liebte und wusste, dass sie ihn immer lieben würde. Doch nichts von alledem sagt sie, nichts davon vermag sie zu sagen. Stattdessen zuckt sie mit den Schultern.

»Ich weiß es nicht.«

Sie richtet sich auf. Einen Moment lang sehen sie einander an, bis Sverker den Kopf gegen die Nackenstütze lehnt und den Blick abwendet.

Mary hört die eigenen Absätze auf dem Boden widerhallen, als sie zur Tür geht.

Ich starte den Wagen und lasse ihn langsam den schmalen Waldweg entlangrollen, beiße mir fest auf die Lippe im Versuch, meine eigene Wirklichkeit zu packen zu bekommen. Das will mir nicht gelingen. Ich kann es nicht lassen, Mary zu beobachten, wie sie auf dem Flur steht und die Jacke zuknöpft, ich muss sehen, wie sie einen Blick in den Spiegel wirft, bevor sie die Tür öffnet, ich muss sehen, ob sie sie auch hinter sich zuzieht und tatsächlich die Treppe hinuntergeht.

Sie tut es.

Sie greift nach dem Schlüsselbund in der Jackentasche, während sie zur Garage geht, lässt die Fingerspitzen sortieren und suchen. Deshalb hat sie den Schlüssel parat, als sie am Garagentor angekommen ist. Sie öffnet sofort und knipst das Licht an. Zwei Autos stehen da drinnen, ein behindertengerechter Kastenwagen und ein roter Passat. Ihr Auto. Ihr eigenes Auto, das sie seit vielen Monaten nicht mehr benutzt hat. Trotzdem startet es sofort, als sie den Zündschlüssel herumdreht, und im Radio beginnt ein Mann mitten in einem Satz zu sprechen. Mary legt den Rückwärtsgang ein und fährt sehr vorsichtig aus der Garage heraus.

Und ich habe endlich die Landstraße erreicht. Ich schalte in den Dritten und trete das Gaspedal durch.

Es wundert mich, wie schwierig es ist, in Nässjö einen Parkplatz zu finden, schließlich ist es eine kleine Stadt, aber überall stehen Autos. Samstag. Shoppingtag. Ich muss eine Weile herumfahren, bis ich schließlich auf der Mariagatan einen freien Platz finde, direkt neben der großen Kirche. In Nässjö gibt es an jeder Straßenecke Kirchen und Gemeindehäuser. Aber die Nässjöer beten nicht nur Gott an, sie hatten schon immer auch ein frommes Verhältnis zum Mammon. Und so ist es immer noch, das sehe ich, als ich aus dem Auto steige und mich umschaue. Es ist vollkommen menschenleer, aber glänzende neue Autos stehen an den Straßen aufgereiht. Mein Toyota sieht plötzlich etwas schäbig aus. Ich schaue an meiner Jacke herunter. Sieht die auch schäbig aus? Bin ich gepflegt genug, um an einem sonnigen Samstagvormittag unter den gepflegten Nässjöbewohnern herumlaufen zu können?

Ich hänge mir die Tasche über die Schulter und gehe los. Ich bin gut genug. Es gibt nichts, wovor ich Angst haben müsste, es ist über dreißig Jahre her, dass ich Nässjö verlassen habe, und zwanzig, seit Herbert und Renate starben. Niemand wird mich wiedererkennen.

Aber ich habe eine Person vergessen, eine Person, die ich mit in Betracht hätte ziehen müssen. Deshalb erstarre ich mitten im Gehen, als ich von der Mariagatan abbiege und plötzlich eine Stimme höre.

»Hallo, MaryMarie.«

Ich starre einen Mann in meinem Alter mit kurz geschorenem Kopf an, einen wildfremden Mann, der nonchalant an ein Schaufenster gelehnt dasteht, das einst Sonjas Hutgeschäft gehörte, einem Laden, den meine Mutter während meiner gesamten Kindheit alle drei Jahre betrat. Er lächelt.

»Das ist aber lange her«, sagt er. »Wo bist du gewesen?«

Erst jetzt erkenne ich, wer es ist. Stanley Östberg. Ein soziales Genie. Ein wandelndes Einwohnermeldeamtregister.

Eine runde, etwas merkwürdige Figur mit einer einzigen Begabung, nämlich der Fähigkeit, sich den Namen und das
Gesicht jedes Menschen einzuprägen, der ihm begegnet. Früher einmal war er der Jugendliche, der alle anderen Jugendlichen in Nässjö kannte, ein fremder Junge, der schweigsame, einsame Mädchen wie mich damit verblüffte, dass er
plötzlich grüßte und sich mit mir unterhielt, als wären wir
Kindergartenfreunde. Ich habe ihn seit vielen Jahren nicht
mehr gesehen, und doch steht er hier und lächelt mich an,
ein Junge im besten Mannesalter, der sich an das Mädchen
erinnert, das ich früher einmal war. Ich lächle zögernd als
Antwort. An was erinnert er sich sonst noch?

»Hier und da.«

»Und wie geht es Sverker? Und den anderen aus deiner
Clique?«

Ich starre ihn verblüfft an, bis mir einfällt, dass Stanley
Östberg den ganzen Billardverein Zukunft einmal getroffen
hat. An einem Sommertag war das, als wir auf den Markt
gefahren waren, um Obst und Gemüse einzukaufen; damals
stand er wie jetzt lässig an eine Hauswand gelehnt da und
rief, als er mich erblickte: *Mary! Oder Marie!* Ich blieb aus
alter Gewohnheit stehen, in Nässjö bleibt man immer stehen, wenn Stanley Östberg den eigenen Namen ruft. Er sah
deutlich erleichtert aus, als Sverker mir seinen Arm um die
Schulter legte und erklärte, dass ich mittlerweile MaryMarie
hieß. Ich glaube, die Unklarheit um meinen Namen hatte ihn
beunruhigt, aber das ließ er sich nicht anmerken, er lehnte
nur lässig an der Hauswand und fragte dann nach den anderen, registrierte Maud und Magnus, Anna und Per, Sissela
und Torsten. Es ist über fünfzehn Jahre her, doch Zeit spielt
für Stanley Östberg keine Rolle. Er erinnert sich an alle, in
alle Ewigkeit.

»Maud ist hierher gezogen«, sagt er. »Sie hat eine Zahn-
arztpraxis in der Långgatan.«

Ich nicke. Stimmt. Das hat sie seit fast zehn Jahren.

»Und Magnus ist so eine Art Künstler. Die beiden wohnen draußen in Hästerum.«

»Ich weiß.«

»Aber heute sind sie in der Stadt«, fährt Stanley Östberg fort. »Sie sind gerade eben vorbeigegangen.«

Ich versuche unbeteiligt dreinzuschauen.

»Wohin sind sie gegangen?«

»Auf den Markt«, sagt Stanley Östberg. »Glaube ich. Heute ist ja Samstag.«

Okay. Dann weiß ich, wohin ich nicht gehe.

Sieben Jahre ist es jetzt her, seit ich zuletzt in einem richtigen Lebensmittelgeschäft war, und zunächst stockt mir fast der Atem, ich vergesse, dass ich ganz alltäglich und unsichtbar sein muss, bleibe einfach mit meinem Einkaufswagen stehen und betrachte den Überfluss am Obsttresen. Äpfel. Apfelsinen. Melonen. Rotgrüne Mangos. Erdbeeren in kleinen Schalen. Himbeeren in noch kleineren. Kiwis. Weintrauben. Und vor allem: kleine gelbe Gebärmütter mit einem von Saft triefenden Innenleben. Reife Papayas. Richtig leckere reife Papayas.

All das will ich haben. All das soll mir gehören.

Ich grapsche nach ein paar Plastiktüten und beginne sie zu füllen, lege eine nach der anderen in meinen Wagen, bis mir plötzlich einfällt, dass ich vorsichtig sein muss. Mein Bargeld beginnt zu schrumpfen. Ich darf nicht für mehr als vierhundert Kronen einkaufen, ich habe nur einen Fünfhunderter im Portemonnaie und muss mindestens einen Hunderter in Reserve behalten, bis die Bank am Montag öffnet.

Ich schaue auf das Obst in meinem Einkaufswagen, habe keine Ahnung, was das kosten wird. Sind Früchte in den letzten Jahren viel teurer geworden? Ich beuge mich vor und lese kurzsichtig die Preisangaben an dem Obsttresen, während ich spüre, wie sich Schweißtropfen aus den Poren auf der Nase hervordrängen. Das Geld muss ja für mehr als nur Obst reichen, und wenn ich gezwungen bin, irgendetwas an der Kasse zurückzulassen, wird das unausweichlich Aufmerksamkeit erregen. Ich kenne die Nässjöer. Jemand wird hinter mir in der Schlange stehen, das ganze Geschehen beobachten und sich plötzlich erinnern, wer ich bin und was ich getan habe, und binnen einer Stunde wird dieser jemand mit anderen sprechen und dann ist es raus, dann weiß ganz Nässjö, dass MaryMarie Sundin zurückgekommen ist. Die Frau, die vor langer, langer Zeit drüben bei der Turnhalle gewohnt hat und über die vor ein paar Jahren so viel in der Zeitung stand. Die Mörderin.

Was habe ich hier nur zu suchen? Ich hätte doch nach Jönköping fahren können, dort weiß niemand, wer ich bin und was ich war.

Ich habe gerade die Plastiktüte mit den Apfelsinen hochgenommen und betrachte sie, überlege, wieviel sie wohl wiegt und was das kosten kann, als wieder jemand meinen Namen sagt. Ich erkenne die Stimme wieder, weiß, wer es ist, bevor ich mich auch nur umgedreht habe. Der Pfaffe. Ein Entschluss schießt mir durch den Kopf. In Zukunft werde ich Lebensmittel in Jönköping einkaufen. Immer.

Er trägt auch heute einen schwarzen Rollkragenpullover, sieht aber ansonsten nicht so priesterhaft aus wie gestern Abend, eher müde und etwas erschöpft. Er hat einen roten Plastikkorb in der einen Hand und eine grüne Tüte vom Alkoholladen in der anderen. Säuft er? Er guckt interessiert in meinen Wagen, gibt aber keinen Kommentar zum Inhalt ab.

»Und? Bist du gut angekommen?«, fragt er stattdessen.

Ich lächle höflich.

»Ja. Wie du siehst.«

Er lässt mich nicht aus den Augen.

»Haben wir unser Gespräch zu Ende geführt?«

Ich richte mich ein wenig auf, versuche dagegenzuhalten.

»Doch, ja, ich glaube schon.«

»Das glaube ich nicht«, sagt der Pfaffe. »Ich glaube es ganz und gar nicht.«

Mögliche Einsamkeit

Per klopft sein Frühstücksei auf. Eine aufgeschlagene Zeitung liegt neben ihm auf dem Tisch, aber er schaut nicht hinein. Es ist Samstag, und Minna hat frei, sie sitzt nicht an seiner Seite, zeigt nicht mit ihrem weißen Zeigefinger auf eine Schlagzeile und murmelt versuchsweise eine Übersetzung ins Schwedische.

Sie fehlt ihm.

Licht flutet durch die großen Fenster in den Speisesaal. Heute scheint die Sonne über Vladista.

Anna sitzt auf der anderen Seite des spiegelblanken Tisches und zwirbelt eine Haarsträhne. Träumt. Erinnert sich. Denkt an einen Mittsommerabend vor langer Zeit und spürt Sverkers Hand auf ihrer Hüfte, genießt die Schwere und Wärme, bevor sie sich plötzlich gerade hinsetzt und nach ihrer Kaffeetasse greift. Was hat sie heute noch mal zu tun?

Nichts. Leider. Überhaupt nichts.

Maud hält einen Blumenkohlkopf in der Hand und betrachtet ihn.

Es ist ein ungewöhnlich schöner Blumenkohl, das kann sie sehen, vollkommen weiß, ohne eine Spur dieser schwarzen Flecken, die aussehen wie Schimmel und die sich auf fast allen Blumenkohlköpfen bilden. Dennoch senkt sie die Hand und lässt ihn zurück auf den Marktstand rollen.

Was soll sie mit einem Blumenkohl? Sie hat nicht vor, Essen zu kochen.

Magnus zündet sich eine Zigarette an und sieht Maud an.

Sie hat den ganzen Tag über nur ein paar Worte gesagt, wollte nicht einmal in sein Atelier kommen und seine neuen Skizzen ansehen. Ist das eine Strafe? Ist sie sauer wegen etwas, das er gesagt oder getan hat? Oder schämt sie sich für ihn, schämt sie sich, auf dem Stora Torget in Nässjö neben einem Mann zu stehen, den alle für ein Schwein halten?

Er schaut sich um, beobachtet die Menschen um sich her, um festzustellen, ob er beobachtet wird. Aber niemand sieht ihn an, die Bewohner von Nässjö, die an ihm vorbeihasten, sind peinlich genau darauf bedacht, ihn nicht anzusehen.

Torsten sitzt in der U-Bahn, die Hände in den Taschen, betrachtet die Spiegelbilder der anderen Passagiere in dem schwarzen Fenster. Der Zug hält am Odenplan. Das ist seine Haltestelle, hier sollte er aufstehen und aussteigen. Doch er steht nicht auf, er bewegt sich überhaupt nicht, sitzt nur ruhig da und wartet, dass sich die Türen wieder schließen.

Auf dem Weg vom Flugplatz zum Hotel in Straßburg schreibt Sissela mit dem Zeigefinger auf die beschlagene Autoscheibe, sie schreibt ein einziges Wort, senkt dann die Hand und den Blick und betrachtet ihre schwarzen Handschuhe. Auf dem Vordersitz beugt sich der Taxifahrer über das Lenkrad und zwinkert gegen das Dunkel draußen an.

Jemand.

Neuer Dunst legt sich über das Wort. Jetzt ist es nicht mehr zu sehen.

Sverker schreit. Doch das ist nicht zu hören.

Zu sehen ist es auch nicht. Sein Gesicht ist nicht verzerrt, der Mund kein schwarzes Loch. Die Lippen sind geschlossen. Er sieht ernst aus und ein wenig deprimiert, doch nicht ernster und deprimierter, als zu erwarten ist.

Trotzdem schreit er. Er ist in seinem Schrei gefangen. Der prallt gegen die Schädeldecke, droht, die Trommelfelle platzen zu lassen, zerschlägt und vernichtet jeden Gedanken in seinem Kopf.

Andreas sitzt in der Küche und lernt. Es ist still im Haus.

... und der erste

Ich schäle eine Schicht nach der anderen ab. Häute mich selbst bis auf die Knochen.

Zuerst Torsten. Anschließend die Regierung und die Politik. Dann Sverker. Als Letztes mein Zuhause.

Es bleibt nur noch eine Aufgabe. Ich parke das Auto an einem Zeitungskiosk, laufe geduckt durch den Regen zum Briefkasten und stopfe zwei Umschläge in den Schlitz.

So. Das wäre geschafft.

Auf der Autobahn schalte ich den Tempomat ein und lasse alle Gedanken sausen, erinnere mich nicht mehr, wer ich bin oder wohin ich fahren will. Orgelmusik erfüllt das Auto, dennoch dauert es eine Weile, bis ich registriere, was ich da höre. Bach. Die Vorlage zu der Melodie, die sich Sverker seit dreißig Jahren anhört.

Dann wird es also ein langer Abschied. Trotz allem.

Vor Norrköping halte ich an einer Tankstelle. Es hat aufgehört zu regnen, aber ein kalter Wind weht. Mit hochgezogenen Schultern zittere ich beim Tanken, vergesse einen Moment lang, auf der Hut zu sein. Da sehe ich sie. Die Schlagzeilen. Sofort schaue ich weg, doch es nützt nichts. Ein paar Worte haben sich auf der Netzhaut eingebrannt. DAS GEHEIMNIS DER MINISTERIN – DER EHEMANN ...

Direkt unter den Schlagzeilen liegen gelbe Netzsäcke mit Brennholz. Prima. In den letzten Jahren hat kein Brennholz im Schuppen gelagert. Das Haus in Hästerum ist nicht behindertengeeignet, deshalb war nicht die Rede von einem gemeinsamen Hüttenurlaub. Also bin ich nur ab und zu allein hinausgefahren, um nachzusehen, ob die Dachpfannen noch aufliegen und die Fensterrahmen noch nicht morsch werden. Doch jetzt werde ich Holz brauchen. Deshalb öffne ich die Heckklappe und schleife einen Sack über den Asphalt, hebe ihn stöhnend hoch und bugsiere ihn hinein. Noch einen? Ja. Oder zwei.

Jedes Mal, wenn ich mich über die Holzsäcke beuge, gerät mein Körper in einen Winkel, der mich dazu zwingt, die schwarzen Buchstaben zu lesen. Ich schließe die Augen, doch das nützt nichts. Die Worte bleiben, wo sie sind. Als ich zum Bezahlen hineingehe, lasse ich vorsichtig den Blick durch den Laden schweifen, um festzustellen, wo die Zeitungen ausliegen. Ganz kurz flackert das Wort SEX-KAUF auf, doch jetzt bin ich gewappnet und kann den Blick weitergleiten lassen, bevor sich die gesamte Schlagzeile festgesetzt hat.

Das Mädchen hinter dem Tresen erkennt mich offenbar nicht. Sie sitzt auf einem Hocker und liest die Vecko-Revyn, schaut erst auf, als ich am Tresen stehe.

»Drei Säcke Holz«, sage ich. »Und das Benzin.«

Das Mädchen nickt und lächelt unbestimmt, während sie die Ziffern in die Kasse eintippt.

Nur wenige hundert Meter weiter liegt ein Motel. Ich bin überrascht, als der Wagen von der Autobahn abbiegt, auf den Parkplatz fährt und anhält. Reglos bleibe ich eine Weile sitzen, die Hände auf dem Lenkrad, bis ich auf meinen Unterarm gucke. Dort gibt es nichts zu sehen. Die Uhr liegt noch im Badezimmer in Bromma.

Das ist auch egal. Der Körper spürt, dass es spät ist. Ich muss schlafen.

Im Restaurant ist Tanz. Ich stehe auf dem roten Teppich draußen im Foyer und schaue in den dunklen Raum, sehe, wie Arme sich heben und Hüften sich wiegen, wie eine Frau in schwarzer Bluse ihre Wange an eine weiße Hemdbrust legt, wie ein Mann sich mit dem Rücken gegen den Tresen lehnt und fast andächtig ein Glas an die Lippen führt, wie ein einsames Mädchen die kleine Lampe auf dem Tisch vor sich ein- und wieder ausschaltet, ein und aus, ein und aus. Es sieht aus, als sende sie Notsignale.

»Ja?«, sagt jemand hinter meinem Rücken.

Ich drehe mich um.

»Ein Zimmer«, sage ich. »So weit entfernt von der Musik wie möglich.«

Der Portier nickt. Natürlich.

Marie eilt zu ihrem Auto, in jeder Hand eine Plastiktüte, und verflucht sich selbst, weil ihre Wangen heiß werden. Schließlich ist die Luft kühl, und es ist Jahrzehnte her, dass sie ein Teenager war. Dennoch errötet sie, sie kann spüren, wie jede einzelne Ader in ihrem Gesicht anschwillt, wie die Hitze Hals und Wangen überzieht, wie die Poren wachsen und sich weiten. Niemand soll sie so sehen.

Sie macht sich unnötig Sorgen. Die Straße ist menschenleer, hier gibt es nur Reihen von Autos und hohe Bäume. Es ist sehr still. Die Rasenfläche vor der Kirche ist frisch geharkt und gemäht, kein einziges Blatt Herbstlaub liegt auf der grünen Fläche, nicht ein Halm ist länger als die anderen. Die Gärten auf der anderen Straßenseite sind genauso ordentlich, Bäume und Büsche sehen aus, als strengten sie sich an, nicht wild zu wuchern, verwelkte Rosen behalten entschlossen ihre braunen Blütenblätter, die vor Kurzem noch rot waren.

Eine Erinnerung huscht vorbei, und Marie bleibt neben ihrem Auto stehen, vergisst, die Tür zu öffnen. Einmal war sie in einem dieser ordentlichen Häuser, sie hat unter einem Kronleuchter gestanden, einen Knicks gemacht und sich entschuldigt.

In diesem Haus wohnte Elsa Lindström. Lehrerin für Geschichte und Religion, eine hochbusige Frau mit Korsett und psychischen Problemen. Die Schüler der Untersekunda quälten sie. Die Mädchen flüsterten und redeten während des Unterrichts, die Jungen drehten ihr den Rücken zu, schrien und lärmten, warfen einander Zettel zu und äfften sie nach. Elsa Lindström versuchte so zu tun, als ob nichts von dem passierte. Sie saß mit geradem Rücken am Pult, las laut aus einem Buch vor oder redete mit ihrer leicht nasalen Stimme, doch selten über etwas, das mit Geschichte oder Religion zu tun hatte, sondern von ihrer eigenen Schulzeit. Sie war die Beste in der Klasse gewesen, zumindest in Religion und Geschichte. Nur zwei Schüler hörten ihr zu. Ein Junge, der Pfarrer werden wollte. Ein Mädchen, das Außenseiterin war.

Am Ende des Sommerhalbjahres verbreitete sich eine vage Unruhe in der Klasse. Wie sollte das mit den Zensuren werden? Ein Junge, dessen Vater Lehrer war, schlug im Lehrplan nach und wurde von Panik ergriffen. Sie hatten ja nichts von dem gelernt, was sie hätten lernen sollen. Nichts über den Dreißigjährigen Krieg und das Europa des 17. Jahrhunderts. Nichts über das frühe schwedische Christentum.

Etwas musste geschehen. Ob nicht Mary – oder Marie –, die doch so schön schrieb, einen Brief an den Schuldirektor schreiben könnte? Und geschmeichelt davon, dass sie plötzlich wahrgenommen wurde, schrieb Mary – oder Marie – einen Brief an den Schulleiter, las ihn der Klasse vor und bekam ihn bestätigt. Die Schüler waren ernstlich besorgt über die Lücken im Unterricht. Sie baten darum, im nächsten Halbjahr einen anderen Lehrer zu bekommen.

Sie wussten nicht, was sie taten. Mary – oder Marie – wusste nicht, was sie tat.

Elsa Lindström konnte sich mit allem abfinden – außer mit öffentlicher Demütigung. Sie riss die Tür zum Arbeitszimmer des Direktors auf und stellte ihn zur Rede. Was gedachte er zu tun? Sollte sie sich etwa so etwas gefallen lassen? Sie, die dreißig Jahre Erfahrung als Lehrerin hatte, was wahrlich mehr war, als er aufzuweisen hatte. Sie, die ein ansehnliches akademisches Examen vorzeigen konnte und früher sogar überlegt hatte zu promovieren?

Drei Tage später stand Mary – oder Marie – unter dem Kronleuchter in Elsa Lindströms Salon, knickste, wie der Schulleiter es ihr befohlen hatte, und bat um Entschuldigung, wie der Schulleiter es ihr aufgetragen hatte. Im letzten Moment versuchte sie etwas von ihrer Selbstachtung zu retten, indem sie hinzufügte, dass die Entschuldigung das Betragen der Klasse und nicht die Kritik, die sie geübt hatten, betraf, verstummte jedoch, als der Schulleiter ihr seine Hand auf die Schulter legte. Elsa Lindström, gekleidet in einen Seidenmorgenmantel und mit Lockenwicklern im Haar, faltete die Hände und legte sie sich auf den Busen. Die Entschuldigung wurde angenommen. Sie sagte nichts dahingehend, ob sich Marys – oder Maries – Zensur verschlechtern würde. Das sollte eine Überraschung werden.

Marie seufzt leise, während sie dort steht, und schaut zu dem grauen Haus hinüber. Warum hat sie das getan? Warum hat sie die Schuld für etwas auf sich genommen, was sie gar nicht zu verantworten hatte? Sie war es ja nicht gewesen, die während des Unterrichts geredet hatte. Sie hatte keine Fratzen hinter Elsa Lindströms Rücken gezogen. Sie hatte keine Zettel durch den Klassenraum geworfen.

Die Antwort war ganz einfach. Sie war trotzdem schuldig. Die Schuld war ein fertiges Kostüm, das von Anfang an in ihrem Schrank gehangen hatte und das sie sich jeden Morgen überzog. Ohne es fühlte sie sich nackt.

Es ist ein schäbiges Zimmer. Trist.

Ich lege mich auf die gelbbraune Tagesdecke und starre an die Decke, gebe mir Mühe, in meine eigene Wirklichkeit zurückzufinden. Ich will nicht länger in Maries Welt sein, ich will hier eine Weile bleiben, nachdenken und versuchen zu verstehen, nicht phantasieren.

Ich habe Sverker verlassen. Was fühle ich? Schuld?

Nein. Ich fühle keine Schuld. Ich bin nicht schuldig. Das, was ich früher als Schuld bezeichnet habe, dieses Gefühl, in das ich mich mein Leben lang gehüllt, in dem ich mich versteckt habe, ist falsch. Es ist eine Art umgedrehte Eitelkeit, ein Ablassbrief, dessen bloße Existenz den Sünder von seinen Sünden befreit, dessen Qual sowohl Trost als auch Bestätigung in sich birgt. Sie versichert, dass derjenige, der Schuld fühlt, nicht ausschließlich böse sein kann, und befreit ihn deshalb von der Verantwortung. So habe ich die Schuld benutzt. Ich habe sie über meine wirklichen Gefühle drapiert, um sie nicht sehen zu müssen, um nicht mit meiner Wut konfrontiert zu werden, um meine Scham nicht ertragen zu müssen.

Ja. Ich bin wütend. Irrsinnig wütend auf Männer, die sich das Recht herausnehmen, Macht über Frauen auszuüben. Ich könnte ganze Orte mit meiner Wut auslöschen, den hochnäsigen Kardinälen des Heiligen Stuhls mitsamt einer ganzen Bande muslimischer Fundamentalisten die Haut abziehen und ihre Köpfe an die Wand nageln, am liebsten würde ich an meinem Strand einen Scheiterhaufen aus den autoritären Schweinepriestern errichten und selbst das Feuer entzünden, würde ich jeden einzelnen Mann auf der Welt, der seine Ehefrau misshandelt, zusammenschlagen, alle Zuhälter skalpieren und den Freiern brennende Streichhölzer unter die Fingernägel schieben. Ganz besonders einem.

Aber ich tue es nicht. Natürlich tue ich es nicht. Stattdessen ist mir meine Wut peinlich. Ich schäme mich ihrer, wie ich mich auch schäme, die zu sein, die ich bin, dafür, dass ich den Namen habe, den ich habe, dass ich in das Leben geboren wurde, das ich lebe. Ich schäme mich, wie ich mich schäme, dass ich feige bin, dass ich nicht die Geschichte ausradieren und meine Eltern glücklich machen konnte, dass ich nie verstanden habe, warum Sverker mich haben wollte und dass ich mich selbst nie gefragt habe, warum ich ihn brauchte. Schäme mich, wie ich mich schäme, weil ich zwei Gesichter hatte und dass ich ein ganzes Leben lang geredet, aber nie sprechen gelernt habe.

Jetzt kann ich sehen, dass meine Scham nicht nur mir gehört. Sie ist zugleich das Ergebnis der Schamlosigkeit anderer Menschen. Herberts. Renates. Sverkers.

Und trotzdem. Hinter Herberts stummer Wut gab es eine Ewigkeit des Schweigens. Hinter Renates harten Worten eine Kathedrale des Leidens. Und hinter Sverkers Unfähigkeit, die Hosen anzubehalten, habe ich stets Holgers Hohn und Elisabeths abgewandten Blick geahnt.

Sie verdienen Mitleid. Aber ich auch. Und Marie.

Sie soll einen Gast zum Essen haben. Sie kann selbst nicht sagen, wie es dazu gekommen ist, und hegt den Verdacht, dass der Pfaffe sich auf irgendeine verborgene, listige Weise selbst eingeladen hat, aber das ändert nichts an der Tatsache. Er wird heute Abend in das Haus in Hästerum kommen. Deshalb wird sie rot. Er beunruhigt sie, sie begreift nicht, was er will.

Trotzdem nimmt sie sich Zeit für einen Umweg, lässt das Auto den Anneforsvägen hinunterrollen und fährt langsam an ihrem Elternhaus vorbei, verzieht überrascht das Gesicht, als sie sieht, dass das Haus eine neue Farbe hat.

Rosa? Sie lacht auf. Ja. So muss man die Vergangenheit nehmen. Malt sie rosa!

Ich sollte doch nachdenken. Und nicht über Marie phantasieren.

Außerdem muss ich schlafen. Die Aphasie kann erneut zuschlagen, wenn ich zu müde werde, und ich will nicht zurück in die Stummheit. Ich will sprechen können, auch wenn ich eigentlich nicht sprechen kann. Aber vielleicht kann ich es mir selbst beibringen.

Ich reibe mir die Augen und setze mich auf. Jetzt werde ich gut zu mir sein, richtig gut und fürsorglich. Ich werde eine heiße Dusche nehmen, ein sauberes Nachthemd anziehen und unter die Decke kriechen. Schlafen. Ausruhen. Vergessen.

Ein Duft huscht vorbei, als ich mir den Pullover über den Kopf ziehe, ich halte für einen Moment inne und bleibe ganz still stehen, während ich mir den Pullover ans Gesicht halte und den Duft erneut einsauge. Sandelholz. Ein Hauch Zitrone. Sverkers Duft.

Ich habe ihn verlassen. Nach all den Jahren habe ich ihn tatsächlich verlassen.

Das Wasser ist heiß. Sehr heiß.

Das ist gut. Heißes Wasser brennt in den Augen. Heißes Wasser lässt meinen Mund zittern und löst meine Gesichtszüge. Heißes Wasser rinnt mir die Wangen hinab.

Ich weine nicht. Ich denke. Versuche zu denken.

Trotzdem kann ich nicht richtig formulieren, was ich denke. Die Gewissheit, die mich plötzlich erfüllt, besteht nicht aus Worten und Sätzen, die in meinem Kopf angeordnet sind, sondern ist eine schnell vorbeijagende Bewegung in meinem Nervensystem, etwas Schweres im Herzbereich, ein plötzlicher Schmerz in meinem Unterleib. Es gibt Vergebung, sagt sie, aber sie lässt sich nicht definieren und nicht kommandieren. Es liegt nicht in der Macht der Menschen, zu entscheiden, ob sie vergeben. Die Fähigkeit zu vergeben ist eine Gnade in sich selbst, vielleicht die einzige wahre Gnade. Eines Morgens wacht man einfach auf und weiß, dass man vergeben hat. Man hat nicht vergessen, aber die Anklage ist zurückgezogen worden, alle Vorwürfe sind uninteressant und die Bitterkeit nur ein schaler Nachgeschmack auf der Zunge. Man ist selbst begnadigt. Man muss begnadigt sein, um vergeben zu können.

So weit bin ich noch nicht gekommen. Aber jetzt weiß ich, wohin ich unterwegs bin. Oder zumindest, wohin ich gerne unterwegs wäre. Ich drehe das Wasser ab und wickle das Badelaken um mich, trockne mich lange und sorgfältig ab wie eine Mutter ihr Kind. Ich bin meine Mutter. Ich bin mein ungeborenes Kind.

Als ich ins Bett gegangen bin und das Licht ausgemacht habe, falte ich die Hände. Ich bete nicht, wünschte aber, ich könnte es.

Marie füllt die Schale auf dem Küchentisch mit Obst und stellt sie auf die Anrichte. Legt eine weiße Tischdecke auf den Tisch. Sucht zwei Teller nach Rissen und alten Farbfehlern ab. Spült zwei Gläser und poliert sie, bis sie glänzen. Stellt einen Kerzenständer auf den Tisch.

Auf dem Herd blubbert die Fischsuppe leise vor sich hin. Sie hat sich noch genau an das Rezept erinnert, an jede Zutat und jede Mengenangabe. Das wundert sie.

Bevor sie in den ersten Stock hinaufgeht, bleibt sie in der Tür stehen und schaut sich um. Aber sie braucht sich keine Sorgen zu machen. Alles ist, wie es sein soll.

Kleider aus einem anderen Leben.

Sie hat die Kleidersäcke auf das Bett gelegt, das früher einmal Herbert und Renate gehört hat, sie aber nicht geöffnet. Jetzt holt sie ein Teil nach dem anderen heraus und betrachtet es. Erinnert sich. Da ist die rote Strickjacke, die immer über einem Bügel in der Redaktion hing. Das hellblaue Kleid mit stoffbezogenen Knöpfen, mit großer Sorgfalt für das Fest ausgesucht, das ihr letztes Mittsommernachtsfest werden sollte. Damals hatte sie sich schön gefühlt. Sie hält sich das Kleid an und betrachtet sich in Renates fleckigem Spiegel, doch, nein, das ist kein Kleidungsstück, das sie noch tragen kann. Etwas ist mit ihren Farben passiert, sie wirken gerade bei diesem Blauton matt und verwaschen, sie sieht aus, als würde sie verblassen und sich auflösen. Außerdem kann man kein ärmelloses Kleid im Oktober tragen, es ist nicht nur zu kalt, es ist geradezu lächerlich. Stattdessen nimmt sie den weißen Blazer heraus und hält ihn gegen das Licht. Der Fleck auf dem Revers ist noch da, eine Erinnerung an das letzte Krebsessen mit dem Billardverein Zukunft. Als sie bei Kaffee und Apfelkuchen angekommen waren, legte Sverker plötzlich seinen Kopf an ihre Brust und ...

Nein. Sie will diese alten Kleider nicht haben. Sie sollen mit dem Bettzeug draußen verbrannt werden. Außerdem hat sie nicht vor, sich zum Essen umzuziehen, der Pfaffe muss sie so nehmen, wie sie ist.

Seine Scheinwerfer erleuchten den Vorplatz, als sie gerade mit vollen Armen zur Tür herauskommt. Sie bleibt auf der Treppe stehen, im gelben Licht der Außenlampe, während er ziemlich umständlich den Motor abstellt und sich aus dem Auto windet. Er hat eine Flasche Wein in der Hand. Ein Gastgeschenk.

»Was machst du?«, fragt er lächelnd.

Marie erwidert sein Lächeln nicht, versucht jedoch freundlich auszusehen.

»Aufräumen.«

»Soll ich dir tragen helfen?«

Sie braucht wirklich Hilfe, ihre Arme umfassen kaum das große Bündel.

»Ja, gern.«

Er stellt die Weinflasche auf die Treppe und streckt die Arme aus, versucht ihr den ganzen Packen abzunehmen. Aber Marie sträubt sich, sie will die Hälfte behalten.

»Wohin gehen wir?«

Sie wirft den Kopf zur Seite.

»Um die Ecke.«

Der Pfaffe bleibt stehen, als sie um die Hausecke gekommen sind, aber nur für einen Moment. Es ist sehr dunkel, aber die Lampen in der Küche sind eingeschaltet, und das Fenster zeichnet weiße Vierecke auf das Gras. Zwei Lichtkegel. Zwischen ihnen liegt ein Berg von weißen Gardinen und Spitzenlaken, roten Bettdecken und gestreiften Kissen.

»Was ist das denn?«

Marie öffnet ihre Arme und lässt die Kleider zu Boden fallen.

»Ein zukünftiges Feuer.«

Er sieht verwundert aus.

»Willst du das verbrennen?«

»Ja.«

»Warum?«

Der Pfaffe hat immer noch seine Arme voll mit Kleidern.

»Wirf das Zeug hierhin«, sagt Marie. »Ich habe noch andere Aufgaben für dich.«

Das Sofa im Wohnzimmer ist schwer. Sehr schwer. Es scheint, als trüge es ein ganzes Jahrzehnt in seiner Polsterung, als hätten sich die Siebziger, aus denen es stammt, unter seinem genoppten Stoff versteckt. Außerdem ist es hässlich. Braun und beige, schwer und hässlich.

»Willst du das auch verbrennen?«, fragt der Pfaffe und versucht es an einer Armlehne zu fassen. Heute Abend trägt er keinen Rollkragenpullover, der magere Hals ragt aus einem weißen Hemdkragen hervor, und über den Schultern hängt eine blaue Cordjacke. Er hat sich fein gemacht.

»Nein«, sagt Marie. »Ich habe gedacht, wir könnten es in den Keller schaffen.«

Sie müssen schieben und zerren, um das Sofa in den Flur und weiter zur Haustür hinauszubekommen. Der Pfaffe lässt auf seiner Seite los, und das Sofa rutscht die Steinstufen hinunter, kippt um und bleibt schräg auf dem Gartenweg liegen.

»Ich finde es richtig schick, wie es da liegt«, sagt der Pfaffe. »Bist du dir auch ganz sicher, dass du es nicht als Gartenmöbel haben willst?«

Marie lächelt.

»Vollkommen.«

Der Pfaffe wischt sich die Stirn mit einem Taschentuch ab.

»Und dir kommt gar nicht in den Sinn, es der Heilsarmee zu schenken?«

Marie rümpft die Nase.

»Womit hat die Heilsarmee das verdient?«

Der Pfaffe steckt das Taschentuch wieder ein.

»Mit vielem. Willst du die ganze Liste hören?«

»Nein, danke.«

Sie reibt mit dem Daumen über den Schlüssel, als sie zur Kellertreppe geht, versucht sich vor dem Gefühl zu schützen, das sie plötzlich erfüllt. Über ihr funkelt der Sternenhimmel, die kühle Luft atmet sich angenehm. Der Frost ist nicht mehr weit, in wenigen Stunden wird der ganze Garten versilbert sein. Sie versucht, den plötzlichen Jubel in sich zu unterdrücken – ich wohne in einem Silbergarten! –, und steckt den Schlüssel ins Schloss der Kellertür. Die Tür quietscht, als sie sie öffnet. Sie schließt die Augen, während sie sich mit der Hand vortastet und nach dem Lichtschalter sucht. Sie mag den Keller nicht. Hat ihn nie gemocht.

Graue Zementwände. Grauer Fußboden. Eine nackte Glühbirne an der Decke. Zwei umgedrehte Kajaks auf dem

Boden, sie sehen weiß und wehrlos aus wie Fische mit nach oben gekehrten Bäuchen. Halb offene Türen weiter hinten, Türen, die zu anderen Räumen führen. Es ist ihr nie gelungen, sich in diesem Keller wirklich zu orientieren, jedes Mal, wenn sie glaubte, sie kenne alle Ecken, war eine neue Tür aufgetaucht und hatte sich ein weiterer dunkler Raum aufgetan. Der Pfaffe beugt sich oben über das Treppengeländer und schaut zu ihr hinunter.

»Ist die Treppe breit genug?«

Sie wendet ihm das Gesicht zu.

»Das schon. Aber wir müssen die Kajaks herausholen, damit das Sofa Platz hat.«

Er strahlt.

»Kajaks?«

Sie nickt. Er lässt das Geländer los und springt in einem Satz die Treppe hinunter.

»Paddelst du?«

Sie nickt.

»Ja. Aber das ist schon ein paar Jahre her.«

Das ist wahr und auch nicht wahr. Während ihrer Jahre in Hinseberg hat sie viele Nächte in ihrem Kajak verbracht, ist in Gedanken bei Sonnenschein und Nebel, Regen und Schnee über den Hästerumssjön gepaddelt, leise zwischen den Inseln hindurchgeglitten, hat sich dicht an Schilfgürtel und Steine herangepirscht, regungslos dagesessen und junge Füchse und Vögel beobachtet und sich nur manchmal von einer sich windenden Schlange erschrecken lassen, die plötzlich über die Wasseroberfläche glitt. Vielleicht hat sie ihre Träume vom Kajak mehr genossen als das wirkliche Paddeln. Wenn sie und Sverker über den See paddelten, war es immer Sommer und heiß, und sie hatte Mühe, mit ihm Takt zu halten.

»Ich bin noch nie gepaddelt«, sagt der Pfaffe. »Aber ich habe immer davon geträumt.«

Marie lächelt.

»Du kannst es im Sommer ausprobieren.«

»Nicht vorher?«

»Nein. Um diese Jahreszeit ist es für Anfänger zu kalt. Wenn du mitten im See kenterst, kann das übel ausgehen. Dann bräuchtest du einen wasserdichten Anzug.«

»Am Montag kann ich mir sicher einen ausleihen.«

Sie runzelt die Stirn über seinen Eifer.

»Dann bist du willkommen.«

Sie tut lockerer, als sie sich fühlt. Der Pfaffe ist ein wenig zu sehr an ihrer Gesellschaft interessiert. Was will er eigentlich? Sie verführen? Sie erlösen? Oder ist er nur ein einsamer Mensch, der sich nach Gesellschaft sehnt?

Die Kajaks sind leicht, aber unhandlich, sie müssen aufpassen, dass die Rümpfe nicht aufgeritzt und beschädigt werden, während sie sie vorsichtig durch die Kellertür hinausmanövrieren. Danach tragen sie ein Kajak nach dem anderen und legen beide am Ufer ab, bleiben dann in der Dunkelheit stehen und schauen über den See. Am anderen Ufer funkeln ein paar Lampen.

»Na, jedenfalls hast du Nachbarn«, sagt der Pfaffe.

Marie nickt.

»Ja. Ein paar.«

»Es ist doch schön, nicht vollkommen einsam zu sein.«

Marie dreht sich um und geht zurück zum Haus.

»Ich bin gern allein«, sagt sie.

Der Pfaffe eilt hinter ihr her.

»Ja, das kann ich verstehen.«

Ach. Was, bitte schön, versteht er?

Das Sofa poltert lärmend die Kellertreppe hinunter, ein Bein bricht ab, die Polster kullern durcheinander. Sie lachen, Marie unten an der Kellertür und der Pfaffe oben an der Treppe.

»Warum willst du es aufheben?«, fragt er dann.

Sie zuckt mit den Schultern.

»Ich will es nicht aufheben. Jedenfalls nicht auf Dauer, aber der Sperrmüll wird hier nicht so oft abgeholt. Bis dahin will ich es nur los sein.«

Sie fassen es wieder jeder an einer Seite an, schleppen es durch die Tür und stellen es mitten in den Raum. Der Pfaffe klopft sich die Hosenbeine ab.

»Kaufst du ein neues Sofa?«

Marie schüttelt den Kopf.

»Nein. In ein paar Tagen kommen einige Möbel aus Stockholm.«

»Und dann beginnt der Rest des Lebens«, sagt der Pfaffe. »Oder?«

Marie runzelt kurz die Stirn. Was meint er damit?

Er schaut sich anerkennend in der Küche um, bevor er einen Stuhl herauszieht.

»Schön hast du es hier.«

Marie rührt die Fischsuppe um.

»Nun ja, noch ist das nicht gerade ein ästhetischer Traum. Aber es kann einer werden.«

Sie stellt ihm den dampfenden Teller hin. Er schnüffelt leicht in die Luft, offenbar ohne es selbst zu merken.

»Wirst du hierbleiben?«, fragt er dann. »Für immer hier wohnen?«

Marie antwortet nicht gleich, konzentriert sich darauf, ihren Teller vom Herd zum Tisch zu tragen. Der Pfaffe legt den Kopf schräg und wartet.

»Nun ja«, antwortet sie schließlich. »Ich weiß nicht recht. Auf jeden Fall eine Weile.«

Er pustet auf seinen Löffel.

»Und von hier als Freie arbeiten?«

»Vielleicht. Mal sehen.«

»Wann bist du entlassen worden?«, fragt der Pfaffe.

Marie schließt die Augen. Hat sie richtig gehört?

»Entschuldigung«, sagt sie dann. »Was hast du gesagt?«

Der Pfaffe lächelt hastig.

»Ich habe nur gefragt, wann du entlassen worden bist.«

Marie legt den Löffel hin. Plötzlich ist ihr übel.

Eine Weile bleibt es still. Eine ziemliche Weile. Draußen vor dem Haus ist Wind aufgekommen, der Zug lässt die Kerzen flackern. Der Pfaffe senkt seinen Löffel in die Suppe.

»Ich bin drauf gekommen, als du so plötzlich abgehauen bist«, erklärt er dann. »Erst habe ich mich nicht genau daran erinnert, was da war, aber später ...«

Ihre Stimme ist heiser.

»Ach so.«

Er legt den Kopf schräg.

»Ich dachte, das hättest du schon gestern verstanden. Draußen auf diesem Parkplatz, weißt du.«

Marie schüttelt leicht den Kopf, sagt aber nichts. Er lässt sie nicht aus den Augen.

»Ich dachte, dass du deshalb über Vergebung sprechen wolltest ...«

Sie räuspert sich leise. Versucht ihre Stimme wiederzufinden. Sich zu fassen.

»Nein«, sagt sie dann. »Das wollte ich nicht.«

Die Stimme ist mehr als heiser. Belegt. Der Pfaffe hat seinen Kopf immer noch schräg geneigt.

»Meiner Erfahrung nach hilft es, über das Schwere zu reden.«

Marie holt tief Luft. Was erlaubt er sich? Wie kann er es wagen, an ihrem Tisch zu sitzen und aufdringliche Phrasen zu dreschen? Sie hebt ihr Glas.

»Meiner Erfahrung nach sollte man sich nicht in Dinge einmischen, die einen nichts angehen.«

Er runzelt die Stirn, scheint aufrichtig verwundert zu sein.

»Hast du mir das übel genommen?«

»Ja.«

Er hebt seinen Löffel.

»Ausgezeichnete Suppe.«

Marie sitzt unbeweglich da.

»Danke. Aber ich glaube, du bleibst besser nicht bis zum Nachtisch.«

Der Pfaffe runzelt die Stirn, isst jedoch weiter.

»Hast du mir das so übel genommen?«

»Ja.«

Er versucht ihren Blick einzufangen.

»Was hast du denn erwartet?«

»Wie meinst du das?«

»Hast du ernsthaft geglaubt, du könntest wieder zurück nach Nässjö ziehen, ohne dass die Leute sich an das eine oder andere erinnern?«

»Ich habe gar nichts geglaubt. Ich will nur meine Ruhe haben.«

»Und trotzdem hast du mich zum Essen eingeladen?«

»Du hast dich selbst eingeladen.«

Er lächelt ein wenig und hebt sein Weinglas.

»Ja«, sagt er und trinkt einen Schluck. »Das stimmt vielleicht. Und jetzt habe ich so viel Wein getrunken, dass ich erst einmal nicht zurück in die Stadt fahren kann. Wie schade.«

Maries Augen werden schmal. Doch sie sagt nichts.

Der Pfaffe isst ruhig weiter, streicht mit einem Stück Brot über den Tellerboden, ehe er aufsteht, geht zum Herd und füllt seinen Teller nach. Er bewegt sich, als wäre er hier zu Hause, als wäre es seine eigene Küche.

»Was willst du eigentlich?«, fragt Marie, als er sich wieder hingesetzt hat.

Er schaut von seinem Teller auf.

»Ich will mit dir reden.«

Marie weicht seinem Blick aus, schaut auf ihren eigenen Teller. Der ist voller Krümel, sie hat eine ganze Brotscheibe zerkrümelt, ohne es selbst zu merken. Die Suppe ist zu einem Brei geworden, aber das ist auch gleich. Sie hat keinen Hunger. Sie richtet sich auf und spricht mit kühler Stimme.

»Aber ich will nicht mit dir reden. Schon gar nicht über Gott und Vergebung.«

Der Pfaffe lächelt rasch, bevor er weiter Suppe in sich schaufelt.

»Das kann ich verstehen. Aber du brauchst dir keine Sorgen zu machen, ich habe kein größeres Bedürfnis, darüber zu reden. Ich wollte dir nur einen Tausch anbieten. Du bekommst einen theologischen Grundkurs, und ich nehme teil an einer Erfahrung.«

Es fährt ihr eiskalt über den Rücken, aber Marie faltet ruhig die Hände im Schoß.

»Einer Erfahrung?«

Der Pfaffe trinkt einen Schluck Wein, antwortet jedoch nicht sofort.

»Ich möchte wissen, wie sich das angefühlt hat«, sagt er. »Ich möchte wissen, was für ein Gefühl das ist, einen anderen Menschen zu töten.«

Das Herz rast, ich springe aus dem Bett, die Hände sind fahrig, suchen nach einem Halt. Ich blinzle in die Dunkelheit. Wo bin ich?

Da sehe ich das gelbe Licht der Autobahn draußen vor dem Fenster und erinnere mich. Ich bin Mary, nicht Marie. Ich befinde mich in einem Motel vor Norrköping. Ich lasse mich aufs Bett zurücksinken und schalte die Lampe an, schlinge die Arme um mich, wiege mich hin und her, als wollte ich mich trösten.

Aber nicht nur ich brauche Trost. Sondern auch Marie.

Der Pfaffe hat endlich aufgehört zu essen, den Stuhl ein Stück vom Tisch weggeschoben und ein Bein übers andere geschlagen, während er mit gerunzelter Stirn zur Tür schaut. Es sieht aus, als warte er auf jemanden, aber es gibt natürlich niemanden, auf den er warten könnte. Er denkt. Wartet auf seine eigenen Worte.

»Es ist für eine Rolle«, sagt er. »Klein, aber wichtig. Ich habe nächste Woche Probeaufnahmen.«

Er wendet sich Marie zu, die ihm schweigend und bleich gegenübersitzt und mit ihrer rechten Hand die Krümel auf der Tischdecke befingert. Der Pfaffe räuspert sich, schaut plötzlich flehentlich drein.

»Es ist nicht zu spät. Es muss noch nicht zu spät sein.«

Maries Stimme ist nur ein Flüstern.

»Was?«

»Alles. Es gut zu machen. Eine gute Rolle zu spielen, die zu anderen guten Rollen führt.«

Er greift nach der Weinflasche, füllt sein leeres Glas. Marie folgt seiner Bewegung mit den Augen.

»Ich weiß fast nichts über Mörder«, sagt er. »Nicht mehr, als was ich im Fernsehen gesehen habe. Aber ich möchte den Mörder in diesem Film zu einem echten Menschen machen. Einem, wie du es bist. Ich möchte wissen, was in diesem Menschen genau in dem Augenblick vorgeht, in dem er sich entschließt zu töten.«

Marie zwinkert. Die Trauer steigt wie eine Säule aus der Erde empor, verdrängt alles, Gedanken und Gefühle, Blut und Eingeweide. Sie kann nicht atmen, findet keinen Platz in ihrem eigenen Körper. Der Pfaffe trinkt einen Schluck Wein und sieht sie an. Sein hageres Gesicht ist plötzlich nackt.

»Meine Güte«, sagt er dann. »Weinst du?«

Mögliche Qual

Es ist Nacht. In dem Haus am anderen Ufer schläft Maud und träumt von einem Nachmittag vor langer Zeit, einem heißen Nachmittag, an dem die Schwalben wie Noten auf den Telefondrähten saßen. Neben ihr liegt Magnus und starrt ins Dunkel. Die Unruhe hält ihn wach, sie kriecht ihm unter die Haut, juckt in den Handflächen, lässt die Zunge am Gaumen kleben. Und sie hat einen Namen und ein Gesicht.

Anastasia.

Drei Tage sind vergangen, und bis jetzt ist in den Feuilletons noch kein einziges Wort über ihren Selbstmord erschienen. Er hat verfolgen können, wie ihr Tod vom besten Platz auf der Titelseite in den Tageszeitungen verdrängt und zu versteckten Einspaltern und Notizen weiter hinten in den Boulevardblättern wurde. Aber das Feuilleton hat geschwiegen. Das weiß er ganz genau, er hat es äußerst sorgfältig durchgelesen. Spalte für Spalte. Artikel für Artikel. Ein paarmal hat er geglaubt, versteckte Botschaften zu finden, Andeutungen und Unterstellungen, doch wenn er solche Artikel dann noch einmal las, hatte er zugeben müssen, dass dem nicht so war. Es hatte nicht von ihm gehandelt.

Das ist unerträglich. Er sehnt sich nach der ersten offenen Attacke, einem Überraschungsangriff, den er mit einer Gegenoffensive kontern kann, sehnt sich danach, zu streiten und zu kämpfen, noch einmal seine Gründe zu formulieren und seine Inszenierung zu rechtfertigen. Er weiß nicht, wie er sich gegen dieses Schweigen verteidigen soll. Das wird ihn noch vernichten.

Plötzlich setzt er sich auf. MaryMarie war auch in Hinseberg. Und jetzt ist sie am anderen Seeufer. Sie wird ihn anklagen.

Hat er einen warmen Pullover?

Wenig später steht er in seinem Ruderboot und kämpft mit einem Seil. Die Augen haben sich bereits an die Dunkelheit gewöhnt, er sieht, wenn auch nicht gut, genug, um den sorgfältig geschlungenen Knoten zu lösen. Er braucht ein Messer, er muss das Seil durchschneiden.

Er springt auf den Bootssteg, schiebt die Hände in die Taschen und läuft zum Atelier. Es ist kalt, er hätte sich Handschuhe anziehen sollen, aber er will nicht zurück ins Haus. Was soll's, kalte Finger wird er ja wohl aushalten, wenn er nur das Boot flottkriegt.

Die Tür hat sich verklemmt, er muss sie mit der Hüfte aufstoßen, um in den Raum zu kommen, der früher einmal eine Scheune war und jetzt sein Atelier ist. Die Neonröhren blinken ein paarmal, bevor sie anspringen, und Magnus kneift rasch die Augen zusammen, um nicht geblendet zu werden. Als er sie wieder öffnet, kommt es ihm so vor, als könne er sein ganzes Leben sehen. Der Schrotthaufen hinten in der Ecke, voll mit unvollendeten Experimenten. Das alte Engelmobile an der Decke, das er schon vor dreißig Jahren gemacht hat. Und das Allerneueste, eine halb fertige Puppe in Riesenformat, an eine Wand gelehnt. Arbeitstitel: *Die sterbende Hure.* Dargestellt mit Einfühlung und Mitgefühl. Trotz des Titels. Darauf besteht er, und wenn nur sich selbst gegenüber.

Aber das Messer? Wo ist das Messer?

Da. Auf dem großen Tisch.

Magnus ritzt das Seil an, reißt, zerrt daran und versucht zu sägen, doch es nützt alles nichts. Das Messer ist zu stumpf. Ein Wind flüstert dazu, es ist eine ganz leichte Brise, kaum mehr als eine flüchtige Bewegung in den Bäumen am Ufer, aber es gelingt ihm trotzdem, zwischen die Maschen des Pullovers zu kriechen und Magnus über den Rücken zu streichen. Er schaudert und hält inne.

Was macht er da? Wird er langsam verrückt?

Er lässt das Messer los und hört im selben Moment das leise Plumpsen, als es ins Wasser fällt, steht ein paar Sekunden reglos da, bevor er sich auf die Ruderbank fallen lässt. Na also. Damit ist es entschieden. Ohne Messer kann er das Boot nicht loskriegen. Ohne Boot kann er nicht über den See kommen. Ohne über den See zu kommen, kann er MaryMarie nicht seine Verteidigungsrede entgegenschreien. Und vielleicht ist das auch besser so. Das ganze Projekt ist ja sinnlos. MaryMarie kann ihn nicht befreien. Niemand kann ihn befreien.

Graue Wolken sind am Himmel aufgezogen, die Sterne erlöschen einer nach dem anderen. Magnus sitzt eine Weile ruhig da, müde und zusammengesackt, und starrt auf seine Stiefel, hört nicht, wie die Haustür oben ins Schloss fällt und jemand den Weg hinunterkommt, schaut erst auf, als Maud ihren Fuß auf den Bootssteg setzt. Sie hat sich eine Steppjacke über das Nachthemd gezogen und die nackten Füße in Turnschuhe gesteckt, jetzt steht sie da, die Arme um sich geschlungen, und sieht ihn an. Magnus bleibt noch eine Weile stumm sitzen, ehe er plötzlich aufsteht und mit der Faust auf den Steg schlägt, so fest, dass das morsche Holz zittert.

»Ich scheiß drauf, was du sagst!«, brüllt er. »Es war nicht meine Schuld!«

Doch Maud sagt nichts.

Auflösung

Ich konnte nicht aufhören zu weinen. Es kam so, wie ich es immer geahnt hatte: Als ich erst einmal angefangen hatte, konnte ich nicht mehr aufhören. Ich glaube, der Pfaffe saß noch eine Weile da, murmelte Entschuldigungen und versuchte mich zu trösten, aber ich hörte ihn nicht. Ich weinte. Dann war er fort. Ich kümmerte mich nicht drum, sondern weinte weiter, stand währenddessen jedoch auf und ging im Haus herum, schlug mit der Faust gegen Wände und Türen, trat nach Stühlen und Tischen, drückte mir Renates bestickte Kissen auf die Augen und schluchzte in es hinein, bis das Weinen plötzlich aufhörte und ich mich in dem halb leeren Wohnzimmer wiederfand. Die Kehle tat mir weh. Die Augen brannten. Ich umklammerte ein Kissen vor meiner Brust, ein Kissen mit Petit-point-Stickerei in Rot und Grau. Die Arme öffneten sich, und es fiel zu Boden.

Danach ging ich in die Nacht hinaus. Ich vergaß, den Tisch abzuräumen. Als mir einfiel, was ich früher an dem Tag gedacht hatte, musste ich laut lachen.

Ich war verloren. Jetzt war ich wahrhaftig verloren.

Jetzt werde ich nicht mehr weinen. Nie mehr.

Ich habe nicht das Recht zu weinen. Ich habe nicht das Recht zu trauern. Habe es nicht und hatte es in den letzten sieben Jahren nicht. Werde es nie haben. Die Frage ist, ob ich überhaupt wieder in dieses Haus zurückgehen werde, das so voller Tränen ist. Ich werde hier am Strand sitzen und frieren. Aber das ist auch egal.

Die Zeit hat aufgehört. Sieben Jahre sind weg. Alles, was einmal passiert ist, und alles, was hätte passieren können, geschieht jetzt gleichzeitig und für immer.

Lucia. Der dunkelste Tag des Jahres.

Genau deshalb brannten überall Kerzen. Elektrische Kerzenständer in jedem Fenster. Wachskerzen auf jedem Tisch in der Krankenhauscafeteria. Das Mädchen an der Kasse trug einen weißen Umhang und die Luciakrone mit Preiselbeerzweigen und rotem Band. Eine ihrer Kerzen hatte einen Wackelkontakt, blinkte jedes Mal, wenn sie die Hand nach Geld ausstreckte.

An einem der Tische in der Cafeteria saß eine Frau, eine blonde, ziemlich unscheinbare Frau, die langsam ein Luciagebäck auf dem Teller vor sich zerbröselte. Auf dem Tisch stand eine Tasse Kaffee, aber die rührte sie nicht an, sondern saß steif und mit geradem Rücken da und zerbröselte ihr Gebäck in immer kleinere Krümel, während sie das Gesicht verzog. Sie weinte, doch sie weinte lautlos, ohne Schluchzen, ohne Tränen.

Eine ältere Frau am Nebentisch stand plötzlich halb auf und streckte die Hand vor, als wollte sie die jüngere Frau berühren und trösten, hielt sich dann aber ebenso abrupt zurück und ließ sich wieder auf ihren Stuhl fallen.

Drei Treppen höher saß ein Mann am Krankenbett eines anderen Mannes, er hatte seinen Mantel aufgeknöpft, aber nicht ausgezogen. Er war sehr gut gekleidet. Hinter ihm stand eine ebenso gut gekleidete Frau, die die Rückenlehne des Stuhls so fest umklammerte, dass die Knöchel weiß wurden, und ihre braunen Augen huschten zwischen dem Bett und dem Beatmungsgerät hin und her, zwischen dem bewusstlosen Mann und dem Tropf neben ihm.

An der anderen Seite des Bettes saß die Schwester des bewusstlosen Mannes, sie war sehr bleich und strich ihm die ganze Zeit mit der Hand über den Arm. Ihr eigener Mann saß in dem Besuchersessel in der Ecke, hatte ein Bein über das andere geschlagen und presste die Hände in einer Luciageste aneinander. Er trug braune Schuhe mit schwarzen Schnürsenkeln.

Jennifer stand plötzlich in der Tür. Sie hatte einen blau gestreiften Krankenhauskittel an und einen Glitzerkranz im Haar.

»Jetzt ist es so weit«, sagte sie.

Die Frau mit den braunen Augen drehte sich um. Ihre Hände waren immer noch verkrampft.

»Was ist so weit?«

»Er wird auf eine normale Station verlegt.«

»Aber ...«, sagte seine Schwester.

»Das ist eine gute Nachricht«, sagte Jennifer. »Sein Zustand ist endlich stabil.«

Sie legte eine Mappe mit Krankengeschichten auf den gestreiften Bettüberzug, blieb dann einen Moment stehen und sah den bewusstlosen Mann an.

»Wo ist seine Frau?«

Zunächst antwortete niemand, sie sahen einander an.

»In der Cafeteria«, sagte der Mann mit dem Mantel. »Wir haben sie hinuntergebracht, damit sie etwas isst.«

Jennifer nickte.

»Gut. Wir haben uns ein bisschen Sorgen um sie gemacht.«

»Wieso?«

Das war seine bleiche Schwester. Jennifer zögerte kurz.

»Sie isst nichts, und sie schläft nicht. Fährt nie nach Hause, nicht einmal, um zu duschen oder sich umzuziehen. Und dann das mit der Sprache ...«

Die Frau mit den braunen Augen nickte.

»Wir werden ihr helfen.«

»Gut. Und da kommen schon die Jungs.«

Drei junge Männer standen in der Türöffnung.

»Er soll zur Neurologie«, sagte Jennifer. »Der Tropf und das Beatmungsgerät müssen mit.«

Ein junger Mann packte das Kopfteil und schob daran, ein anderer rollte das Beatmungsgerät vor sich her, ein dritter hielt den Tropf. Das Bett wurde auf den Flur gerollt.

In der Tür standen Maud und Magnus, Anna und Per und schauten hinterher, als zögerten sie, bevor sie sich entschließen konnten, ihm zu folgen. Maud trug eine kleine Tasche im Arm, eine Tasche mit Sverkers Sachen. Früher am selben Tag hatte sie MaryMaries Handtasche geöffnet und den Schlüssel zum Haus in Bromma herausgefischt, hatte sich dann in ein Taxi gesetzt und war dorthin gefahren. Niemand war dort gewesen, seit es passiert war, der Briefkasten quoll über, und das Haus roch muffig. Maud hatte die Post hereingeholt und den Mülleimer geleert, hatte dann einen gestreiften Bademantel und einen schwarzen Kulturbeutel eingepackt und ein neu erschienenes Buch zuoberst in die Tasche gelegt. Sie wusste natürlich, dass Sverker nichts von dem, was sie da einpackte, brauchte oder gar benutzen konnte, aber das spielte keine Rolle. Sie wollte, dass er eine Tasche hatte.

Anna nahm einen anderen Aufzug als die anderen, sie fuhr abwärts, während Per, Maud und Magnus zu der neuen Station mit hinauffuhren. Sie wollte in die Cafeteria. MaryMarie saß immer noch an einem Tisch und verzog das Gesicht, weinte, ohne zu weinen. Krümel, die vor Kurzem noch ein Luciagebäck gewesen waren, lagen um sie her auf dem Tisch verstreut, sie fingerte daran herum, ohne hinzuschauen, starrte nur vor sich hin. Anna ließ sich auf den Stuhl ihr gegenüber sinken. Seufzte.

»MaryMarie. So geht das nicht.«

MaryMarie nickte. Das stimmte. So ging es nicht.

In einer ganz anderen Zeit stiehlt sich ein Sonnenstrahl zum Fenster herein und weckt Mary. Sie öffnet halb die Augen, genießt einen Augenblick den Gedächtnisverlust des Schlafs, bevor sie die Augen ganz aufschlägt und sich umschaut. Ein Motelzimmer. Ziemlich verlottert.

Jetzt kommt die Erinnerung zurück. Sie hat Sverker verlassen. Sie ist irgendwohin unterwegs.

Sie setzt sich auf und starrt bestürzt den Radiowecker auf dem Nachttisch an. Hat sie tatsächlich zwölf Stunden geschlafen?

Ja. Bald ist es Nachmittag.

Nein. Es ist Nacht.

Helle Wolken ziehen über den dunklen Himmel. Das sieht merkwürdig aus. Wie ein Negativ. Der Frost hat jetzt ernsthaft eingesetzt, er knackt in dem Haus hinter mir und überzieht den Garten langsam mit einer Glasur. Als ich die Hand ausstrecke, spüre ich, wie sich eine dünne Haut auf jeden Grashalm gelegt hat, eine Haut, die zwischen Daumen und Zeigefinger schmilzt, wenn ich sie anfasse, nur um sich gleich wieder neu zu bilden, wenn ich loslasse.

Ein kleines Licht blinkt am anderen Ufer. Ich stehe auf und gehe auf den Bootssteg, spähe durch die Dunkelheit und versuche zu erkennen, was das ist. Sehe nichts.

Die Kälte kriecht mir bis auf die Knochen.

MaryMarie klapperte mit den Zähnen, auf den Armen hatte sie eine Gänsehaut, ihre Hände waren eiskalt. Sie fror, obwohl es in der Cafeteria warm war.

»Das geht so nicht«, sagte Anna noch einmal. »Du musst nach Hause fahren.«

MaryMarie schüttelte den Kopf. Sie konnte nicht sprechen, konnte nicht mehr als ein einziges Wort sagen, und das wollte sie nicht aussprechen.

»Doch«, beharrte Anna. »Du musst dich ausruhen. Du musst etwas essen. Und du musst …«

Sie machte eine kurze Pause, fasste Mut, um das Unangenehme zu sagen, was gesagt werden musste.

»… und du musst wirklich duschen und dir die Zähne putzen.«

Sie stand auf.

»Ich sage nur den anderen Bescheid. Dann nehmen wir ein Taxi.«

»Was geht denn hier vor?«, fragte Sissela.

Anna und auch MaryMarie sahen verblüfft auf. Sie hatten sie weder kommen gesehen noch gehört.

»Wo bist du gewesen?«, fragte Anna. »Wir haben immer wieder versucht, dich anzurufen.«

»In Paris«, erklärte Sissela. »Aber ich bin so schnell wie möglich gekommen, nachdem ich den Anrufbeantworter abgehört hatte. Was ist denn passiert?«

»Albatros«, sagte MaryMarie.

»Was?«, fragte Sissela.

»Etwas Furchtbares«, sagte Anna.

Ich sitze zusammengekauert am Strand, streiche mit der Hand über mein Kajak und untersuche die Hülle, drehe es dann um und schiebe den halben Arm unter die Sitzbank. Da liegt das Paddel. Genau, wie es sein soll.

Es ist ein schönes Kajak. Schlank und stark, weiß und schön. Wie ein Albatros.

Ich habe es vor langer Zeit von Sverker bekommen. Es ist ein Geschenk.

Mary steht in der Rezeption, die Kreditkarte zwischen den Fingern, leicht beschämt darüber, dass sie verschlafen hat. Eigentlich, hat die Frau an der Rezeption gerade gesagt, müsste sie für zwei Übernachtungen bezahlen. Das Zimmer sollte um zwölf Uhr geräumt sein. Mary hat nur mit einem entschuldigenden Murmeln geantwortet, und die Empfangsdame ist dazu übergegangen, mit sich selbst zu verhandeln. Nun gut, dann will sie mal Gnade vor Recht ergehen lassen, aber ...

»Danke«, sagt Mary.

»Schon gut«, sagt die Empfangsdame.

Die Tageszeitungen liegen auf dem Tresen. Keine der Frauen sieht sie an.

In der Krankenhauscafeteria herrschte Uneinigkeit.

»Ich nehme sie mit zu mir nach Hause«, sagte Sissela.

Anna seufzte.

»Aber du siehst doch, wie sie aussieht, sie hat sich bestimmt weder gewaschen noch die Zähne geputzt, seit es passiert ist. Sie sollte nach Hause fahren. Wieder einen einigermaßen normalen Rhythmus finden.«

»Ja, aber sie will doch nicht. Sie kann bei mir duschen. Und dann fahre ich sie zurück, wenn es das ist, was sie will.«

Ein Stück weiter hinten öffnete sich eine Aufzugtür. Per, Maud und Magnus traten heraus.

»Wir fahren alle zusammen zu mir«, sagte Sissela. »Und holen uns unterwegs Pizza.«

Maud guckte angewidert.

»Pizza?«

Sissela nickte.

»Pizza. Und dann rufen wir Torsten an.«

Dann setzte sich der Billardverein Zukunft – oder zumindest der noch verbliebene Teil des Billardvereins Zukunft –

wieder einmal um einen Tisch, um Pizza zu essen. Es war fünfundzwanzig Jahre her seit dem letzten Mal, doch das bedeutete gar nichts. Die Zeit existierte nicht mehr, Zukunft und Vergangenheit waren ineinander verschmolzen. Mary-Marie saß in Sisselas weißem Bademantel am Tisch, sie war frisch geduscht, sauber und fuhr sich mit der Zunge über glatte Zähne, als wäre das eine neue, überraschende Erfahrung.

»Albatros«, sagte sie.

Maud warf ihr einen feindseligen Blick zu.

»Kannst du nicht damit aufhören? Wenn du nichts anderes zu sagen hast, dann sei lieber still.«

»Pst!«, machte Per. «Nun aber vorsichtig. Jetzt werden wir alle erst einmal ganz vorsichtig sein!«

»Schließlich habe ich meinen Bruder verloren«, sagte Maud.

»Nein«, widersprach Sissela. »Du hast ihn nicht verloren. Er lebt.«

Maud schluchzte.

»Er wird querschnittsgelähmt sein. Nichts wird so wie früher sein.«

Und dieses Mal widersprach ihr niemand.

Nach dem Essen musste MaryMarie sich ausruhen. Darin waren sich alle einig.

Sie sollte sich in Sisselas Bett legen. Das war auch ein neues und äußerst seltsames Erlebnis. Sie hatte seit mehreren Tagen nicht schlafen können, aber jetzt brauchte sie nur den Kopf auf die rote Tagesdecke zu legen, und schon schlossen sich die Augen von allein. Sissela deckte sie mit einer Wolldecke zu. Draußen im Wohnzimmer saß der Rest des Billardvereins Zukunft und unterhielt sich mit gedämpften Stimmen. MaryMarie konnte nur Satzfetzen hören:

» ... phantastische Forschungsresultate ...«

»... und auf jeden Fall ein gutes Leben...«
»... in Angriff nehmen...«
»... trotz allem die Lebenskrise ernst nehmen...«
Dann schlief sie ein.

Mary fährt zu schnell. Viel schneller, als sie sollte.
Sie ist schon an Linköping vorbei. Bald wird sie in Mjöl-by sein. Sie weiß selbst nicht, warum sie es plötzlich so eilig hat. Es liegt nicht nur an der kurzen Mitteilung am Ende der letzten Nachrichten, die von dem hartnäckigen Gerücht handelte, dass die Entwicklungshilfeministerin plötzlich ihren Rücktritt eingereicht habe. Der Ministerpräsident verweigerte jeden Kommentar, aber aus gewöhnlich gut unterrichteten Quellen verlautete, dass...
Caroline ist eine gut unterrichtete Quelle. Die einzig mögliche.
Mary tritt noch fester aufs Gaspedal, versucht sowohl das Heute als auch das Gestern zu verdrängen, versucht der Erinnerung an die Frau zu entfliehen, die einmal unter einer Wolldecke in Sisselas Schlafzimmer schlief, während der Billardverein Zukunft im Wohnzimmer saß und mit leisen Stimmen redete.

Ich will mich auch nicht an sie erinnern. Sie war merkwürdig, konnte nicht richtig denken, hatte alles auf den Kopf gestellt, was recht und richtig war, gewohnt und wirklich. Eine Tagträumerin. So eine, wie ich nicht sein wollte und nie hatte werden wollen.
Und dennoch werden wir sie nicht los. Sie besteht hartnäckig darauf, dass es sie gibt.

Als MaryMarie aufwachte, blieb sie einen Moment lang regungslos liegen und versuchte sich zu erinnern. Etwas war passiert? Aber was?

Dann fiel es ihr ein.

Sie schob die Decke beiseite, setzte sich auf und rieb sich die Augen. Ein kleines Licht glitzerte in der Dunkelheit, sie musste ein paarmal zwinkern, bis sie begriff, was es war. Das Schlüsselloch. Im Flur brannte Licht. Sissela musste wach sein.

Sie stand auf, blieb einen Moment schwankend stehen, war versucht, sich wieder hinzulegen und einzuschlafen, wusste aber gleichzeitig, dass sich das nicht machen ließ. Sie musste zurück zu Sverker.

Der Billardverein Zukunft saß noch in Sisselas Wohnzimmer. Anna hatte sich halb aufs Sofa gelegt, den Kopf an Pers Schulter gelehnt, Maud stützte den Kopf auf die Hände, Torsten saß auf einem Sessel und brütete dumpf vor sich hin, Magnus wandte allen den Rücken zu und starrte aus dem Fenster. Kaffeetassen und halb geleerte Weingläser standen auf dem Tisch. Sissela kam eben aus der Küche, sie lächelte und legte MaryMarie eine Hand auf die Schulter.

»Fühlst du dich jetzt etwas besser?«

MaryMarie nickte.

»Möchtest du einen Kaffee?«

MaryMarie nickte wieder. Ja, gern. Sie wollte gern einen Kaffee.

»Ich habe deine Kleider gewaschen. Sie liegen noch im Trockner.«

MaryMarie lächelte. Wie schön. Vielen Dank.

Bestimmte Träume gehen tatsächlich in Erfüllung.

Jetzt heißt es nur noch in den Kajak einsteigen, ohne dass er umkippt. Wenn ich nass werde, muss ich zurück ins Haus gehen, und das will ich nicht. Nie mehr.

Ich spüre meine Zungenspitze an der Unterlippe, das ist mein Ruder, es hilft mir, das Gleichgewicht zu halten, während ich langsam über den Rand des Stegs gleite und weiter auf die Sitzbank.

Ah! Angekommen. Trocken und am Platz im Kajak. Das Paddel fest im Griff.

Ich lächle, plötzlich steigen mir fast die Tränen in die Augen vor Dankbarkeit. Es ist Nacht, und ich werde über den Hästerumssjön paddeln.

Schnee? Schon so früh im Jahr?

Mary schaltet die Scheibenwischer ein und wirft einen raschen Blick zur Seite, merkt erst jetzt, dass sie schon an Gränna vorbei ist. Das Wasser des Vättern ist grau, ebenso grau wie die Felsen und Findlinge, genauso grau wie Eisen und Blei. Die Dämmerung setzt bereits ein. Der Schnee über dem Wasser ist nur Nebel.

Bald wird sie in Jönköping sein. Dort wird sie anhalten und einkaufen, bevor sie abbiegt und die Straße nach Nässjö und Hästerum nimmt.

Der Billardverein Zukunft beobachtete MaryMarie schweigend, während sie eine Tasse Kaffee trank und ein belegtes Brot aß. Sie versuchte ihnen zuzulächeln, doch das klappte nicht so recht, es wurde eher ein Zucken eines Mundwinkels. Als sie fertig gegessen hatte, bürstete sie sich vorsichtig die Krümel vom Bademantel und runzelte die Stirn, während sie Sissela ansah und auf ihre Uhr zeigte.

»Willst du wissen, wie spät es ist?«, fragte Sissela.

MaryMarie schüttelte den Kopf und ließ Zeigefinger und Mittelfinger über eine Handinnenfläche spazieren.

»Möchtest du gehen?«

MaryMarie nickte. Torsten lehnte sich vor und fragte sie: »Nach Hause oder ins Krankenhaus?«

MaryMarie zeigte über ihre Schulter. Torsten zog die Augenbrauen hoch.

»Ins Krankenhaus?«

MaryMarie nickte. Mauds Stimme war heiser und anklagend.

»Sie kann nicht zurück ins Krankenhaus fahren. Nicht um
diese Zeit.«

Sie saß aufrecht in einem Sessel. Magnus ließ sich neben
ihr auf einer Armlehne nieder.

»Sieht es nicht eher so aus, als bräuchte sie selbst ärztliche
Betreuung?«

Sissela stierte ihn an.

»Ach was ... Mit ihrem Gehör ist alles in Ordnung. Oder
nicht, MaryMarie?«

MaryMarie nickte. Maud gab sich geschlagen, bevor die
Schlacht richtig begonnen hatte, und lehnte sich im Sessel
zurück.

»Vielleicht können wir uns ablösen. Wenn sie heute Nacht
bei Sverker wacht, kann ich morgen früh übernehmen. Ich
bin todmüde.«

Magnus legte ihr den Arm um die Schultern und nickte.

»Wir fahren nach Bromma, übernachten da und kommen
dann morgen früh ins Krankenhaus.« Er fixierte MaryMarie
mit seinem Blick. »Dann kannst du ein paar Stunden nach
Hause fahren. Ist das in Ordnung so?«

MaryMarie nickte. Sie hatte nicht so richtig verstanden,
was er gesagt hatte, nickte aber trotzdem.

Mary stellt ihren Wagen vor einem Supermarkt ab und läuft
zum Eingang. Die Schultertasche schlägt ihr gegen die Hüfte.

Mal sehen. Was braucht sie? Essen für ein paar Tage. Kaffee und Tee. Seife. Und eine Taschenlampe, genau wie Marie.
Mit Batterien.

Sie nimmt sich nicht die Zeit, auf die Preise zu achten,
durcheilt stattdessen schnell und routiniert die Gänge und

füllt ihren Einkaufswagen, merkt nicht, dass ihr ein junger Mann folgt, erst in ein paar Metern Abstand, dann immer dichter hinter ihr. Als sie sich nach einer Packung Kaffee reckt, sagt er ihren Namen.

»Mary Sundin?«

Sie wendet den Kopf und stellt im selben Moment fest, dass das ein Irrtum ist. Sie kennt den jungen Mann nicht. Aber sie kennt diese Typen.

»Hallo«, sagt er lächelnd. »Dachte ich mir's doch, dass Sie das sind. Wir sind uns noch nie begegnet, aber mein Name ist Mattias Svensson. Ich arbeite für Radio Jönköping. Könnten Sie sich vorstellen, einen Kommentar zu den Gerüchten über Ihren Rücktritt abzugeben?«

Einen Moment lang starrt sie ihn an, sieht die Hoffnung in seinem Blick, die Träume davon, den großen Wurf zu landen, wartet auf die Panik in ihrer eigenen Brust und ihren Fluchtimpuls. Doch beides bleibt aus. Stattdessen sieht sie, wie sie erneut die Hand nach einem Paket kräftig gerösteten Kaffees ausstreckt und es in den Wagen vor sich legt.

»Nein«, sagt sie. »Das könnte ich mir absolut nicht vorstellen.«

Dann geht sie sehr ruhig zur Kasse und stellt sich ans Ende der Schlange.

Torsten und Sissela hatten sie im Aufzug in die Mitte genommen, sahen nicht sie an, sondern nur ihr Spiegelbild. Torsten berührte ihren Arm.

»Bist du sicher, dass du es schaffst?«

MaryMarie nickte.

»Und dass du es wirklich willst?«

Das war Sisselas Stimme. MaryMarie nickte erneut. Der Aufzug hielt an.

Das Licht auf dem Flur war gedämpft. Die Nachtschwester saß hinter ihrem Schalter, kaute auf einem Stift und beugte sich über irgendwelche Papiere, schaute erst auf, als Sissela sich räusperte.

»Sverker Sundin?«

»Ja?«

»Das hier ist seine Frau. Sie möchte heute Nacht bei ihm sein.«

Die Nachtschwester strich sich eine Strähne aus der Stirn.

»Er liegt auf Zimmer drei.«

Torsten sah MaryMarie an.

»Ist er allein im Zimmer?«

»Bisher ja.«

Sie sah MaryMarie an. Runzelte die Stirn.

»Geht es Ihnen gut?«

»Es geht ihr gut«, sagte Sissela. »Nur etwas aufgewühlt durch den Unfall ihres Mannes.«

»Okay«, sagte die Nachtschwester. »Ich habe heute Nacht zwei Stationen, da kann es nicht schaden, wenn jemand bei ihm wacht.«

Sissela lächelte.

»Zimmer drei, sagten Sie?«

»Genau«, sagte die Nachtschwester.

Schnee? Schon um diese Jahreszeit?

Ich lasse das Paddel ruhen und halte eine Hand auf. Tatsächlich. Es schneit. Die Flocken sind groß und weich, berühren nur kurz die Wasseroberfläche, bevor sie schmelzen und von einer Realität in die andere übergehen.

Die Augen haben sich an die Dunkelheit gewöhnt, und durch den Schnee kann ich noch besser sehen. An Land schmilzt der Schnee nicht gleich, er zeichnet weiße Konturen um Steine und Inseln, lässt Schilfbüschel aus der Dunkelheit hervortreten und macht sie sichtbar.

Es ist sehr still. Ich bin allein. Die Welt ist endlich ein sicherer Ort.

MaryMarie schaute sich um. Zwei Betten. Eins belegt, das andere frisch bezogen und bereit. Auf dem Nachttisch stand eine rostfreie Vase mit zwanzig roten Rosen, von denen einige schon die Köpfe hängen ließen. Eine halb geöffnete Tasche stand auf dem Boden, sie erkannte ihre eigene Lederreisetasche, die sie einmal in einem Hotelladen in Montevideo gekauft hatte. Sverkers Morgenmantel lugte hervor. Weiter hinten am Fenster standen ein Sessel und ein kleiner Tisch, neben dem Bett ein Gestell mit Tropf und ein Beatmungsgerät. Es war vollkommen ruhig, nur ein grünes Lämpchen zeigte an, dass die Maschine lief. Und hinter der Atemmaske: Sverker. Bleich, mit geschlossenen Augen. Sein Brustkorb hob und senkte sich langsam, hob und senkte sich …

Sissela half MaryMarie, sich auf das freie Bett zu legen, und deckte sie zu. Torsten schaltete die Nachttischlampe ein.

»Kommst du jetzt zurecht?«

MaryMarie nickte. Torsten beugte sich vor und streifte ihre Wange mit seinen Lippen, Sissela nahm ihre Hand und drückte sie. In der Türöffnung blieb sie stehen, schaute sich noch einmal um und lächelte zum Abschied.

Dann waren sie endlich allein. Sverker und MaryMarie.

Mary steht in der Kassenschlange des Supermarkts und lässt den Blick umherwandern. Das ist unvorsichtig. Das Bild trifft sie zuerst in der Magengrube. Das Gefühl eilt ihren Gedanken voraus, sie sieht und weiß, was sie sieht, trotzdem dauert es etwas, bis die Einsicht in ihr Bewusstsein vordringt.

Sverker schreit auf der Titelseite des Expressen. Sein Gesicht ist verzerrt und grotesk, der Blick starr und wahnsinnig. Ein kleineres Foto zeigt eine zusammengekauerte Frau mit zerzaustem Haar, eine Frau, die mit über den Kopf geschlagenen Armen auf dem Boden kauert.

Mary umklammert den Griff ihres Einkaufswagens fester, holt tief Luft und versucht sich selbst gut zuzureden. Das ist nicht schlimm. Es ist dumm und verantwortungslos, diese Fotos zu veröffentlichen, und bestimmt wird jemand in der redaktionellen Hackordnung dafür eine ordentliche Abreibung einstecken, aber ihr kann das nichts anhaben. Sie ist zurückgetreten und jenseits aller Konsequenzen, kann sich erhobenen Hauptes über alle Demütigungen hinwegsetzen, sie wird allein an einem Ort wohnen, wo es ganz gleich ist, was geschrieben und gesagt wird ...

Es hilft nicht. Die Hände lassen den Einkaufswagen los, sie schiebt ihn zur Seite und verlässt die Schlange, drängt sich an der Kasse vorbei und steht plötzlich auf dem Parkplatz.

Sie läuft. Jetzt schneit es noch stärker.

MaryMarie richtete sich im Bett auf. Hatte sie geschlafen und geträumt? Träumte sie immer noch?

Sverker lag noch genauso da wie vorhin, als sie gekommen war. Auf dem Rücken, die Arme an der Seite. Mit halb geöffneten Händen. Geschlossenen Augen. Ein Märchenkönig, auf den Kuss wartend, der den Zauberbann brechen sollte.

Den ich geliebt habe, dachte sie.

Den wir beide geliebt haben, antwortete eine Stimme in ihr.

Sie nickte stumm als Antwort, plötzlich getröstet dadurch, dass sie reden konnte, ohne reden zu müssen.

Wir haben alles besessen, sagte sie dann. Wirklich alles.

Nein, widersprach die Stimme. Nicht ganz alles.

Jetzt meine ich Marys Auto zu hören. Das ist nicht verwunderlich. Sie fährt durch einen stillen Wald. Ich warte auf dem offenen Wasser. Ich müsste sie hören können. Ich höre sie.

Sie fährt die Abzweigung entlang, schaltet herunter und

rollt auf den Parkplatz. Stellt den Motor ab, schaltet die Scheinwerfer aus. Bleibt eine Weile reglos sitzen und schaut durch die Windschutzscheibe, bevor sie die Tür öffnet und aussteigt.

Sie friert. Sie auch.

MaryMarie stand auf und trat ans Fenster, lehnte die Stirn gegen die kühle Scheibe. Es dauerte eine Weile, bis sie begriff, dass es angefangen hatte zu schneien. Die Dunkelheit im Park draußen war einfach nur Dunkelheit, aber unter den Straßenlaternen ein Stück entfernt konnte sie den Schnee wirbeln und fallen sehen; große pelzige Flocken, die bald die ganze Welt bedecken und jedes Geräusch dämpfen würden.

Wir haben uns geliebt, sagte sie. Wirklich.

Eine Weile blieb sie reglos stehen und wartete auf Antwort, aber es kam keine. Das machte ihr Angst, sie drehte sich um und schlang die Arme um ihren Leib, versuchte zu argumentieren und zu überzeugen.

Wir haben uns geliebt, sagte sie wieder. Uns fehlte nur die Fähigkeit zu zeigen, dass wir uns liebten. Wir waren beide zu sehr beschädigt, wir glaubten, jeder Mensch, der uns zu nahekam, wollte uns nur vernichten, beherrschen und auslöschen. Und deshalb entschieden wir uns füreinander. Sverker wusste von Anfang an, dass ich niemals alles von ihm begehren würde, und ich wusste das Gleiche von ihm. Wir konnten gar nicht alles begehren, wir waren dazu nicht fähig, und gerade deshalb brauchten wir die Unfähigkeit des anderen.

Das ist nicht wahr, sagte eine Stimme in ihr.

Es ist wahr.

Es ist nicht die ganze Wahrheit. Und das weißt du.

Mary benimmt sich etwas merkwürdig.

Sie stapft vorsichtig durch den Schnee, bleibt dann ste-

hen und betrachtet ihre Fußabdrücke, stapft weiter und betrachtet konzentriert, wie der eine Abdruck fast genau mit
dem anderen übereinstimmt. Hinter ihr steht das Auto mit
offener Tür und brennender Innenbeleuchtung. Das geht auf
die Batterie. Sie sollte die Tür schließen.

Doch das tut sie nicht. Stattdessen geht sie ans Ufer hinunter und hockt sich dort hin, streicht mit der rechten
Hand über den weißen Bauch des Kajaks, bevor sie es um-
dreht und unter dem Sitz nach dem Paddel sucht. Da ist es.
An seinem Platz.

Der Kajak gleitet ins Wasser und legt sich zurecht, dicht
an den Steg, genau, wie er es soll.

Im Krankenzimmer stützte sich MaryMarie auf die Fensterbank, lehnte sich gegen den kühlen Marmor. Einen Moment lang schloss sie die Augen und versuchte sich selbst
einzureden, dass sie nicht dort war, dass sie eigentlich daheim im Wohnzimmer in Bromma stand, dass alles wie immer und nichts passiert war, dass bald der Morgen käme
und mit ihm der gewöhnliche Alltag.

Das nützt nichts, sagte die Stimme in ihr. Du kannst nicht
verdrängen, was passiert ist.

Sie schlug die Augen auf und schaute sich um. Es stimmte.
Es war passiert. Sverker lag immer noch im Krankenhausbett, Tropf und Beatmungsgerät neben sich.

MaryMarie trat ans Bett und sank davor auf die Knie,
legte ihren Kopf neben seinen und betrachtete ihn. Er war so
blass. Sie hob die Hand, um ihm die Wange zu streicheln, als
die Erinnerung an die kleine Graue plötzlich in ihr hochkam,
sie zurückweichen und schnell wieder aufstehen ließ.

Ruhig, sagte sie zu sich selbst. Ganz ruhig.

Die Stimme in ihr antwortete augenblicklich.

Warum denn? Was gibt es für einen Grund, ruhig zu sein?
Zu erklären und zu verstehen?

Ich versuche nur, gerecht zu sein.

Blödsinn. Du bist nur feige. Du traust dich nicht, dir einzugestehen, dass du wütend bist. Du traust dich nicht, zuzugeben, dass du ihn hasst und verachtest.

Er ist bewusstlos. Und für den Rest seines Lebens gelähmt.

Er hat dich betrogen. Er ist ein Lügner, Betrüger und Verräter. Außerdem ist er habsüchtig.

Habsüchtig?

Ja. Er hat nie etwas geben wollen. Will immer nur haben. Alles. Alle.

Mary sitzt auf dem Bootssteg.

Jetzt heißt es nur noch in den Kajak einsteigen, ohne dass er umkippt. Wenn sie nass wird, muss sie zurück zum Auto gehen, und das will sie nicht. Nie mehr.

Sie schiebt die Zungenspitze vor, das ist ihr Ruder, es hilft ihr, das Gleichgewicht zu halten, während sie langsam über den Rand des Stegs gleitet und weiter auf die Sitzbank.

Ah! Angekommen. Trocken und am Platz im Kajak. Das Paddel fest im Griff.

Es ist Nacht, und Mary wird über den Hästrumssjön paddeln.

Es war still in Sverkers Krankenzimmer. MaryMarie stand mitten im Raum und blinzelte, versuchte sich selbst zur Ordnung zu rufen und die Stimme zu übertönen, die vor Kurzem noch so tröstlich gewesen war.

Er hat mir etwas gegeben! O ja!

Sie schnaubte über sich selbst.

Und was? Einen Kajak? Ein paar goldene Halsketten? Zehntausend Lügen?

Das, was ich brauchte.

Und was hast du gebraucht? Eine Potemkin'sche Kulisse,

um dich dahinter zu verstecken? Das Recht, nicht leben zu müssen?

Ich habe gelebt!

Ich rede vom wirklichen Leben. Im Guten wie im Bösen. In dem sitzt man nicht am Küchentisch, schweigt und lächelt, da schluckt man nicht jedwede verdammte Enttäuschung herunter.

MaryMarie schlang sich die Arme um den Leib.

Du hast auch an dem Küchentisch gesessen!

Die Stimme in ihr klang plötzlich müde. Sehr müde.

Ja, sagte sie. Ich habe auch da gesessen.

Die Minuten vergingen. Ein Tropfen Nährflüssigkeit schwoll langsam an und fiel in den Schlauch. Sverkers Brustkorb hob und senkte sich.

Und jetzt?

Marys Stimme war nur ein Flüstern. Marie seufzte.

Ich weiß es nicht.

Ich liebe ihn.

Ich hasse ihn.

Ich will, dass er lebt. Was immer auch wird.

Ich will, dass er stirbt. Was immer auch wird.

Und was wird sein Tod aus mir machen? Was wird aus mir werden?

Du wirst frei werden.

Nein. Was auch immer, aber nicht frei.

Frei von ihm. Wenigstens das.

Marie streckte die Hand zum Beatmungsgerät aus, hielt dann aber inne, beugte sich stattdessen über Sverker und löste die Maske. Sah ihn an. Die Lippen waren blass und aufgesprungen, das Kinn mit Bartstoppeln bedeckt. Einen Moment lang überlegte sie, ihre Lippen seine berühren zu lassen, entschied sich dann aber dagegen. Seine Augenlider fingen an zu zucken. Die Lippen wurden blau. Er hatte nur schwache Atemreflexe. Es konnte besser werden, hatten die Ärzte gesagt, aber das würde dauern. Noch brauchte er das Beatmungsgerät.

Sie begriff selbst nicht, warum sie die Maske wieder an ihren Platz legte. Sie tat es einfach, blieb dann still neben dem Bett stehen und sah, wie sein Brustkorb sich wieder zu heben und zu senken begann. Sie ließ ihn sieben Atemzüge tun. Dann griff sie nach dem Kabel und zog daran. Das grüne Licht erlosch.

Er starb nicht sofort. Es dauerte ein paar Minuten, ein paar ewig lange Minuten des Erstickens, während der Sauerstoff in seinem Blut langsam abgebaut und zu Kohlendioxid verwandelt wurde. Vielleicht gelang es ihm sogar, in dieser Zeit das Bewusstsein wiederzuerlangen, vielleicht waren es nur die Reflexe eines Sterbenden, die ihn plötzlich die Augen öffnen und starren ließen, sehen, ohne zu sehen.

Marie stand reglos vor ihm, sah ihn sterben und wusste im selben Moment, dass sie nicht wollte, dass er starb, sah sich selbst sich verwandeln und wusste, dass sie sich nicht verwandeln wollte, lauschte ihren eigenen stummen Rufen und ihrem eigenen Weinen, war aber nicht in der Lage, die Hand zu heben und den Stecker zurück in die Dose zu stecken.

Gleichzeitig strich Mary ihm über die Stirn und küsste seine Wangen, griff nach seiner Hand und legte sie zwischen ihre, spürte plötzlich, wie kalt sie war, und bekam Angst, beruhigte sich jedoch, als sie die grüne Lampe des Respirators sah.

Sie leuchtete. Er atmete.

Er bekam weiterhin die Hilfe der Maschine, um zu atmen.

Und hinterher?

MaryMarie kauerte sich auf das zweite Bett und löschte die Nachttischlampe, drehte Sverkers Bett den Rücken zu.

Es war geschehen. Aber vielleicht war es auch nicht geschehen.

Sie traute sich nicht, sich umzudrehen und nachzusehen, ob das grüne Lämpchen wirklich brannte. Wollte es auch nicht. Sie war zu müde, wollte nur schlafen. Tage und Wochen lang. Monate und Jahre. Sie wollte bis zu dem Tag schlafen, an dem die Zeit sich wendet und alles von vorne beginnt.

Auf dem See

Ich paddle gern. Ich mag das leise Geräusch, wenn das Paddel ins Wasser getaucht und wieder herausgeholt wird, ich mag das Gefühl, Fahrt zu gewinnen, und das glucksende Geräusch am Vordersteven. Am allerliebsten paddle ich nachts. Das weiß ich jetzt. Ich habe es noch nie zuvor getan, nicht in der Wirklichkeit, nur im Traum, aber jetzt weiß ich, dass nichts mit dem Gefühl zu vergleichen ist, durch schwarzes Wasser zu gleiten, tief in die Dunkelheit und Stille einzudringen, beschützt von dem schweren Himmel über mir.

Selbst den Schnee und die Kälte mag ich. Der Schnee macht die Welt sauber. Die Kälte erinnert mich daran, dass ich wirklich noch am Leben bin. Außerdem schließt sie meine Finger um das Paddel, zwingt mich, wirklich fest zuzupacken und festzuhalten, treibt mich dazu, das Tempo zu halten, und schärft meinen Blick. Sie macht mich wach. Ja. Zum ersten Mal seit Langem bin ich wirklich wach. Bin voll und ganz ich selbst. MaryMarie.

Wenn ich zurück am Ufer bin, werde ich ins Haus gehen und es wirklich in Besitz nehmen. Es soll mir allein gehören. Ich werde mir eine Decke um die Schultern werfen, ein Feuer anzünden und mich davorkauern, lange dort sitzen und in die Flammen sehen, ohne einen einzigen Gedanken zu denken, nicht träumen oder phantasieren, mich nicht erinnern und die Zukunft nicht fürchten. Ich werde nur dort sitzen und warm werden.

Ich lächle in die Dunkelheit hinein, schon jetzt weiß ich, wie schön das werden wird, kann fast hören, wie es im Holz knackt, und spüren, wie sich die Adern weiten, wie das Blut endlich im Körper zirkulieren wird, wie es in jeden Muskel fließt und wie alles, was gefroren und hart war, endlich weich und warm werden wird.

Aber jetzt noch nicht. Noch nicht richtig. Zuerst werde ich mit meinem Albatros den Hästerumssjön überqueren.

Der Wald steht nur wenige Meter entfernt, das sehe ich jetzt. Ich habe mich instinktiv dicht am Ufer gehalten. Es ist ebenso dunkel, wie es still ist, kein Blatt fällt von den Bäumen, kein Wind fährt durchs Schilf, aber der Schnee fällt immer noch und hilft mir sehen. Alle Felsen und Inselchen haben weiße Konturen, ich kann sie aus der Ferne erkennen, brauche keine Angst zu haben, in der Dunkelheit gegen sie zu stoßen oder mich zu verirren. Im Gegenteil. An meinem eigenen Ufer brennen Lichter, die werden mich zurückleiten, wenn ich heimwill.

Ich wende den Kajak westwärts, steuere das andere Ufer an. Vor einer Weile meinte ich dort hinten ein Licht erkennen zu können, ein flackerndes kleines Licht, das aufblitzte und wieder verschwand, aber jetzt ist es dort vollkommen schwarz. Maud und Magnus schlafen sicher, sie merken nicht, dass sich ein weißer Kajak ihrem Strand nähert, dass jemand in der Nacht vorbeigleitet, um zum letzten Mal den Ort zu betrachten, an dem so viel passiert ist.

Zum letzten Mal? Ich grinse über mich selbst. Das weiß ich doch gar nicht. Das kann ich doch gar nicht wissen.

Der Schnee fällt jetzt dichter. Und Wind kommt auf. Es weht sogar richtig kalt, so kalt, dass es schwer ist, den Rhythmus in den Bewegungen zu halten, so kalt, dass es schwer ist, die Geschmeidigkeit zu erhalten, die notwendig ist, um das Gleichgewicht nicht zu verlieren. Vielleicht liegt das daran, dass ich jetzt mitten auf dem See bin, ich

nehme es jedenfalls an, kann es nicht genau sehen, obwohl
es plötzlich heller geworden ist. Der Himmel ist nicht mehr
schwarz, eher dunkelgrau, eigentlich viel dunkler, als er an
den Mittsommernächten immer ist.

Jetzt höre ich sie. Lange bevor ich sie sehen kann, kann
ich sie hören. Sie sitzen an einer Tafel auf dem Bootssteg und
singen. Ich halte mit erhobenem Paddel an. Was? Das ist
nicht Taube und nicht Bellman, keine der Perlen des schwedischen Liedguts, mit denen Maud und Magnus immer ihre
kopierten Gesangshefte gefüllt haben. Es ist etwas anderes,
eine Melodie, die seit über zwanzig Jahren bei mir zu Hause ständig im Hintergrund spielte. Nicht gerade gut geeig-
net für Chorgesang. Und trotzdem singen sie genau das. Ein
Mann mit dunkler Stimme führt den Gesang an, ich kann
seinen tiefen Bass aus all den anderen Stimmen heraushören,
er ist nicht besonders schön und nicht besonders tonsicher,
aber das kompensiert er mit gefühlvoller Glut:

> *One of sixteen vestal virgins*
> *who were leaving for the coast*
> *and although my eyes were open*
> *they might just as well've been closed ...*

Ich muss lachen und tauche das Paddel ins Wasser, versuche
wieder an Fahrt zu gewinnen. Sverker bleibt sich doch immer gleich. Und wo Sverker ist, da ist wohl auch der Billardverein Zukunft.

Sie warten auf mich. Meine Freunde. Und der Mann, den
ich geliebt habe.